Jessica Winter
Wind in deinen Segeln

AF198259

Das Buch

Ohne einen Cent in der Tasche macht die junge Sängerin Emerald sich auf den weiten Weg von New York nach Idaho, um ein Versprechen einzulösen, das sie ihren Geschwistern gegeben hat. Doch dann fährt sie ihr altes Auto in den Graben und strandet in einem kleinen Ort im Nirgendwo. Für die Reparatur ist sie auf den Mechaniker Gabe angewiesen. Der ist wenig entgegenkommend und unnahbar, und doch schlägt ihr Herz in seiner Gegenwart ein bisschen schneller. Denn hinter der ruppigen Fassade spürt Emerald großen Schmerz …

Gabe hat schon einmal alles verloren und seitdem feste Ketten um sein Herz gelegt. Die junge Frau mit dem kaputten Auto, die das Schicksal in seine Werkstatt geweht hat, will er unbedingt wieder los sein. Viel zu sehr geht sie ihm unter die Haut mit ihrer direkten Art, ihrem Mut und ihren Songs. Doch dann braucht sie seine Hilfe und Gabe setzt seine Zukunft aufs Spiel, um ihr beizustehen …

Die Autorin

Schon seit frühester Kindheit begeistert sich Jessica Winter für Liebesgeschichten mit Tiefgang. Bereits mit zwölf Jahren wusste sie, dass sie eines Tages selbst Bücher schreiben würde.

Heute lebt die Bestsellerautorin mit ihrem Mann und ihren Zwillingen im Großraum Linz, liebt nach wie vor ihren Beruf als Sonderpädagogin und genießt es, abends ihre endlosen Ideen auf Papier zu bringen und ihren Figuren mit unterschiedlichsten Lebensumständen Stimmen zu verleihen.

JESSICA WINTER

Wind in deinen Segeln

ROMAN

Die Originalausgabe erschien 2019 unter dem Titel
»Wind in deinen Segeln« im Selbstverlag.

Veröffentlicht bei
Tinte & Feder, Amazon Media EU S.à r.l.
38, avenue John F. Kennedy, L-1855 Luxembourg
Januar 2023
Copyright © der deutschsprachigen Ausgabe 2023
By Jessica Winter
All rights reserved.

Umschlaggestaltung: bürosüd⁰ München, www.buerosued.de
Umschlagmotiv: © Bokeh Blur Background
© Addictive Creative / Shutterstock; © Aja Koska / Getty
Lektorat und Korrektorat: Media-Agentur Gaby Hoffmann,
www.profi-lektorat.com
Gedruckt durch:
Amazon Distribution GmbH, Amazonstraße 1, 04347 Leipzig /
Canon Deutschland Business Services GmbH, Ferdinand-Jühlke-Str. 7,
99095 Erfurt /
CPI books GmbH, Birkstraße 10, 25917 Leck

ISBN 978-2-49671-369-5
e-ISBN: 978-2-49671-368-8

www.tinte-feder.de

*Für meinen Schwiegerpapa, weil du ein
zweifaches Wunder bist.
Und für meine Schwiegermama, weil du nie
aufgehört hast, an diese Wunder zu glauben.*

Kapitel 1

Em

Ein lautes Rumpeln lässt mich panisch hochfahren. »O mein …«
Meine Lider flattern, und ich versuche verwirrt und benommen,
zu begreifen, was zum Henker los ist. Ein Blitz erleuchtet den
Nachthimmel und für den Bruchteil einer Sekunde auch die
pechschwarze zweispurige Interstate neben mir. Mit Schrecken
stelle ich fest, dass ich nicht mehr auf der Straße unterwegs bin,
sondern über das durchnässte Bankett poltere.

O mein Gott! Ich bin eingenickt. Kacke, kacke, kacke!

Ich reiße die Augen so weit auf, wie es geht, lenke zurück
auf den Asphalt und schüttle heftig den Kopf, um wieder zu
mir zu kommen. »Okay. Okay. Okay.« Nicht okay. Ich bin so
verflixt müde … Aber was soll ich jetzt tun? Hier kann ich
kaum stehen bleiben und ein Nickerchen machen. Ich weiß ja
nicht einmal, wo ich bin. Vor einer guten Stunde habe ich den
Highway verlassen und irre seither auf dieser gottverlassenen
Interstate herum. Keine Ahnung, ob, wie und wann ich wieder
auf den Highway komme. Alles, was ich weiß, ist, dass ich dringend einen Platz brauche, an dem ich für den Rest der Nacht
stehen bleiben und schlafen kann.

»Somewhere over the Rainbow«, stimme ich eines meiner Lieblingslieder an, stelle mir vor, wie ich die Melodie dazu spiele. Aber selbst meine Stimme ist fix und fertig. Die Worte werden zu einem Hauch, als die Schwerkraft wieder gewinnt und mir erneut schwarz vor Augen wird. Nicht lange, aber lange genug, um mitzukriegen, dass das Nächste, was ich im Scheinwerferlicht wahrnehme, ein Pfosten ist, der auf mich zukommt. Ich tue das Einzige, was mir einfällt: Kreischend reiße ich das Lenkrad herum und trete auf die Bremse, als ich einen kleinen Aufprall spüre und höre, wie der Scheinwerfer zersplittert. Die Reifen verlieren den Halt auf der regennassen Fahrbahn, ich versuche zurückzulenken, aber die Räder blockieren. Und plötzlich dreht sich das Auto im Kreis und ich werde nach rechts gezogen. Ich kneife die Augen zusammen, mein Magen spielt verrückt wie bei einer Achterbahnfahrt. Ich hasse Achterbahnfahrten. Glaube ich.

Nach einer gefühlten Ewigkeit prallt mein Kopf gegen die linke Seitenscheibe und ich komme zum Stehen. Scheiße, das hat wehgetan. Und mir ist schlecht.

Ich schlage die Augen auf, meine Hände klammern sich um das Lenkrad und ich erlaube mir, die Luft auszublasen, die ich angehalten haben muss. Vorsichtig bewege ich alle Körperteile, um herauszufinden, ob noch alles dran und brauchbar ist, und sehe dem Regen zu, der vor dem noch funktionierenden Scheinwerfer wie ein Sturzbach auf den Asphalt klatscht. Ich schalte das Innenlicht ein, fasse mir an den Kopf und taste nach Blut. Mein kleiner Bruder würde mich jetzt auslachen und sagen, ich solle nicht so wehleidig sein. Den Spruch hat er von unserem neuesten »Stiefvater« so oft hören müssen, dass es mir Theo gegenüber unangenehm gewesen ist, überhaupt je Schmerz oder Gefühle zu zeigen. Denn Theo lebt mit Schmerzen. Anders als ich hat er jedes Recht, wehleidig zu sein.

Aber mein sogenannter Stiefvater ist nicht da. Ebenso wenig Theo. Ich könnte fluchen und rumheulen, so viel ich will. Aber ich tue es nicht. Stattdessen starte ich den Motor neu, der irgendwann abgestorben ist. Die Scheibenwischer laufen auf Hochtouren, nutzen allerdings nicht viel, weil sie den Matsch vom Bankett bloß schön verschmieren. Ich bin mir nicht einmal sicher, ob ich als Geisterfahrer auf der Spur stehe, von der ich eben abgekommen bin, oder auf der, die mich dem Ziel näher bringt, denn hier sieht alles gleich aus.

Wie gewohnt gibt das Getriebe hässlich kratzende Geräusche von sich, als ich es nach gefühlten Minuten mit Mühe schaffe, den ersten Gang reinzuhauen. Schnell fische ich nach meinem Handy, das unter dem Sitz gelandet ist. Der blaue Punkt, der ich sein soll, leuchtet inmitten eines riesigen hellblauen Kreises auf einem Ausschnitt der Landkarte. Ich drücke ein bisschen auf dem schon vor langer Zeit zersprungenen Display herum, komme aber zu einem verflucht unbrauchbaren Ergebnis. Ich habe weder Signal noch Empfang. Es ist ein Uhr irgendwas morgens und ich wollte noch mindestens vier Stunden weiterfahren. Ich bin jetzt schon in Verzug. Gestern habe ich meine Periode bekommen, vier Tage zu früh, und jedes weibliche Wesen weiß, dass dann ein Gebüsch-Klo am sandigen Straßenrand nicht gerade ein Traum ist. Außerdem hatte ich solche Krämpfe, dass ich sowieso nicht mehr fahren konnte, und für Schmerztabletten reicht mein Budget nicht. Da ist Benzin bis Idaho wichtiger und vielleicht auch der eine oder andere Burger zwischendurch – und ein neuer Scheinwerfer.

Anstatt mir also etwas einzuwerfen und weiterzukommen, lag ich hinten auf dem Rücksitz und hörte mir zum hundertsten Mal eines meiner drei Hörbücher an. »Der Zauberer von Oz« ist ein Klassiker und ich werde ihn mir gerne bald ein hundertunderstes Mal anhören, denn die weitere Auswahl wäre »Gute Kalorien, schlechte Kalorien« oder – und danke noch mal für das nette Abschiedsgeschenk, Jett – »Der I-5-Killer« gewesen. Auf welcher Interstate-Nummer befinde ich mich noch mal gerade?

Ich werfe das Handy wieder auf den Beifahrersitz und trete aufs Gas. Bilde ich mir das ein oder stöhnt mein Auto? »Du schaffst das schon, Floyd. Lass mich bitte nicht hängen.« Aber er schafft es eben nicht. Irgendetwas funktioniert nicht, ich stehe fest auf dem Gaspedal und bewege mich nur stockend fort. In der Hoffnung, dass es am immer klemmenden ersten Gang liegt, versuche ich, in den zweiten zu wechseln, aber er geht nicht rein. Generell rastet der blöde Schaltknüppel nirgends mehr ein. Schließlich rolle ich aus und komme am Rand der Fahrbahn zum zweiten Mal zum Stehen.

Ich beiße mir auf die Unterlippe, als mir die Tränen kommen. Weil ich die gerade nicht brauchen kann, schlage ich gegen das Lenkrad und gebe einen wütenden Brüller von mir. Natürlich passiert so etwas mitten in der Nacht auf der Strecke zwischen Nirgendwo und dem Ende der Welt. Wobei der Großteil der Strecke genauso ausgesehen hat, seit ich den Bundesstaat New York verlassen habe.

Was soll ich jetzt machen? Sitzen bleiben und hoffen, dass jemand vorbeikommt und vielleicht sogar stehen bleibt? Würde *ich* stehen bleiben? Außerdem weiß ich gar nicht mehr, wann ich das letzte Mal jemanden vor oder hinter mir gesehen habe. Und wie lange wird die Batterie wohl durchhalten, bis das Licht ausgeht? Aber draußen fegt ein Blitz nach dem anderen über die Pampa. Wenn ich bei dem Wetter aussteige, könnte ich vermutlich in den nächstgelegenen Ort schwimmen. Und hat mir nicht mal jemand beigebracht, dass man bei Gewitter am besten im Auto bleibt? Dass das sicherer ist als draußen? Oder doch *unsicherer*? Schlagen Blitze nicht gerade in Metall ein? Ich schüttle den Kopf über mich selbst, weil ich so was nicht weiß und es nicht einmal nachlesen könnte, wenn ich wollte.

Ich reibe mir die müden Augen und werfe einen Blick über die Schulter, denke darüber nach, ob ich mein Keyboard mitnehmen oder hier mit der Rostlaube stehen lassen soll. Es ist alles, was ich habe. Was mir an materiellen Dingen wichtig ist. Aber ich fürchte, Keyboards stehen nicht wirklich auf Nässe und ich könnte es höchstens als Floß verwenden.

»Mach dir keine Sorgen! Ich komme dich bald holen«, verspreche ich ihm und greife nach meinen Stiefeletten. Die Sieben-Zentimeter-Absätze sind zwar nicht unbedingt ideal, wenn man vermutlich kilometerlang laufen muss, aber im Vergleich zu meinen glitschigen Flip-Flops sind die wenigstens geschlossen und auch nicht aus Stoff wie die Cowboy-Boots. Also hole ich noch einmal tief Luft, bevor ich mich abschnalle und den Reißverschluss meiner kapuzenlosen Jacke bis zum Kinn ziehe. Wind und Regen klatschen mir sofort ins Gesicht, als ich die Autotür öffne und in die kühle Nacht trete. Das ist das Lästige an diesen Staaten des Mittleren Westens: Der Tag kann noch so heiß gewesen sein – die Temperatur fällt über Nacht immer um bis zu zwanzig Grad. Im gefluteten Kofferraum fische ich nach dem Warndreieck und gebe mir Mühe, meine Schritte abzuzählen, um es auch halbwegs richtig zu platzieren. Nach drei Schritten fühle ich mich schon wie ein begossener Pudel und verfluche meinen kurzen Rock, der bei über dreißig Grad vielversprechender erschien als lange Jeans. Aber jetzt sind es nur noch um die zehn und der Regen kriecht überall hinein, wo er absolut nichts zu suchen hat. Um mich von meinem wild pochenden Herzen und dem heftigen Gewitter abzulenken, trällere ich die fröhliche Melodie von »Singin' in the Rain« und wünschte nur, ich hätte solch eine schicke Regenkappe wie die zuckersüße Debbie Reynolds.

Ich weiß nicht, wie lange ich diese verlassene Straße entlanggehe, die Arme um meine zu dünne Jacke geschlungen, als ich hinter mir etwas höre. In einer Mischung aus Erleichterung, weil ich vielleicht nicht hier draußen sterben muss, und Nervosität, weil ich nicht weiß, wer oder was da kommt, halte ich mein Handy wie eine Taschenlampe hoch. Mit Mühe versuche ich, es vor dem Regen zu schützen, und wedle, als ich tatsächlich Scheinwerfer auf mich zukommen sehe.

»Hey! Hier drüben! Bitte bemerk mich und fahr mich nicht zu Brei!«, rufe ich, wenn auch völlig zwecklos. *Bitte lass es keinen Killer sein. Bitte lass es keinen Killer sein. Ich will kein Kettensägenopfer werden. Ich habe noch etwas zu erledigen*, bete ich in Gedanken. Ein paar Sekunden später bleibt das Auto tatsächlich einige Meter vor mir stehen, das Fenster wird heruntergelassen und ich erblinde fast von der Taschenlampe, die mir direkt in die Augen leuchtet.

»Was hast du denn ganz alleine hier zu suchen, Mädchen?«, will eine männliche Stimme wissen. Das beruhigt meinen Puls nicht unbedingt.

»Mein Auto ist liegen geblieben und ich habe keinen Handyempfang, um Hilfe zu holen«, antworte ich, kann aber noch immer nichts sehen.

»Willst du sie verhören, während sie sich ihren Hintern da draußen abfriert?«, meldet sich nun eine Frau zu Wort, und ich atme auf. Vor allem, weil das Licht nun endlich meine Füße beleuchtet und ich vor den verbrannten Flecken auf der Netzhaut ein Pärchen erkennen kann. Sie sehen schon älter aus, aber die Frau hat flippige blaugraue Haare und der Mann erinnert mich an Dumbledore mit seinem langen, in der Mitte zusammengebundenen Bart. »Steig schon ein, Schätzchen«, sagt sie und lehnt sich nach hinten, um die Tür zum Rücksitz zu entriegeln. Dann gibt sie dem Mann einen Klaps auf die Schulter. »Gib ihr deinen Pulli, damit sie sich draufsetzen kann.«

»Gib ihr doch deinen!«

»Thomas Mack Fisher, benimm dich einmal wie ein Gentleman und gib dem Mädchen deinen Pullover!«

Grummelnd zieht Dumbledore ihn schließlich aus und reicht ihn mir. Es ist mir unangenehm, den Pulli anzunehmen, aber ich kann ja auch nicht ihre Rückbank nass machen.

»Vielen, vielen Dank! Sie retten mir das Leben«, sage ich, als ich endlich die Tür schließe und vor dem Ertrinken geschützt bin.

»Da hast du recht, Mäuschen. Das einzige Münztelefon, das auf dieser Strecke noch existiert, ist an die fünfzig Kilometer weit weg – in die andere Richtung! Und Handymasten gibt es weit und breit keine. Kann man sich das vorstellen? Im einundzwanzigsten Jahrhundert?«

»Die Masten werden kommen, Erin.«

»Ja, das höre ich schon seit Jahren.«

»Als wüsstest du, wie man mit einem Handy umgeht.«

»Du würdest dich wundern, du alter Sack, was ich alles kann.«

Amüsiert halte ich mir die Hand vor den Mund. »Sie sind wohl schon lange verheiratet?«, platzt es aus mir heraus, und ich beobachte verwirrt, wie die beiden sich kurz ansehen und prustend laut loslachen.

»Nein, Spätzchen. Hilfe! Das ist mein bockiger Bruder. Wir kommen gerade aus Texas, wo unsere siebenundneunzigjährige Mutter wohnt. Die Alte gibt einfach nicht auf«, sagt sie lachend.

»Das hast du von ihr«, kommentiert Thomas. »Ich wollte dort schlafen, aber nein, meine Schwester muss zurück auf ihre Farm: Kühe melken.«

»Wenigstens habe ich einen Job, du schnöseliger, schrumpeliger Arsch.«

Ich presse die Lippen aufeinander. Das könnte ein Gespräch zwischen mir und meinem Bruder sein. Ich habe ihn zwar seit fast drei Jahren nicht mehr gesehen, aber der Junge hat schon immer ein Mundwerk gehabt, das verboten werden müsste.

»Wo sind wir eigentlich?«, frage ich erneut dazwischen und

hoffe, mich an die Route zu erinnern, die ich mir mühevoll eingeprägt habe.

»Die nächste Ortschaft ist Ceasar City, dort setzen wir dich ab. Wir müssen noch ein Stückchen weiter«, erklärt Thomas.

»Ist das noch in Illinois?« Bitte zumindest nicht davor!

»Iowa.«

Ein stolzes Lächeln zieht an meinen Mundwinkeln. *Du schaffst es nicht weiter als Ohio, bis du mich anrufst und bittest, dich irgendwo aufzulesen. Vor allem nicht in dem Auto.* Tja, sieht so aus, als hätte Jett unrecht gehabt. Keine Ahnung, wie ich von hier nun nach Idaho komme, aber die Hälfte der Strecke habe ich hinter mir. Zwölf Tage bleiben mir noch. Dann *muss* ich dort sein. Ich habe es ihnen geschworen.

Kapitel 2

Gabe

»Hundertachzich. Yeah, Alter! Drei hintereinander. Ich schick dich jetzt zur Darts-WM, wo du diesen hässlichen Ärschen in …« Mein bester Freund Ollie sieht sich in seinem besoffenen Zustand um, weil er weiß, dass irgendwas an dem Satz komisch wird. »In ihre hässlichen Ärsche treten kannst. Verdient man mit so was Kohle?«, fragt er, die Dollarscheine schon in den rot unterlaufenen Augen.

»Mit Arschtritten?«, frage ich amüsiert. »Nicht genug, um mich dort zu sehen.« Ich drücke ihm die Dartpfeile in die Hand und nehme Wendy mein Bier ab, das sie vorhin gestohlen hat und sich seither zweideutig an die Lippen hält. Sie macht einen Schmollmund, als sie ihren Arm in meinen einhängt und mit dem manikürten Zeigefinger das Tattoo an meinem Unterarm nachzeichnet. Sofort erschaudere ich – aber nicht auf gute Art und Weise. Sie ist ebenfalls besoffen, sonst würde sie mir nicht so auf die Pelle rücken. Wendy kann mich eigentlich gar nicht besonders leiden, was auf Gegenseitigkeit beruht. Umso mehr nervt es gerade, weil ich keinen Bock auf Spielchen wie diese habe. »Ich dachte, du hättest es mir geschenkt.«

»Nope. Du hast mehr Geld als ich, Wendy.« Ich ziehe meinen Arm aus ihrem. Berührungen kann ich nicht gebrauchen, allgemein nicht und schon gar nicht von jemandem wie ihr. »Du kannst dir dein eigenes Bier leisten.«

»Erst mal kanns' du dabei susehen, wie ich ein Bull's Eye nach dem anderen reinsteche …« Ollie grinst über seinen dämlichen Witz und wackelt mit den Augenbrauen. »Und wenn ich damit fertig bin, gebe ich euch eine Runde ausss.« Schmunzelnd setze ich mich zurück an die Bar und bestelle mir bei Piper noch ein Bier, weil Wendy meines so gut wie geleert hat. Dann sehe ich Ollie zu, wie er einen Dartpfeil nach dem anderen in der weißen Wand statt in der Scheibe versenkt. Er ist der einzige Grund, warum ich mich regelmäßig hier blicken lasse, er und dass es in dieser »Stadt« tatsächlich keine nennenswerten Alternativen gibt, wo man seine Zeit sonst absitzen könnte. Eigentlich habe ich nämlich keinen Bock, mit der Hälfte der Einwohner von Ceasar City dicht gedrängt herumzuhocken und zuzusehen, wie sich alle ins Delirium saufen, weil ihnen bei dem Wetter nichts Besseres einfällt. Fast alle sind Kerle, die hoffen, dass eins der Weiber, die sie schon seit Jahrzehnten kennen, aufkreuzt und wie durch ein Wunder mit ihnen in die Kiste springen will. Ich wünsche demjenigen viel Spaß, der Wendy heute abkriegt, sie ist definitiv auf der Suche. Ich nicht. Dauert nicht mehr allzu lange, bis auch sie das begreift und sich zu anderen ehemaligen Mitschülern stellt, die Pool spielen. Mit manchen von ihnen war auch ich mal befreundet. Bevor ich jedem erklärt habe, dass mein größtes Ziel ist, nicht in diesem Kaff zu versauern. Und jetzt? Drei Jahre, nachdem ich mich mit »Auf Nimmerwiedersehen« verabschiedet habe, hänge ich wieder hier herum, mit einem Berg Schulden, einer Polizeiakte und einem Haufen Scheiße hinter mir, den ich nie wieder loswerde. Kann nicht wirklich behaupten, dass ich mit offenen Armen aufgenommen worden bin. Ist mir aber scheißegal. Ich bin auch nicht auf der Suche nach Freunden. Alles, was ich will, ist, die Zeit abzusitzen, die nötig ist, bevor ich abhauen und weit weg von vorne anfangen kann. Bis es so weit ist, bin ich Ollie dafür dankbar, dass er mich zwingt, ein paar Mal die Woche aus meiner desinteressierten und verschlossenen Welt zu kriechen.

Die Klingel am Eingang der Bar bimmelt, was an sich nichts Neues ist, aber dieses Mal verändert sich etwas an der Atmosphäre. Sofort fahren meine Antennen aus und ich wappne mich für was auch immer. Im letzten Jahr habe ich auf die harte Tour gelernt, mir meiner Umgebung und allem, was rund um mich herum passiert, stets peinlich genau bewusst zu sein. Das macht der Knast mit dir. Verpennst du die Warnsignale, stehen die Chancen gut, auf der Krankenstation aufzuwachen.

Es ist, als wäre Michael Jackson von den Toten auferstanden, um das Musikvideo von »Smooth Criminal« neu zu verfilmen. Köpfe drehen sich, Gespräche verstummen. Ein Wunder, dass die Musik nicht auch erstirbt. Mit zusammengebissenen Zähnen werfe ich einen Blick auf den Grund für das Affentheater.

Eine Frau. Natürlich. Sie hält sich noch ihre Jacke über den Kopf, die wohl als schwacher Regenschutz gedient hat, und schüttelt sich, während sie ins grelle Licht blinzelt. Die hellbraunen Haare hängen ihr in nassen Strähnen ins Dekolleté, ein schwarz-weiß gestreiftes Shirt versteckt in seinem Zustand nur sehr wenig von dem weißen BH, den sie trägt. Einem dunkelroten Rock folgen verflucht lange Beine, die in hohen Absätzen enden. Trotz des Aufzugs wirkt sie ziemlich unsicher, so wie sie sich auf die Lippe beißt und auf den Zehenspitzen herumtrippelt. Entweder ignoriert sie absichtlich die Blicke, die ihr alle zuwerfen, oder sie kriegt wirklich nichts mit, während sie an die Bar kommt und sich praktisch neben mich setzt. Gefühlte fünfzehn Armreifen und Ringe klackern gegen den Holztresen, auf dem sie nervös herumklopft. Ich habe genug gesehen, um

17

zu wissen, dass ich mir auch an ihr nicht die Finger verbrennen werde. Ollie scheinbar nicht, der glotzt sie an, als hätte er ein neues Spielzeug zu Weihnachten bekommen. Ich bedanke mich bei Piper, die mir eine neue Bierflasche hinstellt, bevor sie sich über die Bar lehnt.

»Na klar doch, Baby«, sagt sie und zwinkert mir zu, nickt dann freundlich der Neuen zu. »Hallo, Fremde! Was darf ich dir denn bringen?«

»Ein neues Auto wäre richtig nett.« Die Stimme überrascht mich. Ich hätte mit einer höheren *Clueless*-Californian-Valley-Girl-Tonlage mit vierzehn Likes in einem Satz gerechnet, jene, bei denen den Mädels permanent der Sauerstoff auszugehen scheint, weil sie denken, lang gezogen wäre sexy. Ihre Stimme klingt allerdings ruhig, harmonisch, manche Wörter fast schnurrend. Alter! Was labere ich da eigentlich? Mir doch scheißegal, wie sie klingt!

Piper lacht und legt den Kopf schief. »Sorry, das steht leider nicht auf der Karte. Ich kann dir nur einen Drink anbieten.« Sie reicht ihr die wahrscheinlich einzige abgefuckte Karte, die es gibt, weil alle Leute, die herkommen, sowieso immer das Gleiche bestellen. Aus dem Augenwinkel sehe ich die Neue den Kopf schütteln.

»Und vielleicht eine Decke, obwohl du den Kerlen hier gerade eine große Freude machst.«

Scheinbar ist dem Mädchen das halb durchsichtige Shirt nicht bewusst, denn ich höre sie ächzen, bevor sie mühevoll versucht, in ihre klebrige Jacke zu schlüpfen. »Traumhaft«, murmelt sie und zieht den Reißverschluss bis zum Anschlag hoch. »Nein, danke, was die Decke angeht«, antwortet sie schließlich. »Ich kann nicht bleiben. Aber was kostet denn ein Glas Wasser?«

Piper kichert, während auch Ollie endlich aus seiner Starre geweckt wird und mir mit einem Klaps auf die Brust signalisiert, dass er Anspruch auf die neue Beute anmeldet. Als ob

18

mich das interessiert! Das Letzte, was ich zurzeit brauche, ist ein Mädchen. Konzentriert beschäftige ich mich lieber mit dem Etikett meiner Bierflasche, während Ollie sich zwischen uns stellt und sich räuspert.

»Du kanns' gern auch was Richt'ges bestellen, Schönheit. Geht auf mich.«

»Nein, danke«, gibt sie lediglich zurück und behandelt ihn wie Luft. Normalerweise würde mich das nerven, weil ich es nicht leiden kann, wenn Frauen sich für etwas Besseres halten, aber sie hört sich nicht hochnäsig an. Eher resigniert.

»Wo kommst du denn her, wo Wasser etwas kostet?«, fragt Piper, bevor Ollie etwas Neues einfallen kann.

»New York.« Damit hat sie dann doch meine Aufmerksamkeit. Ich sehe mir ihr Gesicht genauer an. Sie hat große Ariana-Grande-Augen, nur ohne die unnötig verlängerten Wimpern. Ihre Nase ist klein mit einem winzigen Piercing auf der linken Seite. Ihr Ohr ist auch doppelt gepierct und ihr Mund ist definitiv der interessanteste, den ich je gesehen habe. Während die Oberlippe aussieht wie ein symmetrisches Trapez, ist die Unterlippe voller, aber gleichzeitig kleiner, falls das Sinn macht. Sie trägt trotz Regen immer noch ziemlich viel Schminke im Gesicht. Ich frage mich für einen Moment, ob ihr das, was drunter ist, nicht gefällt, oder ob sie einfach versucht, älter auszusehen, als sie wahrscheinlich ist.

»Und wie verirrt sich ein Großstadtmädchen wie du in unser nettes Dörfchen?«, erkundigt sich Piper mit der Frage, deren Antwort hier wohl jeden interessiert. Ich sehe mich kurz um und unterdrücke ein Lachen über all die Kerle hinter mir, die in den Startlöchern stehen und auf ihre Chance warten. Die Krankheit einer Kleinstadt. Wirf frisches Futter hinein und alle stürzen sich darauf.

»Bin auf dem Weg nach Idaho. Aber mein Auto hat den Geist aufgegeben. Jemand war so nett und hat mich hier abgesetzt. Allzu viel war nicht mehr beleuchtet und ich weiß nicht, wo der nächste Abschleppdienst ist. Kennst du vielleicht jemanden hier, der mir helfen kann?«

Als Ollie mir die Faust in den Oberarm rammt, schließe ich die Augen.

»Hey, Angel!« Piper dreht den Kopf zu mir und grinst breit. »Eine hübsche Lady will wissen, ob jemand sie abschleppen kann.«

Ich atme tief ein und trinke ein paar Schluck Bier. Wenn ich noch einen dieser lahmen Sprüche hören muss, bevor ich besoffen bin und die mir am Arsch vorbeigehen, verpasse ich jemandem eine.

»Kannst du? Sie abschleppen?«

Obwohl ich das Starren der Fremden förmlich auf mir spüre, sehe ich weiterhin Piper an und zucke mit den Schultern.

»Jap. Sag ihr, sie soll Montag um acht Uhr mit der Adresse vor der Werkstatt sein.« Ollie gibt mir einen What-the-fuck-Gesichtsausdruck und ja, ich weiß, ich komme gerade scheiße rüber, aber ich kenne Mädchen wie sie. Vermutlich wird sie erwarten, dass ich ihre Karre gratis repariere, nur weil sie in ihrem kurzen Rock kräftig mit den Wimpern klimpert.

»Nein, du verstehst nicht.« Die Neue steht auf und zwängt sich an Ollie vorbei an meine Seite. »Mein Auto steht irgendwo mitten in der Pampa. Alle meine Sachen sind da drin, und wenn ich Pech habe und es so weiterregnet, bekommt der Wagen über Nacht Kiemen.«

»Wie gesagt, Montag null achthundert öffnen wir wieder.« Ich drehe den Kopf nun doch langsam zu ihr, um zu unterstreichen, was ich sage. »Jetzt habe ich Feierabend und morgen ist geschlossen.«

Ihre dunkelbraunen Augen wandern zwischen meinen hin und her. Ihr Mund ist leicht geöffnet und sie wirkt so fassungslos, als hätte ihr noch nie jemand eine Bitte abgeschlagen. »Ist das dein Ernst?«

»Die Koordinaten von der Stelle, wo das Auto steht, gehen auch, wenn du keine Adresse hast.« Die Enttäuschung in ihrem Gesicht wird langsam zu einem Ausdruck von Wut. Gut so. »Noch was?«

Sie stützt sich mit einer Hand an der Bar, mit der anderen in ihrer Hüfte ab. »Ja. Bist du immer so ein Prinz oder gibst du vor mir nur gerade besonders an?«

Ich schnaube. »Weiter so, Kleine. Hau noch ein paar dieser Sprüche raus, dann hab ich sicher mehr Lust, dir um zwei Uhr morgens zu helfen.«

Sie kneift die Augen zusammen. »Weißt du was? Ich brauche deine Hilfe nicht. Ich finde jemand anderen, der daran interessiert ist, Geld zu verdienen. Du kannst dich ja mit deiner sympathischen Art sicher vor Arbeit nicht retten. Und übrigens: Nur weil du eines hast, musst du dich nicht wie ein Arschloch benehmen.«

Ollie, der Verräter, lacht über ihren Spruch.

Sie wendet sich an Piper. »Darf ich mal das WC benutzen?«

»Na klar, Schätzchen. Erste Tür rechts«, antwortet Piper, und die Fremde kann es nicht lassen, mir noch einen hasserfüllten Blick zuzuwerfen, bevor sie im Vorbeigehen ihre Schulter in meine rammt.

»So kenne ich dich gar nicht. Hast du deine Tage oder so?«, will Piper wissen und verschränkt missbilligend die Arme vor der Brust, als würde sie das irgendetwas angehen. Aber sie hat recht. Sie kennt mich nicht mehr. Das gilt für jeden hier.

»Weisch du noch, als ich dir mal gesagt hab, dass ich dich cool finde?«, beginnt Ollie kopfschüttelnd und setzt sich dorthin, wo die Kleine eben noch gesessen hat. »'s war gelogen. Da verirrt sich die einzige heiße Braut seit Jahren in dies' Loch, mit der nich' schon mindestens drei deiner Freunde geschlafen

21

haben, und du schicks' sie in die Wüste? Hast du in den letzten vier Jahren deinen Schwanz abgegeben, Kumpel?« Er weitet die Augen und lehnt sich näher zu mir. »Oder doch vielleicht Seiten gewechselt, als du …«

Ich verspanne mich und schieße ihm einen warnenden Blick zu. »Beende den Satz lieber nicht!« Er hat keine Ahnung, wovon er redet. Nickend rülpst er und stolpert vom Barhocker, wobei ihm die Dartpfeile aus der Hand fallen.

Was wollen die beiden denn überhaupt von mir? Ich würde das Auto heute Nacht sowieso nicht mehr reparieren, und wenn es während der Fahrt liegen geblieben ist, lässt sich das Problem sehr wahrscheinlich nicht in ein paar Minuten lösen. »Ruf bei Russell an! Sag ihm, dass sie ein Zimmer für die Nacht braucht. Ich bin raus«, rufe ich Piper zu, die ein wissendes Lächeln aufsetzt, als hätte ich irgendwas Ritterliches gesagt. »Soll ich dich mitnehmen?«, frage ich Ollie.

»Die swei Blocks su meinem Haus? Nein, danke, isch bleibe bei der Schönheit.« Er lächelt breit, als die Fremde zurückkommt und Piper ihr ein Wasser hinstellt. »Ich kann sicher was für dich tun«, sagt er zu der Kleinen.

»Wirklich?« So hoffnungsvoll, wie sie plötzlich dreinschaut, könnte sie einem fast leidtun. Ist sie so naiv, um den Spruch anders zu deuten, als er gemeint gewesen ist? Jeder Blinde hört und riecht, dass Ollie stockbesoffen ist.

»Na klar. Abschleppwagen hab ich nich', aber 'nen Cocktail zum Warten, oder zehn? Ich wär sogar bereit, mein Bett bisch Montag mit dir zu teilen.«

Ich verdrehe die Augen und hole mein Portemonnaie aus der Hosentasche.

»Nein und nein. Und jetzt schwirr ab!«, gibt sie trocken zurück.

»Süße, du kennsch mich noch nich', aber ich krieg immer, was ich will.« Und als wolle er ihr zeigen, was das ist, sollte sie es noch nicht gecheckt haben, gibt der Idiot ihr einen Klaps auf den Hintern. Wenn er so weitermacht, nimmt er heute ein blaues Auge mit ins Bett. Ich will ihm gerade sagen, dass er einen Gang runterschalten sollte, als mir das Feuer in den Augen der Fremden auffällt und ich so etwas wie Vorfreude auf ihre Retourkutsche empfinde.

»Ja? Wie sieht's aus mit einem Tritt in deine Kronjuwelen? Willst du den? Da stehen deine Chancen gerade richtig gut.« Jap, die Kleine hat ein großes Mundwerk. Die kann sich schon wehren. Belustigt lecke ich mir über die Lippen, werfe das Geld auf den Tresen und klopfe Ollie zum Abschied auf den Rücken.

»Ich fahre dich«, höre ich hinter mir jemanden sagen und lasse stöhnend den Kopf hängen.

»Du bist besoffen, Hank. Du fährst heute nirgendwo mehr hin.« Piper. Gut, dass wenigstens sie nüchtern bleiben muss.

»Ich kann dich hinbringen.« Alter! Was ist das hier? Intensiv-Speeddating? »Ich bin antialkoholisch«, schleimt der Typ, dessen Stimme ich sofort erkenne. Clyde, der Footballstar meiner Highschoolzeit, Inbegriff des Klischee-Quarterbacks, damals Erzrivale meines Bruders und frisch geschieden, nachdem seine Frau ihn in flagranti erwischt hat. Aber wieso mache ich das zu meinem Problem? Geht mich einen Dreck an! Also verdrücke ich mich durch den Ausgang, lehne mich unter dem Schutz der Überdachung an die Hausmauer und zünde mir eine Kippe an. Weder bin ich müde, noch habe ich Lust, nach Hause zu gehen. Schlaf verliert ziemlich seinen Reiz, wenn man die ganze Zeit ein Auge offen halten muss. Nach kurzer Zeit bimmelt die Türklingel neben mir wieder und Clyde führt die Fremde aus der Bar.

»Ich hatte nicht vor, deinen Wagen abzuschleppen, Babe«, klärt er sie auf. Natürlich nicht. Das macht man nicht mit einem Audi. »Ich kann deinen Kram holen, wenn du den unbedingt brauchst. Aber vorher gehen wir dich mal aufwärmen und was trinken.« Er spannt seinen Schirm auf, doch die Kleine bugsiert sich aus seinem Halt und landet wieder im Regen.

»Ich will nichts trinken. Ich muss zu meinem Auto, bevor jemand meinetwegen einen Unfall baut.« Ist möglich bei dem Wetter. Je nachdem, wie und wo sie wirklich stehen geblieben ist. Ich schließe die Augen, atme den Rauch ein und verfluche die dämlichen Gewissensbisse, die keinen Grund dazu haben, mir auf den Sack zu gehen. Was hätte sie denn gemacht, wäre ich nicht in der Bar gewesen?

»Und das kann nicht noch 'ne Stunde warten?«, fragt der Typ allen Ernstes.

Meint er, bis er fertig ist mit ihr? Verdammt noch mal! »Geh nach Hause, Clyde!«, platzt es aus mir raus. Die hoffnungsvollen braunen Augen der Kleinen landen auf mir, weil ich den Ball eben wieder in meine Hälfte des Feldes gespielt habe. Scheiße! Warum konnte ich nicht einfach die Klappe halten?

Clyde starrt mich an. »Was willst du denn? Du hattest deine Chance. Jetzt bin ich dran.«

»Hör mal, du Kackstiefel!«, motzt die Kleine mit fuchsteufelswildem Blick Clyde an. »Weder bin ich auf der Suche nach einer *Chance* mit irgendeinem Neandertaler wie dir …« Sie schubst ihn, woraufhin er ihren Unterarm packt.

»Komm mal runter von deinem Trip!«

Mit zusammengepresstem Kiefer werfe ich die Zigarette weg und marschiere auf ihn zu. »Ich sagte: Geh nach Hause, Clyde!«

Er schleudert ihren Arm förmlich von sich und zeigt uns beiden den Mittelfinger. »Scheiß auf euch zwei!«

Aber die Kleine sieht nicht so aus, als wäre sie schon fertig mit ihm, und geht ihm nach. Ich greife nach ihrer Hand und drehe sie zu mir um. Ihr wütender Gesichtsausdruck lenkt mich irgendwie ab, sodass ich um ein Haar vergesse, sie so schnell wie möglich wieder loszulassen.

»Lass mich! Kerle wie den esse ich zum Frühstück.«

»Da bin ich mir sicher.« Ich kratze an meiner Lippe, um das Schmunzeln zu verstecken, das jetzt eigentlich fehl am Platz ist, und balle die Hand, mit der ich eben noch ihre gehalten habe, zu einer Faust. »Willst du jetzt zu deinem Auto oder nicht?« Sie stemmt die Hände in die Hüfte und ich kann praktisch sehen, wie sich in ihrem Kopf wieder irgendein schlagfertiger Spruch formt. Herausfordernd hebe ich die Augenbrauen, weshalb sie es sich dann doch anders überlegt und sich zu einem einfachen Nicken durchringt. Weise Entscheidung.

Weil wir beide durchnässt sind, als wir meinen Jeep erreichen, werfe ich ihr ein Arbeitshandtuch zu, sodass ich nachher nur einen Sitz trocknen muss. Als ich einsteige, ist sie noch damit beschäftigt, das Handtuch über den Sitz zu legen. Ich beobachte sie für einen Moment, weil sie keine Miene darüber verzieht, dass das Ding voller alter Ölflecke ist. Es ist gewaschen, allerdings sieht es nicht danach aus.

»Deinen Ausweis, bitte!«, sage ich, während sie sich anschnallt. Und da ist es: Das Reh im Scheinwerferlicht, das mir schon alles verrät, was ich wissen muss, noch bevor sie antwortet.

»Was? Warum?«

»Für den Anfang mal, weil ich einen Namen und eine Adresse brauche, um dir eine Rechnung zu schreiben. Und zweitens, weil ich mir nicht vorstellen kann, dass du alt genug bist, um die Bar betreten zu dürfen.«

Sie schluckt, sieht kurz beschämt aus dem Fenster, und es frustriert mich tierisch, weil Erinnerungen hochkommen. »Ich bin einundzwanzig.«

Verächtlich schnaubend beiße ich mir auf die Unterlippe. »Ja, klar.«

»Wer bist du? Mein Vater? Was geht dich das überhaupt an? Ich will dich nicht heiraten oder so, sondern nur deinen Abschleppdienst.«

Meine Hände umklammern das Lenkrad etwas fester. »Aber das ist der Punkt. Ich bin kein Abschleppdienst und das ist meine Freizeit. Ich bin nicht interessiert daran, Ärger zu bekommen, und du siehst aus wie der Inbegriff dieses Wortes.«

Sie zieht die Augenbrauen zusammen, als hätte ich sie verletzt. »Wie nett, danke. Gar nicht anmaßend von dir, oder? Du kennst mich wie lange? Acht Minuten?«

»Dauert nicht länger, das herauszufiltern.« Das musste ich auf die harte Tour lernen. Nie wieder! »Aber bitte. Beweis mir, dass ich falschliege«, fordere ich sie auf und wünsche mir irgendwie, dass sie es tut. Nach ein paar Sekunden, in denen sie mich mit offenem Mund anstarrt, kramt sie ihren Ausweis aus der Geldbörse. *Emily West.* Laut Geburtsjahr wäre sie einundzwanzig. Ich kauf es ihr nicht ab. Der Ausweis ist gefakt. Und wenn sie mich weiter anlügt, kann sie sehen, wo sie bleibt. »Ich werde dich jetzt noch ein letztes Mal darum bitten, ehrlich zu sein.« Ich hasse es, wie erbärmlich der Satz klingt. Ich hasse es, wie misstrauisch ich geworden bin. Ich vertraue niemandem mehr. Will ich auch gar nicht.

Sie presst die Lippen aufeinander und starrt auf ihre Hände. »Ich werde in zwölf Tagen achtzehn.«

Gottverdammt. Ein zynisches Lachen entfährt mir. Natürlich. »Nein …«, sage ich bestimmt und schüttle den Kopf. Sie hat nicht nur gelogen, sie ist außerdem noch nicht einmal achtzehn. »Du musst aussteigen!«

»Wie bitte?« Sie klingt, als hätte ich ihr jeglichen Wind aus den Segeln genommen.

»Drei Straßen weiter in die Richtung gibt es ein Bed and Breakfast. Wenn du lange genug klingelst, macht dir jemand auf. Ich such dir morgen früh jemand anderen, der deinen Wagen abschleppt. Ich kann dir nicht helfen.«

»Aber ...« Ich sehe sie an, finde zurückgehaltene Tränen in ihren Augen und die stille Erwartung an mich, dass ich etwas anderes sage, meine Meinung ändere. Aber warum sollte ich? Welchen Sinn macht es, den braven Gentleman zu spielen, wenn man später sowieso vor der Welt als Monster hingestellt wird? Nicht mehr mit mir. »Okay. Danke für gar nichts.« Mit zitternden Händen tastet sie nach dem Türgriff und hat es so eilig rauszukommen, dass sie dabei umknickt. Sollte es wehgetan haben, lässt sie sich nichts anmerken, als sie die Tür so fest zuwirft, dass mein Jeep wackelt. Sie macht sich in die dem Bed and Breakfast entgegengesetzte Richtung auf. Dorthin, wo sie hergekommen sein muss. Ceasar City ist nicht gerade groß. Es gibt praktisch nur das eine und das andere Ende. Und dieses hier ist jenes, das an der Interstate liegt. Dazwischen gibt es nichts. Was soll das also?

Fluchend raufe ich mir die Haare, öffne meine Seite und steige aufs Trittbrett. »Falsche Richtung«, rufe ich über das Donnergrollen.

Ich bin nicht sicher, weil sie sich nicht die Mühe macht, sich umzudrehen, aber ich glaube etwas zu hören wie: »Kann dir doch egal sein!« Und sie hat recht. Das kann es. Sollte es. Ich bin ihr nichts schuldig. Zu nichts verpflichtet. Ich habe meine eigenen verdammten Probleme und werde mich sicher nicht für neue verantwortlich machen lassen.

Warum stehe ich dann immer noch hier draußen? »Willst du dein Auto selbst abschleppen?«

Das bringt sie doch dazu, stehen zu bleiben und herumzuwirbeln. »Mach dich über wen anders lustig, Arschgesicht. Ich werde schon jemanden finden, der nicht über mich urteilt und mich wie Dreck behandelt.«

Keine Ahnung, warum, aber irgendwas an der Aussage geht mir verflucht gegen den Strich. Vielleicht ist es einfach die gebrochene Art, wie sie es sagt. Oder die Tatsache, dass ich verdammt noch mal genau weiß, wie sich das anfühlt. Habe ich mir in den letzten zwei Jahren nicht exakt dasselbe gewünscht?

Fluchend senke ich die Stirn gegen das Autodach. Das hier ist nicht wie damals. So was passiert mir nicht noch einmal. Vor zwei Jahren war ich ein Idiot und habe für meinen Fehler mehr als genug bezahlt. Ich habe daraus gelernt. Als ich den Kopf wieder hebe, fällt mir ein kleines Humpeln in ihrem Gang auf, was mir wohl den letzten Tritt gibt. *Fuck!*

»Warte!«

Kapitel 3

Em

Ich würde jetzt gerne behaupten, dass ich mich nach dem
»Warte!« von diesem Mistkerl umgedreht und ihm gesagt habe,
dass er sich sein spätes schlechtes Gewissen in den Allerwertesten
schieben kann, weil ich mich so nicht behandeln lasse. Leider
wäre das aber gelogen. Wie heißt es so schön: In der Not frisst
der Teufel Fliegen! Und wirklich! Was wäre in diesem Fall
meine Alternative gewesen? Die geschätzten zwanzig Kilometer
zu Fuß zurück zum Auto zu hinken – alles nur seine Schuld
und die von seinem blöden, hohen Jeep –, um dann wieder
vor dem ursprünglichen Problem zu stehen, dass ich mich ohne
Empfang nicht vom Fleck rühren könnte? Also habe ich die
Zähne zusammengebissen und bin wortlos wieder in sein Auto
geklettert. Wortlos sind wir zur Werkstatt gefahren, um in den
Abschleppwagen umzusteigen, was fast unangenehm gewesen
ist, weil der Geruch nach irgendetwas Karamelligem mit einem
Unterton von Zigarettenrauch von etwas Metallisch-Öligem
abgelöst wurde. Wortlos düsen wir seither dorthin, wo ich –
zumindest hoffe ich das – hergekommen bin. Ist nicht unbedingt so, als wäre die Strecke mit Ortsschildern und Wegweisern

gepflastert. *Angel* hier scheint kein Problem mit der Stille zu haben und ich wünschte, ich hätte den längeren Atem, aber …

»Hast du auch schon mal überlegt, wie hoch die Überlebenschance wäre, wenn du die Tür öffnen und dich aus dem fahrenden Wagen schmeißen würdest?« Ich weiß, er kann mich in dem Minilicht, das sein Armaturenbrett abstrahlt, kaum sehen, aber ich bemühe mich nicht einmal, unschuldig dreinzuschauen. »Also, weil das peinliche Schweigen beim Autofahren so unangenehm geworden ist?«

Er lässt sich eine angemessene Menge an Zeit, um meinen Punkt zu unterstreichen. »Ich kann jederzeit rechts ranfahren, wenn dir das lieber ist.«

Ich unterdrücke den Drang, ihm die Zunge zu zeigen. »Lieber würde ich erfahren, weshalb du wie so ein Saftsack zu mir bist.«

»Einfach so.«

Ich stoße ein humorloses Lachen aus. »Ach, das ist ja ein origineller Grund eines Vierjährigen. Jetzt verstehe ich deine Abneigung natürlich viel besser.« Ich schätze, es ist schon ein Anfang, dass er es nicht leugnet. Trotzdem geht es mir auf den Keks. »Vielleicht kann ich es ein bisschen eingrenzen. Hast du allgemein ein Problem mit Frauen? Mit Siebzehnjährigen? Oder nur mit mir?«

»Ich kenne Mädchen wie dich«, antwortet er knapp. Kühl.

»O Gott«, stöhne ich. »Okay. Mädchen wie mich? Nur zu! Bitte, erläutere!«

»Hör mal! Mir ist klar, dass du wahrscheinlich jedem Kerl den Kopf verdrehen und ihn um den Finger wickeln kannst. Dich stört es nicht, alle Blicke im Raum auf dich zu ziehen, aber mich schon.«

Blinzelnd versuche ich, mir die Komplimente herauszufiltern. »Du glaubst, ich verdrehe Typen den Kopf?« Verdammt. Die Frage klingt, als würde ich nach Anerkennung lechzen, nicht vorwurfsvoll, wie sie eigentlich gedacht gewesen war. *Du glaubst, ich bin darauf aus, Typen den Kopf zu verdrehen*, hätte das heißen müssen, aber er bringt mich durcheinander.

»Kleine, Typen müssen entweder blind oder bescheuert sein, um dich nicht zu bemerken. Aber ich habe keinen Bock auf die ungewollte Aufmerksamkeit, die du brauchst.«

»Okay, ich könnte schwören, das war schon wieder eine Beleidigung.« Wenn mich nicht alles täuscht, höre ich ihn leise lachen. Ich greife nach dem erstbesten Gegenstand, der mir unterkommt, und fetze ihn auf seinen Oberarm. Dabei empfinde ich die größte Genugtuung, als er zusammenzuckt und zu mir sieht.

»Hast du mich gerade mit meinem Zigarettenanzünder beworfen?« Seine Stimme klingt bedrohlich, aber ich suhle mich noch zu sehr in Schadenfreude, um mich davon beeindrucken zu lassen.

»Wie? Hast du das etwa nicht von einem *Mädchen wie mir* erwartet?« Ich verschränke die Arme vor der Brust. »So, und jetzt pass mal gut auf!«, beginne ich und drehe mich voll in seine Richtung, damit er meine gesamte Rache spüren kann. »Erstens bin ich nicht klein.« Eins einundsiebzig ist absolut in der Norm. »Zweitens: Ja, ich habe mich älter gemacht. Buh – verdammt noch mal. Wer hat das nicht schon mal getan? Und bestimmt nicht, weil ich mir in einer Bar einen Kerl aufreißen wollte. Drittens: Der einzige Grund, warum ich dir und diesem Schleimbeutel vorhin nicht in die Eier getreten habe, ist, dass ich wirklich Hilfe brauche. Dieser Ford und das, was sich darin befindet, ist alles, was ich derzeit besitze. Und viertens: Ja, steinige mich, weil ich im Sommer einen kurzen Rock trage. Mein Auto verfügt leider über keine feine Klimaanlage. Hätte ich gewusst, dass ich dich mit meinem Aussehen beleidige, hätte ich mich selbstverständlich anders gekleidet.« Ich lasse dem Sarkasmus in meinem Ton ein paar Sekunden Zeit, um nachzuwirken. »Außerdem brauchst du sicher nicht mich, um Aufmerksamkeit auf dich zu ziehen, Kumpel.«

»Was soll das denn heißen?«

Ist er jetzt beleidigt? Geschieht ihm recht. Trotzdem frage ich mich, ob er sich in letzter Zeit mal im Spiegel angesehen hat. »Sagen wir einfach mal, dein Spitzname passt nicht besonders gut zu dir.« Ich glaube, jeder hat ein bestimmtes Bild im Kopf, wenn er an einen Engel denkt. Dieser Typ trifft keines davon. Er ist ziemlich groß, und da er nur ein T-Shirt trägt, habe ich eine gute Aussicht auf seine definierten Armmuskeln und die Handvoll Tattoos, die diese Muskeln irgendwie hervorheben. Tattoos sind mir in der Regel egal, aber seine regen mich auf, weil sie entweder halb unter dem T-Shirt-Ärmel oder rund um den Arm verschwinden und nie vollständig zu sehen und zu deuten sind. Ich würde es zwar nur unter Folter offen zugeben, aber er ist definitiv gut aussehend mit seiner Leck-mich-doch-Art und diesen verflixt grünblauen mandelförmigen Augen. Er hat dunkle, dichte, aber Gott sei Dank geformte Augenbrauen, die eine Mischung aus Beunruhigung und Verärgerung rüberbringen und zwischen denen eine scheinbar permanente Falte liegt. Soweit ich das unter der verkehrt aufgesetzten Baseballkappe gesehen habe, hat er braune Haare und eine Narbe, die von der Wange bis unter die Kappe reicht. Sie sieht nicht besonders alt aus, und ebenso wie bei den Tattoos reizt es mich ungemein nachzufragen, woher die kommt. Unter seinem Dreitagebart erkennt man einen ausgeprägten Unterkiefer, und vorhin in der Bar ist mir aufgefallen, dass er dezente Sommersprossen rund um die Nasenflügel und die Wangenpartie hat. Manche würden vielleicht behaupten, Sommersprossen wären zu süß, um als sexy zu gelten, aber ehrlich: Er hat die Sorte Gesicht, die man problemlos für den Rest seines Lebens ansehen könnte, ohne dass es langweilig würde. Leider lässt seine Persönlichkeit bisher zu wünschen übrig, was allerdings bei den gut aussehenden Kerlen oft Hand in Hand geht. »Oder willst du mir etwa erzählen, dass das dein echter Name ist?«, ergänze ich, weil von ihm nichts kommt.

»Hättest du ein Problem damit?«

»Überhaupt nicht.« Ich zucke mit der Schulter. »Ich würde mich nur fragen, ob du als *Pornodarstellerin* gut verdienst oder ob deine Mom ähnlich wie meine einen ganz schlechten Sinn für Humor gehabt hat.«

Im schwachen Licht sieht es aus, als würde er mit seinen Mundwinkeln kämpfen. »Wie, *dein* Name ist nicht wirklich Emily?«, hakt er mit gespielter Überraschung nach.

Verdammt. Ich habe ganz vergessen, dass Emily auf dem Ausweis steht, nachdem ich mich, seit ich reden kann, immer als »Em« vorstelle. *Richtig gute Arbeit, die du da leistest, um dich vor ihm glaubwürdiger zu machen. Aber, hallo? Muss ich das denn?* Er hat mich sowieso schon abgestempelt. Ich verstehe nur nicht, warum es mich irritiert. »Emerald«, antworte ich deshalb trotzdem, weil es mich scheinbar so sehr stört, dass ich zum ersten Mal seit fast drei Jahren meinen echten Namen verrate. Wahrscheinlich einfach, weil ich bald achtzehn werde und dann nichts mehr zu befürchten habe. Kann mir nicht vorstellen, dass der Typ gleich zum Handy greift und mich verpfeift.

Emerald. Es ist komisch, den Namen wieder einmal laut auszusprechen. Ich habe ihn immer gehasst. »Ganz ehrlich. Sollte man sein Baby nicht bei der Geburt ansehen und zum Wohle des braunäugigen Kindes gegen den Namen entscheiden, der sich nach einem achtzigjährigen *Mann* anhört? Offiziell mag es ein Mädchenname sein, aber er ähnelt einfach Gerald, Archibald und Co.« Dann fixiere ich wieder Angel. »Und glaub nicht, ich hätte nicht bemerkt, dass du meine Frage ignoriert hast.«

Zum ersten Mal wirkt er nicht mehr, als sei er buchstäblich unter Strom. Mit dem Ellbogen lehnt er sich ans Fenster. Die freie Hand legt er lässig über das Lenkrad. »Gabe.«

Kommt von Gabriel, nehme ich an. Deswegen Angel? Wie dieser Engel aus der Bibel? Kreativ. Aber Gabe passt definitiv besser zu ihm. »Yay. Ich habe deinen Namen. Wenn du mich jetzt bitte entschuldigst. Ich muss anfangen, unsere Hochzeitseinladungen zu schreiben«, feixe ich.

»Hast du eigentlich für alles einen geistreichen Spruch auf Lager?«, fragt er, und ich bin mir fast sicher, dass er immer noch lächelt. Wow. Vielleicht sollte ich ein Foto machen.

»Ich habe drei Jahre in New York gelebt. Wenn du dort nicht das letzte Wort hast, bist du in der Regel der Verlierer.«

Im Wagen wird es langsam schön warm. Leider hat der Regen noch nicht das Memo bekommen, dass es mal reicht, aber wir müssten bald an der Stelle sein, an der mein armes Auto steht. »Warum bist du überhaupt vom Highway abgefahren?«, will Gabe wissen. »Hier ist sonst niemand unterwegs. Das ist die alte Ost-West-Route und ein totaler Umweg.«

Was er nicht sagt. Wäre mir gar nicht aufgefallen! »Da war ein Unfall kurz nach der Abfahrt. Ich wollte nicht aufgehalten werden.« Soweit das beim Autofahren im Regen eben möglich ist, glotzt er mich an. Da ist sie wieder, diese angespannte Haltung. Meine Schultern sacken ab, weil ich gerade noch dachte, wir hätten endlich einen winzigen Fortschritt gemacht. Ich hebe fragend eine Augenbraue. »Ist was?«

»Läufst du vor den Bullen weg?« Was für eine eigenartige Frage. Habe ich ihm in irgendeiner Weise dieses Gefühl gegeben?

»Nein. Du?«, frage ich provokant zurück und erhalte wie erwartet keine Antwort.

»Vor wem läufst du dann weg?«

»Warum muss man denn immer vor irgendjemandem *weglaufen*? Tatsächlich laufe ich zurück, wenn du es so willst. Ich habe ein Versprechen einzuhalten.« Ich gebe ihm einen kleinen Geschmack seiner eigenen Medizin, indem ich es bei dieser Info belasse. Dann quietsche ich fröhlich und klatsche mir auf die Oberschenkel, weil ich das einzelne Licht eines Scheinwerfers auf der Straße erkenne. »Da ist es. Floyd steht noch dort.«

»Wer?«

»Na, mein Wagen.« Nervös rutsche ich auf dem Sitz herum, wippe abwechselnd mit den Beinen. »Denkst du, irgendwer hat ihn ausgeraubt? Sind die Türen offen?«

Ich könnte schwören, seine Hand hätte gerade fast mein Knie berührt, wahrscheinlich weil ihn das Gewackel nervt, doch er legt sie auf den Schaltknüppel. »Alles ist gut.« Eigentlich nicht, aber ich weiß, er meint es gut. Er wendet den Abschleppwagen, sodass er vor meinem Ford steht und drückt irgendeinen Knopf. Hinter uns wird es laut, als ich den Gurt löse.

»Ich mach das schon. Bleib drin!« Dann greift er nach seinen Arbeitshandschuhen und springt raus.

»Äh … nö«, erkläre ich der Luft und öffne die Tür. Das hier ist alles meine Schuld. Auf gar keinen Fall bleibe ich gemütlich im Wagen, während der Typ vom Blitz getroffen wird. Dann hätte er noch etwas, was er mir für den Rest meines Lebens vorwerfen könnte.

»Ich sagte, du sollst sitzen bleiben«, meckert er, als ich an ihm vorbeilaufe und meinen Kram vom Rücksitz hole. Erleichtert atme ich auf, weil es so aussieht, als wäre alles noch da. Nicht, dass meine Sachen so wertvoll wären. Aber für mich sind sie es eben schon.

»Und ich mache im Normalfall nicht das, was mir befohlen wird«, erkläre ich ihm, als ich das Zeug im Abschleppwagen verstaut habe. »Sag mir, wie ich helfen kann!«

»Ich arbeite allein.«

»Gut. Dann stehe ich eben einfach hier rum und wickle dich mit meinem Augenaufschlag und meinem Rock um den Finger.« Ich werfe mich in Pose, einfach um ihm auf den Geist zu gehen. Für seine blöden Kommentare vorhin werde ich ihn ewig büßen lassen.

Gabe blickt zum Himmel, als würde er ein stilles Gebet hochschicken, holt dann aber doch etwas aus dem Wageninneren. »Hier!« Er reicht mir eine überdimensionale Taschenlampe. »Halt die und leuchte auf meine Hände.« Wie wär's mit einem »Bitte«? Na ja, sei's drum. Er arbeitet schnell, weiß genau, was er macht und ist sich seiner Sache völlig sicher. Ja, Wahnsinn, Em: Ist ja wohl auch sein Job.

»Bist du eigentlich verletzt?«, will er wissen, während er Floyd mittels Kette auf die Ladefläche zieht. Die Frage verwirrt mich. »Dein Auto sieht nicht besonders gut aus.« Sofort leuchte ich auf meinen Wagen und halte mir erschrocken eine Hand vor den Mund. Es ist das erste Mal, dass ich die Katastrophe im Licht sehe. Nicht nur der Scheinwerfer ist vollkommen hinüber, sondern auch die Stoßstange. Irgendwas hängt, was nicht hängen sollte, und der Lack ist abgeblättert. Abgesprungen? Wie auch immer: Ich sehe vor meinem inneren Auge Dollarscheine, die gerade im Klo runtergespült werden. Nur, weil ich nicht richtig aufgepasst habe.

Als ich Gabes Blick auf mir spüre, hole ich tief Luft und schiebe den Gedanken vorerst beiseite. »Alles gut. Was jetzt?«

»Ich muss die Reifen festschnallen.« Ich beleuchte die Gurte, die er um die Räder legt und dann spannt. Als wir um das Auto herumgehen und auf die unebene Bankettseite kommen, knickt mein dämlicher Fuß wieder im aufgeweichten Boden um. Mit Mühe und einem kleinen Japsen versuche ich, mich an der Ladefläche festzuhalten, aber sie ist glitschig und ich finde nirgendwo Halt und rutsche zu Boden. Bevor ich jedoch Matsch essen muss, werde ich wieder hochgezogen. Gabes Hand liegt so fest um meinen Oberarm, dass ich dort vermutlich morgen blaue Flecken finden werde. Wehleidig, wie ich bin, kann ich ein winziges »Au!« nicht unterdrücken, woraufhin er so schnell loslässt, dass man glauben könnte, ich hätte tausend Grad. Als ich zu ihm hochsehe, sehe ich in sein tief erschrockenes Gesicht, und für einen Moment vergesse ich zu atmen.

»Setz dich rein!«, kommandiert er, und diesmal tue ich, wie mir befohlen wird, die Stimmung hat eh schon wieder Eiszapfen. Ich nutze die Zeit, in der er draußen alles fertig macht, um mir die nassen Sachen von der Haut zu streifen und etwas Trockenes aus meiner Reisetasche anzuziehen. Nach einer schweißtreibenden Gymnastiksession auf dem Autositz, während der ich mich zwanzig Mal umsehe, ob Gabe auch nicht in Sichtweite ist, trage ich eine lange Stoffhose und ein trockenes Shirt. Wäre ich nicht völlig ausgepowert, würde ich mir ein High five dafür geben, dass Gabe genau dann einsteigt und seine nassen Handschuhe neben meine Füße wirft, als ich fertig bin. Irritiert sieht er mich an. Wahrscheinlich auch, weil ich atme wie nach einem Vierhundert-Meter-Sprint.

»Du hast dich umgezogen?«

Das bringt mich zum Lachen. Genau, Sherlock. »Du klingst enttäuscht. Ich dachte, du wärst erleichtert.« Er lässt den Kopf gegen die Lehne fallen, fährt sich über das Gesicht und murmelt irgendetwas Unverständliches. Ich lasse die Schultern hängen. »Also, weißt du? Du bist wirklich schwer zufriedenzustellen.« Er greift nach seinem Handy, das in einer Halterung steckt, und ich verziehe das Gesicht. »Du hast gefilmt?« Ich sehe ihm zu, wie er das fünfzehnminütige Video löscht und dann auch aus seinem »Gelöschte Videos«-Ordner löscht. »*Warum?* Wolltest du es zu Hause abspielen und dir schlagfertigere Antworten fürs nächste Mal überlegen?«

Langsam sollte ich mich daran gewöhnen, dass meine Fragen nie beantwortet werden.

»Bestätige bitte, dass ich das Video eben vor deinen Augen gelöscht habe, ohne Zeit gehabt zu haben, es mir vorher anzusehen«, ist alles, was er sagt.

»Ja.« Meine Antwort klingt eher nach einer Frage, weil ich keine Ahnung habe, warum er das jetzt wieder aufnimmt. Eigentlich will ich sauer sein, weil er mich gefilmt hat, ohne zu fragen, ob es für mich okay ist. Aber dass er den Film ohne Aufforderung entfernt hat, obwohl ich ja nicht einmal davon gewusst habe, hält mich davon ab.

»Nicht, dass du mir daraus nachher einen Vorwurf drehen kannst.«

Ich werfe die Hände in die Luft »Weißt du was? Ich liebe das Bild, das du von mir hast.«

Er betrachtet mich einen Augenblick und seufzt. »Kannst du akzeptieren, wenn ich dir sage, dass es nicht zwingend mit dir zusammenhängt?«

Aufrichtigkeit und Ernsthaftigkeit liegen in seiner Stimme, also nicke ich nach ein paar Sekunden einfach, statt wieder irgendwelche Sprüche zu klopfen.

Er greift über meine Beine und holt aus dem Handschuhfach ein frisches T-Shirt.

»Na toll. Du darfst also und ich nicht. ›This is a Man's World‹«, singe ich und verfolge, wie er sich amüsiert über die Unterlippe leckt und in typischer Männermanier sein klitschnasses Shirt auszieht. Schluckend landet mein Blick auf einem weiteren dunklen Tattoo an seinen Rippen, dessen Motiv ich nicht erkenne, und auf einem Oberkörper, der wie erwartet ziemlich gut zu den Armen passt. Dann sehe ich aus dem Fenster und tue so, als hätte mein Puls eben nicht einen Gang zugelegt. »Wie geht es jetzt weiter?«

Er wirft das alte Shirt den Handschuhen hinterher und setzt den Wagen wieder in Gang. »Ich bringe dich zum Bed and Breakfast und stelle dein Auto in die Garage. Bis Montag wirst du trotzdem warten müssen. Dann sehen wir weiter.«

Ich beiße mir auf die Lippe, will ihn geradezu anflehen, Floyd schon morgen zu behandeln, weil ich absolut keine Zeit zum Warten habe. Aber da er sowieso schon so eine prickelnde Meinung von mir hat, käme das wahrscheinlich nicht gut rüber. »Rechnet sich nicht wirklich, oder?«, sage ich stattdessen und zucke mit den Schultern, als ich seinen Blick auf mir fühle. »Das Bed and Breakfast für das bisschen Rest Nacht, meine ich.« Weil wieder mal nichts zurückkommt, sehe ich hoch und nehme seine misstrauische Miene wahr. »Meine Güüüte. Sieh mich nicht an, als hättest du Angst, ich würde dich gleich bespringen. Deine Keuschheit ist bei mir sicher, *Angel*. Keine Sorge. Ich will einfach nicht für eine ganze Nacht bezahlen, wenn es schon fast Morgen ist. Das Geld habe ich nicht.« Ganz besonders jetzt nicht mehr.

»Ja, dann musst du selbst wissen, wo und mit wem du deine Zeit verbringst.«

Ungläubig ziehe ich die Oberlippe hoch und schüttle den Kopf über diese unnötige Bemerkung. Muss er *alles* falsch verstehen? »Was ich meine, ist, ob du mich vielleicht einfach wieder in dieser Bar absetzen kannst!«

Er lacht mich aus. »Kurze Erinnerung: Wir sind in Ceasar City, nicht *New York* City. Hier grenzt es schon an ein Wunder, dass Piper den Schuppen heute so lange offen gelassen hat.« Na toll, so viel dazu. Dann werde ich wohl ein Dach finden müssen, das mich halbwegs trocken hält. »Es bringt auch nichts, Montag um acht Uhr vor meiner Tür zu stehen. Ich muss mir dein Auto erst mal genau ansehen. Hier ist meine Nummer. Melde dich im Laufe des Tages bei mir, dann sehen wir weiter.« Er hält mir eine Visitenkarte hin, die ich ihm aus Enttäuschung fast aus der Hand reiße. Müde lehne ich mich ans Fenster und erlaube mir kurz, die Augen zu schließen, weil es vermutlich das letzte Mal heute Nacht sein wird. »Der Abschleppwagen ist übrigens kein Gratis-Übernachtungsplatz für dich«, muss er natürlich ergänzen, und ich strecke mich aus, so gut es geht.

»Puh«, seufze ich dabei. »Bin ich froh, dass er noch da ist.«

»Wer?«

»Der selbstgefällige Arsch, mit dem ich meine Hochzeit planen wollte.«

Kapitel 4

Gabe

Natürlich steht oder besser gesagt sitzt dieser Sturkopf trotzdem Montag um Punkt acht Uhr in einer Nische vor dem Tor der Werkstatt. Als ich mir Frühstück besorgt habe, war sie noch nicht da. Sonst hätte ich vermutet, dass sie schon länger dort sitzt. Insbesondere, weil ihre Augen geschlossen sind. Weil es gerade erst vor etwa einer Stunde aufgehört hat zu regnen, sitzt sie auf ihrer Jacke und hat Gänsehaut auf den Armen. Die Hände liegen zusammengefaltet auf der Tasche in ihrem Schoß und Kopf und Beine lehnen am Garagentor. Ihre Lippen sind leicht geöffnet und ihre Stirn ist glatt. Sie sieht friedlich aus und es ist mal nett, sie nicht reden zu hören. Obwohl ich zugeben muss, dass sie eine verflucht schöne Stimme hat. Leider ist sie auch eine Klugscheißerin und filtert kaum, was über ihre Lippen kommt.

Ich gehe die letzten Schritte zum Tor, stemme die Hände in die Hüften, warte darauf, dass sie vielleicht von alleine wach wird, spürt, dass jemand neben ihr steht. Dann räuspere ich mich. Sie reagiert immer noch nicht. Ich verdrehe die Augen und gehe vor ihr in die Hocke. Meine Hand schwingt dicht vor ihrem Oberarm hin und her, doch wie schon nachts im

Auto bringe ich es nicht fertig, sie zu berühren. Die Lider fallen mir zu und ich lasse den Kopf hängen, obwohl ich am liebsten so fest gegen das Blechtor treten würde, dass die ganze Stadt davon wach wird, nicht nur sie. Wie ein Weichei komme ich mir vor, als ich wieder aufstehe und die Werkstatttür aufsperre. Als das Garagentor lautstark hochknallt, schreckt Emerald auf. Ihre dunklen, etwas geröteten Augen suchen sofort nach der Lärmquelle und ihre Hände umklammern ihre Tasche fest.

»Morgen!«, sage ich der Form halber, woraufhin sie sich etwas entspannt und dann herzhaft gähnt.

»Ja. Oder so«, antwortet sie mit einem verlegenen Schmunzeln, was wenig zu dem Mädchen mit der großen Klappe passt, das ich vorletzte Nacht kennengelernt habe. Einer meiner Mundwinkel hebt sich, als sie ihre Fingerknöchel knackst und sich mit einem lauten Seufzen streckt. Dabei wandert ihr Shirt ein paar Zentimeter hoch und gibt einen Teil ihres flachen Bauches preis. Ich zwinge mich wegzusehen und meinen Arsch zu bewegen.

»Also. Ich habe nachgedacht.« O Mann … »Du hast mich in der Überlegung bestärkt, Nonne zu werden.« Ihre hohen, dreckigen Schuhe von Samstagnacht klackern hinter mir, während sie mich im Laufschritt einholt. »Ich bin zwar nicht katholisch, aber ich bin sicher, wenn ich nett mit den Wimpern klimpere, machen sie für mich bestimmt eine Ausnahme. Oder funktioniert das deiner Meinung nach nur bei Männern? Ich sehe nämlich super aus in Schwarz.«

Ich will mich gerade umdrehen und sie fragen, ob sie den Verstand verloren hat, weil ich keinen Plan habe, was sie gerade von mir will, als ihr Absatz im Gitter der Abflussrinne stecken bleibt und sie gegen meinen Rücken fällt. Zwar lässt sie gleich wieder los und richtet sich fluchend auf, aber es reicht, um die übliche Hitze und Enge in mir auszulösen, die wohl noch lange eine nette Erinnerung an die vergangenen zwei Jahre sein werden. Emerald legt den Kopf schief und mustert mich, wie ich Abstand zwischen uns bringe, ohne sie aus den Augen zu lassen.

»Denkst du nicht auch, Angel?«

Eigentlich will ich mir den Schweiß von der Stirn wischen und mir einen Moment zum Verschnaufen gönnen, aber dazu glotzt sie mich zu intensiv an. »Wenn es dabei hilft, diese Schuhe loszuwerden, bin ich voll dafür.«

Sofort zieht sie die Augenbrauen zusammen und sieht zu ihren Füßen. »Was hast du denn gegen meine Schuhe?«

»Du kannst in ihnen nicht gehen.«

»Wa… *Was*?« Ob man es glaubt oder nicht, ihre geschockte Reaktion mit dem Blick, der töten könnte, ist genau die Ablenkung, die ich brauche, um wieder normal Luft zu holen.

»Dein Knöchel müsste inzwischen ungefähr so dick sein wie dein Oberschenkel – so oft, wie du umknickst.«

Emerald verschränkt die Arme vor der Brust. »Ja? Und wessen Schuld ist das die meiste Zeit?«

»Deine. Zieh flache Schuhe an!«

»Also mit Männern wie euch in diesem Dorf werde ich bestimmt Nonne.«

Ich schmunzle über ihren anklagenden Ton, will mich erkundigen, ob sie hoffentlich nicht vorhat, uns länger mit ihrer Präsenz zu beglücken, denn sie ist eine verflixte Nervensäge. »Außerdem … *du* bist dick.« Und damit bringt sie mich tatsächlich zum Lachen.

»Guten Morgen!«, grüßt mein Vater, der gerade hereinkommt. Er sieht mich an, als würde er mich heute zum ersten Mal sehen. Oder zum ersten Mal lachen sehen. Besonders oft kommt es dieser Tage wirklich nicht vor, um ehrlich zu sein. »Wen haben wir denn da?«, richtet er sich mit einer riesigen Portion Bewunderung an Emerald. Weil sie mich zum Lachen gebracht hat? Oder weil er auch begeistert von der Neuen ist, die sich hierher verlaufen hat?

»Hi, ich bin Em«, stellt sie sich mit einem freundlichen Lächeln vor und schüttelt ihm die Hand. *Em* ... ja, so geht's auch. »Das ist Ihre Werkstatt, nehme ich an?«

Dad spannt die Schultern an und senkt kurz den Blick. »Genau genommen ...«

»Ja, ist es«, antworte ich für ihn, weil ich nicht begreife, warum er ständig Leuten, die es absolut nichts angeht, Dinge erklärt, die sie sowieso nicht verstehen.

Dad kratzt sich am Kopf, während Emerald mich studiert, als hätte sie mich in irgendeiner Art durchschaut. »Ich bin Sean Brooks. Gabriel hast du ja schon kennengelernt, wie ich hörte.« Na klar, die Neue war natürlich Sonntagstratsch. Absolut uninteressant. Mit ein Grund, weshalb ich meine Wohnung gestern nicht verlassen habe. Ich hatte keinen Bock zuzusehen, wie Ceasar City sich umbringt, um die Neue willkommen zu heißen.

»Ja, wir hatten bereits das Vergnügen. Nicht wahr?« Ich gebe mir die allergrößte Mühe, nicht warnend zu knurren, weil ich mir sicher bin, dass gleich wieder irgendeine schlaue Bemerkung fallen wird.

»Sagen Sie, hat Angel hier schon oft den Mitarbeiter des Monats gewonnen?«

Ich kneife die Augen zusammen, woraufhin sie bloß breiter grinst.

»Hat er ...? Ist etwas vorgefallen?«, stottert mein Dad, und in diesem Moment hasse ich sie, weil sie ihn dazu bringt, wieder an mir zu zweifeln. Mir ist scheißegal, ob sie die Vorgeschichte kennt oder nicht. »Gabriel?« Mit beinahe angsterfülltem Gesicht schaut er zu mir, die Bewunderung von vorhin wie weggeblasen, und mein verfluchtes Herz sticht so, dass ich mich wegdrehen muss.

»So habe ich es nicht gemeint«, geht dieses Biest verunsichert dazwischen. Ihr schlechtes Gewissen kann sie sich jetzt sparen. »Er hat gar nichts … er war absolut professionell. Aber er ist halt nicht gerade ein Sonnenschein.«

Ich glaube, meinen Dad deutlich aufatmen zu hören. Wie nett. Schön zu wissen, dass ich von meiner eigenen Familie für den Rest meines Lebens angezweifelt werden werde. »Ja, so viel wusste ich. Er ist schließlich mein Sohn.«

Erstaunt reißt sie den Mund auf und hält sich dann beide Hände davor. »Tut mir so leid. Ich wollte nicht … Ich weiß nicht, was ich sagen soll.« Ich mache kein Geheimnis aus den Gefühlen, die ich gerade für sie hege, als ich sie mehr oder minder aus dem Weg schiebe, um zum Werkzeug zu gelangen. Der einzige Grund, weshalb ich gleich mit ihrem Ford anfangen werde, ist, dass ich sie dann bald wieder los bin.

»Ist schon in Ordnung, Herzchen. Ich kenne mein Kind. Lass dich nicht von der harten Schale beeindrucken.«

»Phh. Da müssen Sie keine Angst haben, Sir.«

Ich schnaube, damit beide wissen, was ich von ihrem unnötigen Gespräch halte.

»Du heißt also M? Wie M aus James Bond? Das gefällt mir. Sehr geheimnisvoll.« Interessiert, welche Lüge sie wohl ihm auftischt, hebe ich eine Augenbraue.

»Leider nicht, Sir. So geheimnisvoll bin ich nicht.« Da bin ich anderer Meinung. Nur nicht auf eine gute Weise. Mein Dad lacht, und ich verdrehe die Augen.

Nachdem ich den Werkzeugwagen vor dem Ford abgestellt habe, öffne ich die beschädigte Motorhaube. »Gabriel, ich muss rüber nach Fairfield und mir Lesters Drescher ansehen. Die Bremsen für den Nissan kommen heute. Die kannst du dann gleich einbauen. Außerdem muss Paulas Tesla heute fertig werden. Wenn sie wieder versucht, mit dir zu handeln, dann ruf mich an.« Meine Güte. Ich bin zweiundzwanzig. Nicht zehn. Ich kann das schon selbst regeln.

»Ich komme mit Paula klar. Keine Sorge!« Viel mehr nervt es mich, dass er heute nicht in der Werkstatt ist, denn Emerald macht nicht den Eindruck, irgendwo anders hingehen zu wollen. Sie setzt sich in eine Ecke und bindet sich die Haare zu einem Pferdeschwanz zusammen.

»Also gut. Ich muss los. War nett, dich kennenzulernen, M«, sagt Dad, klopft mir einmal auf die Schulter und winkt.

»Mich hat es auch gefreut, Mr Brooks.« Ohne Emerald Beachtung zu schenken, steige ich in ihr Auto, starte den Motor und versuche zu schalten. Der Knüppel klemmt und das hässliche Knirschen lässt die Haare an meinen Armen zu Berge stehen. Trotzdem werde ich das Ding ganz ausbauen und ansehen müssen, bevor ich ihr irgendetwas sagen kann. Leider könnte das einen ganzen Tag dauern.

Sie räuspert sich. War ja zu erwarten, dass Emerald nicht lange damit klarkommt, ignoriert zu werden. »Tut mir leid, dass ich das vorhin zu deinem Dad gesagt habe. Hätte ich gewusst, dass er dein Vater ist …«

»Kein Thema, wäre sicher viel besser gewesen, hättest du so etwas vor meinem Chef gesagt, richtig?«

»So weit habe ich ehrlich gesagt nicht gedacht.« Ja, kann ich mir vorstellen. Für sie mag das alles ein Witz sein. Aber sie weiß nicht, was von dieser einen Aussage von ihr für mich abhängt. Oder für meine Familie. Kann sie auch nicht, betont die lästige Stimme in mir, die darauf aus ist, ihre Ehre zu verteidigen. Also trete ich diese Stimme zu Tode.

»Ist das vielleicht ein allgemeines Problem von dir?«

Weil statt der sofortigen Retourkutsche, mit der ich gerechnet hätte, nur ein Seufzen kommt, werfe ich einen Seitenblick auf sie. Sie zieht sich gerade vorsichtig den Schuh aus und greift sich zischend an den Knöchel. Sieht nicht besonders gut aus. Geschwollen und gerötet. Wie ich gesagt habe.

»Hör mal! Ich weiß, wir hatten keinen besonders guten Start, aber wenn wir ehrlich sind, war das nur zu fünfundzwanzig Prozent meine Schuld. Wenn überhaupt.« Mit ihrer freien Hand fuchtelt sie in der Luft herum, als würde sie mir ihre Logik am Flipchart erklären. »Also kriegst du auch nur eine fünfundzwanzigprozentige Entschuldigung.«

Ein verächtliches Lachen entfährt mir. Die Kleine hat echt Nerven. »Du solltest Eis auf deinen Knöchel legen und diese verfluchten Schuhe wegschmeißen«, höre ich mich sagen und verziehe verächtlich über mich selbst das Gesicht.

Sie kichert. »Das ist die schlechteste Entschuldigung, die ich in meinem ganzen Leben gehört habe.«

»Wenn du auf mehr wartest, hoffe ich, du hast es bequem da unten.« Emerald gähnt noch einmal, weil sie ja immer das letzte Wort oder den letzten Laut haben muss, und schließt wieder die Augen. Endlich Ruhe. Oder so.

Keine zehn Minuten später lasse ich die Motorhaube zuklappen, fahre den Wagen auf der Hebebühne hoch, um das Getriebe zu demontieren, als ich Emerald aus meinem Augenwinkel auf ihrem gesunden Fuß herumwackeln sehe. Wenigstens hat sie vorher die zweite Todesfalle ausgezogen. »Musst du aufs Klo oder so?«

»Mhm«, bestätigt sie und beißt sich auf die Unterlippe.

Seit wann traut sie sich nicht, mich zu fragen? »Durch den Gang dort die kleine Tür rechts.«

Sie zieht die Nase kraus. »Ich soll da barfuß reingehen? No way. Auf gar keinen Fall. Ich brauche meine Flip-Flops.«

»Und wo sind die?«, frage ich, obwohl ich mir die Antwort schon denken kann. Mit so etwas wie einem unschuldigen Lächeln zeigt sie auf den Rücksitz ihres Autos. Das Mädchen raubt mir noch den letzten Nerv. Glaubt sie, ich habe nichts anderes zu tun, als ihren Ford den ganzen Tag hoch- und runterzufahren? Trotzdem tue ich es. Zumindest bis zu einer Höhe, von der aus ich die Tür vom Rücksitz öffnen kann. Und trotzdem kann ich mir den Kommentar nicht sparen. »Das heißt, du hast akzeptiert, dass Absätze nichts für dich sind?«

»Was ich akzeptiert habe, ist, dass ich den Knöchel ein bisschen schonen sollte, damit ich – wenn du dann mal so weit bist – wieder von hier verschwinden kann.«

Nur allzu gerne. Und ich werde jetzt einfach mal der größere Mann sein und den bescheuerten Seitenhieb ignorieren. Sie kommt näher, um sich die Flip-Flops zu holen, die zusammen mit einem Haufen ihres anderen Krams am Boden verstreut herumliegen. Ich schüttle den Kopf. Das Auto einer Frau … Schuhe. Da ist ein Lippenstift. O Mann, ein Tampon. Und … Ich ziehe eine Plastiktüte unter dem Fahrersitz hervor und hebe eine Augenbraue.

»Was ist das? Hast du ein Münztelefon ausgeraubt?«

Wird sie gerade rot? Schnell schnappt sie sich die Tüte und versteckt sie mit einer Hand hinter ihrem Rücken, während sie sich mit der anderen eine Haarsträhne hinters Ohr streicht. »So was wie 'ne mobile Sparbüchse, wenn du so willst«, erklärt sie und schaut auf ihre Füße, die in die Flip-Flops schlüpfen. In diesem Moment sieht sie sogar fast ein bisschen süß aus, wenn man kurz vergisst, dass sie ein Biest sein kann. Vielleicht ist es auch, weil der Spitzname »Kleine« ohne die Absätze ihrer Schuhe zutreffender wirkt. Zumindest im Vergleich zu mir. Grinsend wackelt sie mit ihren Zehen und hält dann ihre Daumen hoch. Als ich merke, dass ich ihr auf dem Weg zum WC hinterherstarre, fluche ich über mich selbst und widme meine volle Aufmerksamkeit wieder weit interessanteren Dingen.

Der Rest des Tages verläuft tatsächlich relativ ruhig. In den Stunden, in denen ich das Getriebe ausbaue und erst mal sorgfältig reinige, stellt Emerald mir bloß zwei Fragen. Die eine ist, ob sie Strom für ihr Handy zapfen dürfe, und die andere, ob sie mir helfen soll, das demontierte Teil zu meinem Arbeitsplatz zu tragen. Fast muss ich lachen. Ganz besonders, als sie mir die Zunge zeigt, weil ich ablehne. Die restliche Zeit spielt sie mit ihrem Handy, murmelt die Lieder im Radio mit oder steht viel zu nah an meiner Seite und schaut mir über die Schulter, als wäre es das Spannendste, was sie je gesehen hätte. Ich bin mir auch sicher, dass sie an einem Punkt mal geschlafen hat. Auf alle Fälle saß sie wieder mit diesem friedlichen Gesichtsausdruck zusammengekauert an die Wand gelehnt. Kurz habe ich überlegt, ihr eine Decke überzuwerfen, es dann aber doch bleiben lassen. Wer weiß, welchen Strick sie mir daraus später gedreht hätte. Zwischenzeitlich habe ich auch die Ersatzteile für den Nissan bekommen und diese auch gleich eingebaut, damit ich neben Emeralds Auto wenigstens noch eine andere Sache erledigen konnte.

Kurz bevor wir eigentlich schließen, habe ich endlich einen Überblick über alle Mängel am Ford und mache eine grobe Kostenaufstellung. Allein ein neues Getriebe bedeutet für viele Autofahrer den Genickbruch. Ich habe versucht, das Teil mit neuem Öl und alten Verschleißteilen zu retten, aber das Ding ist komplett im Arsch.

Die Handschuhe werfe ich auf den Arbeitstisch und reibe mir die müden Augen. Sie sieht zu mir hoch, als ich zu ihr komme, und steht dann auf. »Okay, wie lautet das Urteil?«

»Die gute Nachricht ist, der Motor ist nicht beschädigt. Außerdem sollte sich die Stoßstange ausbeulen, spachteln und dann überlackieren lassen. Das würde zwischen zwei- und dreihundert Dollar kosten. Je nachdem, wie lange es dauert. Die schlechte Nachricht ist, dass nicht nur dein Getriebe im Eimer ist. Die Zylinderkopfdichtung sollte ebenfalls ausgetauscht werden. Ich habe Kühlwasser im Motoröl gefunden und der Pegel ist extrem niedrig. Du könntest prinzipiell so noch eine Weile weiterfahren und alle paar Kilometer Kühlflüssigkeit nachfüllen. Allerdings würde ich es nicht empfehlen, weil letztlich das ganze Kühlsystem oder auch der Motor Schaden nehmen könnten, und dann wird es noch teurer.«

»Okay«, flüstert sie und räuspert sich dann. »Und was heißt *teuer* in dem Fall?« Ich will ihr den Zettel mit dem Kostenvoranschlag geben, aber Emerald schiebt schluckend meine Hand zurück. »Kannst du es mir nicht einfach sagen?«

»Wenn ich gebrauchte Teile bestelle … um die viertausend Dollar inklusive Arbeitszeit.«

Ihr Mund klappt auf und alle Farbe weicht aus ihrem Gesicht. Ansonsten blinzelt sie nicht einmal.

»Vielleicht sprichst du erst einmal mit deiner Versicherung und klärst alles ab.«

Ihre Lippen zittern ein bisschen, bevor sie sie aufeinanderpresst und zu ihrem Auto sieht. *Oh, shit.*

»Ich bin nicht versichert.«

Deswegen will sie nicht in die Nähe eines Polizeiautos kommen. Es ist illegal, ohne Versicherung zu fahren. Ob sie je eine gehabt hat? Sie krächzt ein wenig und hält sich eine Hand an den Hals. Das ist der beschissene Teil meines Jobs. Klar sollte ich mich freuen, dass wir viel Arbeit haben und damit viele Stunden schreiben können, aber ihr Gesicht so zu sehen, löst ein anderes Gefühl in mir aus.

»Gabe?«, ruft jemand vom Tor aus, und ich blinzle. Emerald dreht sich von mir weg und geht ein paar Schritte.

»Hier«, antworte ich Paula, für die ich jetzt andere schlechte Neuigkeiten habe. Ihre Katzenaugen checken mich ab wie immer, wenn sie ihr Auto hier abliefert, und wandern dann zu Emerald, die mit dem Rücken zu uns beiden steht.

»Störe ich bei etwas?«, fragt sie misstrauisch.

»Nein. Allerdings ist dein Tesla noch nicht fertig.«

Ihre Stirn legt sich in Falten, als hätte ich ihr eben verklickert, dass der Weihnachtsmann nicht existiert. »Dein Vater hat gesagt, ich könnte morgen wieder damit zur Arbeit fahren.«

Ich zucke mit den Schultern. Paula ist eine der Damen in unserem Ort, die denken, dass die ganze Welt alleine auf sie wartet. Das kann ich absolut nicht leiden. Dad hat ihr ein Leihauto angeboten, was ihr aber nicht hygienisch genug ist. »Und das kannst du auch. Du kannst ihn dir morgen abholen, bevor du losmusst. Heute ist mir etwas dazwischengekommen.«

Ihre Augen werden zu schmalen Schlitzen, während sie Emerald fixiert. »Ja, ich sehe schon, was das war. Verdammt noch mal, Gabe! Ich brauche das dämliche Auto.«

Ihre Mutmaßungen und Verdächtigungen kann sie sich in den Arsch stecken. »Wie ich gerade sagte: Morgen früh ist es fertig. Wie abgemacht«, wiederhole ich mich und verschränke die Arme vor der Brust, damit sie weiß, dass die Diskussion beendet ist. Schließlich schüttelt sie ungläubig den Kopf und haut doch noch ab.

»Wer war denn diese entzückende Person?«, murmelt Emerald. Ich betrachte die Kleine ein paar Sekunden. Ihre rote Nase. Die Haltung, wie sie die Arme um den Oberkörper geschlungen hält und versucht, sich nicht anmerken zu lassen, dass sie eben den Tränen nahe war. Aber warum stört mich das? Ist ja nicht meine Schuld!

»Meine Mutter«, antworte ich trotzdem in dem Versuch, den unglücklichen Ausdruck aus ihrem Gesicht zu bekommen. Und es gelingt mir. Sie lacht herzhaft. Ihre Augenbrauen schießen dabei hoch, als wäre sie überrascht, das Geräusch zu hören. Und ich bin der Idiot, der stolz darauf ist, sie zum Lachen gebracht zu haben. Zumindest bis sie ächzend den Kopf hängen lässt und in die Hocke geht. Ich verspanne mich. »Was ist mit dir?«

»Schwindelanfall, schätze ich mal. Geht gleich vorbei.«

»Wann hast du das letzte Mal gegessen?« Sie hat die Werkstatt nicht verlassen, seit ich sie gefunden habe.

Emerald zuckt kurz mit der Schulter. Herrgott! Dieses Mädchen!

Kapitel 5

Em

Im Pub, wohin Gabe mich zum Essen gefahren hat, rutsche ich peinlich berührt auf meinem Stuhl herum. Mein Magen, dieses undankbare Ding, knurrt ununterbrochen, und das, obwohl ich schon die Hälfte von meinem Salat mit Hühnerstreifen gefuttert habe. So sehr ich aber auch versuche, es zu verheimlichen, indem ich den Arm davorhalte und mich ab und zu räuspere, Gabes wachsame Augen ruhen auf mir. »Du kannst mehr als Grünzeug bestellen. Ich zahle.«

Erstens würde ich dann erst recht nichts mehr bestellen, zweitens wäre es keine gute Idee, mich gleich vollzustopfen, wenn ich seit zwei Tagen faste, und drittens ... nur über meine Leiche. »Und dann addierst du den Betrag zu meinem Kostenvoranschlag?«

»Ganz genau. Das war der Plan.« Er verdreht die Augen und mampft weiter seinen Burger. Das Ding sieht schon extrem gut aus. Also der Burger natürlich. Außerdem ist das Magenknurren sowieso bloß seine Schuld, weil dieser Typ wohl in Karamell badet. Wer würde da nicht hungrig werden.

»Kümmerst du dich um alle deine Kunden so gut?«, fordere ich ihn zynisch heraus, weil ich keinen Bock darauf habe, dass

Gabe in meiner Gegenwart immer nur zwei Möglichkeiten findet: Mich zur Sau zu machen oder irgendetwas aus schlechtem Gewissen anzubieten.

»Nur um die, die sich nicht um sich selbst kümmern können.« Jap, da ist er ja wieder, mein Engel.

»Ähm. Entschuldige bitte. Ich kann mich sehr gut um mich selbst kümmern, herzlichen Dank. Ich bezahle mein Essen selbst.«

Unbeeindruckt zuckt er mit den Schultern. »Wie du willst. Du hast immerhin das nötige Kleingeld.«

Das kleinste Lächeln der Welt liegt auf seinen Lippen, als er mir beim Lachen zusieht, und ich frage mich, ob ich wohl Salat zwischen den Zähnen habe. »Respekt. Der war gut«, gestehe ich. »Leider aber kann ich damit nicht bezahlen.«

»Warum nicht? Dem Gewicht nach zu urteilen, könnten das locker ein paar Hundert Dollar sein.«

Echt? »Spitze. Dann sieh es als Anzahlung und nimm es mir ab! Ich habe eine Phobie.«

Diese kleine Falte, die gerade eine fünfminütige Pause eingelegt hat, ist zurück. »Die Münzen anzufassen? Wegen der Keime?«

Wahnsinnig ladylike grunze ich, aber bei ihm ist mir das schnuppe. »Nö. Ich habe kein Problem damit, Geld anzufassen. Ich hätte gerne mehr davon, dann würde ich das ständig tun. Verdammt, ich würde darin baden, wenn ich könnte.«

Er lehnt sich zurück, hebt interessiert die Augenbrauen. Kopfschüttelnd sehe ich an die Decke und stöhne. »Es macht mich zum Beispiel nervös, an der Kasse zu stehen und die ganzen dämlichen Münzen raussuchen zu müssen, während die hinter mir schon ächzen und auf die Uhr sehen. Nein, danke. Und überhaupt: Wer lässt sich Preise wie zwei Dollar neunundneunzig einfallen? Hätte ein Preis von drei ganzen Dollar die Kalkulation ins Stolpern gebracht? Und das Schlimmste ist dieser beknackte Quarter. Ich meine … ein Vierteldollar? Wirklich? Warum nicht noch ein Drittel oder so etwas in der Art?«

So sehr er auch versuchen mag, das Schmunzeln hinter seinem Burger zu verstecken: Seine Augen verraten ihn. Diese verfluchten Augen, die in der Werkstatt noch eher kalt und blau aussahen und jetzt mehr ins Grünliche gehen. Die können sich wohl genauso wenig entscheiden, was sie von mir halten, wie er selbst. »Ich glaube, generell geht es um die psychologische Wirkung, weil der krumme Preis niedriger erscheint als der volle Dollar.«

»Tja, dann sollten sich diese Menschen vielleicht mal selbst *psychologisch* untersuchen lassen, denn alles, was es bei mir bewirkt, ist, dass ich mir einen Bruch hebe.«

»Ich würde dich gerne etwas fragen«, kommt es wie aus dem Nichts von ihm, und mein Puls steigt.

»Dann mach!« *Wo ist dein Rückgrat, Mädchen?* »Vielleicht antworte ich aber nicht.«

Er leckt sich amüsiert über die Lippen. »Warum der gefälschte Ausweis?«

Keine Ahnung, womit ich gerechnet habe, aber aus irgendwelchen Gründen bringt mich das zum Lachen. »Das beschäftigt dich ziemlich, hm?« Ich schiebe meinen leeren Teller zur Seite und stütze mich auf dem Ellbogen ab. Ich bin es so gewöhnt, persönlichen Fragen aus dem Weg zu gehen, damit mir niemand auf die Schliche kommt, aber jetzt habe ich es eigentlich nicht mehr nötig. Bald bin ich mündig. Selbst wenn er mich verpfeifen sollte, kann mir nichts mehr passieren. »Vor drei Jahren bin ich von zu Hause weggegangen. Nach New York, weil Singen das Einzige war, was ich konnte, und ich dachte …«
Naiv. Der klassische amerikanische Traum, könnte man sagen. »Wie auch immer …« Ich winke ab. Er muss ja nicht alles wissen. »Versuch mal, mit vierzehn einen Job zu bekommen,

54

von dem man leben kann. Nach einem Winter auf der Straße war ich bereit für Alternativen. Ich hätte wahrscheinlich alles getan. Passiert, wenn du kurz vorm Abkratzen bist.« Das ist nicht einmal ansatzweise die ganze Geschichte, aber es ist alles, was ich bereit bin, mit diesem Fremden zu teilen, der mich vor wenigen Stunden noch wie eine Aussätzige behandelt hat. Als ich aufsehe, merke ich, wie sein Blick in meinem Gesicht herumwandert. Sofort verspanne ich mich. »Nein, ich bin keine Prostituierte, wenn du mich deshalb gerade so anglotzt. Also vergiss es sofort wieder!« Wütend zerknülle ich die Serviette und werfe sie auf den Teller. Man würde denken, ich hätte mich mittlerweile daran gewöhnt, sexuelle Angebote zu bekommen, sobald ich auf der Straße stehe. Habe ich aber nicht.

»Und eine Notschlafstelle hätte sofort die Jugendfürsorge eingeschaltet«, sagt er, als wäre der letzte Satz von mir gar nicht gefallen. Es erstaunt mich, ehrlich gesagt, dass er hier zwei und zwei zusammenzählt. So sehr, dass ich ein paar Sekunden brauche, um das Gesagte zu absorbieren. Er versteht. Zumindest wirkt es so, weil mal etwas nicht Überhebliches aus seinem Mund kommt.

»Ganz genau. Noch bevor ich mich dort in ein Bett gelegt hätte, wäre ich schon wieder zurück nach Idaho verfrachtet worden. Nein, danke. Es war ja auch nicht so, als hätte meine Mom nicht gewusst, wo ich bin.« Oder wie sie mich hätte kontaktieren können. Sie hat sich nur entschieden, es nicht zu tun. Noch etwas, womit ich mich wohl oder übel mal abfinden sollte. »Jetzt würde ich dich gerne etwas fragen«, wechsle ich das Thema, bevor es mir zu viel wird.

»Mach. Vielleicht antworte ich nicht.« *Haha. Lass dir deine eigenen Witze einfallen.*

»Was ist das da?« So subtil wie eben möglich deute ich auf den langen Schnitt unter seiner jetzt seitlich aufgesetzten

Kappe. Er ist zwar verheilt, aber noch ziemlich gut sichtbar. Ein Autounfall vielleicht?

»Eine Narbe«, antwortet er salopp, und ich lecke mir über die Zähne.

»Ja, so viel ist mir auch klar. Ich meine: Wie ist es dazu gekommen?« Mir ist bewusst, dass er eigentlich nicht darüber reden möchte. Warum sonst verdeckt er sie mit der Kappe? Und tatsächlich: Auch nach einigen langen schweigsamen Sekunden kriege ich nichts als seinen Teller, den er mir mit dem Rest seiner Pommes zuschiebt.

»Iss! Ich kann nicht mehr.« Lügner. Aber ich weiß die Geste zu schätzen, und wegschmeißen werden wir das Essen bestimmt nicht.

»Ist das deine Nicht-Antwort?«, fordere ich ihn heraus. Er hebt kurz beide Brauen und nickt dann ohne ein Wort noch mal zu den Pommes. »Wow. Du hörst ja nie auf zu quasseln. Ist echt anstrengend, dir ständig zuzuhören.« Er verzieht keine Miene. Genervt werfe ich die lockeren Haarsträhnen zurück und stopfe mir eine Fritte in den Mund. »Teilst du allgemein nicht gerne Informationen über dich oder nur nicht mit mir?«

Keine Ahnung, ob er hören kann, dass ich ein bisschen sauer bin, weil nur ich bisher Persönliches preisgegeben habe, oder ob er plötzlich begriffen hat, wie Kommunikation funktioniert, aber letztlich schließt er die Augen. »Es war ein Missverständnis. Kannst du mit der Erklärung leben?«

Nicht wirklich. Aber so gequält, wie er gerade wirkt, wird mir wohl nichts anderes übrig bleiben. »Für den Anfang. Aber für diese halbe Antwort kriege ich noch eine Frage.« Wieder das einseitige Schmunzeln.

»Die ich dann auch halb beantworten soll, damit du auf ein Ganzes kommst?« Er zwinkert mir zu. Grrr.

»Ach, sei leise! Was bedeuten deine Tattoos?«

Er folgt meinem Blick auf seine Arme. »Welches willst du wissen?«

»Alle.«

»Du kriegst eines.«

»Okay, das hier.« Ich tippe kurz auf die Wörter, die sich rund um seinen Unterarm ziehen. »Das macht mich verrückt. Was steht da?« Seine Augen mustern mich und einen Moment lang habe ich Angst, dass er mir gleich den Arm hinhält, damit ich es selbst lesen kann, oder wie so oft erst gar nicht antwortet. Stattdessen lehnt er sich zurück und stützt besagten Arm an der Rückenlehne ab.

»*Das Licht am Ende des Tunnels ist lediglich ein entgegenkommender Zug*«, zitiert er trocken, und ich kann nicht anders, als schallend loszulachen. »Ist von Robert Lowell.«

Die Tische neben uns schenken uns bereits Aufmerksamkeit und ich weiß, Gabe mag das nicht, deswegen halte ich mir beide Hände vor den Mund und bemühe mich um Selbstkontrolle. »Warum würde jemand ausgerechnet das auf dem Arm tragen wollen?«

»Zu dem Zeitpunkt hielt ich es für witzig. Ich war fünfzehn. Jetzt finde ich den Spruch immer noch witzig, nur würde ich ihn mir heute wahrscheinlich nicht mehr permanent eingravieren lassen.«

Ich hebe die Brauen. »Deine Eltern haben dir erlaubt, dir mit fünfzehn dein erstes Tattoo stechen zu lassen?«

»Genau genommen mein zweites. Mein Bruder und ich haben uns zweimal gleichzeitig tätowieren lassen. Er hat gesagt, er übernimmt die Aufsicht, weil trotz der Genehmigung der Eltern ein Erwachsener dabei sein muss. Beim ersten Mal habe ich mir auch genau das machen lassen, was ich meinen Eltern erzählt habe. Bei diesem hier fand er es ebenso witzig wie ich, dass der Text für immer auf *mir* drauf wäre.«

»Hat er sich das auch stechen lassen?«

»Natürlich nicht. Er war achtzehn. Er hat sich entschieden für Abraham Lincoln: *Freiheit ist die letzte, beste Hoffnung auf Erden.*«

»Wow!« Das Zitat ist ziemlich gut. Ich weiß aber selbst nicht, ob das Wow darauf bezogen gewesen ist oder darauf, wie fies es von ihm als großem Bruder war, den Kleinen nicht besser zu beraten. Andererseits bin ich mir nicht sicher, ob sich dieser Esel Angel überhaupt viel sagen lässt. »Hast du sonst noch Geschwister?«

»Nope. Nur wir beide. Jake ist in New York beim FBI.«

Warum glotzt er mich so komisch an, während er das sagt? Sollte ich jetzt auf eine bestimmte Weise reagieren? Ich kann nicht einmal deutlich erkennen, ob er deswegen stolz oder angepisst wirkt. »Cool«, sage ich relativ nüchtern. »Ich bin ihm noch nicht begegnet, wenn du das wissen wolltest.«

Gabe blinzelt und bittet den Kellner um die Rechnung, während ich seine letzte Fritte futtere. »Wirst du wieder nach New York zurückgehen?«, will er wissen. Das ist die Frage, nicht wahr? Ich kratze am Tischtuch herum.

»Ich weiß nicht.« New York hat mich nicht unbedingt mit offenen Armen empfangen. Dort hat keinen interessiert, dass ein Mädchen aus Idaho auf den Durchbruch im Leben hofft. Aber während es momentan so aussieht, als wäre die größte Hürde, überhaupt nach Idaho zurückzukommen, bleibt die Frage, was passiert, wenn ich erst mal dort bin. »Ich weiß es nicht«, wiederhole ich leiser.

Gabe wollte mich zum Bed and Breakfast fahren, aber ich bat ihn, mich bei der Werkstatt abzusetzen, weil ich noch etwas aus dem Auto bräuchte. Seither sind zwei Stunden vergangen und ich stehe – okay, sitze – noch immer blöd in der Nähe herum und komme mir vor wie eine Stalkerin. In sicherer Distanz, aber in Sichtweite. Mein Glück ist wohl, dass die Werkstatt eher außerhalb des Zentrums der Stadt liegt – wenn man sie denn so nennen darf. Wüsste keine besonders gute Erklärung, worauf ich hier warte, sollte mich jemand ansprechen. Das ist nicht New York, wo jeder mit Scheuklappen und Kopfhörern durch die Straßen läuft. In einer Kleinstadt macht jeder alles zu seiner Angelegenheit. Deswegen wollte mein zweiter Stiefvater ja auch unbedingt umziehen. Zu viele neugierige, besorgte Blicke wegen unserer Verhältnisse, für die er sich nicht rechtfertigen wollte.

Langsam dämmert es, die Temperatur sinkt mit der Sonne und meine Zehen werden kalt. Ich werfe die Flip-Flops ab und setze mich in den Schneidersitz. Mit geschlossenen Augen stelle ich mir vor, ich hätte mein Keyboard vor mir und spielte die Melodie zu »A Thousand Miles«. Das ist Kristinas Lieblingslied. Als sie klein war, war es das einzige, das ich spielen durfte. Bei allen anderen Songs, die ich klimpern wollte, hat meine kleine Schwester, die kleine Diva, so lange geschrien, bis ich aufhören musste.

Als ich die müden Augen wieder öffne und das Licht in der Garage immer noch brennt, bin ich kurz davor, mich ganz einfach hier ins Gras zu legen. Doch wie durch ein Wunder wird es endlich dunkel. Gabriel kommt aus der Werkstatt und schließt die Tür ab, bevor er sich in sein Auto setzt und wegfährt. Ich frage mich, ob er jeden Abend so lange arbeitet oder nur heute, weil mein Auto ihm in die Quere gekommen ist. Immerhin wartet ja Mrs Herablassend auf ihren kostbaren Tesla.

Wahnsinn! Ich habe mir den Namen einer Automarke gemerkt.

Zehn Mal zähle ich bis hundert, bevor ich mich langsam erhebe und in Bewegung setze. Ich kaue an meiner Wangentasche, während ich den Schraubenzieher, den ich vorhin hier draußen versteckt habe, unter das WC-Fenster am Gebäude schiebe und es aufhebele. Das ist ein Kraftakt, zumal ich nicht groß genug bin, um es auf Anhieb richtig zu erwischen. Ächzend stoße ich die angestaute Luft aus, als es mir letztlich doch gelingt, und biege mich so zurecht, dass ich durch das kleine Fenster passe. Das Herz schlägt mir bis zum Hals, als ich im WC-Raum stehe und lausche, ob ich wirklich nichts und niemanden mehr höre. Dann schalte ich meine Handytaschenlampe ein und tipple auf Zehenspitzen durch den Gang in die große Halle. Es ist ja eigentlich gar kein Einbruch, wenn ich nur versuche, zu meinem Eigentum zu gelangen, oder? Einreden kann ich es mir zumindest, um mich nicht so schlecht zu fühlen.

Ist schon ein bisschen gruselig hier drinnen ohne Licht, ohne Lärm. Ohne Gabe. Aber ich habe an weit schlimmeren Plätzen geschlafen und sollte mich nicht beschweren, schließlich habe ich ein Dach über dem Kopf. Sogar ein doppeltes in diesem Fall. Das Bed und Breakfast kann ich mir nicht leisten. Ich habe die zehn Dollar nicht, die eine Nacht dort kostet, geschweige denn achtzig. Es hat mir schon wehgetan, acht Dollar für den Salat zu zahlen. Insbesondere mit dem neuen Damoklesschwert, das in Form einer Autoreparatur über meinem Kopf schwebt. Ich betrachte besagtes Auto und überlege, wie um alles in der Welt ich diese Rechnung bezahlen soll. Morgen. Morgen kann ich mir immer noch den Kopf darüber zerbrechen. Ich habe in den letzten drei Tagen vielleicht sechs Stunden geschlafen, inklusive heute hier auf dem Boden der Werkstatt. Was ich brauche, ist Erholung.

Ich schlüpfe aus meinen Sachen und in mein Schlafshirt samt Yoga-Hose, besprühe mein hässliches Kissen wie jede Nacht mit etwas Parfüm, damit meine Haare morgen früh gut riechen, und wickle mich in meine Decke. Hier drin ist es noch relativ aufgeheizt von den hohen Temperaturen des Tages, aber ohne Decke konnte ich noch nie schlafen. Ich kontrolliere, dass die drei Wecker auf meinem Handy richtig gestellt sind. Fünf Uhr dreißig. Fünf Uhr dreiunddreißig. Und fünf Uhr fünfunddreißig. Nur für den Fall, dass irgendjemand doch früher herkommt. Dann öffne ich wie jeden Abend die Nachrichten-App und tippe auf das Profilbild meiner Mom. Ich muss die Sprachnachricht nicht abhören, um den Inhalt zu kennen. Wie oft habe ich mir den simplen Satz in den letzten Wochen angehört? *Es ist schlimm, Em. Theo hat Schmerzen und sie haben das Nächste bekommen.* Diese Nachricht stammt natürlich nicht von meiner Mom, sondern von Kristina. Sie war so enttäuscht von mir, als ich ihr damals erklärte, warum ich weggehe. Sie wollte nichts von meinem Versprechen wissen, dass ich zurückkomme, sobald ich achtzehn bin. Weder hat sie sich von mir verabschiedet, noch jemals versucht, mit mir in Kontakt zu treten. Dass diese Botschaft von ihr kam, setzt ein großes rotes Ausrufezeichen hinter mein Vorhaben.

Ich komme! Wie abgemacht! Und jetzt lösch unsere Unterhaltung, Kris. Ich liebe dich, lautete meine Antwort.

Ich presse die Augen fest zusammen, weil ich es mir nicht leisten kann zu heulen, und schiebe das Handy unters Kissen. Denn momentan habe ich absolut keine Ahnung, wie ich es schaffen soll, Wort zu halten.

Kapitel 6

Gabe

Ein bisschen erleichtert darüber, Em heute Morgen nicht schlafend vor der Werkstatt zu finden, entriegle ich zuerst die schäbige Tür an der Seite, schalte den Strom und damit Lüftung und Klimaanlage ein und rolle das Garagentor hoch. Ich mag es, früher hier zu sein als mein Vater. Vor allem, weil ich dann noch einmal sicherstellen kann, dass ich alles ordnungsgemäß aufgeräumt habe und Dad nichts zu kritisieren hat, wenn er schließlich kommt. Ich glaube nicht, dass er es mit böser Absicht macht. Das ist einfach unsere Dynamik. Irgendwie scheine ich es ihm nie ganz recht machen zu können. Etwas fehlt immer oder ginge ein bisschen besser oder muss ich auf alle Fälle noch lernen. Das war schon so, bevor ich aufs College gegangen bin, und danach sowieso. Anfangs, weil er sauer war, *weil* ich aufs College wollte, noch dazu nach Chicago. Er ging davon aus, ich würde seine Werkstatt übernehmen, weil ich mich als Kind schon für Autos interessiert habe. Kram auseinanderzunehmen, zu reparieren und wieder zusammenzubauen liegt mir eben. Aber ich wollte Arzt werden. Damals hat er gelacht und gefragt, wie er sich das leisten sollte. Bei Jake hingegen war es nie ein Thema, dass er studieren wollte.

Nach nur einem Jahr auf dem College hat er mich gefragt, wie er sich meinen Anwalt leisten sollte.

Und jetzt habe ich das Gefühl, er ist enttäuscht, weil ich wieder zurück bin. Weil passiert ist, was seiner Meinung nach eben immer mit mir passiert. Er sagt etwas, ich will trotzdem mein Ding machen. Er versucht, es mir zu ermöglichen, und ich finde irgendeinen Weg, wie ich es für mich selbst verbocke. Seit ich zurück in Ceasar City bin, bezahle ich Miete, arbeite verdammt hart für das Geld, das ich in der Werkstatt bekomme, und lasse mich von meinen Eltern nicht einmal zum Essen einladen. Trotzdem habe ich das Gefühl, für Dad eine Last zu sein, die ihm nichts weiter als ein Magengeschwür bringt. Und Fakt ist: Ich bin nun mal im Knast gewesen. Da werfen Arbeitgeber einem nicht unbedingt die Stellen entgegen.

»Himmel, ist das heiß. Und es ist noch nicht einmal acht Uhr«, lamentiert Paula, die wie eine Wilde ihrem Gesicht Wind zufächelt, als sie hereinschneit und mich beäugt, als wäre ich ein Stück Torte. »Wie hältst du es hier drinnen nur aus?«

Ich bin erst seit fünf Minuten hier. Aber sie hat nicht unrecht. Für September ist es hochsommerlich warm und es sollen im Laufe des Tages noch bis zu vierunddreißig Grad werden. Das mochte ich so an Chicago: Die Hitze dort ist viel leichter zu ertragen als unsere trockene, stehende Luft. Hier habe ich oft das Gefühl, kaum atmen zu können – was aber nur zum Teil am Klima liegt.

»Der Tesla ist fertig. Den Lüfter habe ich ausgetauscht, auch die ratternde Mittelkonsole. Beides wäre noch unter die Garantie gefallen. Wenn du solche Ausgaben in Zukunft vermeiden möchtest, solltest du zur nächsten Tesla-Servicestelle fahren.« Ist nicht das erste Mal, dass wir ihr das sagen. Wir können es uns nicht leisten, gratis für einen Kfz-Hersteller zu arbeiten.

»Die nächste ist entweder in Minnesota oder Illinois. Komm schon, Gabe.« Sie legt den Kopf schief und setzt diesen typisch weiblichen Gesichtsausdruck auf. Die Mischung zwischen sexy und unschuldig. »Würde es dich umbringen, die Regeln ein bisschen zu dehnen?« Und da ist es, dieses Blitzen in ihren Augen, als sie sich bewusst macht, *wen* sie da gerade bezirzt. *Ist ja kein Problem für dich, Gabe. Wäre doch nicht das erste Mal, oder?* Ich habe es so satt, so angesehen zu werden. Natürlich kennt hier jeder meine Geschichte. Das Geld hatte ich nicht, meinen Namen aus der Presse rauszuhalten. Und selbst wenn nur eine einzige Person Wind davon bekommen hätte, wüssten es auch die nächsten drei umliegenden Ortschaften binnen weniger Tage. So ist das bei uns nun mal.

Die Leute behandeln mich auf drei verschiedene Arten, und ich kann sie allesamt nicht leiden. Entweder werde ich bemitleidet – oder bewundert: Vorrangig Frauen scheinen es aufregend zu finden, einen Ex-Häftling zu kennen. Oder aber ich werde gemieden, weil man sich nicht zu einhundert Prozent sicher ist, was an der ganzen Geschichte dran ist.

Kommentarlos gehe ich zum Drucker und reiche ihr dann die Rechnung über meine zweieinhalbstündige Arbeitszeit. Sichtlich enttäuscht reißt sie mir das Blatt aus der Hand, ist allerdings klug genug, nicht weiter zu diskutieren. Wenn wir sie als Kundin verlieren, weil ich keinen Bock habe, ihren Fantasien gerecht zu werden, dann soll es so sein. Paula wirft die Kohle auf den Tisch und steigt, ohne mich eines weiteren Blickes zu würdigen, in ihr Auto. Ich kratze mich am Kinn, versuche, die Irritation, die sie in lediglich zwei Minuten in mir hervorgebracht hat, abzuschütteln, und tue, was ich derzeit am besten kann: mich in Arbeit vergraben. In diesen Mercedes zum Beispiel, bei dem erst vor Kurzem die Batterie getauscht worden ist, der aber trotzdem immer wieder nicht anspringt. Wir haben ihn auf die lange Bank geschoben, weil bei diesem

Modell alleine das Erreichen der Lichtmaschine einen erheblichen Aufwand darstellt.

Normalerweise würde ich bei diesen Temperaturen das Tor zur Werkstatt zumachen, damit es drinnen schön kühl bleibt. Da unsere dämliche Klimaanlage allerdings nicht kühlt, muss ich es offen lassen, um nicht zu ersticken. Dauert daher nicht lange, bis mir mein Shirt hinten und vorne an der Haut klebt – ein einengendes Gefühl, das mich an Dinge erinnert, an die ich nicht denken will. Ächzend zerre ich es mir vom Körper und werfe es gegen die Wand. Die Baseballkappe setze ich neu auf, egal, wie gerne ich die ebenfalls loswerden würde.

»Guten Morgen!«, sagt Dad, als er die Halle betritt, und verzieht gleich das Gesicht. »Hast du die Klimaanlage nicht eingeschaltet?«

Innerlich verdrehe ich die Augen. »Dürfte defekt sein. Ich wollte nachher einen Blick drauf werfen.«

»Dann schalten wir in der Zwischenzeit wenigstens den alten Ventilator ein, bevor wir alle eingehen.« Nachdem er das erledigt hat, stellt er sich neben mich und beobachtet meine Handgriffe. »Die Dichtung solltest du hier auf jeden Fall auch austauschen.« Ich werfe ihm einen bedeutungsvollen Seitenblick zu, woraufhin er die Arme in Abwehrhaltung von sich verschränkt. *Jeder* sieht, dass die Dichtung der Motorhaube getauscht werden muss. Sie hängt an allen Seiten herunter. Ich verstehe schon, dass sein Name hier auf dem Spiel steht, aber ich bin kein Idiot. »Hanks Toyota muss abgeschleppt werden«, schiebt er nach.

»Schon wieder betrunken einen Unfall gebaut?«

Dad nickt und seufzt. Hank, dieser alte Idiot. Der hätte Emerald Samstagnacht mitgenommen, wenn Piper sich nicht eingemischt hätte. Und sie wäre sicherlich mitgefahren. Sie mag zwar eine große Klappe haben, geht aber zu leichtfertig mit ihrem Vertrauen um. Sie wäre auch bei Clyde eingestiegen. Der wiederum mag zwar nicht gefährlich sein, aber der Prinz auf dem Schimmel ohne Hintergedanken ist er auch nicht. Ganz zu schweigen davon, dass sie bei *mir* eingestiegen ist. Hätte sie das auch getan, wenn sie wüsste, weswegen ich ins Gefängnis gesteckt worden bin? Aber ist das nicht auch genau das, was mich dazu gebracht hat, sie gestern zum Essen zu schleppen? Em ist wie frischer Wind, der in die Stadt weht. Das meine ich nicht poetisch. Vielleicht nicht einmal als Kompliment, aber es ist erfrischend, dass sie mich mit keinem der vorhin genannten Gesichtsausdrücke ansieht. Dass sie meine Vergangenheit eben nicht kennt und unvoreingenommen mit mir umgeht.

»Wo?«

»West Bend.«

Was? »Was will Hank denn dort oben?« Das ist ziemlich weit nördlich.

Dad kratzt sich den Nacken und senkt den Blick. »Dort hat man Violet damals gefunden.« Shit. Kurz nachdem ich nach Illinois gegangen bin, stand Ceasar City für eine Weile still. Etwa zwei Wochen, nachdem Hanks Töchter beim Joggen verschwunden waren, hat man die Leiche der siebzehnjährigen Violet im Kornfeld gefunden. Von Lydia, ihrer zwei Jahre jüngeren Schwester, fehlt bis heute jede Spur. Ich kann mir nicht vorstellen, dass Hank je aufhören wird, sie zu suchen.

»Wo ist er jetzt?«

»Im Krankenhaus. Hat sich etwas gebrochen, wie es scheint. Ist vielleicht besser für ihn. Um diese Zeit des Jahres geht es ihm immer besonders schlecht.« Verständlich. Der arme Mistkerl.

»Ich kann hinfahren.« Eine schöne Aussicht, die eine oder andere Stunde an einem klimatisierten Ort zu verbringen. Mein Vater nickt und setzt gerade an, mir Details zum Standort zu geben, als der frische Wind mit hellbraunem Dutt, sonnengelbem *Shirt* – für ein Kleid ist es viel zu kurz – und Flip-Flops in die Werkstatt schneit. In ihr Handy vertieft kniet sie sich

66

wortlos an die Stelle am Boden gegenüber von ihrem Auto, die sie gestern schon für sich okkupiert hat. Ich fühle, wie mein Dad von Emerald zu mir und zurück sieht und herauszufinden versucht, was hier gerade passiert. Aber das weiß ich selbst nicht.

»Bitte! Mach's dir bequem!«, murmle ich in ihre Richtung. »Kann man dir vielleicht irgendetwas bringen?«

Das bewegt ihre großen braunen Augen doch dazu, meine zu treffen. Die Meldung, die sie machen will, bleibt ihr jedoch wohl im Hals stecken, weil sie sichtlich schluckt, als sie mich sieht, und dann die Augen zusammenkneift. »O mein Gott! Ist das dein Ernst?«

Was hat sie denn jetzt für ein Problem? »Was?«

»Na, das da.« Sie deutet mit dem Finger kreisend auf meinen Oberkörper. Vorwurfsvoll. Fast wütend. »Du siehst gezeichnet aus. Das ist ja nicht normal.« Erst jetzt entdeckt sie meinen Vater in der anderen Ecke und winkt ihm mit einem strahlenden Lächeln zu. »Hi, Mr B!«

»Hallo, Kleine«, winkt er freundlich zurück und lehnt sich dann gegen die Wand, als würde er sich auf den Rest des Gesprächs zwischen ihr und mir freuen.

»Also, ist das für Mrs Tesla?«, nervt sie weiter, und ich drehe mich zu meiner Arbeit. Muss sie eigentlich immer alles ausreizen? »Deine Art, die Wartezeit zu verkürzen?«

»Gibt es einen bestimmten Grund, weshalb du hier bist?«, frage ich schließlich, nachdem ich tief Luft geholt habe.

»Ja, aber ich kann mich nicht konzentrieren. Du verdrehst mir den Kopf.«

Ich bedenke sie mit einem tödlichen Blick, weil sie die Stimme senkt und versucht, so zu klingen wie ich. Em streckt mir die Zunge heraus wie ein kleines Kind und zuckt mit den Schultern. »Über mich kannst du dich jetzt nicht mehr beschweren. Ich trage wenigstens Kleidung.«

Ich hebe eine Augenbraue. »Ach ja?«

»Ähm. Ja?« Demonstrativ hebt sie ihr Shirt. Ich weiß, sie macht das, um mir die Hotpants zu zeigen, die man unter dem Oberteil nicht sehen kann, aber sofort wünschte ich, ich hätte nicht gefragt. Ich will mir ihre glatten Beine unter dieser kaum vorhandenen Hose nicht bewusst ansehen, ebenso wenig wie ihren Bauchnabel.

Um dieses unnötige Gespräch endlich zu beenden, fische ich nach meinem verschwitzten T-Shirt und ziehe es mir widerstrebend wieder an. »Hast du mir sonst irgendwas zu sagen?«

»Ja, einiges, wenn du mich schon so fragst«, gibt die Klugscheißerin zurück.

Ich stütze mich mit beiden Fäusten am Motorraum des Hondas ab und lasse den Kopf hängen. »Ach, du meinst wegen Floyd? Nicht unbedingt.«

Auf einmal klingt sie stiller, nicht mehr so selbstsicher. »Ich will nicht unverschämt rüberkommen, aber könntet ihr euch vorstellen, das Auto ohne Steuern zu reparieren?«

Mein Blick schnellt zu ihr, während sie hauptsächlich meinen Dad ansieht. *Nicht du auch noch, Emerald. Du solltest doch der frische Wind sein.* »Schwarz?«

Wenigstens sieht man, dass ihr die Frage selbst peinlich ist, so wie sie mit ihren Fingern spielt. »Schwarz, blau, pink. Ich bin da nicht wählerisch«, antwortet Em und quittiert mein leises Knurren mit einem Augenrollen. Sie lässt sich auf den Hintern fallen und umarmt ihre Beine. »Okay, ich habe verstanden. Kein Grund, dir gleich vorzustellen, wie du mich in deinen Cornflakes ertränkst.«

»Sein Bruder hätte bei deinem Vorschlag laut zu lachen begonnen. Und der ist FBI-Agent«, muss Dad natürlich einwerfen. Selbst wenn Jake nicht physisch hier ist, werde ich mit ihm verglichen.

Ich ignoriere ihn. »Die schlichte Antwort auf deine Frage lautet: Auf gar keinen Fall.«

»Na schön. Wenn wir wirklich nur das Nötigste machen, auf wie viel komme ich dann?«

»Du meinst Getriebe und Stoßstange? Um die dreitausend Dollar.«

»Okay, und wenn ich dir beim Einbau und so helfe, wie viel macht es dann?«

Jetzt verkneife ich mir mit aller Mühe ein Schmunzeln. »Dreitausend Dollar.«

»Hey!«, meckert sie. »Ich kann anpacken. Ist mir egal, ob ich mir die Hände schmutzig mache. Ich kann sogar Reifen wechseln.«

»Gut zu wissen, aber das Getriebe ist doch etwas komplizierter. Und schwerer als ein Reifen.« Sie könnte es nicht einmal heben.

Als hätte ich das laut gesagt, lässt sie ihr Handy fallen, marschiert rüber zum Arbeitstisch, wo ich das Getriebe abgelegt habe, und begutachtet das Ding. »Phh. Wie viel kann so ein Teil schon wiegen?«

»Dreißig Kilo«, erkläre ich ihr und verschränke amüsiert die Arme vor der Brust, als sie etwas in die Knie geht und versucht, es zu verrücken.

Dad schnalzt mit der Zunge. »Heb dir bitte keinen Bruch, Kleine. Eine Klage ist das Letzte, was ich brauchen kann.«

Anstatt es anzuheben, schafft sie es gerade einmal, es ein wenig vom Fleck zu bewegen, dann dreht sie sich mit aufgerissenem Mund zu mir um. »Das ist ja abartig. Du hast es gestern aussehen lassen, als hätte es vielleicht zehn Kilo oder so.« Ich presse die Lippen zusammen, verzichte allerdings darauf, ihr zu erklären, dass ich nicht ohne Grund einen Oberkörper habe, den sie in übertriebener Weise »gezeichnet« genannt hat. Ich trainiere. Hart. Jetzt nicht mehr so wie im Knast, in dem ich die Kraft dazu verwenden musste, mich zu verteidigen. Mir so manche Leute vom Leib zu halten. Aber auch heute noch brauche ich das Gefühl, zumindest körperlich so überlegen zu sein, wie ich eben kann.

Emerald wirft die Hände in die Luft und lässt sich auf den Arbeitshocker fallen. »Wenn das so ist, muss ich mir einen Job suchen.« Dass sie sich die Reparatur nicht leisten kann, ist mir klar gewesen. Dass ihr das Auto allerdings so wichtig ist, dass sie bereit ist, sich hier einen Job zu suchen, überrascht mich dann aber doch. Die meisten Leute versuchen, bei solchen Getriebe- oder Motorschäden günstig zu verkaufen, oder sie verschrotten, weil ein Austausch den Wert des Autos übersteigt. Ich meine: Ihr Ford ist älter als sie selbst! Sie kann froh sein, wenn in einhundert Kilometern nicht das nächste größere Problem auftritt. »Braucht ihr jemanden?«, fragt sie in dieser hoffnungsvollen Manier, die mein Herz kurz zum Stolpern bringt.

»Nö«, antworte ich, bevor besagtes Organ oder, ebenso schlimm, mein Dad auf blöde Ideen kommen kann, weil sie ihm leidtut. Wir brauchen niemanden. Und selbst wenn, wäre das nicht sie. Nur über meine Leiche!

Sie mustert mich und ihre Schultern sacken herunter. »Weißt du, ob es hier irgendwo Jobs gibt?«

»Nö.«

Em schnaubt. »Du bist wirklich eine Riesenhilfe.«

»Ich bin nicht interessiert am Stadtgeklatsche.«

»Nicht? Das ist jetzt ein Schock.« Enttäuscht schüttelt sie den Kopf. »Jetzt mal im Ernst. Sollten Engel nicht … ich weiß auch nicht … nett sein? Also Freude verkünden und auf Harfen spielen? Ich glaube, wir suchen besser einen neuen Spitznamen für dich.«

»Ich mag dich, Kleine«, sagt Dad lachend, obwohl ich persönlich nicht weiß, was so witzig sein soll. »Hier ist die Samstagszeitung. Da stehen oft Stellenangebote drin. In den Supermärkten hängen manchmal auch Zettel. Je nachdem, woran du interessiert bist.«

Sie nickt und presst die Lippen zusammen, als sie die Zeitung entgegennimmt. Besonders glücklich wirkt sie mit der Antwort nicht. Wahrscheinlich, weil sie weiß, dass sie mit irgendwelchen Jobs ein halbes Jahr bräuchte, bis sie sich die Reparatur leisten kann.

»Weißt du was?«, beginnt Dad und schnappt sich die Schlüssel des Abschleppwagens. »Ich denke, ich hole Hanks Wagen lieber selbst ab. Ich seh euch dann später.«

Ach ja? Wer sagt, dass sie bleibt?

Em winkt meinem Dad zu und stemmt dann die Hände in die Hüften. »Darf ich später das Handy noch mal bei euch aufladen?« Okay, so viel dazu. Sie hat wirklich vor zu bleiben. Es brennt mir auf der Zunge, sie zu fragen, wofür, denn ihr Auto wird wohl in nächster Zeit lediglich hier rumstehen. Bis sie die Kohle hat, die sie braucht, sind mir die Hände gebunden. Ich spare mir jedoch die Frage, weil man kein Genie sein muss, um zu sehen, dass sie einsam ist. Sie kennt hier kein Schwein, es gibt auch nichts zu tun und Geld hat sie auch keines, sonst würde sie mehr essen. Also nicke ich und mache mich wieder an die Arbeit. Solange sie von mir nicht erwartet, dass ich sie unterhalte, kann sie von mir aus bleiben.

Irgendwann fragt sie mich, ob sie wieder das WC benutzen darf, und verschwindet mit Telefon, Kopfhörern und einer kleineren Tasche darin. Was auch immer sie vorhat …

Ich beginne gerade, die Schrauben zu entfernen, die die Stoßstange halten, als mein Handy klingelt. Ollie. »Was gibt's?«

»Hey! Ja, danke der Nachfrage. Mir geht's auch gut«, grunzt er amüsiert. Das mag ich so an Ollie. Im Gegensatz zu mir bringt ihn so gut wie nichts aus der Ruhe. »Heute ins Piper's?« Wie an jedem anderen Abend?

»Nö. Ich hau mich mal früher aufs Ohr.« Hinlegen kann ich mich ja, irgendwann schlafe ich schon ein. Nach beschissenen

Nächten wie den letzten bin ich jedenfalls absolut nicht an Gesellschaft interessiert.

»Alles klar. Hey, ich müsste morgen mal bei euch vorbeischauen. Bei jeder Linkskurve klickt es vorne so bescheuert. Ist Mittag okay?«

Sollte sich in der Mittagspause zumindest mal herausfinden lassen. »Mach das!«, antworte ich daher knapp, woraufhin mein Freund herzhaft lacht.

»Spitze! Gutes Gespräch, Alter. Wie immer. Bis dann, Kumpel.«

Es stimmt. Ich hasse Telefonieren und jeder, der am anderen Ende ist, weiß das genau oder merkt es ganz schnell. Vielleicht, weil ich ein Einzelgänger bin und nicht gern gezwungen werde, von null auf hundert mit jemandem zu interagieren, den ich nicht mal sehen kann. Eine Schlange, die sich mir um den Hals legt, erscheint mir ebenso lustig. Wieso blöden Small Talk führen mit diesem obligatorischen »Und wie geht's dir so«, wenn man auch einfach in einer kurzen Textnachricht auf den Punkt kommen kann?

Nachdem er auflegt, schaue ich auf die Uhr.

In den folgenden dreizehn Minuten sehe ich noch drei Mal auf die Uhr. Was zur Hölle macht Emerald so lange auf dem Klo? Ich lege mein Werkzeug beiseite und schalte den Ventilator herunter, weil ich mir einbilde, ihre Stimme zu hören. Mit der Stirn in Falten gehe ich durch den Gang, der zur Toilette führt, bevor ein Lächeln an meinen Mundwinkeln zieht. Singt sie gerade wirklich aus voller Kehle dieses alte »Titanic«-Lied in meinem zwei Quadratmeter großen Werkstatt-WC? Mal abgesehen von der Frage, warum ausgerechnet dieses Lied, singt sie echt nicht schlecht. Sie singt sogar verdammt gut. Ich wurde einmal gezwungen, mir den Film anzusehen, und fand ihn langweilig. Ich meine, komm schon! Nach eineinhalb Stunden kommt endlich Spannung ins Spiel und dann muss ich noch einmal genauso lange darauf warten, Leonardo DiCaprio beim Erfrieren zuzusehen? Gefühlte tausend Mal säuseln sie, dass sie einander niemals loslassen werden, und dann schiebt die Alte ihn praktisch ins Wasser. Vielleicht hätte sie einfach mal Platz machen sollen? Typisch Frau.

Jetzt schüttle ich die unwillkommene Gänsehaut ab und trete zwei Schritte zurück, als Emerald diese eine Stelle im Lied summt und dann so richtig loslegt. Ist sie so in ihrer Welt, dass sie vergessen hat, wo sie ist, oder ist es ihr egal? Schmunzelnd stelle ich mir vor, wie sie hinter der Tür steht, eine Bürste, den Seifenspender oder was auch immer als Mikrofon verwendet und mit geschlossenen Augen so tut, als sei sie auf diesem Schiff. Soll sie. Die Freude will ich ihr nicht nehmen. Ich muss arbeiten.

Aber den Ventilator schalte ich erst mal auch nicht wieder ein.

Kapitel 7

Em

In einem meiner alten Hörbücher sagt eine der Figuren, dass Musik ihr Leben ist. Damals fragte ich mich, ob sie nicht etwas übertreibt. Ich finde, Leben sollte aus mehr Komponenten bestehen als nur aus einer. Ansonsten macht man es sich doch wirklich leicht, in ein Loch zu fallen, falls die plötzlich wegbricht.

Heute aber kann ich gut nachempfinden, was sie meint. Vielleicht, weil ich wirklich nichts anderes habe. Zu spielen fehlt mir unglaublich, meine Stimme ans Limit zu bringen, um über den Lärm New Yorks hinweg Aufmerksamkeit zu bekommen. Jeder Tag ohne Musik fühlt sich an, als hätte ich etwas vergessen oder verloren. Aber in Ceasar City kann ich wohl kaum das Keyboard auf dem Bürgersteig aufstellen und für ein paar Dollar spielen. Vor allem, weil es hier niemanden gibt, der das Geld für mich zur Bank bringen und umtauschen kann. Obwohl ich nicht sicher bin, ob Jett immer ganz ehrlich mit mir gewesen ist. Manchmal ist es mir doch etwas wenig vorgekommen, was er mir zurückgebracht hat. Vielleicht ist das aber auch nur Wunschdenken – was weiß ich schon? Ich bin die Letzte mit einem Gefühl für Geld. Deshalb hat mich

Gabe vermutlich vorhin auch so angesehen, als hätte ich einen an der Waffel, weil ich mir einen Job suchen will. Ich weiß, dass dreitausend Dollar viel Geld sind. *Wie* viel genau weiß ich nicht, denn ich habe noch nie ansatzweise so viel besessen. Dass ich es allerdings nicht in neun Tagen auftreiben kann, ist selbst mir klar. Das bedeutet, ich werde mein Versprechen nicht halten können. Schlimmer noch: Ich weiß nicht, wie ich meinen Geschwistern mitteilen kann, dass ich Himmel und Hölle in Bewegung setze, um es doch noch zu schaffen. Wäre eher kontraproduktiv, meiner Mom und vor allem meinem Stiefvater anzukündigen, was ich vorhabe, und ihr Handy ist die einzige Verbindungsmöglichkeit, die ich zu meinen Geschwistern habe.

Und was würdest du ihnen sagen, wenn sie dir *schreiben, Em? Dass du keine Ahnung hast, ob du in zwei Monaten oder erst zwei Jahren das Geld zusammenhast?*

Ich brauche dieses Auto. Klar könnte ich auch ohne nach Idaho gelangen. Die Frage ist nur, wie ich dann mit zwei Geschwistern, davon einer im Rollstuhl, und vielleicht sogar einem Baby im Schlepptau wieder wegkomme. Ich stütze mich an den Oberschenkeln ab und versuche, ruhig zu atmen. Ich mag zwar rechtlich bald erwachsen sein und schon verflucht lange so zu tun, als wäre ich es längst, aber momentan fühle ich mich wie ein hilfloses, dummes Kind.

Und was ist in den Momenten, in denen man im Selbstmitleid ersäuft, besser als »My Heart Will Go On«?

Ich wische mir eine unnötige Träne von der Wange und pudere mir noch mal das Gesicht. Vielleicht kann ich Gabe später fragen, ob ich das Keyboard irgendwo in der Ecke aufstellen darf. Wenn ich etwas brauche, dann ist es Ablenkung. Ich bilde mir ein, aus dem Augenwinkel etwas Rotes am Fenster zu sehen, das vorhin noch nicht da gewesen ist, und zucke heftig zusammen. »O mein Gott!«, japse ich und halte mir eine Hand aufs Herz. Dort, wo ich vorhin gerade noch penibel kontrolliert habe, dass keine Spuren meines Ein- und genau genommen auch Ausbruchs zu finden sind, sitzt jetzt eine rote Langhaarkatze mit grünen Augen. »Bist du ein Geist? Wie bist du reingekommen?« *Ja, Em … die Katze wird dir vermutlich nicht antworten.* »Du siehst gruselig aus. Sicher, dass du noch lebst?« Die Katze legt den Kopf schief. Ihr Fell sieht ungebürstet aus. Als wäre sie seeehr lange nicht gebürstet worden. Ungepflegt und zerrupft. Und trotz der langen Haare wirkt sie ziemlich dünn. »Brauchst du irgendwie Hilfe oder so? Hast du Hunger?« Sie blinzelt in dieser unheimlichen Katzenmanier. Zuerst mit dem einen, dann dem anderen Auge. Anschließend miaut sie hässlich. »Ja, kann ich nachvollziehen. Sollen wir dein schreckliches Herrchen mal fragen, ob er etwas zum Essen für dich hat?« Wobei ich hoffe, dass dies ein Streuner ist, denn sonst trete ich Gabe in den Arsch. Ich kann Katzen zwar nicht besonders leiden, auch weil ich ziemlich sicher allergisch gegen sie bin, aber mit dieser hier habe ich Mitleid. »Komm!«, sage ich bestimmt und strecke die Hand aus, um die Tür aufzuschließen, als die Katze einen Satz vom Fenster macht und direkt nach der Landung neben meinen Füßen wieder hochspringt, um ihre Zähne in meiner Hand zu versenken. »Au!«, versuche ich zu schreien, aber es wird bloß ein Krächzen und ich brauche einen Augenblick, bis ich wieder mehr sehe als grelles Weiß. Sofort schießen mir Tränen in die Augen, weil es wirklich, *wirklich* wehtut. Nachdem ihr Gewicht an mir hängt, kämpfe ich gegen den Instinkt, den Arm von ihr wegzureißen und gehe stattdessen in die Knie, sodass sie wieder Boden unter den Pfoten hat. Irgendwann ist sie wohl der Meinung, genügend Schaden angerichtet zu haben, lässt los und hüpft seitlich von mir weg. *Was habe ich dir denn getan?* Wahrscheinlich sollte ich das Weite suchen, bevor sie irgendwo anders zubeißt, aber der Schmerz wird nur intensiver, jetzt, wo ihre spitzen Fangzähne nicht mehr in meinem Fleisch stecken. »Du hast mich gebissen!«, flüstere ich und starre das Biest an.

»Dann bleib halt hier, wenn du nicht rauswillst. Kein Grund, mich umzubringen!« Ich schwöre, diese Hexe sieht mich an, als würde sie mich auslachen. Bevor sie meine nackten Beine ins Visier nehmen kann, öffne ich hinter meinem Rücken mit den zitternden Fingern der unverwundeten Hand die Tür, stolpere hinaus in die Halle und knalle die Tür hinter mir zu. Gabe hat sein Shirt in der Zwischenzeit wieder ausgezogen und kniet auf einem Bein vor einem Auto. Er schraubt gerade an irgendetwas herum, und für ein oder zwei Sekunden lenken mich die Tattoos und das Spiel seiner Muskeln vom pochenden, brennenden Schmerz ab, bis ich wieder auf die inzwischen blutende Wunde sehe und mir schwindelig wird.

»Ich sterbe«, erkläre ich ihm erstaunlich nüchtern und frage mich, ob man diesen Boden wischen kann.

»Jetzt gerade oder generell?«

Hat er überhaupt hochgesehen? Ich zerre meine Augen vom Blut und richte sie auf ihn. Natürlich glotzt er bloß weiter auf sein doofes Auto. »Das ist nicht witzig. Dieses Monster hat mich gebissen. Ich fühle schon, wie ihr Gift zu meinem Herzen fließt. Gibt es ein Gegenmittel?«

Er reibt sich mit dem Handrücken die Stirn und schiebt seine Kappe zurecht. »Tut mir leid. Ich habe absolut keine Ahnung, wovon du gerade redest.«

»Tollwut. Gibt's ein Gegengift? Dieses haarige, grünäugige Biest hat mich gebissen.« Ich halte besagte Hand wie verkrüppelt hoch, während ich mich mit der anderen am Unterarm festkralle, als müsse ich dort eine Blutung stoppen. Aber der Schmerz ist noch unerträglicher, wenn ich loslasse. Und dann habe ich endlich seine Aufmerksamkeit.

Ich beobachte, wie seine Augenbrauen minimal zucken, bevor er sein Werkzeug liegen lässt und aufsteht. »Fatso?« So heißt der Vampir also. Bei seiner Statur ebenso unpassend wie *Angel* für Gabe. Vielleicht gehört die Katze doch ihm.

»Die lebt noch?« Ehe ich mich versehe, unterstützt Gabriel den Klammergriff um meinen Unterarm und zieht mich zum nächsten Waschbecken. Als das warme Wasser die Wunde trifft und sich mit dem Blut vermischt, versuche ich zischend, die Hand zurückzuziehen. Vergeblich.

»Habe ich sie auch gefragt. Lange jedenfalls nicht mehr«, drohe ich, bevor ich Schluckauf kriege.

»Scheiße. Weinst du?« Er sieht auf mich hinab und ich bilde mir ein, etwas wie Panik in seinem Gesicht zu sehen. Das wiederum macht mich nervös. Vielleicht sterbe ich wirklich. Ich habe mal gehört, dass Katzenbisse ziemlich gefährlich sein können.

»Natürlich nicht«, streite ich ab. Trotzdem laufen mir Tränen über das Gesicht und meine Nase fühlt sich verstopft an. »Es tut verdammt weh, Gabe.« Und es juckt wie Sau.

»Ich weiß. Aber ich muss die Wunde reinigen. Dann kann ich sie verbinden und dich anschließend zum Arzt bringen.«

»Nein.« Hustend schüttle ich den Kopf. »Ich kann nicht zum Arzt. Ich bin seit drei Jahren bei keinem Arzt gewesen.« Es ist nicht nur die Autoversicherung, die mir fehlt. Aber die Augen brennen und ich habe das Gefühl, sie kaum noch öffnen zu können. Meinen Hang zur Wehleidigkeit hin oder her, hier stimmt etwas nicht. So unangenehm es mir auch sein mag, ich muss mich an ihn lehnen, weil ich das Gefühl habe, sonst umzukippen. Mir entgeht nicht, wie extrem sich sein Körper beim Kontakt anspannt. Tja, wir beide werden es überleben müssen. »Vielleicht ist der Zeitpunkt jetzt doof, wenn man bedenkt, was ich eben gesagt habe, aber ich habe mal eine Katze gestreichelt und dann gefühlte drei Jahre danach noch geniest.« Ich überlege kurz. Das hört sich nicht richtig an. »Oder heißt es *genossen*?«, versuche ich das Wort auf meinen Lippen, aber das erscheint mir noch blöder. Gut, dass mir die Situation nicht schon peinlich genug ist. »Was ich sagen will, ist, ich glaube, ich bin allergisch.«

»Damit könntest du recht haben«, antwortet er, und ich zwinge meine Lider dazu, sich zu heben, damit ich weiß, was er meint.

Sofort kneife ich sie wieder zusammen. Meine unversehrte Hand packt Gabes Arm und krallt sich dort fest. »Das ist das Ekligste, was ich je im Leben gesehen habe. Mach das weg!« Meine Haut ist nicht nur rot und geschwollen, hässliche Quaddeln blähen sich rund um die Wunde auf und mein ganzer Körper beginnt zu jucken. Ich schlucke die Galle wieder runter, die hochzukommen versucht, und atme halbwegs durch die nächsten Minuten, in denen Gabe mir einen lockeren Verband um die Hand legt.

»Wie gesagt, du musst zum Arzt. Fünfzig Prozent aller Katzenbisse infizieren sich.«

»Und dann?« Er antwortet nicht. Na toll. Verliere ich meine Hand? »Was macht der mit mir?«, frage ich unsicher, weil alles, was ich vor meinen geschwollenen Augen sehe, Dollarzeichen sind. Ärzte sind teuer. Medikamente sind noch teurer. Aber wenn ich nicht bald etwas gegen den Schmerz und den Juckreiz bekomme, springe ich aus dem Fenster. Egal aus welchem. Eventuell nicht aus dem, unter dem diese fiese *Fatso* sitzt.

»Noch mal reinigen, fragen, ob du Impfauffrischungen brauchst.« *Auffrischungen? Äh …* »Antihistaminika und Antibiotika verschreiben, nehme ich an.« Toll, töte mich gleich! Ich weiß zwar nicht, was das Erste ist, von dem er da gesprochen hat, aber ich bin sicher, ich kann es mir nicht leisten. Es wird ohne gehen müssen. Ist es bisher immer gegangen. Aber das muss ich Gabe ja jetzt nicht unter die Nase reiben. Als er mit der Bandage fertig ist, hebelt er jeden meiner Finger von seinem Arm und verlagert mein Gewicht gegen das Waschbecken. Mühevoll erkenne ich, wie er sich ein frisches T-Shirt überwirft.

Schade. Dann legt sich seine – nicht gerade zärtliche – Hand wieder um meinen Arm und er bugsiert mich aus der Werkstatt. Unter der prallen Sonne die tränenden Augen zu öffnen ist verdammt schwierig, also lasse ich sie geschlossen und mich zu Gabes Jeep führen. Natürlich stolpere ich dabei hier und da über meine schleifenden Füße und spüre, wie Gabriel mich immer wieder aufrecht hält. Mehr noch, er zieht mich an sich, flucht dann und drückt mich wieder weg, als würde ich ihn verbrennen. *DU stinkst*, liegt mir auf der Zunge, aber dann hebt er mich praktisch auf den Beifahrersitz und legt mir den Gurt an.

Während der Autofahrt und dem Weg hinauf in die Arztpraxis sagt Gabe kein Wort, er flucht nur weiterhin ab und zu. Wahrscheinlich wäre es ihm lieber, mich einfach über die Schulter zu werfen, weil ich ihm zu langsam bin.

»Hey, Gabriel!«, höre ich das eine oder andere weibliche Wesen hauchen und stöhne innerlich. Schade, dass ich die gehässigen Blicke nicht sehen kann, die ich abbekomme, weil ich mit ihm hier bin.

»Setz dich hin!«, sagt Gabe schließlich zu mir und schiebt mich praktisch auf den Stuhl im Wartebereich der Arztpraxis. »Ich melde dich an.« Normalerweise lasse ich mich nicht gerne herumkommandieren. Aber wenn man bedenkt, dass ich meine unverletzte Hand nicht von den Augen nehmen kann, weil alles zu grell ist, lasse ich es ihm mal durchgehen. Er nimmt meinen falschen Ausweis und stellt sich bei der Arzthelferin an. Hier und da höre ich ein paar Wortfetzen und kichere leise über die Art, wie er mit der Dame redet. Bin also nicht die Einzige, der er gerne die kalte Schulter zeigt und die er wie eine lästige Fliege behandelt. Irgendwann kommt er zurück und drückt mir erst eine Tablette und dann einen Becher Wasser in die Hand. »Gegen die allergische Reaktion. Ist rezeptfrei. Alles andere sehen wir dann.« Das *Wir* in dem Satz fühlt sich besser an, als es vermutlich sollte, denn wann hat es zuletzt etwas anderes als mich alleine gegeben? Er stellt mir ein paar Fragen, weil er einen Bogen für den Arzt ausfüllen muss, und ich danke Gott dafür, dass ich eine Entschuldigung habe, dieses Vergnügen abzugeben.

»Zuerst kratzt mein Auto ab. Dann breche ich mir fast den Fuß und jetzt krepiere ich an einem Katzenbiss. Langsam habe ich das Gefühl, diese Stadt kann mich nicht besonders leiden«, bringe ich murmelnd hervor, als ich endlich wieder halbwegs frei atmen kann. Das Antihistaminikum zeigt Wirkung. Zum Glück. Meine Augen tränen zwar noch, aber ich kann sie zumindest wieder öffnen und die Hände vom Gesicht nehmen. »Hast du vielleicht ein Taschentuch?« Er schüttelt den Kopf. So schockiert, wie er dreinschaut, muss ich richtig gut aussehen. Ich könnte eine der Damen hier fragen, die so unauffällig hersehen, oder mir einfach Klopapier besorgen. Bevor ich jedoch konkret darüber nachdenken kann, hebt Gabe den Saum seines Shirts an mein Gesicht und wischt es damit trocken. Natürlich, ohne mich direkt zu berühren. Trotzdem überrascht mich die Fürsorge und ebenso, wie erleichtert er danach wirkt.

»Hey, Angel!«, ruft jemand, und unser kurzer Was-auch-immer-Friedensmoment ist unterbrochen. »Grüß deinen Dad schön und sag ihm Danke. Der Nissan fährt wieder einwandfrei«, setzt der Typ, der gerade aus der Praxis kommt, nach, und ich ziehe die Nase kraus. Den habe ich gestern schon gesehen, als er sein Auto abgeholt hat. Gabe nickt und salutiert.

»Hast *du* den nicht repariert?«, will ich leise wissen, weil ich mir einbilde, dass es um das Auto geht, an das ich gerade denke. Das bringt Gabes momentan eher blaue Augen dazu, mich wieder ins Visier zu nehmen.

»Warum wäschst du dir in meinem Waschraum die Haare?« Verdammt. Ich hatte sie extra in einen Knoten gesteckt und gehofft, dass er mich eh nicht richtig ansieht. Dann wäre es ihm überhaupt nicht aufgefallen.

Ich überspiele die Angst vor einer detaillierteren Unterhaltung mit einem Lachen. »Ich hab sie mir nur nass gemacht. Ich weiß nicht, ob es dir aufgefallen ist, aber in deiner Werkstatt ist es ein bisschen warm.« Anfangs bin ich dankbar dafür, dass er seine Aufmerksamkeit von mir abwendet, aber dann folge ich seinem Blick und sehe, wie sich eine Patientin zu der Arzthelferin gesellt und kein Geheimnis daraus macht, dass sie entweder über Gabe oder mich oder uns beide tuscheln. Kühe.

»Ich gehe eine rauchen«, erklärt Gabe und steht auf, bevor ich reagieren kann. Dann reden sie wohl über ihn. Ist eine davon seine Ex-Freundin? Oder beide? Oder … Mir egal. Ich stütze die Ellbogen auf die Knie, gebe mir Mühe, nicht daran zu denken, dass ich gleich zum ersten Mal seit langer Zeit von einem Arzt behandelt werden werde.

»Pst!«, höre ich aus der Richtung der zwei Frauen, aber ich ignoriere es. »Hey, du!«, zischt eine von ihnen etwas lauter, also sehe ich widerwillig auf. Mit gehobener Augenbraue zeige ich fragend auf mich. »Bist du okay?«

Ich sehe mich im Raum um. Hier sitzen noch etwa sechs andere Patienten jedes Alters und plötzlich richten sich alle Augen auf mich. »Äh, nein?«, antworte ich perplex. Hat sie nicht aufgepasst? »Ich bin von einer Katze gebissen worden.«

Die beiden Damen sehen sich vielsagend an, ehe die Arzthelferin den Kopf schüttelt. »Nein, nicht so. Ich meinte …« Sie nickt vorsichtig zur Tür und senkt ihre Stimme, als würden dadurch nicht alle hier mitbekommen, was sie sagt. »Mit ihm. Hat er …« Sie wedelt mit ihrer Hand und verzieht das Gesicht. »Du weißt schon«, hängt sie an, als wäre es ihr doch plötzlich unangenehm. Sie ist jetzt schon die zweite Person, die mir eine Frage dieser Art zu Gabriel stellt. Vermutlich sollte ich spätestens jetzt hellhörig werden, weglaufen, nachbohren? Aber alles, was diese Fragen in mir auslösen, ist mein

Verteidigungsmechanismus. Für einen Mann, den ich praktisch nicht kenne, gegen Menschen, die ihn ziemlich sicher sein ganzes Leben lang kennen. Der Typ mag vielleicht arschlochmäßig rüberkommen, aber er war absolut korrekt zu mir, sogar umsichtig, es gefällt mir nicht, was sie andeuten.

»Nein, weiß ich *nicht*. Was meinst du?«, antworte ich dementsprechend etwas schnippisch. Am liebsten würde ich dazu die Arme vor der Brust verschränken, aber das klappt nicht. Die Stirn der anderen Dame legt sich in Falten und sie kehrt mir wieder den Rücken zu.

»Ach. Nichts. Vergiss es!«, beendet Nummer eins das Gespräch und tut so, als würde sie wieder arbeiten. Natürlich interessiert mich, worauf sie hinauswollte, aber nicht auf diese Weise. Vielleicht haben sie daher mein Bitch-Gesicht richtig interpretiert. Nämlich, dass ich nicht besonders viel von ihrer »Sorge« halte, wenn es ihnen nicht einmal wichtig genug ist, mich persönlich und diskret anzusprechen, sodass ich auch tatsächlich antworten würde, wenn etwas gewesen wäre. So ist es nichts als Neugier und Sensationsgeilheit.

Eine gute halbe Stunde später komme ich aus dem Sprechzimmer, eine Tetanusspritze im linken und eine Tollwutspritze im rechten Arm. »Vorsichtshalber«, hat Dr. Ivory gesagt. *Vorsichtshalber noch ein paar Scheine mehr …* Dann hat mir eine Arzthelferin die Hand neu verbunden und vorher irgendetwas darauf verschmiert. Gabe ist noch nicht zurück, also gehe ich inzwischen aufs Klo. *Nachdem* ich sichergestellt habe, dass keine gemeine Katze darin lauert. Alles dauert drei Mal länger als sonst und ist verflixt anstrengend, wenn man nur eine Hand benutzen kann. Und die Arme fühlen sich doppelt so schwer an wie sonst, als hätten die Impfungen Blei enthalten. Erschöpft puste ich mir eine Haarsträhne aus der Stirn, als ich im Rausgehen Gabe entdecke. Er steht mit dem Blick auf die Straße neben der Tür, weit weg von der Arzthelferin, und ich spüre fast körperlich, wie unwohl er sich fühlt. Erst als ich neben ihm stehen bleibe, wendet er sich mir zu und scannt mit dieser typischen Furche auf der Stirn mein Gesicht ab.

»Ich bekomme noch ein Rezept«, erkläre ich ihm. »Und die Rechnung.« Würg. Schmerzmittel werde ich sausen lassen müssen. Vielleicht kaufe ich die rezeptfreien, die so gut wie gar nicht helfen. Antibiotika müssten sein, es sei denn, ich hätte Lust auf eine Operation oder mehrere, wenn sich doch etwas entzündet, hat Dr. Ivory gesagt. Das wird noch teurer.

Gabriel drückt mir eine kleine Tüte in die Hand. »Mach dir darüber keine Sorgen! Ist beides schon erledigt.« Er öffnet die Tür und hält sie für mich auf, während mein Herz stottert.

»Was soll das heißen?«

»Dass du dir keine Gedanken mehr machen sollst«, quittiert er meine Frage mit einem Schulterzucken. In der Tüte finde ich die Medikamente, die ich nehmen soll. Wann hat er die denn geholt? Ist er Superman? »Die Apotheke ist im Nebengebäude«, erklärt er ob meines Gesichtsausdrucks. Der Arzt hat wohl in der Zeit, in der ich bandagiert worden bin, schon alles fertig gemacht.

Schluckend senke ich den Kopf. »Du kannst nichts für den Biss. Du schuldest mir nichts.« Ich ihm hingegen schon jetzt so viel, dass mir beim Gedanken an meinen Schlafplatz in seiner Garage kurz schlecht wird.

»Das weiß ich«, meint er und tippt meine Flip-Flops ganz leicht mit seinen riesigen Mechanikerstiefeln an. »Lass uns gehen!«

Kapitel 8

Gabe

Eine unbekannte Nummer leuchtet auf meinem vibrierenden Handy auf und mein Daumen kreist über dem roten »Ablehnen«. Ich bin nicht unbedingt scharf darauf herauszufinden, wer anruft und was am anderen Ende der Leitung auf mich wartet. Die Wahrscheinlichkeit ist ziemlich hoch, dass es nichts Gutes ist. Aber wenn ich eines gelernt habe, dann, dass schlechte Nachrichten nicht darauf warten, bis du für sie bereit bist. »Jap?«, melde ich mich. Wer auch immer anruft, wird ja wohl wissen, wen er erreichen will.

»Gabe!«, meldet sich mein Bruder in dieser Art, die mich dazu bringt, mich fester an die Tischkante zu klammern. »Wenn du jetzt auflegst, setze ich mich in den nächsten Flieger und trete dir in den Arsch.« Ich bin gewillt, genau das zu tun. Zu sehen, ob diese »Warnung« wie immer nichts als heiße Luft ist. Wäre das erste Mal in über einem Jahr, dass ich ihn sehen würde. Ich habe ewig auf einen Anruf oder einen Besuch meines großen Bruders gewartet, gehofft, dass er mich irgendwie rausholt, mir glaubt, mich unterstützt. Nichts davon ist passiert. Jetzt kann er sich seine Anrufe sparen. Aber eher fresse ich einen Besen, bevor ich zugebe, wie sehr er mir damit wehgetan hat.

»Was willst du?«

»Für den Anfang, dass du verflucht noch mal drangehst, wenn ich dich anrufe, sodass ich dich nicht mit unterdrückter Nummer anrufen muss.«

Er klingt sauer. Ist das sein Ernst? »Ich zwinge dich überhaupt nicht, mich anzurufen, Jake. Gibt keinen Grund dafür.«

»Und ob es den gibt! Zum Beispiel, dass du endlich mal hören musst, was ich dir seit drei Monaten zu erklären versuche.« Drei Monate. Seit ich das beschissene Gefängnis als »freier« Mann verlassen habe. Warum erst seitdem, Jake? Was ist davor gewesen? »Aber für den Moment will ich erst mal wissen, warum du deinen Arsch nicht zurück an die Uni schwingst und Einspruch gegen ihre Entscheidung einlegst, dich nicht wieder aufzunehmen?« Ich beiße mir so fest auf die Zähne, dass sie knirschen, kreise mit den Schultern, das Gewicht darauf fühlt sich verflucht schwer an.

»Mom und Dad sind also gleich zu dir gelaufen, um sich auszuheulen. Interessant.« Eigentlich nicht. Ist nichts Neues. Alles, was in meinem Leben schiefgeht, melden meine Eltern gleich Jake, als würde er den Tag für alle retten.

»Sie machen sich Sorgen«, meint er irritiert, als hätte er das Recht dazu.

»Da bin ich sicher. Ihr alle macht euch fürchterliche Sorgen um mich.« Aus den falschen Gründen.

»Was zur Hölle soll das wieder heißen?«

Ich könnte es ihm unter die Nase reiben und mir irgendeine lahme Erklärung für sein Verhalten anhören.

Stattdessen antworte ich lediglich auf die ursprüngliche Frage. »Die ganze Sache ist dem Fakultätsgremium noch zu frisch«, wiederhole ich die schwachsinnige Aussage. »Sie wollen noch etwas Gras über die Sache wachsen lassen.« Darüber kann ich maximal müde lachen. Humorlos, denn nichts an dieser Sache ist lustig. Und ich habe mir vorgenommen, damit abzuschließen. Wohl oder übel – denn ich kann machen, was ich will: In den Augen der Uni und vieler – sogar mir nahestehender – Menschen bin und bleibe ich ein Fragezeichen.

»Tu nicht so, als wäre dir das alles scheißegal, Gabriel!«, fährt er mich an.

Sehr witzig, welche Wahl habe ich denn? Will er, dass ich zusammenbreche und heule, wie unfair das Leben zu mir ist? Wann hat das denn je geholfen?

»Das ist deine Zukunft, von der wir hier reden. Gib nicht so schnell auf!«

»Welche Zukunft, Jake?«, entfährt es mir, was meiner gespielten Coolness einen Strich durch die Rechnung macht. »Ich habe schon zwei Jahre verloren. Ich habe nicht die Zeit zu warten, dass sich das *geschätzte* Gremium von meiner Unschuld überzeugen lässt.« Und selbst wenn, es würde nie wieder so sein, wie es sein sollte. Deswegen muss ich damit abschließen – ganz egal, wie sehr ich es immer noch will.

»Wenn du etwas hast, dann ist es Zeit, Gabriel. Welche Alternativen hast du? Ist es nicht besser zu warten, als deine Pläne ganz abzuschreiben?«

»Und ist es nicht leicht, so was zu sagen, solange du nicht in meinen Schuhen steckst?« Ich bin Rocky Balboa in dieser letzten Kampfszene, in der alle zusehen und erwarten, verlangen, dass ich wieder aufstehe, nachdem ich einen Schlag nach dem anderen eingesteckt habe. Als wäre das so einfach! Als wüssten die, wie sich das anfühlt. »Ich muss jetzt wieder arbeiten. Wenn ich das nächste Mal nicht drangehe – versteh es als Hinweis«, runde ich das Gespräch ab.

»Gabe!«

Genervt schüttle ich den Kopf, bevor ich auflege. Ich sehe den Schraubenschlüssel an, der vor mir auf dem Tisch liegt, und erinnere mich an den Stolz, den ich empfand, als die schriftliche Zusage von der Lincoln Universität in Chicago auf dem Esstisch lag. Hochmütig dachte, dass ich alles im Griff hätte, weil ich nach der Highschool von hier wegkommen würde: Ich würde etwas aus meinem Leben machen, statt in dieser Kleinstadt zu versauern wie der Großteil meines Jahrgangs. Und ich war froh, meinem Dad beweisen zu können, dass ich genauso gut bin wie Jake. Aber im Gegensatz zu mir hat mein Bruder jetzt schon lange sein Diplom in der Tasche und seinen Traum wahr gemacht. Und ich bin wieder da, wo ich hingehöre.

»Verdammte Scheiße!«, brülle ich und knalle den Schraubenschlüssel gegen die gegenüberliegende Wand, als mich ein Japsen herumwirbeln lässt. Emerald hält sich mit großen Augen und hochgezogenen Schultern an der Wand des Garagentors fest. »Hey!«, sagt sie irgendwann leise.

Wie viel hat sie von dem Telefonat mitbekommen? Nicht, dass ich irgendetwas Weltbewegendes gesagt hätte, aber trotzdem ... Ach, wem mache ich etwas vor? Meine Geschichte wird in diesem Kaff vor ihr eh nicht mehr lange »geheim« bleiben.

»Hi.«

Emerald hält eine Papiertüte hoch. »Ich habe dir etwas zum Mittagessen mitgebracht. Also, wenn du Hunger hast ... Könnte sein, dass es inzwischen kalt ist. Den Lieferservice können wir schon mal von der Liste meiner potenziellen Jobs streichen.« Sie trägt heute wieder höhere Schuhe: Cowboy-Boots aus Stoff mit relativ hohem Absatz. Darüber ein blumiges Sommerkleid. Die Haare hängen ihr über die Schultern und sie sieht aus wie das Mädchen von nebenan.

»Das hättest du nicht machen müssen.«

»Das weiß ich«, wiederholt sie das, was ich gestern zu ihr gesagt habe, und zwinkert mit einem kleinen Lächeln. Ich atme tief durch und stemme die Hände in die Hüften. Merke, wie das Beben in der Brust langsam abflaut.

Weder bewegt Emerald sich in meine Richtung, noch hält sie mir das Essen hin. Stattdessen blickt sie zu der Delle in der

Wand, die ich mit dem Schraubenschlüssel verursacht habe. Großartig. Wieder etwas, was ich meinem Dad erklären muss. Ich marschiere zu dem Werkzeug am Boden und stecke es mir in die Hosentasche. »Wie geht's deiner Hand?«, will ich wissen, da sie sie hinter dem Rücken hält.

Em zuckt mit den Schultern. »Ganz okay, schätze ich. Ich kann alles bewegen, auch wenn es nicht gerade angenehm ist. Hat heute eine Weile gedauert, in die Gänge zu kommen.«

Sie ist perfekt geschminkt wie immer, aber auf den zweiten Blick erkennt man, dass ihre Augen noch gerötet sind.

»Ist Fatso hier?«, fragt sie, und für einen kurzen Moment bin ich fast erleichtert, dass die Katze wohl der Grund dafür ist, dass sie noch keinen Fuß in die Halle gesetzt hat.

»Ich habe sie gestern zur Tierärztin gebracht, damit sie sich Fatso mal anschaut und sie ein bisschen aufpäppelt. Außerdem muss erst klar sein, ob sie Tollwut hat, bevor entschieden wird, was mit ihr geschieht.«

»Kann man Katzen im Nachhinein impfen lassen?«

»Nein«, antworte ich lediglich, aber Em versteht trotzdem und verzieht unglücklich das Gesicht. Ein Tier mit Tollwut kann nur eingeschläfert werden.

»Nein«, murmelt sie bedrückt.

»Es wäre nicht deine Schuld, Em. Jetzt wird sie erst einmal beobachtet, denn einen Test gibt es nicht.«

Emerald legt besorgt die Stirn in Falten. »Ist sie deine Katze?«

»Nein. Sie hat dem Vorbesitzer der Werkstatt gehört, Earl, und ist abgehauen, als er gestorben ist. Fatso müsste jetzt um die achtzehn Jahre alt sein. Deswegen dachte ich auch, sie wäre längst tot.« Em hebt die Augenbrauen, ihr Gesichtsausdruck noch ein Stück verstörter als eben noch. »Das wären um die neunzig in Menschenjahren«, erkläre ich ihr, weil ich weiß, dass sie gerade an ihr eigenes Alter denkt. Sie bläst angestaute Luft aus und nickt. Ich deute zu ihrer versteckten Hand. »Lass mich mal sehen!«

Emerald presst die Lippen zusammen, rührt sich immer noch nicht vom Fleck. Dass sie auf einmal so zurückhaltend ist, fühlt sich komisch an, also lenke ich ab und lege mein Werkzeug an seinen Platz. »Wirst du mir wehtun?«, will sie mit gesenkter Stimme wissen.

Whoa! Das klingt wie eine geladene Frage, die mir einen dezenten Tritt in den Magen versetzt. Ich hebe den Kopf und studiere ihre großen Augen, die mich wortlos bitten, mit so etwas wie »Niemals« zu antworten. Hat sie also endlich einen Sinn für potenzielle Gefahr entwickelt? Ich bleibe bei einem »Nein«. Simpel. Auf die eigentliche Frage bezogen. Und dann wende ich mich ab, wasche mir gründlich die Hände, bis sie auf dem Hocker neben mir Platz nimmt, weil ich das Gefühl nicht mag, das ihr plötzliches Misstrauen in mir auslöst. Ohne sie anzusehen, greife ich nach dem Erste-Hilfe-Koffer neben dem Tor und suche einen Verband heraus.

»Ihr seid ja ziemlich gut ausgestattet. Verletzt ihr euch so oft während der Arbeit?«

»Nein«, antworte ich und hebe die Arbeitshandschuhe demonstrativ kurz hoch. Ich habe einfach gestern aufgestockt. »Aber dein Verband sollte regelmäßig gewechselt werden, und Doktor Ivory will dich heute sicher zur Kontrolle wiedersehen, oder?« Sie schweigt. »Eben. Wenn du nicht zu ihm gehst, mache ich es.« Den abgerollten Verband werfe ich in den Müll und drehe ihre Hand dann um, so vorsichtig ich eben kann, um mir Schwellung und Farbe rund um den Biss anzusehen. Die Stelle ist weich, ein bisschen zu warm für meinen Geschmack, sieht aber zumindest nicht schlechter aus als gestern. Ems Finger sind sehr zart, die Nägel kurz und stellenweise abgesplittert. Vielleicht sollte sie mal mehr als Salat essen. Als mir bewusst wird, wie lange ich ihre Hand schon halte, lasse ich los. Ihre abgesplitterten Nägel sind nicht *mein* Problem. Ich habe gesehen, was ich sehen wollte. Alles ist so weit in Ordnung.

»Und wie lange wird das dauern?«

»So lange, bis die Wunde geschlossen ist und man ausschließen kann, dass nichts entzündet ist oder du eine Blutvergiftung hast.« Habe ich gestern Abend im Internet recherchiert. Ich reiße die neue Verpackung auf.

»Aber wie lange ist das?« Etwas an der Frage bringt mich dazu, den Blick zu heben. Sie ist erst seit ein paar Tagen hier und geht mir die meiste Zeit auf den Keks. Trotzdem konnte ich es heute Vormittag nicht lassen, ständig zum offenen Tor zu sehen, ob sie auftaucht. Irgendetwas an ihr beruhigt mich. Lässt mich an etwas anderes denken als an den Scheiß, der im Hintergrund mein Leben beherrscht. Und natürlich könnte ich es mir auch einbilden, aber ich habe den Eindruck, dass sie nicht gerade ungern hier ist.

»Das weiß ich nicht.« Meine Stimme klingt rauer als beabsichtigt, bevor ich mich aus dem Moment blinzle und den frischen Verband feststecke.

»Hey, Alter!«, ruft da auf einmal Ollie in seiner typisch gut gelaunten Weise. Ich hasse es, dass ich hochspringe, als hätte ich irgendetwas Verbotenes gemacht. Ollies Grinsen wird immer breiter, während er nach einem flüchtigen Blick zu mir Emerald anstarrt. »Oh, hi, Fremde.«

»Fremde?«, erwidert sie und steht schließlich ebenfalls auf. »Heißt das, du bietest mir dein Bett nur an, wenn du nicht nüchtern bist?« Sie sagt es mit einem Lächeln und Ollie kratzt sich schmunzelnd den Nacken.

»Wer sagt, dass ich jetzt nüchtern bin? Aber da du an dem Abend meinen Eiern gedroht hast, sind die bei dir jetzt etwas zurückhaltender.«

Das bringt Em zum Lachen. »Gut so.« Dann stößt sie mich mit dem Ellbogen an. »Also, ich lasse euch dann mal allein. Vergiss deinen Burger nicht.« Sie geht schon wieder?

»Du bringst Essen?« Ollie fasst sich ans Herz »Willst du mich heiraten?«

Emerald kichert und sieht zu Boden. Ich verschränke die Arme vor der Brust. Muss er wirklich mit allem flirten, was zwei Beine hat? »Heute nicht.«

»Alles klar, morgen bin ich etwas früher hier.« Er zwinkert ihr zu. Emerald lächelt flüchtig zu mir hoch, bevor sie sich in Bewegung setzt. Mein Freund stellt sich kopfschüttelnd neben mich und boxt mir verflucht fest in die Schulter. Was zur Hölle ist eigentlich sein Problem, dass er mir ständig eine runterhaut? Ist schon das zweite Mal, dass er mir wegen Em auf den Sack geht. Ich verpasse ihm einen Tritt in die Kniekehle, den er mit einem Grunzen quittiert, weil er weiß, dass seine Message trotzdem angekommen ist.

»Du kannst auch bleiben«, murmle ich ihr hinterher und könnte schwören, dass sich ihre herabhängenden Schultern etwas straffen und sie wie erleichtert aufatmet. Ich rufe mir ins Gedächtnis, dass sie einfach einsam ist und deshalb gerne Zeit hier verbringt. Und ich muss zugeben, dass ich es nicht mehr so sehr hasse, wenn sie da ist.

»Vielleicht solltest du dir ein richtiges Navi zulegen, bevor du dich wieder auf den Weg machst. Wäre hier in der Gegend nicht schlecht«, erklärt Ollie Emerald. Wir sind draußen, Em hockt im Schneidersitz neben meinem Essen auf Ollies Motorhaube, während er seine Türen poliert. Ich bereite mit dem Burger in einer Hand den Kram vor, den wir gleich brauchen werden, um die Achsen zu checken.

»Ich hatte ja Mogli. Aber wir haben gestritten und …« Sie sagt es kopfschüttelnd und so ernst, dass Ollie und ich uns einen perplexen Blick zuwerfen. Er greift nach einer Fritte, aber ich schlage seine Hand weg. Mir scheißegal, ob das kalt ist oder nicht. Das ist mein Essen. Er kann sich selbst was holen.

»Entschuldige, wer?«, hakt Ollie nach.

Sie hebt den Kopf. »Mein Navi. Es war ein indischer Typ namens Mogli.«

Ollie lacht lauthals los. »Hat er sich so vorgestellt?«

»Gibst du all deinen Sachen Namen?«, frage ich dazwischen. Ihr Auto heißt ja auch Floyd.

»Ihr etwa nicht?« Nur sie schafft es, es so klingen zu lassen, als wären wir in dieser Geschichte die Wahnsinnigen. »Wie könnt ihr euch dann mit ihnen unterhalten?«

Ich blinzle. »Gar nicht.« Dann schiebe ich ihr meine Pommes neben den Oberschenkel. Sie strahlt mich an, als hätte ich ihr eben den Tag gerettet.

»Wir hatten am Anfang viel Spaß, auch wenn ich ihn immer ein bisschen in seiner Aussprache korrigieren musste. Aber schon in Ohio hat Mogli mich das erste Mal sitzen lassen und ich hatte keine Ahnung, wo es langgeht. Hat sich ständig aus- und eingeschaltet. Also haben wir gestritten.«

Ich bemühe mich, ein Schmunzeln zu unterdrücken. Ollie hat kein Problem damit, ihr zu zeigen, wie amüsiert er ist. »Und wie läuft so ein Streit mit dem GPS-Gerät in etwa ab?«

»Ich hab gesagt: Du bist nie für mich da, wenn ich dich brauche. Und er ist dann gleich so zickig geworden.« Sie macht diese indische Kopfbewegung, die Stirn in Falten gezogen. »Er hat geantwortet: *Sie haben Ihr Ziel erreicht*, nicht?« Grinsend stecke ich die Hände in die Hosentaschen, sehe ihr dabei zu, wie sie sich ähnlich wie vor ein paar Tagen die Pommes regelrecht in den Mund stopft. »Dabei stand ich zu dem Zeitpunkt gerade in einer Pannenbucht irgendwo am Arsch der Welt, wo ich definitiv nicht sein wollte. Schließlich habe ich Mogli abgeschaltet, weil ich uns Zeit zum Abkühlen geben wollte. Nur ist er seither nie wieder aufgetaucht.«

Ollie richtet sich auf und schnalzt vorwurfsvoll mit der Zunge. »Er hat Schluss gemacht?«

»Haha, ihr Spaßvögel.« Frech streckt sie uns ihre spitze Zunge entgegen. »Also musste ich mich von da an auf mein Handy verlassen, und der Rest ist Geschichte.«

»Hallo, Kinder«, sagt Dad, der gerade von der Mittagspause zurückkommt, und ich verdrehe die Augen. Kinder!

»Hey, Sean.«

»Hi, Mr B.«

Als Dad an Em vorbeigeht, legt er ihr kurz eine Hand auf den Kopf. Väterlich. Er mag sie. Das weiß ich ja schon. Aber ich muss zugeben: Es macht mich ein bisschen eifersüchtig, dass er sie ganz einfach berühren kann und es für beide so natürlich und harmlos scheint. Das Einzige, was ich nicht weiß, ist, ob ich auf *sie* eifersüchtig bin, weil sie kein Problem hat, angefasst zu werden, oder auf *ihn*, weil er es kann.

»Hast du in der Zeitung etwas gefunden?«

Sie schüttelt den Kopf, ihre Schultern sacken herab. »Nein. Ich kann …« Sie scheint sich eine andere Antwort zu überlegen. »Leider ist für mich nichts dabei gewesen.«

Eben noch hat sie amüsiert ihre bescheuerte Geschichte erzählt, jetzt wirkt sie wieder bedrückt, zusammengekauert. Wenn sie lächelt oder lacht, ist es einfach, diese Traurigkeit und Schwere zu ignorieren, die in ihrem Gesicht liegt. Die sie hinter frechen Sprüchen und viel Make-up versteckt, die aber trotzdem immer wie eine Gewitterwolke über ihr hängt, auf den richtigen Moment wartet, um einzuschlagen. Ich weiß nicht, was ihr Hintergrund, ihr Problem ist, das ihr diese Last auf die Schultern legt. Ich weiß auch nicht, warum ich mich ständig daran erinnern muss, dass ihre Probleme nicht meine Probleme sind. Aber sie hat etwas an sich, dass das Bedürfnis weckt, ihr mal zumindest für eine Minute diese Last abzunehmen.

»Marschier auf alle Fälle durch die Supermärkte!«, kommt noch mal Dads Tipp, weil ich scheinbar nicht der Einzige bin, den ihre Reaktionen nicht kaltlassen. Ihre Finger schweben über der leeren Pommestüte, bevor sie eine Faust macht und sich auf die Lippe beißt. Sie hat Hunger.

»Mach ich. Danke für Ihre Unterstützung.«

»Komm heute mit ins Piper's!«, platzt es aus mir heraus, bevor ich genauer darüber nachdenke. Ollie grinst dämlich, während Em mich fragend ansieht. »Wenn es jemanden gibt, der weiß, was in dieser Stadt los ist, dann Piper.« Hoffe ich zumindest. Auf alle Fälle kriegt Em dort von mir etwas Richtiges zu essen. Ob sie einverstanden ist oder nicht.

Kapitel 9

Em

Als ich Gabe vorhin erzählt habe, ich sei heute Morgen nicht in die Gänge gekommen, war das nicht übertrieben. Ich habe eine gefühlte Stunde gebraucht, um von meiner Rückbank zu krabbeln, und doppelt so lange, um mich anzuziehen. Ich fühle mich, als wäre ich von einem Bus überrollt worden, und alles, was irgendjemand zu mir sagt, hört sich an wie die verzerrte Stimme aus einer Slow-Motion-Szene. Das sind diese fiesen Schmerztabletten. Ihnen gebe ich auch die Schuld dafür, dass ich es vorhin gar nicht so übel fand, wie Gabe sich um meine Hand gekümmert hat. Vielleicht ist es auch nur eine Halluzination gewesen, aber an einem Punkt hat er meine Finger gestreichelt. Und das, nachdem ich ein paar Minuten vorher gesehen habe, wie er dieses arme Metallteil in der Wand verewigt hat. Das hätte mich erschrecken sollen, oder? Einen Menschen mit gesundem Verstand sollte das warnen, sich von ihm fernzuhalten. Insbesondere mit den Andeutungen, die sein Vater und diese Tante beim Arzt gemacht haben. Und doch – die Art, wie er in sich zusammengefallen ist bei diesem Telefonat, wie er sich die Hand vor die Augen gehalten hat, als würde er gegen Tränen kämpfen … er hat verletzt ausgesehen! Keine Frage,

Gabe kommt rüber wie der brodelnde Vulkan, bei dem man nicht sicher ist, ob er ausbricht oder nicht. Ein Blick von ihm reicht, um dich in der Mitte auseinanderzureißen, wenn du ihn falsch anfasst – im wahrsten Sinne des Wortes. Und trotzdem fühle ich mich in seiner Gegenwart nicht unsicher. In meinem Leben bin ich vielen Menschen begegnet, von denen ich sofort wusste, dass sie eine Gefahr darstellen. Gabe ist keiner davon. Mag sein, dass mich das noch naiver macht, als ich ohnehin bin, aber zum ersten Mal fühle ich mich nicht unwohl in einer Menschenansammlung. Einer Bar. Nicht so, als müsse ich ständig einen Blick über die Schulter werfen und vorsichtig sein.

Ollie bietet mir ein Bier an, das ich dankend gegen eine Cola eintausche – wegen der Antibiotika, wie ich behaupte. Wie auf Kommando wirft Gabe mir wieder einen dieser missbilligenden Blicke zu. Mein echtes Alter ist ihm wohl echt ein Dorn im Auge. Oder ist es der falsche Ausweis? Dass er im Konflikt mit dem Gesetz ist oder gewesen ist, ist mir spätestens seit dem Telefonat heute klar. Eigentlich wusste ich es schon vorher, weil er ständig betont hat, nicht in Schwierigkeiten geraten zu wollen. Genauso wenig wie ich. Ich brauche eine strahlend weiße Weste, wenn ich eine Chance auf meine Geschwister haben will. Wie ich dies beweisen soll, obwohl ich drei Jahre von der Bildfläche verschwunden war, weiß ich noch nicht.

»Du musst nicht nüchtern bleiben. Ich passe auf dich auf! Versprochen!« Ollie klopft mir auf die Schulter und nickt mir ermutigend zu. Kichernd schüttle ich seine Hand ab.

»Vor wem? Anderen Typen, die mir ihr Bett für die Nacht anbieten? Ich glaube, mit denen werde ich selbst ganz gut fertig, aber danke.«

Er hebt verzweifelt die Hände zum Himmel. »So nachtragend … und ja. Du bist neu und du glänzt. Wie ein …«

»Vergleich sie jetzt nicht mit einem Fernseher …«, warnt Gabe, der angespannt an der Bar lehnt. Ollie grinst mich an.

Die beiden wirken so unterschiedlich. Während Gabe verschlossen und nachdenklich ist, kommt Ollie so locker und unbeschwert rüber, dass ich mich frage, wie die beiden wohl Freunde geworden sind.

»Seid ihr zusammen zur Schule gegangen?«

»Ja, aber unsere Liebesgeschichte hat schon im Kindergarten begonnen, wenn du das wissen willst.« Gabe stöhnt und jetzt bin ich umso neugieriger. »Ist ʼne relativ kurze Geschichte, aber deswegen genauso gut. Meine Zwillingsschwester war gerade mit Leukämie diagnostiziert worden. Bis dahin hatte ich aber nichts in meinem Leben ohne Bree machen müssen. Ich wollte unbedingt einen Freund finden und hatte keine Ahnung wie. Gabe saß in irgendeiner Ecke mit einer Menge anderer Kinder – hauptsächlich Mädchen natürlich, denn bei denen ist er ja immer schon beliebt gewesen.« Er wackelt mit den Brauen. »Ich überlegte also hin und her, was ich Geistreiches sagen könnte, um den Jackpot bei diesem populären Jungen zu knacken, und alles, was mir eingefallen ist, war: ›Ich habe heute gekackt!‹« Ich grinse breit und sehe bei Gabe das Gleiche, obwohl er sich bemüht, es zu verstecken, und in die andere Richtung sieht. »Die Mädchen fanden es doof, aber Gabe hat so gelacht, dass er sich in die Hose gemacht hat.«

Amüsiert reiße ich den Mund auf. »Der Teil ist erfunden«, klärt Gabriel mich auf, aber ich bin mir nicht so sicher, so peinlich berührt, wie er dreinschaut. Wow, es gibt wohl ein erstes Mal für alles.

»Ist es nicht. Beste Freunde seither. Nehmt das, Kindergarten-Tussis!«, beendet Ollie stolz seine Geschichte.

»Ich war vier«, verteidigt sich Gabe, was die Geschichte wohl doch wahr macht, und er sieht dabei richtig süß aus.

»Wie geht es deiner Schwester jetzt?«, erkundige ich mich, woraufhin Gabe und Ollie Blicke tauschen.

»Sie ist gestorben«, erklärt Ollie knapp und sieht zu Boden.

Ein Schauer durchfährt mich. »Das tut mir sehr leid.« Er bemüht sich, die Mundwinkel zu einem kurzen Lächeln zu heben, als Piper, die Barfrau, mir ein doppeltes Grilled-Cheese-Sandwich auf den Tresen stellt und Ollie sich, dankbar für die Unterbrechung, räuspert. Ich hebe den Teller hoch. »Oh, Piper, das ist nicht für mich.« Und doch würde ich jetzt heulen, wenn sie es wieder wegnimmt, nachdem mir der köstliche Duft schon in die Nase gekrochen ist.

»Doch, ist es«, antwortet sie freundlich, wirft Gabe einen Seitenblick zu und zwinkert.

»Iss!«, grummelt er neben mir, und mein dummes kleines Herz schwillt zur doppelten Größe an. Ich will wirklich ablehnen, ihm nicht noch mehr schuldig sein als ohnehin, aber dann höre ich das Sandwich meinen Namen rufen und gebe klein bei.

»Ja, ich weiß, dass es ein Verbrechen wäre, dich kalt werden zu lassen«, antworte ich leise und höre Ollie und Piper lachen.

»Bekommt dein Essen jetzt auch einen Namen? Sandy vielleicht?«, geht Ollie mir auf den Keks, aber ich bin froh, dass er schon wieder scherzen kann, und beiße mit einem genüsslichen Stöhnen ab.

»Brauchst du noch was dazu? Ketchup?«, bietet Piper an.

»Ein Job wäre cool«, antworte ich und ernte ein Schmunzeln ihrerseits.

»Du hast immer die genügsamsten Wünsche«, scherzt sie. »Wolltest du nicht ein Auto, als ich dich das letzte Mal gesehen habe?«

Beschämt starre ich auf das Sandwich.

Immer willst du was, Emerald. Jemals darüber nachgedacht zu lernen, auf deinen eigenen Beinen zu stehen? Frag doch deinen Erzeuger mal! Ach ja, vergessen, der will ja nichts von dir wissen.

Ich war zwölf, stand in blutigen Hosen vor meinem Stiefvater, weil ich von meiner ersten Periode überrascht worden war, und bat ihn um Hilfe. Ich wusste nicht, was mit

99

mir los war, geschweige denn, was ich brauchte. Mom hatte nie mit mir darüber gesprochen und ich kannte wegen des Homeschoolings auch sonst niemanden, den ich hätte fragen können. Trotzdem zwang er mich dazu, zuerst überall den Boden sauber zu wischen, wo ich ihn verdreckt hatte, bevor er mir ein paar Dollar für Binden zuwarf.

Piper lehnt sich vor und hebt mit ihrem Finger mein Kinn. »Hey! Wo bist du eben hingereist?«

Schluckend schüttle ich den Kopf und setze wieder ein Lächeln auf. Gott, ich hoffe, Kris bekommt ihre Tage nicht, bevor ich es ihr erklären kann.

»Gabe hat gesagt, du wüsstest vielleicht, wer in der Stadt Hilfe gebrauchen kann.«

Zwei Typen kommen an die Bar, um zu bestellen, aber Piper hält ihren Zeigefinger hoch und widmet mir ihre ganze Aufmerksamkeit. »Na klar, Süße. Ich weiß so einiges. Was suchst du denn genau?«

»Keine Ahnung. Ich habe noch nicht besonders viel Joberfahrung.«

»Musst du auch nicht. Was kannst du denn gut?«

Ich weiß nicht warum, aber mein Blick sucht Gabes. Ich brauche Bestätigung, dass das hier eine gute Idee ist und ich mich nicht zum Gespött mache, aber er fixiert die Wand hinter mir. »Leider bin ich einer dieser Menschen, die alles ein bisschen können, aber nichts richtig gut.«

»Sie kann singen«, sagt Gabe. *Wann hat er mich gehört?*

Piper klingt interessiert. »Ja?«

»Ich kann singen, ja.« Zum ersten Mal in meinem Leben bin ich etwas verunsichert, darüber zu reden.

»Gut?«

Ich zucke mit den Schultern. Ich dachte eigentlich schon, ich könnte was, aber für New York hat es nicht gereicht. Bisher hat alles nie so ganz gereicht …

»Sie kann singen«, wiederholt Gabe. Klingt vielleicht nicht nach übermäßigem Lob, aber die Art, wie er es sagt, lässt keinen Widerspruch zu, keine Frage offen. Und ich versuche zu ignorieren, dass sich das wie das größte Kompliment über meine Stimme anfühlt, das ich seit Langem bekommen habe.

»Cool. Vielleicht können wir hier einmal die Woche ein bisschen Schwung in die Bude bringen. Würdest du so was machen?«

»Ja, ich denke schon, aber …«

»Aber das reicht nicht als Job.« Sie spricht aus, was ich denke. Bisher habe ich für einen Abend in einem Club nie mehr als fünfzig bis sechzig Dollar gekriegt.

»Hm, lass mich nachdenken. Ich weiß, dass Mabel in der Bank eine Aushilfe braucht.«

O je, das klingt nach Kleingeld. Und nach großem Geld. Nach Zahlen allgemein. Ich schüttle den Kopf, komme mir schon jetzt wie ein Idiot vor.

»Okay, und Russell sucht im Bed and Breakfast nach einer Teilzeit-Sekretärin, weil er mit dem ganzen bürokratischen Kram nicht mehr alleine klarkommt.«

Ich lasse die Schultern hängen und will am liebsten im Erdboden versinken. Mit Bürokram komme ich mit Sicherheit noch weniger klar als er. Das hier ist eine blöde Idee.

»Ansonsten fällt mir noch Pennys Friseurladen ein. Die sucht nach einer neuen Kosmetikerin, soweit ich weiß, weil Wendy sie bestohlen hat.«

In meinem ganzen Leben habe ich mir noch nicht einmal die Fingernägel lackiert. Jetzt soll ich das bei jemand anderem machen?

»Nein?«, hakt Piper nach und zieht die Nase kraus. »Dann muss ich dich vertrösten, Schätzchen. Ich höre mich mal um, was sonst noch so los ist, und sage dir dann Bescheid, okay?«

Ja, das hier war ein Fehler.

Mit dem leckeren Grilled-Cheese-Sandwich im Bauch und der Stimme im Kopf, die mich daran erinnert, dass ich einfach nicht fähig bin, *auf eigenen Beinen zu stehen*, bedanke ich mich bei Gabe und Piper und mache mich relativ bald aus dem Staub. Gabe bietet an, mich zum Bed and Breakfast zu fahren, aber dort will ich nicht hin. Wie lange werde ich noch so tun können, als würde ich dort schlafen? Wenn ich wirklich hierbleiben muss, wird jedem klar sein, dass ich eine Bleibe brauche, die keine achtzig Dollar die Nacht kostet. Allerdings kann ich auch nicht für eine Wohnung arbeiten. Alles, was ich verdienen kann, muss gespart werden. »Ich weiß nicht, was ich machen soll«, flüstere ich mir selbst zu, während ich wie die Obdachlose, die ich nie wieder sein wollte, durch die leeren Straßen wandere.

Mit dieser dämlichen Hand ist es nahezu unmöglich, durch das Klofenster zu krabbeln. Wie gestern werfe ich mir danach gleich eine Schmerztablette ein, weil ich mir die Hand sonst mit irgendeinem Werkzeug aus der Garage amputieren müsste. Wer hätte gedacht, dass ein mickriger Katzenbiss dermaßen lähmen kann!

Bevor ich mich aus der Kleidung schäle und in meinen Pyjama schlüpfe, putze ich mir im Bad die Zähne und schminke mich ab. Nur weil ich kein Bett zum Schlafen habe, heißt das nicht, dass ich auf Hygiene verzichte. Denn eines hat mir meine Mom doch beigebracht: *Deine Stimme kann noch so schön sein. Wenn dein Gesicht voller entzündeter Poren und Pickel ist, will dich kein Schwein hören.*

Mit ausgestreckten Armen suche ich den Weg vom Bad zu meinem Auto, weil die Slow-Motion-Funktion wieder voll im Gange ist und ich mein Handy samt Taschenlampe im Auto gelassen habe. Mein Reaktionsvermögen hat sich von selbst abgeschaltet, weshalb ich auch erst fünf Minuten später mit einem »Ups!« kommentiere, dass ich einen der Werkzeugwagen gegen das Blechtor geknallt habe. »Danke, mein Freund!«, murmele ich halblaut, weil er mich ziemlich sicher davor bewahrt hat, selbst dagegen zu rennen, und sprühe wie im Delirium fast meine gesamte Parfümflasche auf mein Kissen. Bis ich auf einmal wie aus dem Nichts herumgewirbelt und gegen das Auto gepresst werde. Das Parfüm fällt zu Boden und zerbricht in tausend Scherben. Der Rahmen der offenen Wagentür bohrt sich mir in den Rücken, und das Einzige, was mich aufrecht hält, ist der Arm, der gefährlich nahe an meiner Luftröhre ist und mich einkerkert. Ich wehre mich. Meine Augen mögen zusammengekniffen sein, weil ich – na ja – um mein Leben fürchte, aber ich kämpfe. Ich trete und schiebe und schlage gegen den Arm, der so fest drückt, dass ich das Gefühl habe, mein Brustbein müsste jeden Moment nachgeben, aber er bewegt sich keinen Millimeter.

»Wer bist du?«, knurrt die Stimme, die mir zum ersten Mal Angst macht, während mir der Geruch von karamelliger Seife, Minze und diesem Hauch von Zigarettenrauch in die Nase steigt, den ich mit einer einzigen Person verbinde.

»Gabe?«, presse ich hervor und werde augenblicklich losgelassen.

»Fuck!«, höre ich ihn sagen und beobachte, wie er ein paar Schritte zurück stolpert, bevor er den Stromschalter erwischt. Meine Hand wandert zu der malträtierten Stelle an meinem Dekolleté, die andere schützt meine Augen und ich sinke auf den Rücksitz.

»Was zum Teufel hast du hier zu suchen?« Er klingt sauer. Und atemlos. Aber vor allem ganz anders als sonst. Unsicher, bebend.

Mein Herz rast und die Ohren rauschen, weshalb ich nicht klar denken kann. »Ich wollte … Ich musste … etwas aus …« Ich stehe hier im Pyjama, verflixt noch mal. Wie soll ich das denn erklären? *Ich schlafwandle?* Er keucht. Irgendetwas stimmt nicht. Ich zwinge meine Lider auf. »Gabe?« Er steht weit weg von mir, der Rücken rund, die Hände zu Fäusten auf den Oberschenkeln geballt, während sein gesamter Oberkörper daran zu arbeiten scheint, Luft einzusaugen. Automatisch springe ich aus dem Auto, gehe einen Schritt auf ihn zu, aber er hebt die Hand, kracht rücklings gegen das Garagentor.

»Geh!«, befiehlt er heiser, aber wie könnte ich?

»Bist du okay?« Offensichtlich nicht, aber ich weiß nicht, was ich für ihn tun kann. Er reibt Kreise über seine Brust und hustet. »Gabe! Hilf mir! Ist das ein Herzinfarkt? Soll ich einen Krankenwagen rufen?« Er schüttelt schwach den Kopf, während er mit verzerrtem Gesicht zu Boden sinkt. Okay, das war's. Ist mir egal, ob er meine Hilfe will oder nicht. Ich bin hier und ich lasse ihn jetzt sicher nicht alleine. Stattdessen setze ich mich dicht neben ihn, sodass mein Arm direkt an seinem liegt, und hoffe, dass er mich nicht wegschubst. Und dann mache ich, was ich immer mache, wenn ich Angst habe. Eben das Einzige, was ich kann.

Kapitel 10

Gabe

Sie singt. Das Mädchen, das ich gerade noch grob festgehalten habe, weil ich dachte, sie sei ein Einbrecher, sitzt an meiner Seite und singt »Somewhere over the Rainbow« in Dauerschleife. Normalerweise würde ich sofort versuchen, von ihr wegzukommen, Abstand zu gewinnen, bevor der Körperkontakt die verfluchte Panikattacke noch schlimmer macht. Aber ihr kühler Arm wirkt angenehm gegen meine Überhitzung, und statt mich eingeengt zu fühlen, spüre ich, wie sich meine Nerven beruhigen. Wie ihre Stimme mich daran erinnert, dass ich *hier* bin. In meiner Werkstatt. Mit ihr. Nicht im Gefängnis mit den Arschlöchern, die meinten, mich zusätzlich bestrafen zu müssen für eine Tat, die ich nicht begangen habe.

Witzig, dass Em gefragt hat, ob ich einen Herzinfarkt habe, denn genau so fühlt sich so eine beschissene Panikattacke an. Als würde ich sterben. In einem Raum, in dem die Wände auf mich zukommen, mir die Luft rauben und mich zerquetschen. Anders kann ich es nicht beschreiben. Es ist auch nichts, was ich unterdrücken kann. Nichts, was sich rational mit Worten oder Mantras kleinreden lässt. Es ist Angst. Angst, die ich nicht mehr haben sollte. Die ich nie hätte haben sollen. Die nicht mehr real ist, aber auch nicht verschwinden will. In einer Gesellschaft, in der Kerle Männer sein müssen, die Kontrolle über sich und die Welt haben sollten, ist diese Angst, diese Schwäche mit Sicherheit nichts, was ich mit jemandem teilen möchte. Und jetzt hocke ich hier wie gelähmt neben dem Mädchen, das ich kaum kenne und vor dem ich umso mehr verstecken will, wie abgefuckt ich bin. Weil sie die Einzige ist, die nicht weiß, warum.

Auch wenn es mir vorkommt wie Stunden, sind es wahrscheinlich wie immer nur zwanzig bis dreißig Minuten, bis ich das erste Mal einen richtigen Atemzug nehmen kann. Bis meine Hände nicht mehr zittern, bis ich wieder Gefühl in Armen und Beinen bekomme und mein Puls langsamer wird. Ich glaube, Em spürt es auch, weil sie sich zum ersten Mal rührt. Sie zieht ihre spärlich bekleideten Beine dichter an sich und legt die Arme darum. Ihr muss kalt sein hier auf dem Boden.

»Du warst nie im Bed and Breakfast, habe ich recht?«, frage ich, während ich Idiot langsam zwei und zwei zusammenzähle.

»Das kann ich mir nicht leisten.«

»Hier kannst du nicht schlafen. Das ist eine verfluchte Werkstatt, Em. Die Lüftung funktioniert nur, wenn der Strom eingeschaltet ist.« Mir ist schon klar, dass sie vermutlich weiß, dass sie den Motor hier drinnen nicht anmachen darf, aber trotzdem … Ein geschlossener Raum, in dem den ganzen Tag Gase austreten, ist keine Schlafstätte.

»Ich bin nicht sicher, ob ich eine Wahl hatte, Gabe«, sagt sie im Flüsterton, und ich verstehe. Ändert nichts daran, dass ich sauer bin. Als ich meinen Beinen traue, mein Gewicht zu tragen, entferne ich mich vom Boden, von Emerald, von dieser Situation. »Bist du … ich meine, geht es dir …« Sie stottert, versucht, die richtigen Worte zu finden, die es nicht gibt. »Ich weiß nicht, wie ich die Frage stellen soll, damit sie nicht bescheuert klingt.« Gar nicht …

»Hol deinen Kram!«, befehle ich, weil ich es auf einmal richtig eilig habe, so weit wie möglich wegzukommen. Wie ich sie kenne, brennt sie darauf zu protestieren, mir zu sagen, dass ich ihr eben nichts zu sagen habe.

Auf dem Weg raus aus der Werkstatt halte ich den Atem an, überlege, wie ich reagieren soll, wenn sie nicht geht. Aber dann höre ich ein kleines »Au!« hinter mir, während sie mit ihren Flip-Flops hinter mir herläuft, Kissen und Decke in der einen Hand, Handy in der anderen. »Solltest du nicht wieder zusperren?«, fragt sie. Zur Antwort hebe ich lediglich eine Augenbraue. »Wofür denn, wenn Leute wie du einbrechen können ...«, antwortet sie sich selbst und versucht dabei wieder, so zu klingen wie ich. Wie kann ich es nicht bemerkt haben? Die Anzeichen waren da und ich sollte nicht so unachtsam sein.

»Darf ich wenigstens wissen, wo du mein Begräbnis planst? Wenn schon die anderen meine Überreste nicht finden?«

Sie denkt vielleicht, dass das witzig ist, aber es verstärkt nur meine Wut.

Auf der anderen Seite der Werkstatt öffne ich die Tür zum ersten Stock, zu meiner Wohnung. Es ist nicht viel, aber es ist meins. Die Wohnung besteht aus einem Wohnzimmer, einem kleinen Schlafzimmer und einer noch kleineren Küche, aber ich habe keine besonders hohen Ansprüche. Das hier ist das Hilton im Vergleich zu meiner letzten Wohnstätte.

Nachdenklich sieht sich Em um. Wenn sie nach etwas Persönlichem sucht, dann kann sie lange warten. Fast alles hier drinnen hat Earl hinterlassen, und ich brauche nicht mehr. Das ist eine Übergangsbleibe.

»Du wohnst in der Werkstatt?« Sie reißt die Augen auf, als ich ihr einen Blick zuwerfe, und sie begreift, wie das rüberkommt. »Sagt die Gurke, die in ihrem Auto pennt. So habe ich es nicht gemeint. Es ist nur interessant, dass du die ganze Zeit über mir warst, als ich dachte, ganz allein zu sein.«

Ich brauche einen Moment, um zu reagieren. »Eine Nacht, Emerald. Hast du mich verstanden? Du kannst hier nicht bleiben.« Ihre Augenbrauen zucken, als hätte ich sie damit verletzt. Dabei ist eine Nacht schon zu viel. Wäre ein gefundenes Fressen für … im Prinzip die ganze Stadt. Ausgerechnet der ehemalige Häftling beherbergt die neue Unschuld. *Wer weiß, was er mit ihr treibt?*

»Ich hätte kein Problem damit, weiterhin unten zu schlafen«, verteidigt sie sich, stemmt ihre freie Hand in die Hüfte.

Steht außer Frage, wie gesagt. Ohne darauf einzugehen, gehe ich ins Schlafzimmer, greife nach einem Rucksack, einem frischen Shirt. »Hier ist das Bett.« Ich deute aufs Offensichtliche, aber sie rührt sich nicht von der Stelle. Einen zu langen Moment gewinnt der Druck in meiner Brust wieder mehr Raum. Hat sie Angst vor mir? *Vielleicht, weil du ihr vorhin mehr oder weniger an die Gurgel gegangen bist, du Genie?* Oder weil die Buschtrommel inzwischen doch schon bis zu ihr vorgedrungen ist? Spielt keine Rolle. Soll sie denken, was sie will. Wie der Rest auch. Ich gehe kurz ins Badezimmer, um mein Zahnputzzeug in den Rucksack zu schleudern, und mache auf dem Weg zurück zur Treppe einen Bogen um sie.

»Wohin willst du?«, will sie wissen, klingt überrascht. »Du musst nicht gehen.« Dann hat sie wohl doch keine Angst vor mir. Fast lache ich. Sicher nicht vor Erleichterung, sondern weil der Gedanke zu bleiben absurd ist, ja, Selbstmord. Ich *muss* gehen.

»Ich schlafe nicht in deinem Bett, Gabe.« Sie wirkt ein paar Zentimeter größer, als sie mir das erklärt, und ich schnaube. Die Alternative ist der Sofasessel hier im Wohnzimmer. Sie mag ja zierlich sein, aber sich auf dem zusammenzurollen, wird vermutlich selbst mit ihrer Figur schwer werden.

»Dann bleibt es leer.« Und damit schließe ich die Tür zu dem Mädchen, das unbewusst, vielleicht sogar ungewollt Stück für Stück an den Millionen Rissen meiner Panzerung kratzt.

Am nächsten Morgen arbeite ich an Hanks Wagen, der ganz schön zugerichtet ist. Hank hingegen ist im wahrsten Sinne des Wortes fast mit nur einem blauen Auge davongekommen: Er hat ein paar Prellungen im Gesicht und sich den Unterschenkel gebrochen. Er darf sogar seinen Führerschein behalten, hat bloß eine Verwarnung bekommen. Ich frage mich, die wievielte es ist und ob man ihm mit der gut gemeinten Nachsicht wirklich hilft. Überall woanders wäre er den Lappen los. Ist sowieso nur eine Frage der Zeit, bis Hank wieder besoffen fährt. Für die nächsten sechs Wochen sind die Straßen bei den Verletzungen aber jedenfalls vor ihm sicher. Deswegen habe ich eigentlich auch keinen Stress, sein Auto zu reparieren, aber ich brauche Beschäftigung. Und es ist erst halb sieben.

Am Seiteneingang zur Werkstatt räuspert sich jemand, aber ich fixiere die zerbrochene Windschutzscheibe, die ich entfernen muss. »Bist du allein?«, fragt Emerald, und ich straffe die Schultern. Das hört sich an, als wäre sie mein schmutziges kleines Geheimnis. Könnte aber auch sein, dass ich einfach eine Kacklaune habe, weil ich nach der Nacht in meinem Auto völlig verspannt bin. Zu sehr damit beschäftigt, mich zu fragen, ob ich einfach dämlich oder doch Masochist bin, sie in meine Wohnung zu lassen, habe ich kaum ein Auge zubekommen. Dad würde mich vermutlich fragen, ob ich darum bettle, gleich wieder eingebuchtet zu werden. Alleine beim Gedanken an dieses potenzielle Magengeschwür muss ich Em bitten, so schnell wie möglich zu verschwinden. Ich sehe mich nach ihr um, damit ich ihr genau das sagen kann. Genauso, wie ich sie gestern zurückgelassen habe, steht sie jetzt wieder da, lugt zur Hälfte hinter der Tür hervor. Mit Kissen und Decke im Arm, diesmal mit offenen, nassen Haaren, einem T-Shirt, auf dem »I've Got Sunshine« steht, und einer knielangen Pyjamahose. Sie steht auf einem ihrer Flip-Flops, während sie den zweiten Fuß hinter dem ersten versteckt.

Ich habe mir vorgenommen, cool zu sein, wenn ich sie heute Morgen sehe, weil ich ihr gestern schon genügend unwillkommene Emotionen auf dem Silbertablett präsentiert habe. Aber ihr Aussehen, ihre schüchterne Gestik und die Tatsache, dass sie gestern Nacht eine Seite von mir gesehen hat, die ich lieber verberge, hat etwas Vertrautes an sich. Ich entferne mich ein paar Schritte von ihr, balle die Hände zu Fäusten. Weil ich ihr noch keine Antwort gegeben habe, sieht sie sich nervös um. »Ich war gestern zu beschäftigt damit, mir meinen Mordplatz auszumalen, und habe vergessen, etwas zum Umziehen mitzunehmen.« Aber an Bettzeug hat sie gedacht ...

»Hier ist niemand«, sage ich endlich, und sie atmet tief aus.

»Okay, gut, denn ich habe nur für dich ausreichend Pancakes. Der Rest ist leider ...«, sie schmunzelt breit, »... misslungen.« Dann wirft sie sich die Decke über den Kopf, streckt eine Hand vor sich aus und kommt mit einem meiner Teller auf mich zu.

»Was zum Teufel machst du?«

»Ich versuche, dir was zum Frühstücken zu bringen, ohne mir dabei das Genick zu brechen. Im Grunde zählt es nicht wirklich als Dankeschön, weil ich alle deine Eier verbraucht habe – und auch sonst so gut wie alle deine Lebensmittel, aber ja: Ich habe dir Pancakes gemacht.«

Ich blinzle. Sie hat sich in meine Küche gestellt und mir Frühstück gemacht! Weiß sie, dass diesmal ich im Auto gepennt habe, weil ich unter gar keinen Umständen zu meinen Eltern fahren konnte? Eher friert die Hölle zu, als dass ich den beiden mitten in der Nacht erkläre, weshalb ich ein Bett brauche. »Die Frage war mehr auf die Decke über deinem Kopf bezogen.«

»Ach so. Ich muss mein Gesicht erst aufsetzen. All mein Kram ist hier unten.«

Zwei Schritte noch und sie knallt gegen Hanks Auto. Ich verdrehe die Augen und ziehe ihr die Decke vom Kopf. »Und? Ich habe dich gestern schon ohne gesehen. Du brauchst den ganzen Müll doch gar nicht.« Warum zum Geier habe ich das gesagt?

Mit zu Berge stehenden Haaren und krauser Nase lugt sie unter ihren dunklen Wimpern hervor. In ihren warmen braunen Augen liegt Verunsicherung, aber sie lacht und unterstreicht dabei genau das, was ich meinte. Klar sieht sie geschminkt wunderschön aus – wie ein Instagram-Foto, über das fünf Filter gelegt worden sind. Aber so, wie sie jetzt vor mir steht, echt, vielleicht etwas müde, doch bezaubernd in ihrer Natürlichkeit, nachdem sie aus dem Bett – meinem Bett – gerollt ist, löst sie bei mir ein Gefühl in der Brust aus, das sich schwer in Worte fassen lässt. Stolz? Weil sie mich das sehen lässt? Sehnsucht? Ich widme mich wieder der Frontscheibe, beschäftige mich penibel mit dem Draht, der durch die Dichtung muss, damit ich einen Grund habe, sie nicht weiter anzusehen.

»Wenn du Make-up meinst, dann gebe ich dir halb recht. Niemand *braucht* Make-up. Aber nachdem mein Körper scheinbar noch auf die Pubertät wartet, möchte ich, dass zumindest mein Gesicht nicht aussieht wie das einer Grundschülerin.«

Das muss so was wie ein schlechter Scherz sein. Sieht sie im Spiegel etwas anderes als alle anderen?

»Kannst du mir jetzt bitte die Pancakes abnehmen, damit ich deine Pfanne nicht umsonst ruiniert habe?« Ich hebe eine Braue und Em verzieht das Gesicht. »Ups. Das wollte ich eigentlich erst beichten, nachdem du gegessen hast.«

Ich stelle mir vor, wie Em in diesem Pyjama in meiner Küche steht und laut vor sich hin singt, während sie Pancakes in meiner Pfanne verkohlt. Erinnert mich daran, wie gerne ich einfach der normale Kerl wäre, der währenddessen am Kühlschrank lehnt und ihr zusieht, wie sie es sich in meiner Wohnung gemütlich macht. Der kein Problem damit hätte, sie an sich zu ziehen und sie abzulenken, bis sie wirklich einen Grund hätte, die Pancakes anbrennen zu lassen. Aber das kommt nicht infrage. Nicht für mich. Ich kann wahrscheinlich nie wieder einem Mädchen zu nahe kommen, ohne daran zu denken, wie es das letzte Mal ausgegangen ist.

»Ich hasse Pancakes.«

»Oh. Okay.« Herzlichen Glückwunsch, Gabe. Ziel erreicht, das Lächeln auszulöschen. Sie starrt auf die Pancakes. Schluckend setze ich mich ins Auto, spanne den Draht rund um die Scheibe. Sie stellt schweigend den Teller auf das Autodach. Schlimm genug, dass ich schon den ganzen Morgen den Geruch ihres Parfüms in der Nase habe, das in den Boden eingesickert ist, obwohl ich die Scherben des zerbrochenen Fläschchens längst beseitigt habe. Jetzt trifft mich zusätzlich noch der Duft ihrer frisch gewaschenen Haare und ich kneife die Augen zusammen. Fuck! Sie riecht nach mir. Und gleichzeitig doch nicht, weil ihre Weiblichkeit den Geruch total verändert hat, aber …

»Hast du mein Duschgel verwendet?«

Sie hört den Vorwurf heraus und rückt etwas ab. Gut so. »Ja, ich will mich entschuldigen, weil ich davon genommen habe, ohne zu fragen, aber, Gott …« Emerald fasst sich ans Herz und sieht zur Decke. »Jetzt weiß ich endlich, warum du immer nach Karamell riechst. Gibt's so was auch für Frauen? Wenn ja, will ich es haben.«

Die Wut in mir kämpft mit einem anderen erbärmlichen Gefühl, das breit grinsen will, weil sie meinen Geruch mag. Wie alt bin ich? Zehn? »Mach das nie wieder!«, sage ich, meine Stimme hart und unnachgiebig. »Ich hoffe, du denkst heute an alles, was du brauchst. Denn wenn ich dich noch mal dabei erwische, wie du hier einbrichst, rufe ich die Cops, klar?«

Wie vom Blitz getroffen, klappt ihr Mund auf, blinzelnd weicht sie zurück. »Ist das dein Ernst?« Ich antworte nicht, woraufhin sie schnaubt. »Du bist unglaublich.« Dann marschiert sie zu ihrem Auto, wirbelt herum und kommt rasend wieder auf mich zu. »Weißt du was? Ich versuche die ganze Zeit zu ignorieren, wie arschlochmäßig du mir gegenüber sein kannst, weil du in manchen Momenten ganz anders bist. Dann wirkst du irgendwie …« Auf der Suche nach dem richtigen Wort presst sie die Lippen zusammen. »Verloren.« Treffer. »Und dieses Gefühl kann ich besser nachvollziehen, als mir lieb ist. Was ich aber nicht brauche, ist ein weiterer Mensch, der mich behandelt wie Kaugummi unter dem Schuh. Ob du es glaubst oder nicht, ich will genauso wenig hier sein, wie du mich hier haben willst, und ich brenne darauf, endlich zu meiner Familie zu kommen, aber ich stecke hier fest. Und ich bin allein und habe keine Ahnung …« Ihre Stimme bricht. Kopfschüttelnd sieht sie weg. Ist das erste Mal, dass sie eine Familie erwähnt. Warum kommen die sie nicht holen oder unterstützen sie? »Sorry, dass ich in deine Werkstatt eingebrochen bin, aber ich wusste nicht, wohin ich sonst gehen sollte. Tut mir leid, dass ich bei dir geduscht habe, aber ich hatte keine Ahnung, wann ich das nächste Mal eine Dusche sehen werde. Und es tut mir leid, dass meine Gegenwart dir dermaßen unangenehm ist, dass du den Drang verspürst, mich immer wieder so zu behandeln.«

Ich hole tief Luft, halte mit Daumen und Zeigefinger meinen Nasenrücken fest. »Du hast mich angelogen, Emerald.«

»Ich habe nie gesagt, dass ich im Bed and Breakfast schlafe.«

Warnend funkele ich sie an. »Für dich scheint es kein großes Problem zu sein, Geschichten so zu drehen, wie du sie brauchst, und damit will ich nichts zu tun haben.« Verständnislos zieht sie die Augenbrauen zusammen. Scheinbar muss ich es laut und deutlich sagen. »Ich traue dir nicht.« *Dir und niemandem.* »Nimm es nicht persönlich!«

Sie sieht aus, als würde sie mich gleich erschlagen oder mir die Pancakes ins Gesicht werfen. Stattdessen lacht sie entgeistert und stemmt die Hände in die Hüften. »Du stellst mich als Lügnerin hin und das soll ich nicht persönlich nehmen? Es *ist* persönlich und ich nehme es *sehr* persönlich.« Eine halbherzige Entschuldigung liegt mir auf den Lippen, aber ich behalte die Worte für mich. Es ist nicht mein Ziel, sie zu verletzen, aber ich weiß, dass ich hier im Recht bin.

»Was zum Geier hat dir deine Ex-Freundin oder wer auch immer getan, dass du dir das Recht nimmst, gemein zu allen Frauen zu sein, denen du begegnest? Oder bin ich die Einzige, mit der du ein Problem hast?«

Bilder von Hannah steigen vor meinem inneren Auge auf. Wie sie heulend im Gerichtssaal sitzt. Wie sie die Nacht so ganz anders beschreibt, als sie tatsächlich gewesen ist. Wie meine eigene Familie hinten sitzt, ich meiner Mom zuhören muss, wie sie weint, sich fragt, was sie in meiner Erziehung wohl falsch gemacht hat, weil sie Hannah *glaubt*. Wie alle anderen im Saal.

»Womit ich ein Problem habe, sind Frauen, die Wahrheiten zu ihrem Vorteil verändern. Die von Gleichstellung und Gerechtigkeit reden, sich aber in der Rolle des schwachen Geschlechts suhlen, wenn es ihnen gerade passt. Und es wird euch so leicht gemacht.«

Sekunden verstreichen, in denen sie mich entsetzt anstarrt. »Na, da bin ich aber froh, dass du mich so gut kennst, *Angel*.« Befangen schlingt sie die Arme um sich, ihr Bettzeug wie einen Schutzschild zwischen uns. »Wenn es nicht zu viel verlangt ist, tu mir bitte einen letzten Gefallen und stell meinen Ford irgendwo draußen auf der Straße ab. Dann werde ich dich nicht weiter belästigen.«

Kapitel 11

Em

War fast zu erwarten, dass Gabriel mein Auto nicht rausstellen würde. Die Werkstatt ist zugesperrt, auf der anderen Seite sehe ich in seiner Wohnung Licht, also ist er zu Hause. Ich hätte nicht übel Lust dazu, seinen Hintern hier nach unten zu schleppen und nach meinem Besitz zu verlangen. Ist es mein Recht, selbst die Cops zu rufen, wenn er mir nicht aushändigen will, was mir gehört? Aber dann hätte ich die wieder am Hals. Der Arsch weiß ganz genau, dass er mich mit der Drohung fernhalten kann. Gott, ich hasse Menschen, die Schwächen anderer benutzen, um ihren Willen durchzusetzen. Gabe insbesondere, weil mich sein Verhalten mehr berührt, als es vielleicht sollte. Noch mehr hasse ich Gabe im Moment dafür, dass es ihn wohl nicht einmal kratzt, dass er mich buchstäblich auf die Straße gesetzt hat und ich mir jetzt wieder einmal einen Schlafplatz suchen muss. Den ganzen Tag bin ich ohne Sinn und Verstand durch die Gegend gewandert, ohne Geld, in einer Stadt, in der die größte Sehenswürdigkeit ein Maislabyrinth ist, das sie langsam für den Herbst vorbereiten. Ich wäre mehr denn je bereit, für heute Schluss zu machen. Wenn ich könnte, würde ich die kommenden Tage ebenfalls verpennen, bis ich plötzlich wie durch ein Wunder irgendjemand oder irgendwo anders wäre. Aber da dieser Traum wohl nicht in Erfüllung gehen wird, muss ich wie immer die Zähne zusammenbeißen und hoffen, dass mein Leben auch ohne dieses Wunder irgendwann mal in eine Richtung verläuft, in der ich am Ende eines Tages gerne in meiner Haut stecke.

Dieser Tag ist nicht heute, aber er wird kommen. Darauf muss ich vertrauen und bis dahin so gut es geht nach vorne blicken. Ich gehe zurück in den belebteren Teil der Stadt, weil im Moment alles besser klingt als eine dunkle Bank oder Ecke im Park, an der ich mir den Hintern abfrieren kann. Das Piper's betrete ich nur, weil ich weiß, dass Gabe nicht hier ist. Er ist der Letzte, den ich sehen will, nach allem, was er heute gesagt hat. Nach allem, was gestern gewesen ist. Ja, ich hatte fürchterliche Angst vor ihm und um ihn. Gleichzeitig hatte ich das Gefühl, das könnte unser Neuanfang werden. Plötzlich erschien er nicht mehr so unnahbar, so versteckt hinter einer Fassade. Lange hat das aber leider nicht angehalten.

Piper lächelt breit, als sie mich sieht, und winkt mich an die Bar. »Toll, dass du kommst. Ich wollte sowieso mit dir reden. Willst du was trinken?«

»Wasser, bitte«, lächle ich und hoffe, nicht gleich wie ein kleines Kind loszuheulen. Außerdem komme ich mir mäßig blöd vor, hier mit zwei übergroßen Taschen zu stehen: einem Kofferersatz und einer riesigen Tüte, in der ich mein Bettzeug habe.

»Ich denke, Freitag wäre ein guter Tag, um hier ein bisschen einzuheizen. Samstag kommen sowieso die meisten Gäste und Freitag bräuchte ich etwas mehr Action, um die Zahlen zu halten. Wäre das für dich okay?«

»Ja, kein Problem.« Ich nippe am Wasser. *Ich hätte auch kein Problem mit Freitag, Samstag, Sonntag …*

»Singst du fetziges Zeug? Und Country?«

»Was immer du dir aussuchst. Keyboard kann ich zurzeit leider nicht spielen.« Ich hebe die bandagierte Hand und schüttle den Gedanken schnell ab, dass Gabe eigentlich heute noch einen Blick darauf werfen will. Mir doch egal. Ich brauche ihn nicht. Ich werde ja wohl selbst erkennen, ob da etwas anders aussieht, als es sollte. »Aber vielleicht in ein oder zwei Wochen dann. Ist das doof?«

»Überhaupt nicht. Vielleicht frage ich meinen Bruder, ob er dich in der Zwischenzeit auf der Gitarre begleiten kann.« Sie wirkt so begeistert von ihrer Idee, dass ich mich nicht traue zu sagen, wie ungern ich mit anderen zusammen musiziere.

Was hältst du davon, wenn wir diese Zeile auf dieser Note enden lassen …

Ja, nein, können wir alles einfach so lassen, wie es ist, und ich improvisiere?

»Darf ich dir eine Liste mit Liedern geben, die sicher gut ankommen würden? Damit du dich vorbereiten kannst?«

Ich wische die Wassertropfen neben dem Glas weg. »Ähm, klar. Oder du sagst mir einfach ein paar Tage vorher, worauf du Lust hast.«

»Bist du sicher, dass das reicht? Einige Songs sind vielleicht eher unbekannt.«

»Das ist kein Problem. Mir Liedtexte und Melodien zu merken, liegt mir.« Solange sie niemand abändert. Fernseher und Radio liefen bei uns zu Hause vierundzwanzig Stunden am Tag. Ich kenne wahrscheinlich so gut wie jeden Film, jedes Lied der letzten fünfzig Jahre.

»Wunderbar, dann komm mal hinter die Bar und wir suchen welche für übermorgen aus.«

Bis auf ein einziges sind es die typischen Rocksongs und ein paar Bluesnummern, und dieses eine, das ich nicht kenne, lasse ich mir von ihr vorspielen und auf meine Musikerkennungs-App auf dem Handy laden.

»Außerdem habe ich noch einen Vorschlag für dich. Mir wird das hier alleine in der Bar alles ein bisschen zu viel.« Sie verdreht die Augen. »Oder eher meinem Mann. Könntest du dir vorstellen, die Bar morgens zu putzen?«

Das ist unbestritten die beste Nachricht des Tages. »Auf alle Fälle. Ja, bitte!«

»Du könntest auch manchmal abends hier aushelfen, wenn du Lust hast.«

Ja! Alles! Trotzdem senke ich den Blick, spiele mit einer Haarsträhne, fühle mich verpflichtet, ihr die Wahrheit zu sagen, weil ich nicht möchte, dass sie in Schwierigkeiten kommt. »Ich bin noch keine einundzwanzig.« Ehrlich gesagt bin ich noch nicht einmal achtzehn. Nervös, ob sie deswegen nun auch alle anderen Angebote zurücknimmt, schiele ich zu ihr hoch.

»Okay, dann eher nicht«, sagt sie und lacht dann, legt ihre Hand kurz auf meine. »In Iowa ist es nicht illegal, unter einundzwanzig eine Bar zu betreten. Illegal ist es nur, Alkohol zu konsumieren. Und ja, auszuschenken natürlich auch.« Sichtbar erleichtert stoße ich angehaltene Luft aus. Momentan sieht es nämlich ganz so aus, als könnte das hier meine einzige Einnahmequelle bleiben.

»Piper, ich muss dich noch etwas fragen.« Mein Herz klopft, weil ich es hasse, um Hilfe zu bitten, mich verletzbar zu machen, mich auf andere verlassen zu müssen. Vor allem nach dem, was sie letztes Mal gesagt hat. Was Gabe heute gesagt hat ... »Ich weiß, du kennst mich nicht und es ist kein Thema, wenn du ablehnst, aber denkst du, ich könnte ein paar Nächte auf deiner Couch schlafen? Ich verspreche, ich mache keine Umstände. Habe auch mein eigenes Kissen, Decke und alles und bin raus, sobald die Sonne aufgeht.«

Piper verzieht die Mundwinkel, sodass ich mich schon mental auf die Abfuhr einstelle. Dabei will ich sie gar nicht hören. Ich will gehen. »Spätzchen. Nichts lieber als das und du würdest absolut keine Umstände machen. Das Problem ist nur, momentan schläft mein Mann auf der Couch mit unserer Dreijährigen, weil weder sie noch der Säugling besonders viel vom Alleinschlafen halten.«

Ich nicke verständnisvoll, obwohl meine Nase verdächtig kitzelt, weil mein Schicksal damit nun besiegelt ist.

»Ich bin sicher, ich kann dir jemanden vermitteln, der eine Couch übrig hat. Ich weiß, dass mein Bruder …«

»Das ist total nett, aber nein, danke«, unterbreche ich, bevor der Vorschlag ausgesprochen ist. »So wichtig ist es nicht.« Das ist eine fette Lüge, aber schon beim Gedanken daran, mich wieder von einem Mann abhängig zu machen, dreht sich mir der Magen um. Ebenso wie bei der Tatsache, dass es ausgerechnet Gabriel ist, der die Bar in diesem Moment betritt. Er verharrt einen Moment lang an der Tür, als würde er darauf warten, dass ich die Flucht ergreife. Und weil ich wirklich nichts lieber will, als von ihm wegzukommen, rutsche ich vom Hocker und marschiere in die andere Richtung.

Natürlich hat er mich überholt, bevor ich mich im Damenklo verbarrikadieren kann.

»Mach jetzt bitte keine Szene und hau mir bloß keine runter oder so. Ich bin nicht zum Streiten hier«, murmelt er über die Hintergrundmusik. Mit zusammengekniffenen Augen suche ich im Kopf nach der patzigsten Antwort, die ich auf diese Aussage geben könnte, aber die Worte lösen sich in Luft auf, als er mir einen Schlüssel hinhält.

»Was ist das?«

»Der Schlüssel zu meiner Wohnung. Bis du etwas anderes findest, penne ich bei Ollie.«

Was meinen Mund verlässt, ist ein verächtliches Lachen, auf das ich nicht unbedingt stolz bin. Aber ist der Typ ganz echt? Vielleicht hat er eine Persönlichkeitsstörung. Das muss es sein, denn anders kann ich mir diese Stimmungsschwankungen nicht erklären. Da mache ich nicht mit. »Nein, danke.«

Ich wende mich ab, fühle seine Hand für den Bruchteil einer Sekunde an meiner Schulter und schüttle ihn ab. »Komm schon! Was wirst du sonst tun? Auf der Straße schlafen?«

Das bringt mich doch dazu herumzuwirbeln. Ich will ihn anmotzen, ihm sagen, dass er kein Recht hat, meine Situation ins Lächerliche zu ziehen, aber sein Gesichtsausdruck hält mich davon ab. Er sieht nicht hämisch aus oder kalkuliert, sondern irgendwie … fertig. Müde. Nicht nur physisch, sondern generell. Ich habe nicht vor, ihn zu bemitleiden. Aber ich frage mich schon, ob das, was ich gestern gesehen habe, das Resultat dieser Barriere ist, die er zwischen sich und wohl auch dem Rest der Welt – mit Ausnahme von Ollie eventuell – aufgebaut hat. Vielleicht ist er müde, seine Mauern vierundzwanzig Stunden am Tag bewachen zu müssen. Er rückt einen Schritt von mir ab und steckt die Hände tief in die Hosentaschen.

Und plötzlich bin ich nicht mehr sauer, sondern nervös. Nervös wegen meiner Antwort, weil der schwache Teil von mir den Schlüssel nehmen und den Luxus eines Bettes, einer Dusche, einer Küche genießen will. Ich könnte mit wenig Geld ein paar Lebensmittel kaufen und irgendetwas Billiges daraus … Nein! Würde ich damit nicht exakt wieder das charakterlose Verhalten zeigen, das Jett mir so gerne vorgehalten hat? Das auch Gabe mir vorgeworfen hat? Das ich mir selbst vorzuwerfen habe? Ich schlucke an dem Kloß in meinem Hals vorbei. »Nein, *danke!*«, betone ich, etwas verwirrt, dass er nicht erleichtert aussieht, sondern eher, als wäre ich ihm auf den Schlips getreten. Die Müdigkeit, die ich eben noch gesehen habe, weicht Gefühlskälte. Anders kann ich den verhärteten Gesichtsausdruck nicht beschreiben, der sich mir von einer Sekunde auf die andere bietet. Während er mich weiterhin studiert, stolpere ich rückwärts ins Damen-WC, halte mich an der

Mauer fest, als die Tür zwischen uns zufällt, und denke über die Intensität all dieser Momente mit Gabe nach. Mit ihm gibt es scheinbar kein *Normal.* Nichts an seinen Worten, seiner Mimik, seinen Gesten wirkt unüberlegt, bedeutungslos. Mehr als bei jedem anderen bin ich mir seiner Gegenwart immer bewusst, bin besonders aufmerksam, dass mir nichts Persönliches, Spontanes entgeht, das er in einem winzigen Moment der Unachtsamkeit von sich preisgeben könnte.

Eine andere Frau kommt herein, lächelt mich höflich an, obwohl sie sich wahrscheinlich fragt, was zum Henker ich hier treibe. Tja, Lady, ich verstecke mich vor den kühlen blauen Augen, die mich auf der anderen Seite erwarten. Ich lasse sie pinkeln und besetze nach ihrem Abgang das Kloabteil für die nächsten paar Minuten. Oder Stunden. Solange, bis ich sicher sein kann, dass Gabe weg ist.

Wow, Em! Du nimmst dich ganz schön wichtig. Er hat nur aus Schuldgefühl gefragt. Du hast ihm einen Gefallen getan, als du abgelehnt hast. Deutlicher als heute Morgen hätte er es ja nicht machen können, dass ich unwillkommen bin. Und das ist so gesehen auch sein Recht.

Bei der vierten Person, die an die Tür klopft und wissen will, wann sie endlich aufs Klo kann, suche ich mir ein zweistündiges Wasserfall-Video heraus, das ich auf dem Handy abspiele, und rufe: »Sorry, meine Blase ist unendlich voll.«

Als mir das Kindergartentheater selbst irgendwann auf den Keks geht, verlasse ich das WC und scanne die Gesichter in der Bar nach dem einen ab, von dem ich nicht sicher bin, ob ich es noch sehen will oder nicht.

Er ist nicht mehr da. Das ist gut. *Ist es!* »Oh, ich dachte, du wärst schon lange weg«, sagt Piper, die gerade das Geld in ihrer Kasse zählt. Schätze, jetzt ist es bald so weit, dass ich rausmuss, weil sie schließt. »Angel hat das hier für dich hinterlassen.« Mein Herz setzt kurz aus, als ich zögernd nach dem Umschlag greife, den sie mir mit einem wissenden Gesichtsausdruck entgegenhält. Man muss nicht Einstein sein, um zu ertasten, dass sein Schlüssel darin liegt. Ungläubig sehe ich trotzdem hinein, finde außerdem eine kleine Notiz mit ein paar Zeilen, die ich nicht entziffern kann. »Alles in Ordnung, Spätzchen?«, will Piper wissen, woraufhin ich die Notiz schnell wieder in den Umschlag stopfe. Wie gerne würde ich auf diese Frage mit Nein antworten! Nichts ist in Ordnung. Aber ich kann gar nichts sagen. *Entscheide* mich, nichts zu sagen, sodass nicht alles aus mir herausplatzt, was schon so lange unter der Oberfläche brodelt.

Ihr Blick fällt auf den Schlüssel und ihre Augenbrauen zucken, während sie wohl zwei und zwei zusammenzählt und seufzt. »Okay, hör mal, Süße! Warum schläfst du nicht vorerst mal hier? Ich habe ein winziges Büro dort hinten mit einer Couch, auf die normalerweise nur Ameisen passen, aber bis wir etwas Besseres für dich gefunden haben, wird es reichen.«

Kapitel 12

Em

Auf der letzten Note von »American Pie«, das ich in einer Kombination aus Don McLeans und Madonnas Version singe, öffne ich die Augen und rutsche von meinem emotionalen Sänger-High zurück in Pipers Bar. In den New Yorker Restaurants zu spielen war immer ganz anders, als auf der Straße Musik zu machen. In einem Restaurant ist man halt da. Nette Hintergrundmusik, die nicht zu laut sein soll, um keine Gespräche zu stören. Auf der Straße muss man gut sein, damit Leute stehen bleiben. Gerade in einer Stadt wie New York, in der niemand eine Minute zu verschenken hat und eine Sängerin wie ich das ungefähr Zweihundertfünfundsiebzigst-Interessanteste auf der Straße ist, kann man sich geehrt fühlen, wenn sich Leute gefangen nehmen lassen von der Musik, die man liebt. Von der Stimmung. Ein ähnliches Gefühl habe ich heute. Natürlich interessiert es nicht jeden brennend, was Pipers Bruder und ich hier den ganzen Abend machen, und man kann auch die Menge an Zuhörern nicht vergleichen, aber manche interessiert es eben doch. Sie rufen und klatschen und jubeln und singen mit und teilen ihre gute Laune, von der ich mich getragen fühle. Außer Clyde, der mich gesehen und die Augen verdreht hat, bevor er dann gleich wieder abgehauen ist. Nicht, dass ich ihn vermisse, nachdem ich schon am ersten Abend hier das Vergnügen gehabt habe, seinen Charme zu spüren, aber die Pest bin ich auch nicht gerne.

»Das war's für heute. Schön, dass ihr Spaß hattet. Bis zum nächsten Mal!«, raune ich sehr unpopstarmäßig ins Mikrofon. Piper hält hinter der Bar beide Daumen ganz weit hoch und strahlt uns an. Ihr Bruder Shane als Begleitung auf der Gitarre war letztendlich gar nicht so schlecht. Fühlte sich ohnehin irgendwie nackt an, nicht Keyboard zu spielen. Ich musste auf einmal Blickkontakt halten, hatte keinen Schimmer, was ich mit den Händen anfangen sollte. Obwohl ich Shane nicht kenne, konnte ich ab und zu seinem Nicken entnehmen, dass er zufrieden mit unserer Performance war.

»Nicht schlecht, Britney«, meint er zwinkernd, während er die Gitarre in den Koffer legt.

Ich hebe eine Braue über den Kosenamen, halte aber meine Meinung zurück. »Selber. Danke für die Unterstützung heute. Wenn du Bock hast, kannst du ja trotzdem weitermachen, auch wenn ich wieder mit den Tasten klimpern kann.«

Er lacht und kommt einen Schritt auf mich zu. »Na klar, wenn du bereit bist, deine fette Gage mit mir zu teilen. Ich höre, meine Schwester lebt auf großem Fuß.«

Schluckend spüre ich, wie mein Herzschlag kurz unangenehm aussetzt. Scherzt er? Piper kann mir nicht viel bezahlen, weil sie noch gar nicht weiß, ob sich die Sache für die Bar rentiert. Wenn ich das Geld jetzt aufteilen müsste ... »Entspann dich, Adele«, lacht er und rempelt mich spielerisch an. »Das war ein Witz. Du kannst deine Millionen behalten. Ich mache das gerne.« *Für meine Schwester* füge ich gedanklich hinzu und lächle. »Piper hat erwähnt, du bräuchtest eine Unterkunft. Ich habe ein extragroßes Arbeitszimmer, Schrägstrich Kinderzimmer, das ich für die nächste Zeit ganz sicher nicht brauche.«

Und schon wieder sitzen der kleine Engel und der kleine Teufel auf meiner Schulter und schlagen sich die Köpfe ein. Der Engel lässt mit einem lauten Nein mein Trommelfell platzen und der winzige Teufel protestiert: »Wie lange, denkst du, kannst du auf einer zwei Zentimeter breiten Couch im unterkühlten Büro einer Bar schlafen, ohne zu essen oder zu duschen?«

»Komm! Ich lade dich auf einen Kaffee ein.«

Die unerwartete Stimme hinter mir ließ mich herumwirbeln, während ich versuchte, mich von der heißen Luft an einem der Ventilatoren wärmen zu lassen. »Was? Warum?«

»Weil ich glaube, dass du Hilfe brauchst und ich sie dir gerne anbieten würde.«

Ich sah mich um, überlegte, ob ich gleich schreien oder erst warten sollte, bis mich der Typ mit der Aktentasche, den zurückgegelten Haaren und den gebleichten Zähnen packen und verschleppen wollte. War er einer dieser Menschen mit goldener Nase, die in der Weihnachtszeit das Bedürfnis verspüren, sich einer Person zu erbarmen, die nichts hat? »Ich komme schon klar, vielen Dank.«

Seufzend senkte er den Blick, raufte sich die Haare, bis sie witzig zu Berge standen und nicht mehr in das perfekte Bild passten, das er vorgab. »Hör mal! Ich weiß, du vermutest wahrscheinlich, dass ich ein Serienmörder oder so bin, aber das bin ich nicht. Du hörst dich an, als hättest du eine Lungenentzündung, und wirkst, als würdest du demnächst zusammenbrechen, weil du vermutlich nichts isst. Außerdem siehst du aus, als könntest du eine heiße Dusche und ein warmes Bett vertragen. Zumindest, bis der Schneesturm vorbei ist.« Wie aufs Stichwort blies mir eine neue Windböe frischen Schnee ins Gesicht, sodass ich mich wegdrehen musste, weil ich keine Luft bekam. Nach einem etwa zwanzigminütigen Hustenanfall, bei dem ich dem Fremden beinahe vor die Füße kotzte, stand er immer noch da. »Also, was sagst du?«

Ich wollte ihn fragen, warum ihn das interessierte. Warum er keine Angst hatte, dass ich sein Tafelsilber stehlen oder ihn mit einem seiner diamantenbesetzten Messer abmurksen würde, weil er mich nicht die Bohne kannte. Aber ich zitterte wie verrückt, hatte tatsächlich Frostbeulen an diversen Körperstellen, seit knapp zwei Wochen diesen Husten, der sich anfühlte, als würde ich sterben, und mich in den letzten Monaten vor so vielen Perversen, Dieben, Junkies und vielleicht sogar Mördern schützen müssen, dass ich mich fragte, was das alles noch toppen könnte. Also nickte ich und begleitete Jett.

»Du kannst es dir ja noch überlegen«, sagt Shane und zuckt mit den Achseln, weil ich immer noch nicht geantwortet habe. Im selben Moment legt mir jemand eine Hand auf die Schulter und ein mittelalter Typ strahlt mich an.

»Deine Stimme ist verdammt gut. Endlich ist hier mal was Neues los. Schreibst du auch eigene Songs?«

»Ich texte, ja«, umgehe ich die Frage und hoffe, nicht weiter darauf eingehen zu müssen. »Danke für das Angebot«, wende ich mich endlich an Shane. Einen Augenblick überlege ich, noch einen Satz dranzuhängen, mit dem ich ablehne, nehme stattdessen die momentane Ablenkung gerne an und unterhalte mich mit dem anderen Typen. Später kann ich mir dafür dann immer noch in den Hintern treten.

»Du konntest dich heute Abend ja kaum retten vor Bewunderern. War irgendetwas Interessantes dabei?«, fragt Piper, als nur noch sie und ich übrig sind.

»Ja, aber nicht für mich. Ollie hat mich vorhin noch mal erinnert, dass ich für die Männer hier eben der neue, glänzende Fernseher bin.« Meine Gedanken wandern zu Gabe und seinen Ich-hab's-dir-ja-gesagt-Blicken. Aber Gabe war überhaupt nicht da. Und er hat unrecht: Ich suche keine Aufmerksamkeit. Klar, es ist nett, angesprochen zu werden. Zwanglose Gespräche zu führen. Auch oder gerade, weil mir klar ist, dass ich am Ende des Abends niemandem meine Nummer geben werde. Was die Leute heute von mir gesehen haben, ist nur ein winziger Teil von mir. Stark, selbstbewusst, als würde ich fliegen: Das macht nur die Musik mit mir. »Ein Fernseher, der singen kann. Sonst hätten sie mich ja schon früher ansprechen können.«

»Na, ich weiß nicht. Ich glaube eher, es könnte etwas mit dem gut aussehenden, großen, tätowierten Alphamännchen zu tun haben, das jeder hier am ersten Abend mit dir gesehen hat.« Sie zwinkert mir zu, während ich die Augenbrauen zusammenziehe. Ich will ihr sagen, dass das eine dumme Theorie ist und dass dann offensichtlich keiner die Gamma-Strahlen gesehen hat, mit denen er mich die meiste Zeit beschießt. »Deswegen werde ich dir jetzt die Frage stellen, die unser kleines Städtchen beschäftigt.« Ich kichere leise und verdrehe die Augen, kann mir kaum vorstellen, was das wohl sein wird. »Was läuft da zwischen dir und Gabriel?«

Jetzt blubbert das zynische Lachen doch aus mir heraus. »Überhaupt gar nichts läuft da. Außer, dass er mich nicht ausstehen kann.«

»Hm«, gibt sie in einer hohen Stimmlage zurück und wackelt mit dem Kopf. »Ob das wohl so stimmt? Also von dem, was ich gesehen habe, würde ich etwas anderes sagen.«

Ich brenne darauf, sie zu fragen, was das genau ist und warum ihre Wahrnehmung eine ganz andere ist als meine. In Wahrheit will ich aber überhaupt nicht über Gabe reden, will nicht über ihn nachdenken und darüber, wie es sich anfühlt, dass da etwas Ungeklärtes zwischen uns steht. Deswegen mache ich eine Show daraus, wie ich laut gähne.

»O Mann, Piper. Ich bin auf einmal richtig müde.«

Sie lehnt sich über die Bar, lächelt mich an und verrät mir mit den Augen, dass ich damit nicht davonkomme. »Gabe hat eine sehr harte Zeit hinter sich.«

Okay, das kommt jetzt ein wenig unerwartet. Sie nimmt ihn in Schutz?

Ich verschränke die Arme vor der Brust. »Haben wir das nicht alle? Ich denke nicht, dass das eine Entschuldigung für ruppiges Benehmen ist.«

»Ist es nicht. Aber schau, ich kenne Gabe schon sein ganzes Leben, bin seine Babysitterin gewesen, als er noch in die Windeln gemacht hat, und habe ihm Nachhilfe gegeben, als seine Lehrerin voller Genugtuung all seine Texte zerpflückt hat. Er war ein guter Junge und ist heute ein guter Mann.« Sie studiert meinen Gesichtsausdruck und tatsächlich geht mein Puls ein bisschen schneller, während ich auf das »Aber« warte, das in der Luft liegt. »Man hat ihm Dinge angehängt, hässliche Sachen an den Kopf geworfen – und noch immer wird so manches über ihn behauptet, was nicht der Wahrheit entspricht.«

»Was denn?«, hake ich etwas heiser nach.

Piper schüttelt den Kopf. »Ich denke, das ist ein Gespräch, das er selbst führen sollte. Nicht ich, die ich trotz aller Gerüchte nicht den Hauch einer Ahnung habe, wie es ihm wirklich geht. Aber eins ist klar: Durch all diese Dinge stellt er selbst infrage, dass er ein guter Kerl ist. Jemand müsste ihm mal zeigen, dass dieser Kerl noch immer da ist.«

»Und das soll ich sein?« Ich bin sicher, sie hört die Skepsis in meiner Stimme.

»Vielleicht nicht. Aber du könntest es sein.«

»Tut mir leid, Piper, aber ich glaube, du interpretierst wirklich mehr in die ganze Sache hinein, als da ist.«

Sie presst kurz die Lippen zusammen, bevor sie sich abwendet und ihre Sachen zusammenpackt. Ist sie jetzt böse auf mich?

»Hast du gewusst, dass ich ihn vorgestern in seinem Auto gefunden habe, als ich gegangen bin? Schätze, er wollte sehen, ob du den Schlüssel verwendest oder nicht. Ist erst weggefahren, als ich ihm gesagt habe, dass du vorerst im Büro schläfst.«

»Ein bisschen unheimlich, findest du nicht?« Oder umsichtig ...

»Nein, das ist Gabe.«

Ich blicke auf meine Schuhe, linse dann unter den Wimpern wieder hervor. »Warum komme ich mir gerade vor, als wäre ich bei irgendeiner Datingshow?« Wir kennen uns *eine* Woche und haben die meiste Zeit davon gestritten. Und sobald ich mein Auto zurückbekomme, bin ich hier weg.

»Ich sage ja nicht, dass du dich Hals über Kopf in ihn verlieben musst. Ich wünsche ihm einfach ...« Sie ringt mit den Worten und ich lasse die Schultern hängen. Sie muss ihn wirklich gernhaben. »Ich wünsche ihm einfach einen Neuanfang. Eine zweite Chance, auch wenn er die eigentlich überhaupt nicht brauchen sollte.«

Viel zu gehypt und mit Gedanken beladen, um zu schlafen, entscheide ich mich, die Bar gleich zu putzen. Zumindest mal einen Teil davon. Piper hat mir gestern detailliert beschrieben, was alles gemacht werden soll: Geschirrspüler ausräumen, einräumen, einschalten und noch mal ausräumen. Boden zweimal wischen, sodass die eingetrockneten Getränkereste verschwinden, dann saugen. Tische und Bar gründlich reinigen, WCs putzen und den Müll rausbringen. Insgesamt bin ich fast fünf Stunden beschäftigt. Hätte ich nicht gedacht, dass das alles so zeitintensiv ist. Kein Wunder, dass Piper Unterstützung gebrauchen kann. Ich entscheide mich, heute nur den Boden und die WCs zu machen, weil ich keine Lust auf Schrubben habe, wenn der Dreck Zeit gehabt hat, sich erst richtig festzusaugen. Es ist vier Uhr morgens, als ich mir meine Jacke überwerfe und die vier Müllsäcke in die Seitengasse schleppe. Der Boden ist nass. Es muss geregnet haben.

Man könnte meinen, sie schmeißt jeden Tag das gebrauchte Geschirr weg und kauft neues, so schwer wie der Kram ist, denke ich. Mit einem möglichst leisen Kampfschrei zähle ich bis drei und hieve den ersten Müllsack in die Tonne, als ich etwas ächzen höre. Die Hände noch in der Höhe gefriere ich zu Stein. »Hallo?« Meine blöde Stimme gleicht auf einmal nur einem Flüstern. Natürlich kommt keine Antwort, weil da niemand ist, ich bin einfach nur übermüdet und sollte schlafen gehen. Doch als ich nach dem nächsten Sack greife, höre ich das Ächzen wieder und springe zurück. Mein Herz sitzt irgendwo in meinem Hals und ich schlucke hart, damit es wieder an seinen Platz zurückrutscht. »Wer ist da?« Denn das Ächzen war ganz bestimmt kein Etwas, sondern ein Jemand. In dem Licht der kleinen Laterne, die den Weg schwach beleuchtet, schleiche ich in großem Bogen um die Tonne. Ich halte mir eine Hand auf die Brust, als ich einen zusammengekauerten Mann finde, dessen Kopf an der Tonne lehnt. Man sollte denken, der Anblick betrunkener Obdachloser wäre nichts Neues mehr für mich, aber hier in dieser Kleinstadt habe ich nicht damit gerechnet. Ich gehe ein paar Schritte auf ihn zu, nur so weit, dass ich im Notfall rennen könnte. »Brauchen Sie Hilfe?« Der Mann hebt kurz den Kopf. Er ist nass, zittert ein wenig und trägt einen Gips. Zu schwach, um den Kopf zu halten, lässt er ihn wieder gegen die Tonne krachen. Ja, offensichtlich braucht er Hilfe.

»Wie heißen Sie?«

Er murmelt irgendetwas, aber ich verstehe ihn nicht. Irgendwie kommt er mir mit dem bräunlichen Ziegenbart und den beinahe weißen Haaren bekannt vor. Hat er mir nicht seine Hilfe angeboten, als mein Auto liegen geblieben ist? »Kann ich jemanden für Sie anrufen? Damit Sie jemand abholt?«

»Nein. Niemand. Ich habe niemanden.«

Ich möchte ihm eine Hand auf die Schulter legen und sagen, dass er zumindest jetzt gerade nicht alleine ist. Auch nicht mit diesem Gefühl, denn das kenne ich gut.

»Okay. Sind Sie mit dem Auto hier?« Er schüttelt den Kopf, zeigt auf sein Bein. Stimmt. Blöde Frage. Wäre ja auch zu einfach gewesen. »Alles klar. Kein Problem. Ich werde Sie nach Hause bringen. Sie müssten mir nur sagen, wo Sie wohnen.« *Und was bringt das, Em? Nur weil du ein paar Mal durch die Straßen gewandert bist, denkst du, du kennst sie alle auswendig?* »Können Sie mir zeigen, wie man dorthin kommt?«

»Ich glaube, sie ist tot«, nuschelt er, allerdings kommen die Worte glasklar bei mir an. *Whoa!* Ist das ein Geständnis? Hat er jemanden umgebracht? Ich rücke ein Stück von ihm ab, bin mir plötzlich bewusst, dass ich gerade alleine mit diesem Mann in einer Seitengasse bin, an der keine Menschenseele vorbeikommt.

»Wer?«, frage ich vorsichtig, bereit, die Flucht zu ergreifen und Zetermordio zu schreien.

»Du könntest ihr Alter haben. Meine Kleine …« Bei diesen Worten lässt er den Kopf hängen und schluchzt fürchterlich. Es ist ein herzzerreißender Anblick, und ohne darüber nachzudenken, senke ich mich neben ihm auf die Knie und lege ihm eine Hand auf die Schulter. Er zittert heftiger als zuvor. Weil ich weder weiß, worum es geht, noch, wie ich ihm helfen kann, schüttle ich meine Jacke ab und lege sie ihm wie einen schwachen Trost über den Rücken.

»Ich werde jetzt jemanden anrufen, weil ich Sie nach Hause bringen muss, in Ordnung? Keine Sorge! Ich lasse Sie nicht alleine.« Auch wenn mir klar ist, dass ich nur eine einzige Option habe, denn ich habe bloß diese eine lokale Nummer eingespeichert.

Kapitel 13

Gabe

Irgendwo im Unterbewusstsein kriege ich mit, dass mein Handy neben meinem Bett vibriert, aber das ist mir ehrlich gesagt scheißegal. Es ist mitten in der Nacht und ich bin mir sehr sicher, dass ich noch nicht besonders lange schlafe. Zum ersten Mal wünsche ich mir, es wäre nur wegen der beschissenen Albträume, der Gedanken, die mich auch sonst quälen. Wegen der Unlust, die Augen zu schließen. Dem ständigen Gefühl, irgendjemand sitzt mir im Nacken und wartet auf den geeigneten Moment, mir zu zeigen, was man im Knast mit Vergewaltigern macht. Nur ist das die letzten beiden Nächte eben nicht alles.

Gestern habe ich bei Ollie geschlafen. Obwohl ich von Piper weiß, dass Em die Nacht über in der Bar bleiben würde, wollte ich ... keine Ahnung, ihr einfach die Möglichkeit geben, trotzdem zu kommen. Warum auch immer. Wahrscheinlich, weil mir klar geworden ist, dass ich überreagiert habe, als ich sie rausgeschmissen habe. Sie sah so verletzt aus, verängstigt fast. Nicht aus Angst vor mir, sondern um mich. Ein großer Unterschied, der mich nicht kaltlässt. Ich bin Ollie dankbar, dass er sich mit der kurzen Antwort zufriedengegeben hat, dass

Emerald für ein paar Nächte eine Bleibe braucht, und ich sonst nichts erklären musste.

In dem Moment, in dem ich heute Morgen meine Wohnung betreten hatte, war mir allerdings klar, dass Em nie gekommen war. Alles war genau so, wie ich es hinterlassen hatte, und ihr Geruch ist praktisch verschwunden. Ist okay. Ihre Entscheidung. Ich habe meine Pflicht getan. Und trotzdem wollte der Schlaf auch heute Nacht nicht kommen. Der Gesichtsausdruck von Em, bevor sie sich auf dem Klo versteckt hat … als wäre ich die größte Enttäuschung, die sie je gesehen hätte. Dass sie vor meiner Berührung zurückgeschreckt ist – das Mädchen, das bisher immer einen Wettbewerb daraus gemacht hat, das letzte Wort zu haben, die Harte zu spielen, sagt, dass ihre Tränen wegen einer Katzenallergie fließen. So sehr ich mir auch einzureden versuche, dass mir die Fremde am Arsch vorbeigeht, so offensichtlich ist es, dass das eine fette Lüge ist.

Mein Handy vibriert zum fünften Mal in Folge und ich fahre mir stöhnend über das Gesicht, greife nach dem verdammten Teil. »Ernsthaft? Fünf Uhr morgens?« In einer Stunde stehe ich sowieso auf. Zu fertig, um mir die unbekannte Nummer genau anzusehen, drücke ich auf »Annehmen«.

»Was!«, meckere ich ins Telefon. Wenn das mein Bruder ist, trete ich ihm in den Arsch.

»Gabriel? Ich brauche Hilfe!«

Diese vier Wörter lassen mich jegliche Müdigkeit vergessen und sorgen dafür, dass ich sofort aufrecht im Bett sitze. Alle möglichen Szenarien, was passiert sein könnte, schießen mir durch den Kopf, und ich fühle Panik aufwallen. Mit zusammengekniffenen Augen zwinge ich mich, bei der Sache zu bleiben.

»Wo bist du?«, will ich wissen und klopfe mir gegen die Brust, damit der dämliche Druck weicht und ich den Kopf frei kriege von all den unwillkommenen Bildern.

»Hinter dem Piper's. Ein Mann liegt hier und er ist völlig verzweifelt und durchnässt und …«

»Ich komme«, unterbreche ich sie und lege auf. Jetzt, da ich weiß, dass sie nicht in unmittelbarer Gefahr ist, kann ich mich sogar wieder bewegen, schlüpfe eilig in Shirt und Jeans und laufe zum Auto. Es dauert weniger als zehn Minuten, um von meinem Ende der Stadt ans andere zu gelangen. Neun Minuten konkret. Siebeneinhalb, wenn man auf die Ampeln und Stoppschilder verzichtet wie ich eben.

Ich höre Em summen, als ich am Anfang der Gasse den Motor abwürge und in ihre Richtung marschiere. Zitternd holt sie Luft, als sie mich kommen sieht, lockert ihre steife Haltung ein wenig und schlingt die Arme um ihren zusammengekauerten Körper.

»Ich glaube, er ist wieder eingenickt«, erklärt sie mir, sieht dann aber zu dem Betrunkenen, dem sie ihre Jacke gegeben hat. Sie friert, auch wenn ich mir sicher bin, dass sie das sofort abstreiten würde. Ich komme näher, hocke mich neben die beiden und ziehe den krummen Typen in eine aufrechte Position. Was hat sie eigentlich um diese Uhrzeit hinter der Bar zu suchen? Weniger überrascht bin ich darüber, dass der Mann, von dem sie gesprochen hat, Hank ist. Er riecht, als hätte er gekotzt, sieht aus, als hätte er nicht erst heute draußen geschlafen. Seine Lider flattern, wenn ich ihn bewege. Seufzend reibe ich mir ein Auge.

»Du kennst ihn, oder?«, flüstert Em.

Nickend denke ich darüber nach, wie lange es wohl noch so mit ihm weitergehen wird. Und wer ihn stoppen wird, um zu verhindern, dass er es eines Tages selbst tut. Ich werfe einen Blick auf Em, die besorgt zurückstarrt. »Bist du okay?«, will ich von ihr wissen. Sie blinzelt einmal als Bestätigung und das ist vorerst alles, was ich brauche. »Hey, Hank!« Ich klatsche ihm leicht gegen die Wange, versuche, ihn zu wecken, damit ich nicht sein Totgewicht zum Auto schleppen muss. Ächzend rollt sein Kopf von Seite zu Seite. »Komm schon! Wir fahren nach Hause.«

Anstatt mitzuarbeiten, weigert er sich, mir den Arm um die Schultern zu legen.

»Nein, nicht *du*. Geh weg!« Wenn er die Kraft hätte, würde er mich wegschieben, jetzt rutschen seine Hände einfach leblos von meinem Shirt. Wunderbar, eine weitere Person in diesem Kaff, die mich hassen kann. Die sich irgendein verficktes Bild von mir zurechtgezimmert hat, ohne die Fakten zu kennen.

»Hank! Hör auf mit dem Scheiß! Lass mich dir helfen!«

So gut er in seinem Zustand kann, schüttelt er den Kopf, sieht Emerald mit geweiteten, blutunterlaufenen Augen an. »Du kannst ihm nicht trauen.«

Normalerweise sollte ich ihn jetzt hier liegen lassen und nicht zweimal darüber nachdenken, ob das richtig oder falsch ist, aber dann spüre ich für den Bruchteil einer Sekunde Emeralds Hand auf meinem Bizeps, den sie so fest drückt, als könnte sie meine Gedanken lesen, und dann wieder loslässt.

»Tue ich aber, Hank. Ich vertraue ihm und er ist hier, um uns beiden zu helfen, weil Sie hier nicht bleiben können. Also tun Sie mir einen Gefallen und behandeln Sie uns mit dem Respekt, den wir auch Ihnen entgegenbringen, ja?«

Mein dämliches Herz, das eigentlich nicht mehr abhängig von der Meinung anderer Leute sein will, benimmt sich, als wäre es fünf Jahre alt und hätte alle Vorsätze vergessen. Ihre Worte bleiben hängen, wirken nach. Meint sie das ernst oder hat sie das nur mit dem Ziel gesagt, hier endlich wegzukommen? Sollte keine Rolle spielen. Trotzdem hocke ich weiter rum wie eine bescheuerte Statue, anstatt in die Gänge zu kommen. Erst als Em einen fragenden Seitenblick in meine Richtung wirft, blinzle ich mich aus dem Moment und greife wieder nach seinem Arm.

Nachdem ich Hank von den regennassen und angekotzten Sachen befreit habe, dusche ich ihn kurz ab. Das war Ems Idee. Ich hätte ihn einfach ins Bett gelegt, dann hätte er sich selbst morgen darum kümmern können. Wie immer war Emerald aber dermaßen stur, dass ich die Aufgabe übernommen habe, bevor sie sich oder ihm dabei den Hals bricht. Jetzt scheint Hank zwar kurz davor zu sein wegzukippen, fühlt sich offensichtlich aber fit genug, um mir mit Blicken zu zeigen, was er von mir hält.

»Sieh mich nicht so an, alter Mann! Mein Verständnis für dich hat Grenzen.«

»Isch brauch deine Hilfe nich'!«, lallt er, und ich beschließe, einfach zu nicken, während ich ihn mit einer Hand auf der Klomuschel aufrecht halte und ihm mit der anderen eine frische Unterhose und ein Shirt anziehe. Ich trage ihn mehr oder weniger aus dem Badezimmer. Em wartet schon.

»Sieh mal im Bad nach, ob du Aspirin oder Ibuprofen findest. Wäre besser, er würde es gleich nehmen, um dem Kater entgegenzuwirken.« Sie sieht mich an, als hätte ich sie gerade gebeten, ihm die Leber zu entnehmen. Aber dann drängt sie sich an uns vorbei und öffnet den Spiegelschrank.

Ich lege Hank in sein ungemachtes Bett, das nicht sonderlich besser riecht als er vor der Dusche, und frage mich, ob es einzig der Glaube ist, dass Lydia noch irgendwo da draußen ist, der ihn am Leben hält.

»Ich war mir nicht sicher. Kenne mich mit Schmerzmitteln nicht besonders gut aus und die Namen, die du genannt hast, habe ich auf keiner der Packungen gelesen«, erklärt Emerald, als sie mit etwa zehn Pillendosen ins Schlafzimmer kommt und sie mir angespannt mit offenen Armen entgegenhält. Sofort pflücke ich das stärkere Mittel heraus und sehe mir das Etikett kurz an, bevor ich eine Tablette herausschüttle. In der zweiten Zeile steht deutlich Ibuprofen. Ein anderes, schwächeres Medikament ist sogar mit »Schmerzmittel« beschrieben. Vielleicht hat sie gedacht, das Präparat selbst sollte Ibuprofen heißen. Ist ja auch scheißegal.

Sie holt Hank ein Glas Wasser und hält ihm den Kopf, als er die Tablette schluckt. Wie auf Knopfdruck rutscht er unmittelbar danach aus ihren Armen. Emeralds Hand schießt zu meinem Knie, während sie sich die andere vor den Mund hält. »Haben wir ihn umgebracht? Bist du sicher, dass das das Richtige war?«

Trotz der Umstände lächle ich schwach. Ihre Hand auf meinem Bein stört mich diesmal nicht, trotzdem stehe ich auf, bevor sich etwas daran ändert. »Em, er schläft. Wundert mich, dass der sture Bock überhaupt so lange ausgehalten hat. Jetzt komm! Ich bringe dich …« Nach Hause? Wo wäre das? Ich breche den Satz ab, drehe mich um und halte ihr die Tür auf.

Nachdenklich sammelt sie die Pillendosen wieder ein, bevor sie ins Wohnzimmer spaziert und sich dort umsieht. »Ich habe das Gefühl, jemand sollte bei ihm bleiben«, erklärt sie, klettert in ihren Absätzen auf das Fernsehregal und schiebt dann eine Dose nach der anderen ans höchste, hinterste Ende. Ich verdrehe die Augen über mein Bedürfnis, sie dabei festzuhalten, als wäre sie meine Urgroßmutter.

»Ich glaube nicht, dass das eine gute Idee ist«, gebe ich stattdessen meinen Senf zu ihrer Idee.

»Und ich glaube nicht, dass es eine gute Idee ist, ihn alleine zu lassen. Er hat gesagt, er hätte niemanden, und ich habe Angst …« Sie lässt den Kopf hängen. Als sie die letzte Dose versteckt hat, steigt sie vorsichtig herunter und reibt sich das Gesicht. Zum ersten Mal heute Nacht fällt mir auf, wie kaputt sie aussieht. Schätze, sie hat sogar noch weniger geschlafen als ich. »Hör mal, ich kenne ihn nicht, weiß nicht, worum es hier geht, aber ich habe kein gutes Gefühl, wenn er in diesem Zustand unbeaufsichtigt ist. Er hat gesagt, er glaubt, seine

Tochter sei tot. Es klang verflixt frisch und als würde er die Trauer in Alkohol ertränken.« Sie schüttelt den Kopf und setzt sich auf das Sofa. »Ich werde bleiben.«

Seufzend blicke ich zur Decke. Ich muss bescheuert sein. »Dann bleibe ich auch.« Ich ignoriere ihren geschockten Gesichtsausdruck, als ich mich auf den Boden vor dem Sofa setze, mich anlehne und mein Handy zücke.

»Äh, nein, danke.« Da sind wieder die zwei Wörter, die ich in dieser Kombination aus ihrem Mund hasse.

»Ich lasse dich nicht mit ihm allein.«

»Ich kann sehr wohl auf mich selbst aufpassen. Du musst dir keine Sorgen machen.«

Ja, tja, leider mache ich mir eben doch Sorgen. Seit sie hier aufgekreuzt ist, mache ich nichts anderes. Außer, dass ich generell viel zu oft an sie denke.

»Ich bleibe«, erkläre ich ein letztes Mal. »Ein weggetretener Alkoholiker mit einer Minderjährigen, die keiner kennt und einschätzen kann … Kommt nicht unbedingt wie die klügste Idee rüber.«

Sie schweigt ein bisschen zu lange, als dass es als normale Nachdenkpause durchgehen könnte, und ich bereite mich auf die nächste wütende Attacke vor. »Bitte. Wie du meinst. Ich haue mich jetzt aufs Ohr.« Hinter mir wirft sie sich auf die Seite, den Rücken zu mir, und rollt sich zu einem kleinen Ball zusammen. Aber natürlich kann sie es nicht lassen, mir ihre Meinung zu geigen. »Es ist mir schnurzegal, wie irgendetwas *rüberkommt*, oder ob man mich *einschätzen* kann oder nicht. Niemand war für ihn da, als er buchstäblich am Boden lag. Und nur, weil du so eine beschissene Sicht von mir hast, muss das nicht heißen, dass es jedem in dieser Stadt so geht.«

Seufzend schließe ich die Augen, lege den Kopf zurück, spüre, wie meine Baseballkappe gegen ihren Rücken drückt. »Hier geht's also immer noch um die Sache in der Werkstatt.«

»Die Sache in der Werkstatt …«, wiederholt sie vorwurfs-voll. »Was du gesagt hast, hat mich verletzt. Verletzt mich. Es ist nicht mein Plan, dir das ewig vorzuhalten, aber ignorieren werde ich es auch nicht. Und ganz sicher werde ich jetzt nicht verliebt *mit den Wimpern klimpern*, weil du mir aus schlechtem Gewissen, Pflichtbewusstsein oder weshalb auch immer deine Wohnung angeboten hast.« Nach diesem Monolog holt sie erst mal Luft. Ich sollte diese Pause nutzen und das Zepter wieder an mich reißen, hätte sie schon währenddessen unterbrechen sol-len, aber ob es mir gefällt oder nicht, ich verstehe, was sie meint. »Mir ist klar, dass ich dich in einem verwundbaren Moment erwischt habe und dir das vermutlich absolut nicht in den Kram passt. Tut mir leid, aber das kann ich nicht ändern. Ich werde mich bemühen, dass es nicht noch einmal vorkommt.«

Und hier ist Schluss. Denn wenn ich etwas nicht leiden kann, dann Leute, die glauben, mich durchschaut zu haben, und Dinge in mein Verhalten oder meine Aussagen hineininter-pretieren. »Du weißt nichts über mich, Emerald, okay? Tu bitte nicht so, als hättest du eine Ahnung, warum ich wie reagiere. Ich habe versucht, mich bei dir zu entschuldigen. Kriechen werde ich nicht. So viel dürftest du schon über mich wissen.«

Ruckartig dreht sie sich ein Stück, bis sie mich über ihre Schulter böse anschauen kann. »Wann soll diese Entschuldigung stattgefunden haben? Ich kann mich nicht erinnern.«

Vielleicht weil sie abgehauen ist, bevor ich sie aussprechen konnte? Oder weil ich zu stolz war, um das Gespräch gleich mit einer Entschuldigung zu beginnen? »Hast du überhaupt in den Umschlag gesehen?«

»Oh«, sagt sie und beißt sich auf die Unterlippe. Ich kann es nicht lassen, offensiv die Augenbrauen zu heben, woraufhin sie sich wieder mit Schwung auf die Seite wirft. »Hör zu! Ich wäre gerne das dickhäutige Mädchen, an das nichts rankommt, was jemand sagt, aber das bin ich nicht. Ich war lange genug der Fußabtreter für andere. Deiner werde ich nicht.«

Ich will an ihrem Dutt ziehen und sie zwingen, mich anzusehen. Sie soll sehen, dass ich mir hier wirklich Mühe gebe. Stattdessen ziehe ich meine Zigarettenschachtel und ein Feuerzeug aus den Hosentaschen und drücke mich vom Boden weg. Sie hebt kurz den Kopf, eine unsichere Furche auf der Stirn, als wäre es ihr doch nicht so egal, ob ich gehe oder bleibe. Aber ich brauche dringend eine Zigarette. »Nein, das wirst du nicht«, schließe ich das Gespräch und verlasse den Raum.

Als ich später zurückkomme, schläft sie schon. Zumindest tut sie so. Im Laufe der nächsten Stunde döse ich tatsächlich das eine oder andere Mal zum Geräusch ihres Atems kurz weg. Nach dem fünften zittrigen Atemzug stehe ich auf und suche nach einer Decke, die ich ihr überwerfe. Dankbar greift sie danach und kuschelt sich tiefer ins Sofa.

Das nächste Geräusch, das uns beide weckt, kommt nicht von ihr, sondern aus dem Schlafzimmer.

»Er weint«, flüstert Em und setzt sich auf.

Ich verändere meine Position auf dem harten Teppich, weil mir die Arschbacken einschlafen, stütze die Arme auf den Knien ab und lege den Kopf in die Ellenbeuge. »Jap. Hab die Vermutung, dass er das öfter macht.«

»Was ist mit seiner Tochter passiert?«

»Beide wurden entführt, die Ältere ist ermordet und die Jüngere bis heute nicht gefunden worden.«

»O mein Gott!« Wie sie das sagt, jagt mir einen kalten Schauer über den Rücken. »Was ist mit seiner Frau?«

Ich schnaube humorlos. »Hat sich von ihm scheiden lassen und ist abgehauen, weil sie nicht ständig erinnert werden wollte.«

»Kann man so was je vergessen?«, stellt sie in den Raum, obwohl ich sicher bin, dass wir beide die Antwort auf die Frage kennen. »Soll ich nach ihm sehen? Er tut mir leid.«

»Ich glaube nicht, dass er dein Mitleid möchte.«

Zum ersten Mal, seit sie sich hingelegt hat, dreht sie sich tatsächlich um. Und gerade, als ich den nächsten Streit vermute, antwortet sie mit einer Sanftmütigkeit, auf die ich nicht eingestellt war. »Nur weil er mir leidtut, heißt das nicht, dass ich ihn bemitleide. Ich weiß, dass das niemand will. Als ich auf der Straße gelebt habe, bin ich so manchen begegnet, die Opfer ihrer Umstände gewesen sind. Mitleid war das Einzige, was sie nicht gebraucht haben.«

»Was meinst du?« Ich fühle, wie mir die Kappe langsam vom Kopf rutscht, habe aber dieses eine Mal kein Problem, meine Narbe zu zeigen.

»Manchmal gibt dir das Leben einfach schlechte Karten und du kannst absolut nichts dagegen tun, als es aushalten. Dem Negativen die Stirn bieten. Trotzen und darauf hoffen, dass sich das Blatt vielleicht wendet.«

Die Kappe fällt auf den Teppich. Unter dem Arm erkenne ich, wie Ems bandagierte Hand danach greift, sie sie mir aber nicht wieder aufsetzt.

»Ich finde, wir haben alle eine gewisse Pflicht zu helfen, wo wir können, weil es so willkürlich scheint, wer lebt, wer stirbt. Wer in einer wundervollen Familie aufwächst und wer eben nicht. Wer Bildung genießt und wer nicht.«

Ich lasse ihre Worte sacken, frage mich, was sie in New York und vor allem davor wohl alles erlebt hat.

»Gabe?«, lallt sie müde. »Was stand in der Notiz?«

»Dass ich mich nicht wie ein Arschloch hätte benehmen müssen, nur weil ich eines habe«, antworte ich und höre ihr leises Kichern.

141

»Na gut, das lasse ich als Entschuldigung gelten. Ich glaube, ich muss jetzt schlafen. Mein Hirn schaltet gleich in den Leerlauf.«

»Okay, Em«, murmle ich, obwohl ich mir sehr sicher bin, dass sie das gar nicht mehr mitkriegt. Ich werfe einen Blick auf sie, schmunzle darüber, dass sie sich meine Kappe über das Gesicht gelegt hat und die Arme hinter dem Kopf zusammenfaltet, als läge sie irgendwo draußen auf dem Feld in der Sonne.

Als ich mich um kurz nach sieben zum hundertsten Mal gerade noch fange, bevor ich wie eine Spielfigur umkippe, schüttle ich mich endgültig aus diesem Halbschlaf und lasse die Glieder knacken. Wer hätte gedacht, dass Schlafen auf dem Boden noch unbequemer sein könnte als in meinem Jeep? Meine Gelenke fühlen sich an, als könnten sie eine kräftige Dosis Motoröl gebrauchen. Mühevoll setze ich mich auf den Couchtisch und fahre mir über das Gesicht. Im Schlaf muss Em den Kopf gedreht haben, denn meine Kappe liegt neben ihrer Brust, die sich gleichmäßig hebt und senkt. Ich stütze mich auf den Oberschenkeln ab, überlege, wie es von hier aus wohl weitergeht. Interessant, wie oft ich sie schon habe schlafen sehen, seit sie hier ist, und trotzdem fühle ich, wie der Anblick wieder an meinen Mundwinkeln zieht. Als hätte sie meinen Blick gespürt, blinzelt sie sich wie Dornröschen aus dem Schlaf, lächelt schüchtern zurück, bevor sie sich streckt. Das Bedürfnis, diesen ersten Moment des Tages öfter mit ihr zu erleben, nimmt plötzlich wie ein fetter Elefant auf meinem Herzen Platz. Was soll denn der Scheiß jetzt!

»Leuten beim Schlafen zuzusehen ist verboten.«

»Ja?«, sage ich heiser lachend.

»Mhm. Vielleicht hängt mir Sabber runter. Oder ich habe Augenpopel. Ich könnte auch furzen, schnarchen oder Schwachsinn von mir geben, ohne es zu wissen. Also, genau genommen ist es auch verboten, jemandem beim Schlafen zuzuhören.«

»Was zur Hölle sind Augenpopel?«

Sie kichert. »Na, dieser Kram, der sich dort ansammelt. Hässliches Zeug.« Grinsend stütze ich mich auf der Faust ab, entscheide mich dagegen, ihr zu sagen, dass sie das süßeste Schlafgesicht hat, das ich je gesehen habe.

Gähnend setzt sie sich auf. »Wer behauptet hat, Schlaf würde überbewertet, hat einen an der Waffel.« Sie zupft an dem Gummiband in ihren Haaren, lässt sie über ihre Schultern fallen und sieht mich dann direkt an. »Wie auch immer«, schmunzelt sie. »Hey.«

»Hi«, gebe ich zurück. Kaum zu glauben, wie distanziert sie noch vor zwei Stunden gewesen ist, während ich mich jetzt in der Wärme ihrer braunen Augen verliere. »Ich muss los. Soll ich dich vorher irgendwo absetzen?«

Sie sieht sich kurz um, als hätte sie vergessen, wo wir sind, und senkt kurz den Blick. »Ähm, ich denke, ich warte, bis Hank wach wird, falls er verwirrt oder körperlich angeschlagen ist.« Habe ich schon erwartet, aber ich habe keine Lust auf die Löcher, die mein Dad mir in den Bauch fragen wird, wenn ich nicht pünktlich um neun auf der Schwelle stehe.

»Alles klar, ruf an, sollte etwas sein!«

»Mache ich.« Em reibt sich die Oberschenkel und reicht mir die Kappe. »Danke, dass du geblieben bist.«

Ich zwinge mich aufzustehen. Meine Hand friert auf der Türklinke ein. »Em?«

»Hm?«

»Hast du noch den Schlüssel, den ich dir gegeben habe?« Ich drehe mich zu ihr um, sehe, dass sie nickt. »Benutze ihn!«

Sie will protestieren, schüttelt schon den Kopf und sucht in ihrer Hosentasche danach.

»Bitte«, ergänze ich. Warum es mir auf einmal wichtig ist, dass sie einen sicheren Platz zum Schlafen hat, ist mir nicht ganz klar, aber selbst ich muss zugeben, dass sich im Laufe dieser Nacht irgendwas zwischen uns verändert hat. »Du musst dir keine Sorgen machen, mich dort zu sehen. Ich werde bei Ollie pennen.«

»Ich habe den Eindruck, dass nicht ich es bin, die sich Sorgen macht, wenn du dort bist. Ich habe keine Angst vor dir, Gabe.« Dieser eine Satz fühlt sich an wie eine Flasche Wasser, die mir in der Wüste gereicht wird. Und so falsch, weil sie das doch noch gar nicht beurteilen kann.

»Ich war im Knast.« Die Worte taumeln mir förmlich aus dem Mund. Natürlich könnte ich mich gleich erklären, die ganze Geschichte erzählen, aber in Wahrheit habe ich schon lange gemerkt, dass für die meisten Zuhörer nur dieser eine Satz ausreicht. Danach merke ich sofort, ob es die Mühe überhaupt wert ist oder ich schon abgeschrieben worden bin. Außerdem genügt allein der Gedanke daran, darüber zu reden, um meinen Atem ins Stocken zu bringen.

»Okay«, sagt sie mit festem Blick. Ich sehe sie schlucken, aber dann schüttelt sie den Kopf. »Ich habe trotzdem keine Angst vor dir, wenn du darauf spekuliert hast.«

Ja, habe ich. »Willst du nicht wissen, weswegen?«

Entweder ist sie eine verdammt gute Schauspielerin – was man eigentlich ausschließen kann, weil ich schon in der ersten Nacht das Gefühl hatte, sie wäre ein offenes Buch. Oder sie gibt mir tatsächlich eine Chance. »Weswegen?«

»Vergewaltigung und schwere Körperverletzung.« Die zwei schwerwiegendsten der fünf Anklagepunkte, die mir zehn Jahre hätten bescheren sollen und mein Leben zerstört haben. Ganz egal, dass es letztlich bei elf Monaten geblieben ist.

Em holt tief Luft. Selbst auf die Distanz kann ich sehen, wie ihre Pupillen zwischen meinen hin- und herwandern. Ich warte auf eine der üblichen Reaktionen: der nervöse Blick zur Tür, der körperliche Distanzaufbau, der subtile Griff zum Handy. Nur für den Fall, dass ich es vorher ankündigen wollte, bevor ich über sie herfalle. »Und? Hast du es getan?«

Beinahe lache ich über die Frage, als wäre an ihr irgendetwas lustig, dabei ist es eher das Gegenteil. Es ist traurig, dass sie die Erste ist, die mir diese Frage stellt, seit ich draußen bin. Die anderen haben sich schon entschieden oder trauen sich nicht zu fragen. Andererseits ist sie auch die Erste, der ich tatsächlich alles erzählen möchte. Ich balle die Hände zu Fäusten, als ich mich daran erinnere, wie die Polizei am Tag nach dieser verfluchten Party mein Zimmer gestürmt hat, als wäre ich ein Schwerverbrecher. Wie meine Mitbewohner mir noch nachgerufen haben, sie würden sich für mich einsetzen. Wie meine Eltern gedacht haben, es müsse sich um ein Missverständnis handeln, nachdem sie meine Kaution bezahlen mussten. Wie ich Hannah angefleht habe, mich nicht für etwas verantwortlich zu machen, was ich nicht getan habe, nur, weil sie nicht wusste, wer es sonst gewesen sein könnte.

Mein Shirt fühlt sich auf einmal verflucht eng an. Ich könnte kotzen. »Nein!«

»Okay«, wiederholt sie, als wäre es damit für sie erledigt.

Schnaubend stemme ich die Hände in die Hüften. »Okay? Das war's?«

Emerald zuckt tatsächlich mit den Schultern. »Was ich heute Nacht zu Hank gesagt habe, ist mein Ernst gewesen. Du verdienst vielleicht manchmal einen Tritt in den Arsch, aber du hast mir bisher keinen Grund gegeben, dir *nicht* zu trauen. Natürlich will ich die ganze Geschichte hören und du wirst sie mir schon erzählen, wenn du so weit bist.«

Sekunden, vielleicht auch Minuten verstreichen, in denen ich sie einfach nur anglotze wie ein Vollidiot. Erst als sie schnieft und kurz zu Hanks Schlafzimmer sieht, öffne ich endlich die Tür und haue ab, ohne mich zu verabschieden.

Kapitel 14

Em

Am Nachmittag stehe ich wieder vor Hanks Haustür, wackle etwas nervös auf den Zehenspitzen herum, während ich die Hände tief in die Hosentaschen stecke. Ich habe ihn zwar gestern vorgewarnt, dass er mich nicht zum letzten Mal sieht, bin mir aber nicht sicher, ob er mir geglaubt hat. Ich versuche nicht, mich aufzudrängen oder wichtigzumachen, aber in meinen Augen ist das, was er gestern zu mir gesagt hat, ein Hilfeschrei gewesen, und den will ich nicht ignorieren.

Gerade als ich kurz davor bin, wieder zu gehen, weil er nicht öffnet, sehe ich aus dem Augenwinkel Bewegungen hinter einem Fenster. »Sie werden die Erfahrung machen, dass ich ziemlich hartnäckig bin, Hank. Ich kann gerne später wiederkommen, aber *dass* ich wiederkomme, ist sicher«, erkläre ich ihm so laut, dass er mich hören muss, und setze mich dann mit dem Rücken zur Tür auf die oberste Stufe der Veranda.

Irgendwann macht er doch die Tür auf und ich schaue freundlich lächelnd über meine Schulter. »Wie fühlen Sie sich heute?« Wenn man den dreckigen Bart und die Augenringe ausblendet, die als Schluchten durchgehen könnten, wirkt er besser als gestern. Er steht aufrecht, ohne zu torkeln, kotzt mir nicht vor die Füße und hat sich etwas Anständiges angezogen.

»Wenn du hier bist, um blöde Fragen zu stellen …«

Ich weiß, ich sollte beleidigt sein, aber ich kann mir nicht helfen und lache. »Ein Sonnenschein. Nicht der Erste, dem ich in Ceasar City begegne.« Ich stehe auf und greife nach dem Kübel, den ich mir von Pipers Bar geliehen habe. »Keine Sorge. Wir müssen nicht reden. Wie gesagt, nichts für ungut, aber Ihr Haus könnte etwas Hilfe gebrauchen. Und ich brauche Beschäftigung. Sie können mir dann später danken. Und vielleicht zwischenzeitlich einen Kaffee anbieten. Dazu würde ich nicht Nein sagen.« Ich tue so, als wäre ich total überzeugt von mir und meinem Vorhaben. Dabei bin ich mir sehr bewusst, dass das Ganze hier extrem schiefgehen könnte. Darum atme ich erleichtert auf, als er mich zumindest mal ins Haus lässt, statt mich hochkant rauszuschmeißen. Ich tue so, als würde ich nicht mitkriegen, dass er bei offener Tür am Eingang stehen bleibt, und marschiere durchs Wohnzimmer, um in der Küche meinen Putzmarathon zu beginnen.

Meine Finger kratzen an der Stelle über meinem Herzen, als ich kurz beim Sofa stehen bleibe und mich an die Nacht vor dieser erinnere. Eine Nacht, die mit ganz anderen Gefühlen begonnen hat, als sie schließlich endete.

Gabriel war im Gefängnis. Und nicht wegen eines Kavaliersdeliktes, wenn es so etwas überhaupt gibt. Vergewaltigung und Körperverletzung sind extrem schwere Vorwürfe. Deswegen hat sein Vater bei meinem misslungenen Witz so reagiert. Und auch die Frage der Arzthelferin ergibt jetzt Sinn. Und trotzdem – entweder habe ich das schlechteste Bauchgefühl, das die Welt je erlebt hat, oder ungeahnte Todessehnsüchte. Denn obwohl es eine Menge Fragen gab, die gestellt werden wollten, entschied ich mich für eine Ja-Nein-Frage. Er hätte sich nicht einmal anstrengen müssen, mich anzulügen. Jemand, der klüger ist als ich oder mit stärkerem Selbsterhaltungstrieb ausgestattet, hätte vermutlich die Warnung als solche angenommen und eine Entschuldigung dafür gefunden, nicht mit ihm alleine zu sein. Und was mache ich? Ich gehe in seine Wohnung, koche gemütlich Risotto für eine Armee und penne in seinem Bett. Denn alles, woran ich die ganze Zeit denken muss, ist, wie er bei unserer ersten Autofahrt dieses Video gemacht und wegen meines Striptease' sofort wieder gelöscht hat. Oder daran, wie er mich jedes Mal mit einem Ausdruck puren Horrors anstarrt, wenn ich ihn berühre. Oder an den Moment, nachdem er mich in der Werkstatt gegen mein Auto gepresst hat. Ich denke an die beißenden Worte, die er Frauen und gegenüber mir persönlich geäußert hat und trotzdem alles stehen und liegen gelassen hat, als ich ihn gebraucht habe, mich zugedeckt und mir zum wiederholten Mal seine Wohnung angeboten hat. Also, ja, vielleicht bin ich wirklich das naivste Mädchen, das je existiert hat, und bettle nach Problemen, aber ich bin nicht bereit, Gabe einfach abzuschreiben.

Als ich Hanks Präsenz hinter mir spüre, verbanne ich Gabe vorerst aus den Gedanken und öffne den Kühlschrank. Sofort überfällt mich ein Würgereflex. Es stinkt bestialisch hier drinnen, und ich bin nicht sicher, ob ich irgendetwas finde, das nicht letztes Jahr abgelaufen ist. So gut wie alles wandert in den Müll, während Hank in sicherer Entfernung steht und mir kommentarlos zusieht.

»Sie werden dann vielleicht einkaufen gehen wollen.«

Ich verdrehe die Augen über die fehlende Antwort und frage mich, ob Gabe und Hank wohl verwandt miteinander sind. Diese Küche könnte wunderschön sein: weiß, eine helle Marmorplatte, ein riesengroßer Familientisch mit acht Stühlen und eine Menge Bilder an der Wand darüber. Das Bild von Hank, seiner Frau und den Töchtern in der Mitte zieht mich magisch an. Sieht aus wie ein Selfie, aber mir gefällt, dass keiner der vier in die Kamera sieht. Hank küsst seine Frau auf die Wange, während ein braunhaariges Mädchen lachend den Kopf neigt und die blonde Tochter eine Grimasse schneidet. Ich hole tief Luft, als meine Gedanken zu Theo und Kris wandern. Ich weiß, es ist falsch, sich mit dieser Familie zu vergleichen, die durch tragische Umstände auseinandergerissen wurde. Trotzdem frage ich mich, warum ausgerechnet wir Eltern wie unseren zugeteilt worden sind. Warum wir es nicht verdient haben, gewollt und geliebt zu werden. Und warum jetzt noch ein Baby in den Schlamassel hineingeboren werden muss. Vor allem frage ich mich, wie großspurig es von mir ist anzunehmen, ich könnte einem der drei ein besseres Leben bieten.

Als Hank sich ungeduldig räuspert, fällt mir auf, wie lange ich schon glotze, und drehe mich um.

»Warum bist du hier?« Er sieht mich so provokativ an, als wäre er sich schon sicher, dass ihm die Antwort nicht gut genug sein wird. Dass er mich danach in der Luft zerfetzen würde, weil ich ihm sicherlich Honig ums Maul schmiere. Mir fällt auf, wie alt er gerade im Vergleich zu diesem Foto aussieht mit seinen tiefen Sorgenfalten. Kopfschüttelnd zucke ich mit den Schultern und gebe ihm die ehrlichste Antwort, die mir einfällt.

»Weil ich Sie hinter einem Müllcontainer aufgelesen habe, Hank. Weil Sie mir von Ihrer Tochter erzählen wollten, obwohl wir uns nicht kennen, und ich mir ziemlich sicher bin, dass da noch viel mehr ist, das Sie gerne loswerden würden. Weil Sie mir in meiner ersten Nacht hier angeboten haben, mich zum Auto zu bringen, und weil ich gesehen habe, wie Sie Ihres zugerichtet haben. Weil es nicht selbstverständlich ist, dass Sie gerade in relativ gutem Zustand vor mir stehen. Und weil ich mir an mehreren Punkten meines Lebens gewünscht hätte, jemand wäre etwas verbissener darin gewesen, mir Hilfe anzubieten. Ich weiß, wie es ist, sich vollkommen allein zu fühlen. Aber ich versuche, es nicht für immer zu sein.«

Hanks Adamsapfel bewegt sich wiederholt und mein Herz bricht, als ich Tränen in seinen Augen sehe. Dann steht er auf, geht in sein Schlafzimmer und schließt die Tür hinter sich.

Zum ersten Mal, seit ich hier bin, habe ich das Gefühl, den Tag genutzt zu haben. Zuerst habe ich Pipers Bar geputzt und dann die restliche Zeit mit Hanks Küche verbracht. Sie war dermaßen verdreckt, dass ich weniger geschafft habe, als ich vorhatte, aber das macht nichts. So habe ich einen Grund, ihn morgen wieder zu besuchen. Jetzt freue ich mich jedenfalls auf ein schönes Bad und die Jumbo-Portion Risotto, die auf mich wartet. Und vorher möchte ich Gabe noch seinen Geldbeutel geben, den ich vorhin bei Hank unter dem Couchtisch gefunden habe.

Auf dem Weg zur Werkstatt höre ich eine mir unbekannte weibliche Stimme. »… sich schon wieder die Mäuler über ihn zerreißen, begreift er das denn nicht?«

»Ist das wirklich ein Thema, über das wir uns in der Werkstatt unterhalten müssen?« Das ist Gabes Dad.

»Ich wüsste nicht, wann ich sonst die Chance dazu hätte? Im Gegensatz zu dir sehe ich meinen Sohn nicht jeden Tag. Du hättest hören sollen, wie sie getuschelt haben, Sean.« Ich will nicht hineinschneien, wenn die beiden gerade streiten, deswegen bleibe ich draußen stehen und überlege, einfach später wiederzukommen. »Weißt du, wie peinlich es ist, von Mrs Jennson zu erfahren, dass mein Sohn frühmorgens aus Hanks Haus spaziert, dicht gefolgt von diesem Mädchen? Was wollte er überhaupt dort?« Ich halte die Luft an.

»Frag mal Mrs Jennson, ob sie nichts Besseres zu tun hat, als den ganzen Tag am Fenster zu sitzen und auf fremde Häuser zu glotzen.«

Ich schmunzle über den Einwand von Mr Brooks, nutze die momentane Sprachlosigkeit von Gabriels Mutter, um an das halb offene Blechtor zu klopfen. »Hi, Mr B., Mrs Brooks?«, begrüße ich beide freundlich und reiche Gabes Mom die Hand, um ihr keinerlei Munition gegen mich zu bieten. Wobei sie die bestimmt trotzdem findet, sollte sie danach suchen. Ich könnte besser riechen, weniger Haut zeigen, schönere Schuhe tragen …

»Das ist M«, erklärt Mr Brooks seiner Frau. »Ich habe dir ja von ihr erzählt.« Würde mich interessieren, *was* er erzählt hat, denn Mrs Brooks hebt eine Augenbraue und bemüht sich dann um ein ehrliches Lächeln.

»Jap. Ich bin das *Mädchen*, das Mrs Neugierig vom Fenster aus gesehen hat.« Im selben Moment, in dem die Worte raus sind, will ich mich ohrfeigen. Das kam wahrscheinlich frecher rüber als geplant. Zumindest verkneift sich Mr Brooks ein Lächeln, während das von Gabriels Mom leicht verrutscht. Mein Puls wird schneller. »Ist Gabriel hier?«, frage ich schließlich, damit ich mich aus diesem Minenfeld befreien kann.

»Der besorgt gerade in Minnesota ein paar Ersatzteile.« Ich verziehe das Gesicht. Hoffentlich mit einer Firmenkreditkarte oder so, denn sonst ist er umsonst gefahren.

»Okay, können Sie ihm dann bitte ausrichten, dass ich ihn suche?« Ob seine Eltern wissen, dass ich seine Wohnung okkupiere? Ich werde jedenfalls kein Öl ins Feuer gießen, auch wenn ich mir noch bis zum Feierabend eine andere Beschäftigung einfallen lassen muss.

»Mach ich.« Ich könnte den Geldbeutel auch einfach hierlassen oder seinem Vater geben, aber – warum auch immer – das will ich nicht.

»Okay, danke. Ihnen beiden noch einen schönen Tag«, sage ich und beiße mir auf die Zunge, damit ich einfach abhaue und mich nicht in Dinge einmische, die mich vermutlich nichts angehen. Aber es bringt nichts. »Ich weiß, meine Meinung spielt hier keine bedeutende Rolle und ich will auch nicht respektlos erscheinen, aber ich finde, Sie sollten hören, dass Sie Ihren Sohn nicht zu einem Feigling erzogen haben, dem die Meinung anderer Leute wichtiger wäre, als jemandem zu helfen, der in Schwierigkeiten steckt. Was Mrs Jennson nicht gesehen hat, ist, wie Gabriel Hank von der Straße aufgesammelt hat, ohne mit der Wimper zu zucken, obwohl er nass und vollgekotzt war. Wie er sich um ihn gekümmert hat und die restliche Nacht geblieben ist, damit ich mit dem fremden, betrunkenen Mann nicht allein bin.« Abwechselnd sehe ich in die erstaunten Gesichter der Brooks und presse die Lippen zusammen. »Wenn das etwas ist, worüber man sich das Maul zerreißt, dann finde ich das sehr schade für diejenigen Personen.« Keiner der beiden reagiert, weshalb ich etwas nervös winke und mich dann zum Gehen abwende.

»M?«, ruft mir Gabriels Mutter nach.

»Emerald, Ma'am.«

Sie nickt anerkennend. »Emerald«, wiederholt sie, und langsam gefällt es mir, meinen echten Namen zu hören. »Danke«, sagt sie, der Blick aus ihren blauen Augen sanfter als bei der Begrüßung. Lächelnd nicke ich und ducke mich unter das Blechtor.

Kapitel 15

Em

Anstatt das Geld für mein Auto aufzutreiben, arbeite ich wahrscheinlich eher für die Warmwasserrechnung, die ich für Gabriel verursache und begleichen werde. Ich kann einfach nicht anders. Jett hatte nur eine überdimensional große Dusche, keine Wanne. Das letzte Mal, dass ich gebadet habe, war in unserem Haus in Idaho, als ich klein war, bevor wir umgezogen sind. Gestern Abend saß ich eineinhalb Stunden in meiner persönlichen Wellnessoase, sodass ich nachher nicht nur die übliche schuppige Haut hatte, sondern blaue Fingernägel, weil das Wasser schon eiskalt war. Noch mehr heißes Wasser nachzufüllen erschien mir zu verschwenderisch, aber ich war auch noch nicht bereit auszusteigen. Heute liege ich nicht ganz so lange in der Wanne, weil ich nicht sicher bin, wann Gabriel kommt. Ob er kommt. Es ist schon spät. Und weil ich keine Lust auf diese typische Szene aus Liebesroman-Hörbüchern habe, wo ich zufällig nackt mit ihm zusammenstoße, da ich meine Kleidung im anderen Zimmer vergessen habe, ziehe ich den Pyjama gleich hier drinnen an. Mit Super-Push-up-BH. Einmal ohne vor ihm ist peinlich genug, herzlichen Dank.

Ich trockne mir die Haare noch mit dem Handtuch ab, als ich summend aus dem Badezimmer spaziere. Im Wohnzimmer läuft der Fernseher … Hä? Ich runzele die Stirn und schleiche etwas angespannt auf Zehenspitzen hinein. Gabriel sitzt auf dem Sofasessel. Natürlich. Puh. »Okay, du bist es …«

Belustigt wirft er mir einen Blick zu. »Hast du jemand anderen erwartet?«

»Einen Einbrecher?«

»Der vorher noch dringend fernsehen muss, damit er seine Lieblingsserie nicht verpasst?« Besserwisserisch wartet er auf eine Antwort, die ich ihm in Form meines zum Ball geformten Handtuchs gebe, mit dem ich ihn abschieße. Sein Schmunzeln wird zu einem Grinsen. Er fängt das Handtuch auf und macht den Fernseher aus. »Du hast nicht aufgemacht, da habe ich mich selbst reingelassen.«

»Voll okay«, sage ich, will gar nicht, dass er sich rechtfertigt, wenn er in seine Wohnung möchte. »Hey, willst du Risotto? Ich habe noch ungefähr neunhundert Portionen und wäre froh, wenn ich es nicht zum Frühstück essen müsste, damit es nicht schlecht wird.«

»Nein, danke. Ich habe schon gegessen.«

»Okay, alles klar«, gebe ich zurück und nehme mir vor, ihm nie wieder etwas zu essen anzubieten. Ist schon das zweite Mal, dass er es ablehnt. Ich mag nicht die beste Köchin sein, aber das kann er noch gar nicht wissen.

»Mein Dad sagt, du wolltest mich sehen?«

»Oh! Ja, genau.« Ich klatsche mir gegen die Stirn, frage mich, was sein Dad ihm wohl sonst noch gesagt hat. »Hier.« Ich greife in meine Tasche und reiche ihm seine Geldbörse. »Lag bei Hank.«

»Danke.«

»Bedank dich lieber nicht. Hab deine PIN geknackt und mir von deinem Bankkonto ein neues Getriebe bestellt.«

»Für dreißig Dollar?« Ich empfinde ein warmes Gefühl im Bauch, weil ich ihn zum Lachen bringen konnte. »Ich fürchte, da wurdest du ein bisschen über den Tisch gezogen. Aber ich sehe mal, was ich damit machen kann.«

»Perfekt. Das wollte ich hören«, erwidere ich lächelnd. Ein bisschen unsicher, was ich mit mir anfangen soll in einer Wohnung, die ganz klar nur für eine Person eingerichtet ist, springe ich auf den Küchentresen und lasse die Füße baumeln. Im Wohnzimmer gibt es außer dem Sessel keine Sitzmöglichkeit. Gabe steht auf, sieht zur Tür, dann wieder zu mir, nimmt die Kappe ab und fährt sich etwas gereizt durch die Haare. Sieht aus, als wäre ich nicht die Einzige, die nicht weiß, wie sie sich verhalten soll. »Du musst nicht gehen, Gabe. Es ist deine Wohnung und ich habe kein Problem damit, mich mit jemand anderem als mir selbst zu unterhalten.« Ich versuche, es locker rüberzubringen, obwohl ich daran denke, wie schnell er die letzten beiden Male geflüchtet ist.

Jetzt verschränkt er die Hände hinter dem Kopf und nickt langsam. »Ich glaube, ich nehme doch etwas von dem Risotto, wenn das Angebot noch steht.«

Innerlich verdrehe ich die Augen über mein Grinsen, das so breit ist, als hätte er mir eben den Tag gerettet – nur, weil er mein blödes Essen kosten will. Dann hüpfe ich vom Tresen und wärme den Reis auf.

Später kuschle ich mich nun doch in den Sessel, während Gabe auf dem Couchtisch sitzt. Wir reden darüber, wie es heute bei Hank war, und über meinen ersten Abend in der Bar.

»Weiß Piper, dass du am Freitag Geburtstag hast?«

Ich gebe zu, ich bin ein bisschen glücklich, weil er sich das gemerkt hat. »Nein. Soll sie auch nicht. Ich bringe sie in Teufels Küche, wenn jemand erfährt, dass ich noch keine achtzehn bin.«

Gabriel stellt seinen leeren Teller zur Seite. »Also hast du keine speziellen Pläne?« Autsch …

»Was kann man hier denn so machen, wenn man etwas erleben will?«, lenke ich ab, bevor mir noch die Tränen kommen.

»Wir haben ein Kino. Ich glaube, dort gibt es etwa zwei Filme zur Auswahl, wenn du Glück hast.« Er zwinkert. »Außerdem haben wir unser eigenes eintrittsfreies Museum und ein paar Denkmäler und steinalte Häuser, die man besichtigen kann. Darüber hinaus … wird es schon schwierig.«

Ich lege die Hände auf die Knie, stütze das Kinn darauf ab. »Klingt gar nicht so unattraktiv, wie du es vielleicht empfindest.«

»Wieso? Was hast du sonst so an deinen Geburtstagen gemacht?«

»Meistens nichts.« Wie auch sonst das ganze Jahr. »Ich habe einen Kuchen gebacken und dann mit meinen Geschwistern gegessen. Die letzten paar Jahre habe ich mir außerdem ein paar neue Hörbücher runtergeladen und mich dann nicht entscheiden können, welches ich als Erstes höre.«

Gabriel schiebt sich vom Couchtisch auf den Boden. Ich werfe ihm das Kissen vom Sessel zu, auf das er sich seitlich legt. »Du hast dir selbst einen Kuchen gebacken? Warum nicht deine Eltern?«

»Ich habe keinen Vater«, erkläre ich knapp. Ist ja auch die Wahrheit. »Meine Stiefväter waren nie Väter für mich und meine Mom ist nicht so … der mütterliche Typ.« Sie sagt, wenn sie für jeden Geburtstag backen müsste, wäre sie das ganze Jahr beschäftigt. »Es war außerdem nicht wirklich aufregend. Mein kleiner Bruder hat ziemlich viele Allergien, also habe ich meistens Reismehl-Öl-Rezepte gemacht, die am Ende nicht richtig durch waren und bescheiden schmeckten.« Ich lache, als ich daran denke, wie Kristina immer so getan hat, als würde sie ein Stück essen, ich aber später die zerbröselten Reste in einer Topfpflanze gefunden habe. Ob sie die Tradition fortgeführt hat, während ich weg war? »Wie auch immer, vielleicht sehe ich mir mal an, was eure kleine Stadt so an Geschichte zu bieten hat.«

»Super. Dann hast du nur noch dreiundzwanzigeinhalb Stunden, für die du dir etwas überlegen musst«, erwidert er sarkastisch, und ich kann mir nicht helfen: Ich lache.

»Du hättest eine Gabe als Animateur. Bist du Ceasar Citys größer Fan?«

Seine Gesichtsmuskeln spannen sich an, er dreht sich auf den Rücken und sieht an die Decke. »Eigentlich wollte ich schon lange nicht mehr hier sein.«

»Wo wolltest du hin?«

»Ursprünglich nach New York.« Ob wir uns dort jemals begegnet wären? Vermutlich nicht. Trotzdem ertappe ich mich bei der Frage, ob er wohl stehen geblieben wäre, hätte er mich auf der Straße singen hören.

»Zu deinem Bruder?«

»Ja«, antwortet er, worauf eine kurze Pause folgt. »Jetzt weiß ich es nicht mehr.« Da haben wir etwas gemeinsam. Ich bin nur nicht sicher, ob er das gerade hören will, und halte den Mund. »Hey, kann ich dich was fragen?«

Mit einem seitlichen Lächeln hebe ich eine Augenbraue. »Vielleicht antworte ich nicht.«

Leise lachend senkt er den Blick, und als er mich mit seinen grünen Augen wieder fixiert, hole ich zittrig Luft. Er ist immer noch der große, muskulöse Typ mit den Tattoos und der Baseballkappe, aber diese Geste, dieser weiche Gesichtsausdruck, den ich nicht so oft sehe, macht etwas mit mir. »Als wir uns kennengelernt haben, hast du ein Versprechen erwähnt, das du einhalten müsstest. Welches?«

Schluckend spiele ich mit einem herabhängenden Faden an meinem Shirt. »Die Vormundschaft für meine Geschwister zu übernehmen.«

»Und das geht erst ab achtzehn.« Er klingt, als würde er verstehen. »Wo sind sie jetzt gerade?«

»Zu Hause. Das ist ja das Problem«, erkläre ich bitter. »Es war meine beste Entscheidung, dieses *Haus* zu verlassen.« Ob ich noch am Leben wäre, hätte ich es nicht getan? »Aber es war das Egoistischste, was ich meinem Bruder und meiner Schwester antun konnte.« In drei Jahren war es mir nur drei Mal möglich, mit ihnen in Verbindung zu treten. Briefe konnte ich ihnen nicht schreiben und ich bin nicht sicher, ob sie je etwas von den kleinen Essenspaketen bekommen haben, die ich ihnen geschickt habe. »Ich habe ihnen versprochen, es wiedergutzumachen, sie aus diesem Loch zu holen. Aber jetzt, wo ich so kurz davor bin …«, ich halte Daumen und Zeigefinger minimal auseinander, »habe ich Angst, dass ich sie enttäuschen werde.«

»Weil du nicht rechtzeitig dort sein wirst?«

Ich schließe die Augen. »Das ist nur der Anfang …« Als die Worte ausgesprochen sind, hebe ich ruckartig den Kopf. »Der Gedanke ist zwar absurd, aber ich will es trotzdem gesagt haben. Ich gebe dir nicht den Hauch einer Schuld dafür, okay? Du hast nichts damit zu tun, dass ich mir die Reparatur nicht leisten kann.«

»Haben dir deine Stiefväter etwas angetan?«, fragt er, und in seinem Gesicht sehe ich dabei so viele Emotionen vorüberhuschen, dass mir der Atem stockt.

»Nein.« Ich fühle mich verpflichtet, zumindest das schnell klarzustellen. »Nicht so, wie du meinst.«

»Erzähl es mir!«, fordert er mich auf.

»Wie gesagt, meinen leiblichen Vater habe ich nie kennengelernt. Hat das Weite gesucht, sobald er von mir erfahren hat.« Ich kenne nicht einmal seinen Namen, weil Mom nie über ihn sprechen wollte. »Mom hat wohl einen Hang zu Schmarotzern. Nicht, dass wir je viel Geld hatten, aber die Arbeitslosen-Rolle gefiel so gut wie allen Kerlen ganz gut, während Mom zwei Jobs hatte. Besonders Nummer eins war sehr zufrieden, da nur ich da war, die er problemlos ignorieren konnte. Dann kam Theo zur Welt und sein Erzeuger ließ ihn vom ersten Tag an spüren, dass er ein Problem für ihn war. Für seinen Lebensstil. Immer im Weg. Immer zu langsam. Immer zu laut. Immer da.« Ein sichtbarer Schauer überzieht mich, als mir klar wird, dass ich die Geschichte zum ersten Mal erzähle. »Als Theo zwei Jahre alt war, mussten wir irgendwo hin. Wohin, weiß ich nicht mehr.« Gänsehaut überzieht meine Arme und wie auf Knopfdruck wird mir wirklich kalt. »Was ich noch genau weiß, ist, wie es sich anhörte, als Theo die Treppe hinunterfiel, nachdem sein Erzeuger ihn angeschrien hatte, er solle schneller gehen.« Ich fühle, wie meine Lippe zu zittern beginnt. »Natürlich hat dieser Mistkerl es vor Mom abgestritten, aber es war seine Schuld, Gabe. Ich habe gesehen, wie er an Theos Arm gerissen und ihn dann absichtlich losgelassen hat.« Der angeekelte Gesichtsausdruck von Gabriel spiegelt meine Gefühle für diesen Typen wider. »Er kam nicht auf die Idee, mit Theo zum Arzt zu gehen, und Mom war nicht da. Ich schrie die ganze Nacht aus panischer Angst um meinen Bruder, der kaum Luft bekam. Eine einzige Nachbarin wurde auf das Geschrei aufmerksam und rief die Polizei. Das war dann auch das Letzte, was ich von Stiefvater Nummer eins sah, denn er hat sich aus dem Staub gemacht, bevor sie anklopfen konnten. Theo ist seither vom Bauchnabel abwärts querschnittsgelähmt.«

»Verfluchter …«, murmelt Gabe.

»Stiefvater Nummer zwei blieb nicht lange, weil er bald merkte, wie viel Arbeit Theo mit sich brachte und wie viel Geld ein gelähmtes Kind kostet. Das hat Stiefvater Nummer drei subtiler gelöst. Mom wurde wieder schwanger. Wir sind umgezogen in diesen Wohnpark, wo Theo keinen elektrischen Rollstuhl braucht, weil er sich in der abgefuckten Hütte sowieso nicht damit bewegen kann. Für die Behörden waren wir unsichtbar, weil meine Mom uns für Homeschooling angemeldet hatte, und alles, was wir brauchten, egal ob Essen, Kleidung oder Medikamente – insbesondere für Theo –, mussten wir uns erst verdienen.«

»Also bist du weggelaufen.«

»Nein. Ehrlich gesagt war das die Idee von Drei«, mein Spitzname für besagten Stiefvater. »Er war ziemlich deutlich in seinem Vorschlag, ich möge gehen und etwas Besseres aus meinem Leben machen. Eine weniger, die er füttern und mit der er streiten musste. Keine Ahnung, ob er noch aktuell ist oder nicht.« Ich hoffe auf *nicht*, denn er hat mir unmissverständlich klargemacht, dass ich mich in seinem Haus nie wieder blicken lassen bräuchte. »Aber wenn nicht er, dann ein anderer, denn laut meiner Schwester Kris gibt es ein neues Baby und ich verstehe einfach nicht, wie …« Mir bleiben die Worte weg, denn ich verstehe so einiges nicht. Als ich Gabriel jedoch fixiere und sehe, wie tief die Furche auf seiner Stirn ist, spreche ich das aus, was mich am meisten beschäftigt. »Weißt du, ich habe mich immer gefragt, wie es möglich ist, sich so von Männern abhängig zu machen, dass man wegsieht, wenn die eigenen Kinder behandelt werden wie Straßenköter. Wenn meine Mom uns liebt – und das muss sie doch, oder? –, dann hat sie wirklich eine beschissene Art, das zu zeigen.«

Er nickt langsam. »Tut mir leid, Em.« Unsere Blicke treffen sich und ich verspüre das Bedürfnis, ihm mehr zu erzählen. Alles. Jemanden in ihm zu finden, dem ich mich anvertrauen kann. Der mir zuhört, als wäre das, was ich ihm erzähle, das Einzige, was in dem Moment von Bedeutung ist. Denn dieses Gefühl habe ich bei ihm. Schade nur, dass er mir absolut nicht traut, wie er selbst gesagt hat. Und ich will mich nicht vor jemandem verwundbar und wehrlos machen, der nicht bereit ist, dasselbe für mich zu empfinden.

»Ich bin nicht sicher, ob ich das mag, wenn du so nett zu mir bist. Dann habe ich keinen Grund, schnippisch zu dir zu sein.«

Zur Antwort grinst er kurz und stützt sich auf den Oberschenkeln ab, bevor sein Gesicht wieder ernst wird. »Wie lange dauert es, bis du die Vormundschaft für deine Geschwister bekommst?«

Ich lasse den Kopf auf die Lehne fallen, den Tränen wieder gefährlich nahe. »Ich weiß es nicht. Ich weiß noch gar nichts. Ich habe gehört, da gibt es irgendein Formular zum Ausfüllen, das ich ins Gericht bringen muss. Aber ich habe keine Ahnung …« Wie ich dieses Formular finden und ausfüllen soll. Ich habe keine Ahnung, wen ich fragen werde, sollte ich Hilfe brauchen oder irgendetwas beweisen müssen. Ich habe auch keine Ahnung, wo ich bleibe, bis ich das Sorgerecht habe. Wenn ich es überhaupt bekomme. Ignorieren kann ich auch nicht, dass ich gar nicht mutig bin, wenn es darum geht, Stiefvater Nummer drei gegenüberzutreten. Theo wird einen Arzt brauchen, vermutlich alle drei, und ich bin nicht einmal versichert. Die Kinder gehören in die Schule, aber ich weiß nicht, wie sie aufholen können, was in den letzten Jahren alles schiefgelaufen und zu kurz gekommen ist. Ist nicht so, dass *ich* sie zu Hause unterrichten könnte. »O Mann!« Wütend reibe ich mir die Augen und presse die Handflächen gegen die Stirn. »Ich habe keinen Schimmer, was ich hier eigentlich mache …«, erkläre ich, höre mich dabei ähnlich verzweifelt an, wie ich mich fühle. Mich räuspernd hoffe ich darauf, dass er versteht, dass ich nicht weiter darauf eingehen kann.

Gabe reagiert nicht sofort. Dann zieht er auf einmal sein langärmliges Shirt aus und meine Augen werden groß. »Ähm … verwechselst du mich hier gerade mit Mrs Tesla? Denn ich bin nicht sicher, dass dein retuschierter Waschbrettbauch meine Probleme lösen wird.«

Er verdreht die Augen, wirkt aber etwas amüsiert dabei. »Halt einfach mal die Luft an, okay?« Ich presse mich so tief in den Sessel, wie ich kann, damit ich nicht noch auf dumme Gedanken komme. Zum Beispiel zu überprüfen, ob er sich diese definierten Konturen nicht doch mit einem Stift aufgezeichnet hat.

»Du wolltest wissen, was meine Tattoos zu bedeuten haben«, beginnt er, nachdem er mit dem Striptease aufhört und mir seinen rechten Oberarm präsentiert. »Dieses habe ich mir als Letztes stechen lassen. Vielleicht einen Monat, bevor du hier aufgetaucht bist.« Den Kompass habe ich schon mehrmals unter seinem T-Shirt hervorblitzen sehen, hatte aber noch nicht die Gelegenheit, ihn ganz zu betrachten. Neugierig beuge ich mich jetzt vor und sehe mir das Kunstwerk an. Es ist ein alter Sternenkompass, umrahmt von geometrischen Formen und Linien. Das Interessanteste daran ist ohne Zweifel, dass der Kompass an einer Seite zerbrochen ist, winzige Scherben splittern davon ab und münden in einen schwarzen Vogel mit breiten Flügeln, der senkrecht nach oben fliegen will. »Das ist ein Mauersegler. Einer der wenigen Vögel, die so gut wie nie landen. So fühle ich mich zurzeit: unfähig zu landen. Weil ich nicht weiß, wo ich hingehöre, wo ich sein will. Was die Zukunft bringen soll.« Zu meinem Bedauern zieht er das Shirt wieder an. Trotzdem kann ich das Tattoo noch vor mir sehen. Ebenso wie die Herzfrequenz, die er an der Seite hat. »Du hast gesagt, ich käme dir verloren vor, und hast damit voll ins Schwarze getroffen. Meine Pläne haben sich in Luft aufgelöst und ich habe das Gefühl, mit einem riesigen Klotz am Bein komplett von vorne anfangen zu müssen. Und manchmal zieht mich das Wissen um die Ungerechtigkeit dahinter so sehr runter, dass ich nach einem Grund suchen muss, morgens aus dem Bett zu kommen.« Ich will ihm das T-Shirt noch einmal ausziehen, aus einem anderen Grund als vorhin mit den Fingern darüberfahren, herausfinden, ob man die schwarzen Linien ertasten kann oder ob sie schon Teil seiner Haut sind. Vor allem will ich ihn aber umarmen, ihm sagen, dass alles gut wird. Irgendwann gut werden muss.

Gabriel steht jedoch auf, trägt seinen Teller in die Küche, während ich ihm schluckend hinterherschaue. »Ich werde jetzt gehen«, erklärt er, und ich rutsche plötzlich ruhelos auf dem Hintern herum.

»Okay, Gabe. Wir sehen uns.« Er fixiert mich noch einen Moment, ehe er nickt und zur Tür rausmarschiert.

Kapitel 16

Gabe

»Wir sollten das wieder öfter machen«, meint meine Mom mit einem Lächeln im Gesicht, während ich nach einem zweiten Stück Steak greife. Meine Eltern haben mich heute Abend zum Essen eingeladen und ich habe zugesagt, nachdem ich es schon länger als nötig hinausgezögert hatte. Jetzt fühle ich, wie meine Mundwinkel ebenfalls nach oben wandern. Meine Mutter liebt mich. Im Gegensatz zu Em muss ich daran absolut keine Zweifel haben. Sie würde alles für mich tun, ohne mit der Wimper zu zucken. Aber Ceasar City ist seit vielen Jahren ihr Zuhause. Sie kennt jeden und jeder kennt sie. Sie ist engagiert in der Gemeinde, in der Kirche, in der Kindertagesstätte. Mein geschädigter Ruf hat ihr natürlich auch geschadet. Manche bemitleiden sie offen für ihren missratenen Sohn, versichern ihr, es läge nicht immer alles an den Genen oder der Erziehung. Andere äußern sich ihr gegenüber überhaupt nicht, lassen aber über fünf Ecken wissen, was sie von mir halten. Und einige ihrer engeren Freundinnen schaffen es nicht, die Klappe über mich zu halten, wie die Alte in Dr. Ivorys Praxis, als ich mit Em dort war. Solche Leute kotzen mich am meisten an.

Wie auch immer: Manchmal habe ich den Eindruck, dass Mom mir die ganze Sache verübelt, ob beabsichtigt oder nicht. Nicht nur *mein* Leben wurde auf den Kopf gestellt, das ist mir klar. Allerdings frage ich mich auch, ob meinen Eltern bewusst ist, dass ihr Ruf nicht meine erste Sorge ist.

»Also ... Emerald ist ein hübsches Mädchen, nicht wahr?«, beginnt Mom in ihrer typischen Mom-Art. Ich hebe den Blick und schiele kurz zu meinem Dad, der sich schmunzelnd mit seinem Essen beschäftigt.

»Du hast sie getroffen?«

»Wurde ja wohl Zeit. Ich denke, ich war die Einzige in dieser Stadt, die das Mädchen noch nie gesehen hatte.«

Gut möglich. War überraschend für mich, dass meine Mom nicht schon am zweiten Tag prophylaktisch in der Werkstatt aufgetaucht ist, um Em zufällig über den Weg zu laufen. »Sie hat uns erzählt, was du für Hank getan hast.«

Hat sie? Ich hebe eine Augenbraue und spieße mir eine Kartoffel auf die Gabel.

»Dass du ihn nach Hause gebracht und dich um ihn gekümmert hast. Hat recht von dir geschwärmt, die Kleine.«
Hat sie? Reden wir hier von der Person, die mit meinem Dad über meinen Mitarbeiter-des-Monats-Status gescherzt hat?

»Sie macht viel mehr für Hank. Hat sich wohl in ihren Dickschädel gesetzt, jemanden zu retten, der gar nicht gerettet werden will«, erkläre ich, kann mir ein winziges Schmunzeln nicht verkneifen, weil ich mir bildlich vorstellen kann, dass sich da zwei Sturköpfe gefunden haben.

»Ja, Mrs Jennson hat natürlich sofort erzählt, dass Emerald jeden Tag für ein paar Stunden vorbeikommt.« Dad und ich verdrehen bei der Erwähnung der neugierigen Nachbarin, die alles zu ihrer Angelegenheit machen und brühwarm erzählen muss, gleichzeitig die Augen. »Schön, dass sie ihm hilft und er sich helfen lässt. Besonders mit seinem Gips kann er die

Unterstützung sicherlich gebrauchen. Ich hoffe, Hank gibt ihr wenigstens ein paar Dollar für ihre Mühe.«

»Tut er nicht«, werfe ich ein, damit meine Eltern genau wissen, was für ein Mensch Emerald ist. Dad murmelt irgendetwas über den alten Geizhals, während mir meine eigene Feigheit bewusst wird und ich mir die Frage stelle, seit wann ich das Gefühl habe, mich sogar vor meinen eigenen Eltern verstecken zu müssen. »Sie wohnt derzeit übrigens in meiner Wohnung«, platze ich mit der Information heraus. Mom verschluckt sich an ihrem Bissen. Nachdem Dad damit fertig ist, mich missbilligend anzusehen, klopft er Mom auf den Rücken und reicht ihr das Wasser. Man könnte meinen, ich hätte ihnen gerade gestanden, Em geschwängert zu haben.

»Du lebst mit dem Mädchen zusammen?«

»Emerald«, stelle ich klar, wer das *Mädchen* ist. »Tatsächlich schlafe ich derzeit *nicht* dort. Und selbst wenn – könnt ihr mir erklären, für wen das ein Problem wäre? Für den Gemeinderat von Ceasar City, der noch darüber nachdenkt, mich in die Verbannung zu schicken?«

Dad ignoriert meinen Zynismus. »Du weißt, ich mag Emerald sehr, aber ihr kennt euch wie lange? Eine Woche?« Bald zwei … Spielt jetzt keine Rolle. »Und mit deiner Vorgeschichte …«

Es kostet mich viel Selbstbeherrschung, mein Besteck nicht wie ein Kleinkind auf den Tisch zu donnern und in mein Zimmer zu stürmen. »Meine Vorgeschichte …«, wiederhole ich verärgert. »Ja, Scheiße, ich muss wohl vergessen haben, dass ich unschuldig elf Monate im Knast saß. Jetzt sehe ich natürlich ein, warum mich das daran hindern sollte, ihr ein Dach über dem Kopf anzubieten, bevor sie auf der Straße schlafen muss.«

Mom schnalzt mit der Zunge und macht ein unglückliches Gesicht. »Es gibt doch bestimmt andere Orte, an denen sie übernachten könnte.«

»Und die wären? Mom, sie hat kein Geld. Die ersten beiden Nächte hat sie sich irgendwo draußen den Arsch abgefroren und danach in ihrem Auto in unserer Werkstatt gepennt, weil es keine andere Möglichkeit gab. Findet ihr euch gerade nicht ein bisschen heuchlerisch? Es ist okay, dass sie Hank hilft, wieder auf die Beine zu kommen. Dass sie Zeit mit jemandem verbringt, mit dem hier sonst niemand wirklich etwas zu tun haben will. Aber wenn es darum geht, ihr unter die Arme zu greifen, dann bloß nicht *ich*, weil ich meiner wunderbaren Reputation damit schaden könnte?« Das ist doch alles Schwachsinn und genau der Grund, warum ich hier nicht bleiben kann. Ich weigere mich, mich für den Rest meiner Tage an Auflagen und Beschränkungen, Dos und Don'ts aufhängen zu müssen. Nämlich auch dann, wenn ich nicht mehr auf Bewährung bin.

»Ton, Gabriel«, ermahnt mich Dad, woraufhin ich humorlos lache. »Das konnten wir nicht wissen.«

Nein, konnten sie nicht, wenngleich ich mir sicher bin, dass sie ihr auch dann keinen Schlafplatz angeboten hätten. Würde ja trotzdem mit mir in Verbindung gebracht werden.

»Wo schläfst du denn jetzt?«

»Bei Ollie«, antworte ich knapp. Beide nicken. Vielleicht bilde ich mir die Erleichterung bloß ein.

»Das ist aber nicht der Grund, warum wir dich zum Essen eingeladen haben«, murmelt Mom. Natürlich nicht. Aber wieso muss es überhaupt einen Grund dafür geben? »Hannahs Anwältin hat uns angerufen. Offenbar versucht sie, Kontakt zu dir aufzunehmen.« Das Steak in meinem Mund verliert seinen Geschmack und ich komme mir vor, als würde ich Lehm runterschlucken.

»Ja? Sagt der Anwältin, sie und ihre Mandantin können mich mal.«

»Willst du denn gar nicht wissen, worum es geht?«

Das kann ich mir schon denken. Der Gerichtstermin rückt näher, bei dem sie sich für ihre Lügen verantworten muss. Und ich schätze mal, langsam werden ihr die Konsequenzen der ganzen Sache bewusst. »Nö. Will ich nicht«, antworte ich ehrlich, muss mich aber am Ende räuspern, weil das Thema mir schon wieder Zustände bereitet. Unter dem Tisch beginnen meine Beine zu wippen.

»Gabriel, wir denken, es könnte von Vorteil für dich sein, mit ihr zu reden. Wenn sie wirklich Reue zeigt, könnte sie ein öffentliches Statement abgeben …«

Meine Faust schlägt auf den Tisch, bevor ich mich davon abhalten kann. »Nein!« Mom zuckt zusammen und Dad verschränkt warnend die Arme vor der Brust. »Sie meldet sich nicht aus Reue. Sie will irgendetwas und …« Der nächste Atemzug hat einen bitteren Beigeschmack. »Nur über meine Leiche werde ich ihr das geben.« Meine Mom sieht verletzt aus, als wäre ich ihr zu nahe getreten, mein Dad sieht hingegen drein, als würde ich *ihnen* das irgendwie schulden, nach allem, was sie mit mir durchmachen mussten. Und ich würde ihnen gerne erklären, was in diesem Moment mit und in mir passiert, wie mich das Brennen in der Brust lähmt und dass ich gerade einfach nur das Lied »Somewhere over the Rainbow« hören will, statt mich vor ihnen zu rechtfertigen. Doch ich schiebe lediglich den Stuhl zurück und schlucke den Kloß in meinem Hals hinunter. »Danke für das Essen, Mom. Bis morgen, Dad.«

Später schraube ich an einem Katalysator herum, weil ich nicht weiß, was ich sonst mit mir anfangen sollte. Das Tor zur Werkstatt steht weit offen, damit ich die kühle Nachtluft abkriege. Ich konnte noch nicht zu Ollie fahren. Eigentlich wollte ich nirgendwohin. Nirgendwo sein. Vor allem nicht in einem geschlossenen Raum. Nachdem ich ins Auto gestiegen war, fuhr ich lediglich um den Block und würgte den Motor wieder ab. Zwanzig verdammte Minuten hat es mich gekostet, bis ich mich halbwegs im Griff hatte und bereit fühlte, das Fahrzeug zu lenken.

Es geht nicht einfach um die beschissenen elf Monate im Knast. Auch wenn das ohne Zweifel die schlimmsten Monate meines Lebens waren. Es geht nicht einmal darum, was da drinnen passiert ist. Es geht um die Machtlosigkeit in der ganzen Sache. Im Gefängnis, aber auch in der Zeit davor und danach. Du sitzt da und kennst die Wahrheit und kannst trotzdem einen Scheißdreck dagegen tun, dass alle von einer Lüge überzeugt sind. Und die einzige Person, die mich hätte retten können, war diejenige, die die Lüge verbreitet hat. Sollte ich gezwungen werden, Kontakt zu Hannah aufzunehmen, wird die erste und letzte Frage an sie sein, warum sie mir das angetan hat. Und ausgerechnet meine Eltern wollen, dass ich Hannah zu allem Überfluss jetzt auch noch um etwas bitte? Nachdem sie fast zwei Jahre gebraucht hat, um ein verfluchtes Gewissen zu entwickeln?

Fluchend klammere ich mich an der Tischkante fest und gehe in die Knie, fahre aber sofort wieder hoch, als ich ein leises Klopfen höre. »Hey«, haucht Em, die in ihrer üblichen Art etwas verunsichert zur Hälfte hinter der Wand versteckt steht. »Sorry, dass ich störe. Wollte nur sichergehen, dass hier keiner versucht, im Auto zu übernachten.« Sie zwinkert und ich reibe mir mit dem Ärmel meines Shirts über die Augen. Ich würde mir gerne weiter einreden, dass ich eigentlich ihre Gesellschaft nicht will, generell allein sein möchte. Aber sie ist und bleibt wohl mein frischer Wind, ob ich das akzeptieren kann oder nicht. »Alles okay?«, fragt sie, schüttelt sich, als ein Windhauch durch ihre nassen Haare fährt, und tänzelt auf Zehenspitzen in die Werkstatt. Ob sie wieder frisch aus der Badewanne kommt?

»War schon besser. Bei dir?« Sie nickt zur Antwort, was mir sagt, dass sie genau das Gegenteil meint. »Was ist?«, hake ich nach, woraufhin sie die Augen verdreht.

»Es ist nichts. Ich habe es heute einfach bei Hank ein bisschen übertrieben.« Sie hält ihre bandagierte Hand hoch und zuckt mit den Schultern. »Hätte wohl noch ein paar Tage warten sollen, bevor ich das Badezimmer auf den Kopf stelle.« Ich spare mir die klugen Kommentare, dass sie sich die Putzerei allgemein bis gestern hätte verkneifen sollen, als die zehn Tage Ruhigstellung vorbei waren. Stattdessen werfe ich mein Werkzeug auf den Arbeitstisch und gehe zum Waschbecken.

»Darf ich noch einmal einen Blick darauf werfen?« Das habe ich sowieso zu wenig getan. Eigentlich wollte ich ihr jeden Tag helfen, den Verband zu wechseln, habe es aber durch meine dämliche Art ihr gegenüber komplett versaut.

Em kommt zu mir rüber und setzt sich wie letztes Mal auf den Hocker. Dabei bekomme ich die volle Ladung ihres anziehenden Geruchs ab und atme ihn ein, weil ich verdammt noch mal nicht anders kann. Sie streckt mir ihre Hand entgegen und ich entferne den Fetzen.

»Kommt mir irgendwie komisch vor, das zu fragen, aber willst du hochgehen?« Sie lacht schüchtern und verdreht die Augen. »In *deine* Wohnung? Dort ist es ein bisschen wärmer.«

Da ist absolut nichts Zweideutiges an ihrer Frage, und doch ist meine Wohnung im Moment der letzte Ort, an dem ich mit Emerald sein will. Deswegen schüttle ich den Kopf.

»Dauert nicht lange«, weiche ich aus, während ich den Verband auf den Tisch werfe.

Sie schweigt und lässt es so stehen, zieht ein Bein unter ihren Po. »Und? Muss amputiert werden?«, witzelt sie, während ich ihre Hand in alle Richtungen drehe und nach Restschwellungen abtaste.

»Nein, sieht gut aus. Fast verheilt. Brauchst du noch das Schmerzmittel?«

Sie gibt einen hohen Ton von sich. »Hm, brauchen …«, sagt sie lachend. »Ich ziehe es vor, Frau über meine Sinne zu bleiben. Also verzichte ich.«

»Übertreib es trotzdem nicht, okay? Ist keine Schande, hier und da nicht Frau deiner Sinne zu sein, wenn du Schmerzen hast. Ich werde jetzt noch einmal einen frischen Verband anlegen. Wenn du Glück hast, ist die Wunde gegen Ende der Woche geschlossen.«

»Okay, danke, Doktor.« Sie versucht zu scherzen, kann nicht wissen, welchen bitteren Beigeschmack diese Worte haben. Instinktiv verspanne ich mich, fühle, wie meine Finger sich für den Bruchteil einer Sekunde fester als nötig um ihre Hand schließen, bevor ich loslasse. Ich stehe auf und hole eine frische Packung aus dem Erste-Hilfe-Koffer.

»Du hast Medizin studiert, nicht wahr? An der Uni, über die du mit deinem Bruder gesprochen hast?«, fragt sie nach einiger Zeit. Offenbar ist ihr meine Reaktion nicht entgangen.

Ich schüttle den Kopf. »Nein, so weit war ich noch lange nicht. Aber es war mein Ziel, ja.«

»Tut mir leid, Gabe.« Ich warte ein paar Momente, bevor ich wieder zu ihr gehe und mich weiter um ihre Hand kümmere. »Als du mit deinem Bruder telefoniert hast, habe ich ein paar Fetzen mitbekommen. Wenn du nicht drüber reden willst, ist das völlig okay«, meint sie, sieht dabei auf unsere Hände. »Ich will nur gesagt haben, dass ich da bin, solltest du doch mal das Bedürfnis haben, dich auszukotzen.«

Das klingt so einfach. Und ich bin sicher, es wäre leicht, mit Em zu reden. Ausgerechnet zu einer Zeit, in der ich mir geschworen hatte, niemanden an mich ranzulassen, niemanden reinzulassen, ist sie hereinspaziert. In mein Leben, in meine

Wohnung. In so manch andere Ecken, in denen sie eigentlich nichts zu suchen hat. Und trotzdem lasse ich sie. Warum?

Weil es mir nichts ausmacht. Im Gegenteil …

»Es gibt nicht viel zu bereden«, antworte ich letztlich. »Das ist ja das Problem. Ein paar Wochen nach meiner Verhaftung wurde ich von der Uni geschmissen.« Die Beweise seien eindeutig, hatte man mir damals schriftlich mitgeteilt. Mit der Verurteilung war die Sache dann sowieso gegessen. »Jetzt bin ich zwar frei, aber noch nicht *freigesprochen* im Sinne von entlastet. Und das ist dem Gremium zu unsicher.«

Durch meine Wimpern sehe ich, wie Emerald verständnislos die Schultern hängen lässt. »Hä? Wie geht das denn?«

»Willkommen im amerikanischen Rechtssystem«, sage ich sarkastisch. »Die, die mich beschuldigt hat, hat ihre Aussage ein paar Monate nach meiner Verurteilung zurückgenommen. Hat zugegeben, dass sie die wichtigsten Details erfunden hat. Ihre Freundinnen hätten niemanden aus ihrem Zimmer kommen sehen und sie könnte sich nicht an den Angreifer erinnern. Nur hat das nach der Verurteilung keinen mehr interessiert. Es wirkte wie ein Geständnis von jemandem, der auf einmal aus den falschen Gründen ein schlechtes Gewissen hat. Vielleicht sogar dazu genötigt wurde, das zu behaupten.« Eine der Lieblingstheorien, auf die ich stoße, wenn Mutmaßungen über den Fall angestellt werden. Ich bin froh, mich mit Emeralds Verband beschäftigen zu können, während ich ihr diese Details erzähle. »Es dauerte Monate, bis endlich jemand bereit war zuzuhören. Ich habe es wirklich nur meiner Haifisch-Anwältin zu verdanken, dass ich draußen bin. Aus erklärtem Mangel an Beweisen.« Was immer eine Verarschung bleiben wird, denn den Mangel an Beweisen gab es schon, als noch Aussage gegen Aussage stand. »Der Witz ist: Hätte ich auf meine Eltern, meinen damaligen Anwalt und so manche anderen Leute gehört und ein Geständnis abgelegt, wäre die ganze Sache anders gelaufen. Ich bin aber dabei geblieben, unschuldig zu sein, und hab damit zehn statt sieben Jahre Haft in Kauf genommen. Jetzt habe ich einen Haufen Auflagen und bin auf Bewährung, weil mein Fall irgendwie noch in der Luft hängt. Wie dem auch sei, ich *bin* draußen.« Und muss mich immer wieder daran erinnern, dass das erst mal wichtiger ist als das Bedürfnis, meinen Namen reinzuwaschen. Mein Fall ist Schnee von gestern. Vor zwei Jahren war ich interessant. Als ich noch als Monster bezeichnet wurde. Jetzt will niemand etwas davon wissen, dass alles ganz anders war.

»Und wie lange musst du warten, bis der Freispruch kommt?«

»Wenn Hannah keine kalten Füße kriegt, ist der letzte Gerichtstermin in einem Monat. Der Punkt ist aber, wenn das durchgeht, stehen die Chancen sehr gut, dass sie selbst wegen Meineids ins Gefängnis muss.«

»Geschieht ihr auch recht«, gibt Em ihren Senf dazu. »Frauen wie sie schaden allen anderen da draußen, die tatsächlich missbraucht worden sind und nichts sagen, aus Angst, ihnen würde niemand glauben.«

Ich schließe kurz die Augen. »Genau das ist der Punkt, den ich nicht verstehen kann. Sie *wurde* misshandelt. Als man mich verhört hat, haben mir die Polizisten Fotos von ihrem Gesicht gezeigt. Würgemale am Hals. Blutergüsse am ganzen Körper.« Schluckend erinnere ich mich daran, wie mir damals beim Anblick zum Kotzen zumute war. »Ich habe Hannah auf diesen Fotos nicht einmal erkannt, so brutal war sie verprügelt worden. Im Krankenhaus hat sie behauptet, die Spermaspuren kämen von dem Mann, der sie so zugerichtet hat. Und man hat eben nur meine DNS gefunden.« Diese Spuren in Verbindung mit den Zeugen, die bestätigt haben, dass ich mit ihr aufs Zimmer gegangen, aber alleine wieder rausgekommen bin, haben wohl als eindeutige Beweislage ausgereicht. »Ich weiß, wir waren beide ziemlich betrunken, aber wir wollten beide Sex miteinander. Die ganze Sache ging sogar hauptsächlich von ihr aus«, betone ich und habe das Gefühl, dies mit Nachdruck sagen zu müssen, weil mir bisher niemand wirklich zugehört hat. »Aber als ich ihr Zimmer im Wohnheim verlassen habe, war sie unverletzt. Ich habe ihr kein einziges Haar gekrümmt, Em.« Ich sehe sie an, flehend vermutlich, weil ich jemanden brauche, der mir glaubt. Weil ich will, dass *sie* mir glaubt. Emerald nickt mit gequälter Miene, greift etwas zögerlich nach meinen Händen und drückt sie so fest, dass ich ihren und meinen Puls fühlen kann. »Damals hat sie ausgesagt, ich wäre zurückgekommen, aber das bin ich nicht. Ich weiß nicht, wer nach mir bei ihr war. Ich weiß nicht, warum derjenige ihr das angetan hat. Vor allem aber weiß ich nicht, warum sie erfunden hat, dass ich es war. Vor allem, um es Monate danach zurückzunehmen.« Ich weiß, was jetzt kommt, denn wie immer davor fühle ich mich wie unter Wasser. Ich schließe die Augen vor dem Schwindel. »Die ganze Sache frisst mich innerlich auf, Emerald, weil mein Leben nie wieder dasselbe sein wird, ganz gleich, was in einem Monat passiert.« Die Schraubzwinge legt sich um meinen Oberkörper und drückt zu. Mein Gehirn kämpft darum, mich zu fangen, bevor die nächste Panikattacke mich lähmt. Mein Bauch sagt, dafür sei es schon zu spät. Mein Instinkt will die Flucht ergreifen vor der Situation, der Nähe zu Emerald, und gleichzeitig sind es eben ihre Hände, die mich dort halten. Ich lasse den Kopf hängen und versuche, Luft zu holen. Dann legt Em ihre Stirn gegen meine, drückt dagegen, hält mich aufrecht.

»Das ist eine Panikattacke, nicht wahr, Gabe?«, fragt sie vorsichtig, und ich schlucke hart. »Okay, meine geballte Weisheit kommt ja nur von Hörbüchern. Aber in einem kam dieses Mädchen vor, das an Panikattacken litt. In dem Buch ging es um Mobbing. War ziemlich gut«, plappert sie vor sich hin, und trotz des Tumults in mir lache ich kurz auf. »Na ja, wie auch immer. Sie meinte, es würde helfen, sich auf ihre fünf Sinne zu konzentrieren anstatt auf die Vergangenheit, die sie nicht ändern kann, und die Zukunft, die ihr erst recht Panik macht. Also, Gabe. Was siehst du gerade?«

»Nichts. Meine Augen sind geschlossen.« Ich hasse es, wie belegt meine Stimme klingt. Erbärmlich. Zungenschnalzend tritt Em mir mit ihrem nackten Fuß auf den Schuh.

»Dann mach sie halt auf. So funktioniert das nicht«, flüstert sie kess, bevor sie wieder in den Konzentrationsmodus geht. »Was fühlst du?«

»Deine Stirn. Deine Hände.«

»Na, siehst du? Geht doch!« Ich lächle schwach darüber, komme mir vor wie ein Schüler, der endlich die richtige Antwort gegeben hat, und atme die Luft ein, die sie ausatmet, um wieder in einen Rhythmus zu kommen. »Was hörst du?«

Rauschendes Blut in meinen Ohren. Aber das wird der Frau Lehrerin vermutlich wieder nicht reichen, also konzentriere ich mich darauf, daran vorbeizuhören. »Deine Stimme. Zirpen von Grillen draußen. Das Summen des Lichts.«

»Was riechst du?«

Dich, Em … nur dich. Zu meinem Glück fällt ihr wohl nicht auf, dass ich die Frage nicht laut beantworte, stattdessen beginnt sie gedankenverloren an irgendeinem Fussel meines Shirts zu zupfen. »Kacke. Was war gleich der fünfte Sinn?« Ich riskiere einen Blick, ihr Gesicht ist nur Millimeter von meinem entfernt, die braunen Augen sind zusammengekniffen.

»Schmecken. Galle«, biete ich an, woraufhin sie strahlt, als hätte ich eben mit etwas Tollem wie *Schokolade* geantwortet.

»Ja, richtig.« Sie sieht so süß aus in diesem Moment, völlig verzerrt, aber süß und ungeschminkt, und dem idiotischen Teil von mir gefällt es, dass ich sie so sehen darf.

»Besser?«, fragt sie hoffnungsvoll, als ich meine Stirn von ihrer nehme und mich zurücklehne. Ich strecke die Finger durch, die sich eben noch an ihre geklammert haben, und balle sie zu Fäusten, als ich die Gänsehaut an ihren Armen sehe.

»Die Nächte werden jetzt etwas kälter sein in der Wohnung. Der Großteil der Fenster ist undicht«, erkläre ich ihr.

Zu meiner Überraschung fängt sie an zu lachen und dreht ihre nassen Haare zu einem Knoten. »Versuchst du gerade, mir zu sagen, ich sollte mehr Klamotten tragen?«

Von ihrem Lachen angesteckt, schmunzle ich. »Zumindest etwas wärmere.«

»Ja, da sieht man mal wieder, wie unvorbereitet ich diese Reise angetreten habe. Selber schuld. Man könnte meinen, ich hätte bisher nie Jahreszeiten erlebt.«

»Du hast nichts Dickeres dabei?«

Sie zuckt mit der Schulter, rutscht vom Hocker und starrt ins Leere. »Ich habe nicht mal etwas Langärmeliges dabei. Musste ich alles in New York lassen. Außer meiner Jacke. Aber mit der werde ich nicht schlafen.« Sie musste ihre Sachen dort lassen? Ich will nachhaken, noch mehr über sie erfahren, und gleichzeitig will ich ihr das zurückgeben, was sie mir ermöglicht: mir in ihrem Tempo ihre Geschichte zu erzählen.

»Such dir in der Kommode im Schlafzimmer einen Pullover raus. Unterste Schublade.«

Ihre Mundwinkel ziehen sich nach oben und sie nickt. »Danke.« Während ich sie aus der Werkstatt begleite, fällt mir ein, was ich ihr morgen früh einfach an den Treppenaufgang legen wollte.

»Warte kurz! Ich hab was für dich.« Ich hole den Schnellhefter aus dem Auto und reiche ihn ihr.

Ihre Augenbrauen zucken, während sie von den Zetteln zu mir und wieder zurücksieht. »Hast du ein Buch geschrieben?«, fragt sie nervös lachend.

»Nein.« Nur ausgedruckt, denn der Papierstapel ist wirklich übertrieben heftig. »Das sind die Formulare, von denen du gesprochen hast. Der Vormundschaftsantrag. Besteht aus drei Teilen. Temporäre Vormundschaft, um sie erst mal von der Familie wegzubringen, und dann diese zwei Pakete, die du am Familiengericht abgeben musst.«

Der Mund bleibt ihr offen stehen, während sie durch die insgesamt etwa fünfzig Seiten blättert. Ich runzle die Stirn. »Alles okay?«

Blinzelnd presst sie die Lippen aufeinander und nickt. »Ich werde jetzt raufgehen. Danke, Gabe. Für das hier.« Sie schüttelt den Schnellhefter. »Und für den Vertrauensvorschuss. Beides bedeutet mir viel.« Ihr Gesicht verrät, dass da noch eine Menge ist, was sie nicht sagt. »Bist *du* okay?«, erkundigt sie sich, schlingt ihre Arme um sich.

»Auf dem Weg dorthin«, biete ich an, woraufhin sie mir ein kleines Lächeln schenkt, kurz winkt und um das Gebäude joggt.

Kapitel 17

Gabe

Dad straft mich seit dem Essen am Mittwoch mit Schweigen. Das macht er immer, wenn er mir zeigen will, wie enttäuscht er von mir ist. Aber ich bin keine zehn mehr, als mich das noch gestört hat. Jetzt heiße ich es sogar willkommen, dass ich in der Werkstatt keinen Small Talk mit ihm führen muss, während er an einem Auspuff arbeitet und ich Roststellen am Unterboden eines Autos schweiße. Denn auf gar keinen Fall werde ich mich entschuldigen. Ich wüsste nicht, wofür, außer vielleicht für das Übliche, dass ich ihnen so viele Probleme bereite. Aber das ist ein alter Hut. Abgesehen davon habe ich mich nicht falsch verhalten, und bis meine Eltern bereit sind, mir wirklich zuzuhören, werde ich mir alle vergeblichen Worte sparen.

Verspannt von meiner unangenehmen Arbeitshaltung lasse ich kurz den Kopf hängen und reibe mir den Nacken. Ohne den Lärm von meinem Schweißgerät fällt mir auf, dass Dad mit jemandem redet. »Du bist in meiner Werkstatt immer gerne gesehen, Liebes.«

»Ja? Kriege ich schon Stammkundenbonus?«

Dad lacht. »Ich fürchte, darüber werden wir uns noch unterhalten müssen.«

Ich schiebe die Schutzbrille auf die Stirn und trete unter dem Auto hervor. Da steht Em in ihrem blumigen Sommerkleid und den Cowboystiefeln. Ihre Haare hat sie zu einem seitlichen Zopf geflochten, und als sie mich sieht, erscheint das schönste Lächeln auf ihrem Gesicht. Mein Herz versetzt mir einen Stich, aber ich ignoriere das Verlangen, meine Hand auf die schmerzende Stelle zu legen, und beschränke mich einfach darauf zurückzulächeln.

»Hey, Gabe!« Zur Antwort zwinkere ich ihr zu, während mir der wissende Gesichtsausdruck meines Vaters sehr wohl bewusst ist. Mit schwungvollen Schritten und schwingenden Armen kommt Emerald auf mich zu. »Also, ich würde heute gerne mal versuchen, in der Bar Keyboard zu spielen. Meine Hand fühlt sich ganz okay an.« Sie wackelt mit den Fingern herum, bevor die gute Laune aus ihren Augen verschwindet. »Apropos, ich will dich schon die ganze Zeit fragen, was aus Fatso geworden ist.«

»Ist noch in Quarantäne«, lüge ich, weil ich ihr nicht sagen will, dass die Katze wirklich eingeschläfert werden musste. Nicht heute. Ich lege meine Schutzmaske beiseite und greife stattdessen nach meiner Kappe. »Ich fahre dich.«

Em winkt ab und schüttelt den Kopf. »O nein, ich wollte dich nur um meine Autoschlüssel bitten, damit ich das Keyboard rausholen kann. Trägt sich wie ein Rucksack. Ist nicht so schwer.«

»Glaube ich dir. Trotzdem fahre ich dich. Bin in fünfundzwanzig Minuten zurück«, rufe ich meinem Dad zu, der uns immer noch beobachtet, als wäre er kurz davor, uns unter der Lupe zu sezieren.

»Ich kann laufen, weißt du? Sogar in diesen Schuhen«, erklärt sie frech und boxt mir neckisch in den Oberarm. »Ich will dich nicht von der Arbeit abhalten.«

Tut sie nicht. Ich habe sowieso die Mittagspause durchgemacht. Und selbst wenn …

»Übrigens«, beginnt sie, nachdem wir ihr Keyboard im Kofferraum verstaut haben und sie die Beifahrertür zuzieht. »Ich war in eurem Museum, und ich muss sagen, du hattest nicht ganz recht. Es waren die spannendsten zwanzig Minuten meines Lebens.«

»Zwanzig Minuten?«, schmunzle ich. »Das muss ein neues Rekordtief sein. Der Film über Ceasar City dauert doch alleine schon zehn Minuten.«

»Ja, und weil der so spannend war, habe ich ihn mir gleich zwei Mal angesehen und dann beschlossen, dass alles, was nicht im Film vorkommt, nicht wichtig sein kann.«

Jetzt kann ich nicht anders, als zu lachen. »Dann konntest du den Kinobesuch ja auch schon von deiner Liste streichen.«

»Ja, eben. Genial, oder? Und das alles für null Dollar.« Sie macht einen Witz draus, aber ich werde wieder ernst. Wäre sie heute nicht in der Bar gebucht, würde ich ihr jetzt erst recht einen Kinofilm spendieren. »Und ich war bei Hank, habe angefangen, mich um den Urwald zu kümmern, den er Garten nennt. Das fand er wohl ganz gut, denn als ich fertig war, wurde ich mit der besten Pfannenlasagne meines Lebens belohnt.« Sie kichert, als ich anerkennend die Augenbrauen hebe. »Ja, geredet hat er deswegen trotzdem nicht mit mir. Aber ich glaube, wir nähern uns einander an. In einem halben Jahr wünscht er mir vielleicht schon ›Guten Appetit‹.«

Meine Finger schließen sich etwas fester um das Lenkrad. In einem halben Jahr? Ist sie da nicht schon lange weg? Und ich?

»Kommst du heute Abend?«, will sie wissen, nachdem ein paar Minuten in Stille verstreichen und sie die Blumenmuster ihres Kleides nachzeichnet.

»Ich werde da sein.«

Sie schnallt sich ab, blinzelt lächelnd. »Cool. Dann bis später und danke für die Fahrt.« Auf einmal scheint sie es sehr eilig zu haben rauszukommen.

»Em!« Ich will nach ihrem Arm greifen, sie aufhalten, ziehe aber wie immer im letzten Moment die Hand zurück. Fühlt sich an wie eine Niederlage. »Happy Birthday!«

Bei meinen Worten verharrt Emerald in ihrer Position, bevor sie den angehaltenen Atem ausbläst und sich lachend eine Hand auf die Stirn legt. »Oh, Gott sei Dank!« Seitlich schielt sie zu mir hoch, kneift die Augen zusammen. »Nicht, dass ich darauf gewartet hätte oder so, klar?«

Sie dachte, ich hätte ihren Geburtstag vergessen? Heute Morgen stand ich schon vor der Tür zu meiner Wohnung, hatte eine Schokoladentorte aus der Bäckerei unter dem Arm und wollte klopfen. Dann kam ich mir dämlich vor und beschloss, ihr später in der Bar zu gratulieren. Jetzt wünschte ich, ich hätte einmal nicht versucht, den Coolen zu spielen. Sie hatte schon genügend einsame Geburtstage. Kein Grund, einen weiteren hinzuzufügen. Deswegen strecke ich mich nach hinten und greife nach der Schachtel, die ich in der Früh auf meinen Rücksitz verbannt habe.

»Habe vergessen, sie in den Kühlschrank zu stellen. Heb mir für später ein Stück auf, okay? Wenn ich auch eine Lebensmittelvergiftung bekomme, fühle ich mich nicht so scheiße.«

Perplex nimmt sie mir die unspektakuläre Tortenschachtel ab. Ihre Augen werden groß wie Teller, als sie sie öffnet, die Finger wandern zu ihrem Mund, bevor ihr hübsches Gesicht in sich zusammenfällt. Mein Puls schießt in die Höhe, als ein Mini-Schluchzer über ihre Lippen kommt. Ohne Vorwarnung drückt sie sich so abrupt an mich, dass Luft hörbar aus meiner Brust entweicht. Die Hand, die nicht die Torte hält, bildet hinten an meinem Shirt eine Faust. Ich schlucke hart, überrumpelt, überrascht, vor allem darüber, dass das unbändige Bedürfnis, sie wegzustoßen, ausbleibt. Stattdessen fühle ich mich wie ein verfluchter Highschoolschüler, der das erste Mal von einem Mädchen berührt wird und keine Ahnung hat, wie er damit umgehen soll. Ich will das hier und gleichzeitig nicht. Will sie berühren und habe Angst davor. Scheiß drauf! Das ist doch schwachsinnig. Hier geht es um eine Umarmung, sonst nichts. Harmlos. Das würde jeder bestätigen können, der gerade ins Auto sieht. Und auch wenn nicht: Em ist nicht Hannah, scheißegal, was die warnenden Stimmen in meinem Hinterkopf zu melden haben.

Im selben Moment, in dem ich endlich den Arm um sie lege, spüre ich Feuchtigkeit am Hals und verspanne mich sofort. Em missversteht meine Reaktion und schießt zurück wie ein Dartpfeil. »Sorry. Tut mir leid. Ich hatte vergessen …«, schluchzt sie, saugt die Unterlippe ein, ohne mich auch nur eine Sekunde direkt anzusehen.

»Warum weinst du?«, presse ich ein bisschen überfordert hervor. Bin mir nämlich nicht sicher, ob das aussieht wie Freudentränen.

»Weil du mir einen Kuchen gekauft hast. Mit Glasur und allem. Mir egal, ob ich mich hier gerade lächerlich mache oder nicht. Es ist mein erster Kuchen. Danke«, krächzt sie.

Wie schon beim ersten Mal bringt es mich um, sie so traurig zu sehen. Und plötzlich ist sie mir viel zu weit weg, klebt an der Autotür, als würde sie sich sonst an mir verbrennen. Deswegen fasse ich rüber, webe meine Finger in ihre Haare und ziehe sie zu mir. Ich will ihr sagen, dass ich ihr einen gebacken hätte, wenn ich gewusst hätte, wie es geht, dass sie an jedem ihrer Geburtstage einen verdammten Kuchen verdient hätte und dass kein Geburtstag mehr an ihr vorbeiziehen wird, an dem sie keinen bekommt. Aber das ist ein Versprechen, das ich nicht geben kann.

Stattdessen wische ich ihr einfach die Tränen von den Wangen. Dabei fühlen sich meine Hände an der zarten Haut noch rauer an als sonst. Scheint sie aber nicht zu stören, denn sie seufzt und senkt den Kopf, bis ihre Stirn auf meinem ausgestreckten Unterarm liegt. »Sorry, kein guter Tag für mich«, erklärt sie mit unglaublich viel Schmerz in der Stimme, und ich kann nur erahnen, wie wichtig es ihr gewesen wäre, heute bei ihren Geschwistern zu sein. Sie führt die Hände zu ihrem Gesicht und schüttelt den Kopf. Dann holt sie tief Luft. »Ich sollte jetzt reingehen.«

Und wie so oft in letzter Zeit erwische ich mich bei dem Gedanken, wie viel lieber es mir wäre, sie würde bleiben. »Bis später, Emerald.«

»Siehst du? Hab dir ja gesagt, dass sie verdammt gut ist«, ruft mein bester Freund über das Geklatsche und Gepfeife nach Emeralds Performance von »Free Fallin'« von Tom Petty. »Beißt dir jetzt wohl in den Arsch, dass du letzte Woche den Schwanz eingezogen hast, oder? Und dem bewundernden Welpen an ihrer Seite einen Vorsprung gewährt hast.«

Mühevoll reiße ich den Blick von Em, um Ollie anzublitzen, der schmunzelnd an seinem Bier nippt. Ich beschließe, dass er keine Antwort verdient hat. Em ist in ihrem Element, die Augen häufiger geschlossen als offen, als wäre sie in ihrer eigenen Welt und müsste sich immer wieder zwingen nachzusehen, ob sie noch hier ist. Sie wirkt so friedlich, gefühlvoll, als wäre jedes einzelne Lied die persönliche Geschichte ihres Lebens. Jeder ihrer Atemzüge wirkt wie ein Bonus in den Songs.

»Okay, bei dem letzten Lied, das ich heute singe, denke ich an einen Freund. Es ist ›Lost Boy‹ von Ruth B in einer etwas fetzigeren Version. Viel Spaß!« Sie schmunzelt mit gesenktem Blick, als würde es sie gerade alles kosten, mich nicht direkt anzusehen. An meinen Lippen zieht ebenfalls ein Lächeln. Warum zur Hölle fühle ich mich mit einem Mal zwei Zentimeter größer, weil ich zu ihren Freunden zähle?

Em schüttelt die Hand aus und beginnt wieder zu spielen, ohne Shane dieses Mal. Sie singt von einem Jungen, der sich alleine fühlt, bis er Peter Pan begegnet. Er fliegt mit ihm nach Nimmerland, um einer der *verlorenen Jungs* zu werden, und findet in ihnen seine neue Familie. Es ist alles andere als ein typisches Barlied, aber sie hat sowieso schon so gut wie alle mit ihrer Stimme gefangen genommen. Und für mich ist es diesmal nicht nur ihre Stimme, die mich bewegt, sondern auch der Text. Als wäre das die Antwort auf das Tattoo, das ich ihr an meiner Seite gezeigt habe. Dass es auch für »lost boys« wie mich ein Zuhause gibt. Andere, die sich mit mir identifizieren können. Wie sie selbst?

Nach den letzten Noten öffnet sie unter dem Jubel der Zuhörer langsam und verträumt die Augen. »Ihr seid spitze!«, sagt sie lächelnd und wendet sich an Shane. »Vielen Dank für die Unterstützung!« Als er ihr zuzwinkert, rammt mir Ollie, diese Nervensäge, den Ellbogen in den Arm. Was will er von mir? Dass ich rübergehe und Besitzansprüche anmelde? Em gehört mir nicht. Nicht einmal im Ansatz.

Trotzdem kann ich nicht leugnen, dass mich das verschmitzte Grinsen langsam süchtig macht, mit dem sie mich immer wieder bedenkt, während sie sich mit verschiedenen Leuten unterhält. »Angel? Babe?«

Blinzelnd reiße ich den Blick von Em los und schaue Piper an, die mich anscheinend nicht zum ersten Mal gerufen hat und wissend mustert. »Hm?«

»Noch ein Bier? Oder lieber Popcorn? Chips beim Glotzen?«

Belustigt presse ich die Lippen zusammen. Die Nächste, die ich ignorieren muss! Ollie lacht schadenfroh, fasst hinter mich und zieht Em dicht an sich. »Hey, Popstar! Ich habe das Gefühl, du könntest bald einen Bodyguard gebrauchen, der deinen süßen Hintern vor den lüsternen Blicken hier drinnen schützt. Was meinst du?«

Kichernd duckt und schlängelt sie sich unter Ollies Arm hervor. »Erstens ist an meinem Hintern nichts süß.« Wo sie recht hat ... als *süß* würde ich den sicher nicht bezeichnen. »Und zweitens: Hast du mir nicht letzte Woche noch erklärt, du würdest meinen *Wingman* spielen, wenn ich Hilfe bräuchte?«

»Das war, bevor dich die Loser der Stadt angesprochen haben. Hast du nicht mitbekommen, dass du dich mit allen Idioten von Ceasar City unterhalten hast?«

Herausfordernd hebt sie eine Augenbraue, ihr böses Schmunzeln wird immer breiter. Ich kratze mir die Oberlippe, zucke die Achseln, als Ollie das Lachen dahinter trotzdem bemerkt und die Augen zusammenkneift.

»*Ich* bin aber nicht an dir interessiert. Dachte, das hatten wir schon geklärt. Du hast meine Eier beleidigt. Mein Freund hier hingegen ...« Ich schieße ihm einen warnenden Blick zu, schreibe auf meine imaginäre To-do-Liste, seinen Kopf bei der nächsten Gelegenheit ins Klo zu stecken. Im Moment bereue ich, dass ich Clyde und seine Affen in der sechsten Klasse davon abgehalten habe. »Als Bodyguard meinte ich natürlich.« Kopfschüttelnd schnalzt er mit der Zunge. »Keine Ahnung, woran *du* jetzt gedacht hast.«

»Ich weiß nicht«, überlegt Em und lässt ihre Augen über meinen Körper wandern. »Ich fürchte, Gabe ist mir etwas zu schmal für den Job. Sollte das nicht jemand sein, der nicht durch ein Schlüsselloch schlüpfen könnte?« Sie kichert frech, während sie meine Schulter anrempelt.

»Und das von einem Mädchen, das aussieht wie ein Reißverschluss, wenn sie die Zunge rausstreckt«, halte ich dagegen, woraufhin sie den Mund aufreißt. Bevor ihr wieder irgendein Konter über die Lippen kommen kann, kneife ich sie spielerisch in die Seite, als wäre es das Natürlichste auf der

Welt, sie zu berühren. Als wäre sie nicht das erste Mädchen seit über zwei Jahren, mit der ich Körperkontakt habe, mit der ich so Spaß haben kann. Em japst lachend, streckt ihre Hände zum Gegenangriff nach mir aus, die ich leicht einfange und sie an meine Seite ziehe. Piper blinzelt, presst die Lippen aufeinander, Ollie nickt mit gehobener Augenbraue, zufrieden mit dem, was er sieht.

Em scheinen die Zuschauer ebenso aufzufallen, sie räuspert sich und nimmt die Hände von meinem Arm. Irgendwann lehnt sich Piper über die Bar und gibt Em einen dicken Kuss auf die Stirn. »Du bist der Hammer, Baby. Gut gemacht! Grilled-Cheese-Sandwich aufs Haus?«

»To go, bitte, Piper«, werfe ich ein, zertrete die kindische Nervosität über ihre Reaktion in meinem Bauch, als Em fragend zu mir sieht.

»Hat man nicht mit achtzehn normalerweise länger Ausgang?«, neckt sie.

»Ich bringe dich nach Idaho.«

Ausdruckslos starrt sie mich an. Fuck! Ich habe ehrlich gesagt mit einer anderen Reaktion gerechnet.

»Machst du Witze?«

»Nope.«

Eine tiefe Sorgenfalte bildet sich auf ihrer Stirn. »Gabe, das ist mehr als eine Tagesreise von hier entfernt.«

»Einundzwanzig Stunden und neunzehn Minuten, ja. Ich könnte Montag wieder zurück sein.« Wenn ich das ganze Wochenende durchfahre.

Em legt ihre Hände auf die Wangen, ein O formt ihre Lippen und ich bin nicht sicher, ob sie lachen oder weinen will. »Das ist verrückt. Und zu viel verlangt. Das geht nicht.«

»Es geht und du hast es nicht verlangt.« Was genau der Punkt ist, warum ich es tun will. Warum ich gerne mehr für sie tun würde.

Kapitel 18

Em

Ich kann es nicht fassen, dass der einzige Geburtstagswunsch, den ich habe, tatsächlich in Erfüllung gehen wird. Okay, nicht ganz pünktlich, aber fast. Morgen könnte ich bei Kris und Theo sein. Und ich dachte vorhin noch, die Schokotorte von Gabe wäre das beste Geburtstagsgeschenk seit ... immer eigentlich gewesen. Aber jetzt stehe ich hier in seinem Schlafzimmer, mein Herz klopft auf Hochtouren, während ich meine Sachen in die Tasche stopfe, mich frage, ob und wann und wie ich wohl zurückkomme. Wahrscheinlich ist das doof oder traurig, aber nach zwei Wochen in dieser Stadt fühle ich mich wohler und willkommener als nach drei Jahren in New York. Ich weiß, dass das nichts mit New York selbst und alles mit Jett und mir und unserer »Beziehung« zu tun hat, dennoch ist es eine Tatsache. Die gesamte Zeit dort habe ich mich auf das Ziel fixiert, eines Tages heldenreich wieder nach Hause zu kommen. In meinem vierzehnjährigen Kopf dachte ich, ich hätte dann genügend Geld für uns alle verdient, einen Abschluss gemacht, würde hineinschneien und den Tag retten. Ich würde uns dreien von meinen Reichtümern irgendwo einen tollen Bungalow kaufen und alles nachholen, was wir verpasst haben. Als wäre es selbstverständlich, dass sie in meine Obhut wandern, sobald ich einem Richter erzähle, wie schrecklich die Verhältnisse in meiner Familie sind.

Jetzt beginnen meine Hände zu zittern, als ich den Stoß Zettel von Gabes Nachtkästchen aufhebe. Ich habe ihn noch in derselben Nacht umgedreht und weggelegt, nachdem ich meinen Namen und ein paar wenige andere Infos hingekritzelt hatte. Ich sinke damit auf das Bett, sehe mir die erste Seite noch mal an und spüre die Tränen kommen, als ich auf Punkt vier starre. Meine Adresse … Keine vorhanden.

Punkt acht: Führerschein- oder Identifikationsnummer. Was zum Henker sollte ich hier hinschreiben? Die Nummer meines gefälschten Ausweises? Denn mehr habe ich nicht anzubieten. Die Wucht der Erkenntnis trifft mich neuerlich. Ich werfe den Papierstapel auf den Boden und schlinge die Arme um mich. Ein Schluchzer bildet sich in meinem Hals, aber ich presse die Lippen fest zusammen, damit das erbärmliche Geräusch bloß in einem Wimmern endet, bete, dass Gabriel es im anderen Zimmer nicht gehört hat. Der Druck im Kopf ist unerträglich groß, ich habe keine Ahnung, was ich machen, was ich Gabe sagen soll. Wie ich das erklären kann. Nach ein paar Sekunden, in denen ich die Luft anhalte, sichergehe, dass ich jegliche Laute schon im Keim ersticke, greife ich nach seinem Kissen und presse mein Gesicht hinein. Es riecht mal nicht nach meinem billigen Parfüm wie mein besprühtes Kissen immer. Es riecht nach meinem Shampoo, aber viel mehr nach Karamell, nach Mann, nach Gabe, und für ein paar kurze Augenblicke konzentriere ich mich nur *darauf*, atme gleichmäßig ein und aus und warte, bis das Rauschen in den Ohren abnimmt. Dann nehme ich meinen Mut zusammen und stelle mich an die Schlafzimmertür. »Gabe?«, krächze ich, räuspere mich und versuche es noch mal. Sofort habe ich seine Aufmerksamkeit, fühle, wie schnell mein Herz schlägt, weil diese Falte auf seiner Stirn erscheint, während er mein Gesicht buchstäblich abscannt. »Ich kann heute nicht fahren.« Ich weiß, meine Worte erklären gar nichts, und trotzdem bete ich, dass er nicht nach einem *Warum* verlangt.

»Was ist passiert?« Auch nicht besser.

»Nichts ist passiert. Ich bin nur … Ich kann einfach nicht.« Ich halte mich am Türrahmen fest, um mich aufrecht zu halten.

»Em, was ist?«, wiederholt er, sieht und merkt, dass meine Fassung am seidenen Faden hängt. Er kommt näher, woraufhin ich kopfschüttelnd zurücktrete. Gabe dürfte meine Reaktion jedoch missverstehen, denn er bleibt sofort stehen und beißt sich auf die Unterlippe. Dabei hat das hier absolut nichts mit ihm zu tun. Nichts mit seiner Geschichte oder irgendwelchen Zweifeln an ihm. Aber ich sehe es ihm am Gesicht an, dass er genau das jetzt denkt. »Du hast Angst …«, murmelt er leise.

Ich wusste es. »Ja. Aber nicht vor dir, Gabe. Im Moment bist du der einzige Teil meines Lebens, der mir *keine* Angst macht. Meine einzige Konstante. Und ist das nicht die erbärmlichste Tatsache, die du seit Langem gehört hast?« Ich lache humorlos. »Wir kennen uns zwei Wochen, und du und Piper, ihr seid mehr Familie, als ich die letzten drei Jahre sonst hatte.« Er starrt mich an, denkt sich wahrscheinlich auch, wie armselig das klingt. Dabei ist das nicht einmal das Peinlichste. Beschämt gehe ich zurück zum Bett, deute auf die Papiere am Boden. »Ich kann nicht mit leeren Händen nach Hause fahren und meinen Geschwistern erklären, dass meine Zusage wertlos und gelogen war. Dass ich naiv war, weil ich nicht begriffen habe, dass ich keine Chance habe, sie zu bekommen. Ich kann nicht einmal dort schlafen, weil mein Stiefvater mir verboten hat zurückzukommen. «

»Warum bist du dir so sicher, dass du keine Chance hast?«, will Gabe wissen, und ich könnte kotzen, frage mich, ob es ihn genauso viel gekostet hat, mir zu erzählen, dass er im Gefängnis war. *Dass* er es mir erzählt hat, ist der einzige Grund, weshalb ich den Mut aufbringe.

»Seit ich ausgezogen bin, schlafe ich entweder auf der Straße oder in fremden Wohnungen. Ich habe keine Ausbildung, keinen richtigen Job, kein Geld. Gar nichts. Und ja, natürlich wusste ich das auch vor einem Monat schon, aber ...« Aber da wollte ich es nicht wahrhaben. Hatte gehofft, dass sich mein Blatt wie durch ein Wunder wenden würde. »Jetzt habe ich es Schwarz auf Weiß in Form dieser Formulare. Formulare, die ich nicht ausfüllen kann, weil ich das meiste nicht einmal lesen kann.«

»Ja, das ist Juristensprache. Vielleicht kann ich dir ein bisschen helfen«, bietet er an, und ich blicke verzweifelt zur Decke.

»Nein, Gabe. Du verstehst nicht. Ich *kann* nicht lesen.« Die Überraschung in seinem Gesicht sehe ich mir gar nicht an, denn dieses blöde Wimmern ertönt wieder in meiner Kehle. Ich halte mir eine Hand vor den Mund und sinke nieder auf das Bett, würde mich am liebsten unter der Decke vergraben. »In einem einzelnen Satz dort auf dem Papier verstehe ich mehr Wörter nicht, als ich entziffern kann, weil ich lese wie eine Drittklässlerin. Selbst wenn ich eine Adresse hätte, die ich angeben könnte, wüsste ich ab Punkt sechs nicht mehr weiter, weil ich keine Ahnung habe, was ich alles ankreuzen soll. Oder hier ...« Mit zitternden Händen hebe ich den Stapel auf und zeige ihm Seite neun. »Hier soll ich – sofern ich es überhaupt richtig zusammengestückelt habe – einen Text schreiben, warum ich die Vormundschaft beantrage.« Schluckend zucke ich mit den Schultern, ein bitteres Lächeln auf den Lippen. »Mein Text würde dem eines Grundschülers gleichen.« Ich sehe zu ihm hoch, sein Gesicht gezeichnet von Hilflosigkeit, weil er nicht weiß, was er sagen soll. Gibt ja auch nichts. »Alles, was ich machen könnte, wäre, meine Geschwister zu entführen, denn kein Richter wird jemandem wie mir das Sorgerecht erteilen.«

Endgültig bricht der Schluchzer durch. Der erste von vielen und ich kann nichts mehr dagegen tun.

»Verdammt, Emerald ...«, höre ich Gabe mit rauer Stimme sagen. Ich hebe die Hand, versuche, ihn davon abzuhalten, jetzt näher zu kommen, weil ich dann völlig zusammenbreche, aber das ist ihm egal. Er greift nach meiner abwehrenden Hand und zieht mich damit ruckartig hoch und an sich. Seine starken Arme wandern um meinen Rücken, pressen mich fest an sich. Es ist wie eine Einladung loszulassen, also mache ich genau das. Eingehüllt in seine Wärme lasse ich mich von ihm festhalten. Denn ich fühle mich schwach und müde und unglaublich leer.

Während ich hier hänge und heule, denke ich darüber nach, wie lange es her ist, dass mich jemand gehalten hat, einfach um mich zu trösten, zu umarmen, egal was. Und damit mache ich alles noch schlimmer, fühle, wie alle aufgestauten Emotionen, all der Ärger, all das Selbstmitleid, all die Trauer, die Einsamkeit mich überschwemmen.

Das nächste Mal, als ich die Augen öffne, dauert es einen Moment, bis ich begreife, dass ich irgendwann eingeschlafen sein muss. Das Letzte, woran ich mich erinnere, ist, dass Gabe sich mit mir in den Armen aufs Bett gesetzt hat. Aber jetzt liege ich alleine hier. Unter seiner Decke, ohne Schuhe. Ohne Gabe. Ich lasse den Gedanken nicht zu, dass mich das ein kleines bisschen enttäuscht. Die Haare kleben mir im Gesicht und ich fühle mich vertrocknet und geschwollen und muss mich erst mal eine halbe Stunde räuspern, um den Frosch im Hals loszuwerden, der es sich dort gemütlich gemacht hat. Ein Blick zum Fenster verrät mir, dass es noch Nacht ist. Trotzdem brauche ich etwas Wasser, bevor ich die ganze Nacht an dem Buschfeuer in meinem Hals vorbeischlucken muss. Erschöpft schleppe ich mich ins Wohnzimmer, stolpere über meine eigenen Füße, weil ich nicht damit gerechnet habe, Gabe auf seinem Sessel sitzen zu sehen. Das Handylicht erleuchtet sein Gesicht. Beim Geräusch meiner Schritte sieht er auf. »Hey!«

»Hi«, gebe ich heiser zurück. »Dachte, du wärst gegangen.«

Er zuckt mit den Schultern, studiert mein Gesicht, was mich nervös macht, also marschiere ich in die Küche. »Du bist bei mir geblieben, als es mir dreckig ging. Das Gleiche hast du für Hank gemacht. Dachte, es wäre nur fair, auch mal sicherzugehen, dass du okay bist.«

Ich lächle schwach, schalte das kleine Licht an der Dunstabzugshaube an. »Willst du auch was trinken?« Er nickt und steht auf, also schütte ich ihm ebenfalls ein Glas Wasser ein.

»Bist du's denn?«

»Okay?« Bin ich das? »Schätze schon, ja. Momentan zumindest.« Peinlich berührt starre ich auf das Glas Wasser, das ich in meiner Hand zum Schaukeln bringe.

»Kannst du mir auch in die Augen schauen, wenn du das sagst?«, fordert er mich heraus, woraufhin ich widerstrebend den Blick anhebe.

»Ich komme mir gerade ziemlich blöd vor. Kannst du das nicht nachvollziehen?«

»Kann ich. Trotzdem wüsste ich gerne, weshalb.«

Ähm, war er vorhin dabei? »Weil du da meinen Rotz auf deinem Shirt hast?«, beginne ich langsam. »Weil sich durch meine Heulerei nichts an meiner Lage geändert hat. Und weil du mich bemitleidest, weil ich dumm bin. Und wir *hassen* Mitleid, schon vergessen?« Ich versuche, es ein bisschen ins Lächerliche zu ziehen, wie unangenehm mir das hier alles gerade ist, aber so, wie er den Kiefer anspannt, kauft er es mir sowieso nicht ab.

»Scheiß auf mein Shirt. Du hast mich schon durch zwei Panikattacken begleitet, die ebenfalls nichts verbessert haben, aber den Dreck kann man eben nicht steuern. Und warum zur Hölle sollte ich dich bemitleiden? Du bist nicht dumm.«

Ich verdrehe die Augen, will genervt stöhnen, weil es mich stört, dass er meine Defizite zu verharmlosen versucht. »Gabe. Ich habe mich verfahren, weil ich zu lange brauche, um Straßenschilder zu lesen. Ich brauche eine halbe Stunde, um eine Adresse ins Navi einzugeben, weil ich die Reihenfolge der Buchstaben auswendig lernen muss, bevor ich den Namen eintippe. Ich habe auch deswegen fast drei Jahre lang keinen Kontakt zu meinen Geschwistern gehabt, weil ich keinen Brief schreiben kann. Und selbst wenn ich es könnte, meine Geschwister könnten ihn nicht lesen.« Ich beobachte, wie Gabes Schultern nach einem tiefen Atemzug sacken, will sagen: *Jap, das ist mein Leben* – und das ist noch nicht einmal alles. »Ich kann nicht nur wegen der Kosten nicht zum Arzt gehen, sondern weil man dort immer diese Blätter ausfüllen soll, bei denen ich nachfragen muss, was gemeint ist. Ich wollte Songschreiberin werden.« Ich lache zynisch, schüttle den Kopf über meine kindischen Träume. »Dabei kann ich meine eigenen Songs nicht einmal aufschreiben. Einen Job zu finden, wenn man kaum lesen, schreiben oder rechnen kann, ist generell ein Ding der Unmöglichkeit. Soll ich weitermachen?« Ich weiche seinen durchdringenden Augen aus, die in letzter Zeit viel öfter grün als blau scheinen, wenn ich mit ihm zusammen bin, und spüle mein Glas.

»Du hast mal Homeschooling erwähnt. Warum hat nie jemand etwas mitbekommen?«

Ich kann mir denken, worauf er mit dieser Frage hinauswill. Behörden. »Idaho ist einer der wenigen Bundesstaaten, in denen Eltern keinen Nachweis für absolvierten Heimunterricht erbringen müssen.« Das habe ich ausgerechnet von Jett erfahren, der aber kein Problem damit zu haben schien, dass ich dumm wie Brot bin. Er wollte auch nicht, dass ich daran etwas ändere. »Drei Tage, bevor ich in die erste Klasse hätte gehen sollen, hatte ich einen Blinddarmdurchbruch und war acht Wochen lang im Bett. Mom meldete mich von der Schule ab, weil ich sowieso das Wichtigste verpassen würde. Aber als sie schwanger wurde, konnte sie mich nicht unterrichten, weil ihre Schwangerschaften eine einzige Katastrophe waren. Nach Theos Querschnittslähmung stand die Welt ohnehin kopf. Mom wusste hinten und vorne nicht, was sie tun sollte, brauchte Geld fürs Krankenhaus und die Wohnung. Ich blieb die meiste Zeit alleine mit Theo zu Hause. Das Wenige, was ich gelernt habe, kam durch die Nachbarin, Mrs Howard, von der ich dir erzählt habe. Die, die in der Nacht nach Theos Sturz die Polizei gerufen hat. Dann kam Stiefvater Nummer drei und zog mit uns weg. Darauf folgte die Schwangerschaft mit Kris und so ging es eben weiter. Ich war schlecht. Theo fühlte sich oft nicht gut genug, um lernen zu können, und Kris war ständig am Herumhüpfen und konnte sich nicht konzentrieren.« Jede sogenannte Unterrichtsstunde endete in einem riesigen Streit, in Tränen und Vorwürfen. Kann nicht wirklich behaupten, dass ich danach jemals Lust am Lernen hatte.

»Ich dachte, es reicht, dass ich meine Stimme habe. Ich dachte, irgendjemand würde mich auf den Straßen New Yorks singen hören und unter Vertrag nehmen. Filme, Hörbücher und Songs waren mein einziger Zugang zur Sprache, zu neuen Wörtern, zu Sätzen, die meinem Alter entsprachen und nicht einem Kind. Vor zwei Jahren habe ich zum ersten Mal ein Buch in die Hand genommen und mich darüber geärgert, dass ich nicht in der Lage war, einen Text für Grundschüler zu lesen. Ich hatte ›Der Zauberer von Oz‹ so oft gehört und konnte dennoch mit dem geschriebenen Wort nichts anfangen. Nach der zweiten Seite war ich frustriert und legte es weg.« Einmal habe ich Jett gefragt, ob er mir helfen könne oder wüsste, wo man mir anonym helfen würde. Das Thema war jedoch schnell wieder beendet. War wohl praktisch für ihn, dass ich wenig Wissen,

Selbstvertrauen und Hilfe von außen hatte. Auf diese Weise blieb ich abhängig von ihm.

»Im Endeffekt habe ich mir die letzten drei Jahre weitaus romantischer vorgestellt, als sie waren. Dachte, ich würde nicht nur eine Menge Geld verdienen, sondern auch meinen Abschluss nachholen.« Ich schnipse mit den Fingern. »Ich würde mal sagen, das ist die Definition eines naiven Dummchens.«

»Du warst vierzehn Jahre alt.«

»Tja, heute aber nicht mehr«, murmle ich trocken, denn die Fakten bleiben dieselben. »Und jetzt ist es zu spät.«

»Ist es nicht, Em. Du bist achtzehn, nicht achtundneunzig. Du kannst noch alles machen, was du dir vornimmst.«

Ich hebe den Kopf und mit ihm eine Augenbraue, um Gabe darauf hinzuweisen, dass er wirklich mal was von seiner eigenen Medizin nehmen und an sich selbst denken sollte. »Ich habe eine Verantwortung, Gabriel. Ich kann meine Geschwister nicht bei mir aufnehmen und dann abends in der Schule sitzen, um neun versäumte Schuljahre nachzuholen.«

»Dann kannst du sie vielleicht jetzt noch nicht aufnehmen. Du bist genauso wichtig wie sie, und sie sind nicht deine Kinder, Em.«

»Aber ich bin alles, was sie an Familie haben. Denkst du allen Ernstes, dass es da draußen Pflegeeltern gibt, die darauf warten, einen Jungen im Rollstuhl, ein Mädchen mit ADHS und ein Neugeborenes aufzunehmen? Und wenn meine Schwester ihren Stolz besiegt und mir einmal in drei Jahren eine Sprachnachricht schickt, dass die Situation zu Hause schlimm ist, dann ist es DEFCON-1-schlimm, verstehst du?« Ich beschwöre ihn einen langen Moment, während mein aufgeregter Atem mit mir durchgeht. Dann schließe ich erschöpft die Augen und sinke an seinem Kühlschrank zu Boden. Mein Geburtstag ist seit ein paar Stunden offiziell vorbei. Im Kopf sehe ich Theo, der immer noch an die Tür starrt und hofft, dass ich mich lediglich verspätet habe. Ich sehe Kris kopfschüttelnd im Bett liegen. Vielleicht vergießt sie vor Enttäuschung über mich eine Träne, dreht sich dann zur Wand und erinnert sich, dass sie mir sowieso von Anfang an nicht geglaubt hat. Ich stecke das Kinn zwischen die Knie, beobachte aus dem Augenwinkel, wie Gabe sich neben mich setzt, und staune über das kleine Lächeln auf meinen Lippen, als er meinen Arm mit seinem berührt.

»Ich habe das Gefühl, es wird zu unserem Ding, dass ich dir jedes Mal eins meiner Tattoos erkläre, wenn du mir etwas über dich erzählst.«

Schnaubend kippe ich den Kopf zur Seite. »Du meinst, ich bekomme ein Leckerli für jede persönliche Geschichte?«

»Nein. Was ich meine, ist, dass mir dein Vertrauen nicht egal ist. Und dass ich dir ebenfalls Dinge anvertrauen möchte, auch wenn es mir verflucht schwerfällt.«

Berührt mustere ich Gabe, die Narbe, die Sommersprossen, die dichten Augenbrauen, schmunzle darüber, dass es nur zwei Wochen her ist, dass ich ihn für gut aussehend befunden, aber seine Persönlichkeit abgeschrieben habe, als hätte ich auch nur den Hauch einer Ahnung gehabt, was hinter dem hübschen Gesicht und dem starken Körper steckt. Gabe dreht mir den Rücken zu und zieht im Nacken an seinem Shirt, sodass ein Pfeil sichtbar wird, der sich in einer offenen Unendlich-Linie schwingt. »Das ist ein Malin-Pfeil. Ein Symbol dafür, dass man Rückschritte erleben wird, wenn man vorwärtsgehen will. Jake hat den Pfeil auf der Brust, obwohl ich nie wirklich verstanden habe, an welche Rückschritte er gedacht hat. Als ich ins Gefängnis kam, wollte ich ihn mir übersteehen lassen. Den Pfeil und die Bedeutung dahinter ausradieren. Denn wenn Rückschritte dieser Art nötig sind, um vorwärtszugehen, bleibe ich lieber, wo ich bin.«

»Aber er ist noch immer da«, stelle ich das Offensichtliche fest.

Er lässt sein Shirt los, bleibt allerdings in seiner Position sitzen und stützt sich nachdenklich auf den Knien ab. »Ja, weil es mir irgendwie scheißegal war, was auf meinem Rücken ist. Ich muss es sowieso nicht sehen.«

Anders als beim letzten Mal folge ich meinem Instinkt und rutsche dicht an ihn. Mit seinem warmen Rücken an meiner Brust lege ich ihm die Arme um den Nacken und die Wange direkt auf das Tattoo. Anfangs verkrampft er unter meiner Berührung, also bewege ich mich nicht, sondern schließe die Augen und gebe mir Mühe, Ruhe auszustrahlen. Als er dann nach ein paar Sekunden buchstäblich die Verspannung löst, lächle ich. »Wir sind gar nicht so ungleich, wie ich zuerst dachte. Zumindest staune ich jedes Mal, wie gut ich mich mit deinen Tattoos identifizieren kann.« Ein kurzes Lachen entführt mir. »Na ja, mit fast allen. Den Tunnelspruch ausgenommen.« Er schnurrt leise, während ich ihn mit dem Kinn anstupse. »Wobei, vielleicht lasse ich mir ja einen ähnlichen Spruch tätowieren. Etwas wie: *Manchmal sind Rückschritte gar nicht so schlecht.* Und dann eine Klippe oder so neben den Text. Was hältst du davon?« Mission erfüllt. Er lacht leise, und vielleicht bilde ich es mir ja nur ein, aber ich glaube, für ein paar Sekunden lehnt er sich tatsächlich an mich. Doch dann versaue ich den Moment, indem mir ein unkontrollierbares Gähnen entführt, weil mein Nickerchen nicht besonders lange gewesen sein kann. Gabe nimmt es wohl als Stichwort, steht auf und streckt mir die Hand entgegen.

»Eins muss ich noch loswerden, bevor ich gehe. Ich denke absolut nicht, dass du dumm bist, Em. Intelligenz misst sich nicht an Lese- und Schreibfähigkeiten. Du hast ein schlagfertiges Mundwerk und die geistreichsten Konter. Wenn du alles, was du weißt und wie du redest, einzig und allein aus Filmen,

Hörbüchern und vom Zuhören hast, dann würde ich behaupten, du bist die cleverste Person, die mir seit Langem untergekommen ist.«

Spitze. Der Kloß in meinem Hals ist zurück. Ich lasse mich hochziehen, schnalze dabei mit der Zunge. »Wenn du dich verpflichtet fühlst, das zu sagen, damit ich mich besser fühle …«

Gabe schüttelt den Kopf, sein Blick fällt auf meine Lippen und plötzlich klopft mein Herz ein kleines bisschen schneller. Ich beobachte sein Schlucken, bevor er meine Augen wiederfindet und rückwärts zur Tür geht. »Tue ich nicht. So bin ich nicht. Und ich glaube, das weißt du inzwischen schon ganz gut. Gute Nacht, Emerald.«

Kapitel 19

Gabe

Ollie verbringt den Tag heute mit seiner Familie, und nachdem ich schon zwei Stunden gelesen, zwei Stunden ferngesehen und eine Stunde gefressen habe, fiel mir ehrlich nichts mehr ein, was ich mit mir anfangen könnte. Also kam ich in die Werkstatt, um ein bisschen herumzuschrauben. Ich versuchte, mich zu erinnern, was zur Hölle ich in dieser Stadt getrieben habe, als ich ein Teenager war. Mit Jake Computerspiele spielen, mit Ollie und ein paar anderen herumhängen, rauchen und mit den Mädels flirten und rummachen, die fünf meiner Freunde vor oder nach mir gehabt haben. All diese Dinge sind heute keine Option mehr. An der Uni habe ich die Sonntage meist genutzt, um das Schlafpensum aufzufüllen, das durch Lernen und diverse Partys auf ein Minimum gesunken war. Aber Schlaf suche ich nicht mehr. Bis vor ein paar Wochen habe ich auch nicht nach Gesellschaft gesucht, aber jetzt atme ich auf, als Emeralds Cowboystiefel in meinem Blickfeld auftauchen, während ich auf dem Rollbrett unter einem Auto liege. Sie beugt sich vor und grinst kopfüber unter das Auto. »Hey!«

Ich tue so, als wäre ich nicht total erleichtert über ihre Gegenwart, sondern schwer beschäftigt. »Hi«, lächle ich zurück.

»Gott, bin ich froh, dass du da bist. Ich war kurz davor, mir noch mal das Museum anzusehen, weil mir so langweilig ist.«

Lachend senke ich die Arme. Ist sowieso sinnlos zu leugnen, dass ich gehofft habe, sie hier zu sehen. »Kannst du unserem Kulturgut bitte etwas mehr Respekt zollen?«

Em hebt eine Augenbraue. »Warst du überhaupt schon mal drinnen?«

Amüsiert lecke ich mir über die Lippen. »In der fünften Klasse mussten wir alle rein.«

Missbilligend schnalzt sie mit der Zunge und schüttelt den Kopf, zwinkert dann aber. »Hey, ist mein Keyboard noch in deinem Kofferraum?« Ich nicke. »Cool. Darf ich es kurz aufstellen? Piper hat ein neues Lied auf die Liste gesetzt, das ich am Freitag mit Shane singen soll, und das habe ich noch nie gespielt.«

»Und zwar?«

»Backstreet Boys.« Sie schmunzelt. »Das Lied ist ziemlich gut – ›Chances‹. Ich habe leider keine Kopfhörer, wenn ich also lieber oben üben soll …«

Ich rolle rüber zum Radio und drehe es ab. »Bleib!« Lächelnd salutiert sie und stellt dann ihr Keyboard auf. Sie probiert zuerst ein paar Takte aus, summt, spielt dazu einzelne Noten, während ihre Augen die meiste Zeit geschlossen bleiben. Manchmal zuckt sie zusammen, schüttelt den Kopf oder schnalzt mit der Zunge, weil nicht das rauskommt, was sie hören will. Nach ein paar Minuten erklingt dann das Intro des Liedes, das ich das eine oder andere Mal im Radio gehört habe. Jetzt sauge ich jedes einzelne Wort auf, das aus ihrem Mund kommt. Bei der zweiten Strophe hängt sie sich besonders rein, lässt ihre Stimme härter klingen, als sie ist, und hebt dann amüsiert den Blick. Natürlich erwischt sie mich beim Glotzen und grinst breit. Wenn sie sich verspielt, nimmt sie sich Zeit, die richtige Note zu finden. Erst am Ende des Liedes wird ihre Stimme leiser, rauchiger, bevor sie den letzten Ton in einem Hauch enden lässt.

Ich bin fasziniert, sie scheinbar nicht, denn sie spielt den Song gleich ein zweites und ein drittes Mal. Erst dann nickt sie, wahrscheinlich mehr zu sich selbst.

»Wie machst du das?«, frage ich bewundernd.

Sie blinzelt sich aus ihrer Welt und sucht meinen Blick. »Was konkret?«

»Du spielst die Melodie, ohne die Noten je gesehen zu haben?«

Sie neigt den Kopf zur Seite, streicht über die Tasten und lächelt. »Musik zu machen ist halt das Einzige, was ich kann. Wenn man ein Gefühl für Noten und Akkorde entwickelt hat, kann man sich das meiste zusammenstückeln. Und wenn ich mir mal nicht sicher bin, gibt es zumindest für die populären Songs YouTube-Tutorials.« Sie zwinkert mir zu.

»Hast du in New York deine eigenen Lieder gesungen?«

Em sieht mich an, als wäre sie von der Frage überrascht.

»Du hast gesagt, du wolltest Songschreiberin werden, also habe ich angenommen, du hättest eigene.«

Sie sieht zu Boden, steht auf und streckt sich. Und diesmal erwische ich mich dabei, wie ich nicht wegschaue, als dabei ihr Bauch unterm Shirt hervorblitzt. »Ehrlich gesagt, bisher hat meine Songs noch niemand gehört. Vielleicht ist das doof oder vermessen, aber ich hatte ein bisschen Angst, dass man mir die Worte, die Melodie klauen würde. Ich hätte nichts dagegen machen können, ich habe ja nichts Schriftliches, das beweisen könnte, dass das Lied von mir ist.«

Ich bin immer noch völlig platt über die Bombe, die sie vorgestern hat platzen lassen. Klar, ich weiß, dass mehr Amerikaner nur minimale Lese- und Schreibfähigkeiten haben, als man denkt. Aber ich finde es erstaunlich, wie sie trotzdem heute vor mir steht. Lesen und Schreiben betrifft so gut wie jeden Bereich des Alltags, und es muss hart sein, es nicht zu beherrschen. Für mich hat es wirklich nichts mit Dummheit zu tun, denn erstens ist es nicht ihre Schuld, dass niemand es ihr beigebracht hat, und zweitens halte ich mich auch nicht für dümmer, weil ich keine Ahnung von chinesischen Zeichen oder der arabischen Schrift habe. Meiner Meinung nach muss man ein ziemlicher Kämpfer und Lebenskünstler sein, um sich so im Leben zurechtzufinden wie sie.

»Okay, folgender Deal: Deinen ersten Song schreibe ich auf. Bei den restlichen machst du es dann selbst.«

Em mustert mich, als hätte ich einen Vogel, und stemmt die Hände in die Hüften. »Gabe. Hast du nicht aufgepasst? Ich kann nicht schreiben.«

»Erstens stimmt das nicht. Du kannst nur nicht *alles* schreiben. Und zweitens meine ich nicht heute oder in einer Woche, sondern dann, wenn die Zeit gekommen ist. Ich bringe es dir bei.« Die selbstgefällige Ader in mir hat irgendwie erwartet, dass sie mir jetzt euphorisch um den Hals fallen und sich bedanken würde. Stattdessen beißt sie sich auf die Lippe und wendet den Blick ab.

»Ich bin nicht sicher, ob das eine gute Idee ist, Gabe. Ich weiß, du meinst es gut, und ich danke dir für den Vorschlag, aber ich glaube, du stellst dir das einfacher vor, als es ist. Mein Leseverständnis hat sich im Laufe der Zeit nicht verbessert und momentan zeichne ich eher Buchstaben, als sie zu schreiben.«

Ist mir egal ... »Schämst du dich vor mir?«

Sie hebt die Augenbrauen und nickt, als wäre die Antwort selbstverständlich.

»Vertraust du mir?«

Jetzt macht sie ein böses Gesicht, zieht die Lippen kraus, weil sie weiß, dass ich die Antwort bereits kenne. Letztlich nickt sie widerwillig. Das ist alles, was ich brauche, um mir Zettel und Stift zu holen. Ich greife nach einem Klappstuhl, stelle ihn vor ihr Keyboard und pflanze mich drauf. Em hat sich indessen keinen Zentimeter gerührt, folgt mir lediglich mit den Augen, bis sie seufzt und sich etwas resigniert wieder hinsetzt.

Nervös kratzt sie sich am Kopf. »Okay, also jetzt bin ich von null auf hundert richtig aufgeregt. Das ist, als würde ich ein Tagebuch als Hörbuch vertonen.«

Ich will ihr sagen, dass es keinen Grund gibt, nervös zu sein, weil sie eine Wahnsinnsstimme und ein Riesentalent hat, aber ich verstehe, was sie meint. Das sind ihre eigenen Worte, keine gecoverten. Sie stößt einmal kräftig Luft aus und legt ihre leicht zitternden Finger aufs Keyboard. »Bereit?«, fragt sie mich, und ich blinzle bestätigend. Dann schüttelt sie leicht den Kopf, holt tief Luft.

They say there's no place like home
But home is where the heart is
And hasn't yours been missing for years
Searching in this sea of tears

I know you feel like a paper boat
Floating through another wave
Tired of bracing for the impact
Drained from being attacked

Yeah, I know you may feel broken
You may feel bruised
You may feel hollow
Even used

But this is not the end
It's gotta be true
There's more out there for you

Don't be afraid to lose your way
Your boat will prove it to the world
Fairytales might not exist but
Before every happy ending there's the twist

You may feel broken
You may feel bruised
You may feel hollow
Even used

But this is not the end
It's gotta be true
There's more out there for you

Don't give up
Don't give in
Don't lose hope
I'll be the wing
To your paper boat
Mhm

Ihre Finger fliegen noch ein paar Takte lang über die Tasten, bevor sie bebend Luft holt und die Schultern senkt. Wow! Em öffnet die Augen und deutet auf mein leeres Blatt. »Also, ich bin ja keine Expertin, aber ich glaube, normalerweise sollte das jetzt ein bisschen anders aussehen, oder?«

»Ja, sorry. Ich wollte mir den Song erst einmal anhören, ein Gefühl dafür entwickeln«, erkläre ich lahmarschig, denn in Wahrheit bin ich einfach erstaunt über die Tiefe ihrer Worte, den Schmerz in ihrer Stimme und die hoffnungsvolle Perspektive zum Schluss. »Ist dieses Lied für dich?«, frage ich.

»Eigentlich habe ich es für Theo geschrieben.« Em streift sich eine Haarsträhne hinters Ohr. »Aber ja, ich wünschte, es hätte jemanden in meinem Leben gegeben, der mir so etwas versprochen hätte.« Sie lächelt schüchtern, klopft sich auf die Oberschenkel und steht abrupt auf. Verwirrt sehe ich ihr hinterher, während sie sich auf das Rollbrett legt und damit unter dem Auto verschwindet, an dem ich vorher gebastelt habe. »Woran arbeiten wir hier gerade?«

Wir? Ich schmunzle. »*Wir* entfernen Roststellen und versiegeln mit einem Unterbodenschutz.«

»Alles klar, dann lass mal das Werkzeug rüberwachsen, Alter!« Sie streckt eine Hand unter dem Auto hervor.

Grinsend lehne ich meine Schulter gegen die Karosserie, sehe auf ihre wackelnden Finger. »Irgendeine Präferenz oder ganz allgemein? *Alter*.«

»Klugscheißer. Was weiß ich, wie der ganze Kram heißt. Wichtig ist, dass man damit umgehen kann.«

»Und das kannst du?«

»Mein Ziel war es, das herauszufinden.« Em windet sich da unten wie ein Wurm. »Ehrlich. Bekommt man hier drunter nicht klaustrophobische Zustände?«

Schnaubend ziehe ich an ihrem Knöchel, weil sie offensichtlich damit kämpft rauszukommen. »Schätze, ich bin kleine, enge Räume gewöhnt. Und hier kann ich zumindest jederzeit abhauen«, antworte ich ehrlich.

Schluckend greift Em nach meiner Hand, mit der ich ihr aufhelfe, lässt sich dann aber Zeit. Sie sieht mit einer kleinen Falte auf der Stirn auf ihre Finger, die nur langsam aus meiner Handinnenfläche weichen. Ich fühle Gänsehautalarm auf den Armen, diesmal allerdings nicht, weil mir die Berührung unangenehm ist.

»Warum Medizin?«, fragt sie nachdenklich.

Ich überlege einen Augenblick, wie weit ich ins Detail gehen möchte. Bei ihr fühlt es sich nicht so an, als würde ich mich damit ausliefern. Vielmehr fühle ich mich nach einem

Gespräch mit ihr oft ein Stück stärker als davor. »Erinnerst du dich an das Tattoo mit der Herzfrequenz an meiner Seite? Das ist der letzte Herzschlag von Ollies Schwester. Er hat das gleiche Tattoo auf der Brust.«

Em verzieht traurig das Gesicht und legt eine Hand auf ihre eigene Seite.

»Zehn Jahre hat die Kleine gegen den beschissenen Krebs gekämpft, bis sie mit vierzehn keine Kraft mehr hatte. Wir konnten es alle nicht glauben, weil die Ärzte nach der Stammzellentransplantation sehr zuversichtlich waren. Tja …« Kopfschüttelnd zucke ich mit den Schultern, denke daran, dass mein bester Freund noch heute das Gefühl hat, ein Teil von ihm würde fehlen. »Es wurde zu seinem Traum, eines Tages selbst Medizin zu studieren und nahm mich da irgendwie mit, steckte mich an, bis es mein eigener wurde. Dass wir sogar auf derselben Uni landeten, war Glück.« Dass ich nach kurzer Zeit wieder rausgeschmissen wurde, war scheiße. Dass er bald das nächste Semester ohne mich in Illinois starten wird, ist einfach hart.

Em beobachtet mich einen Moment, sie hatte noch nichts davon gewusst, dass Ollie einer jener Kumpel war, die nach der verfluchten Party zusehen konnten, wie mein Leben den Bach runterging. »Ihr wollt die Chance haben, die Geschichte eines anderen Menschen umzulenken«, sinniert sie dann. Natürlich hat es mich damals nicht im Ansatz so hart getroffen wie Ollie, aber wir waren alle miteinander befreundet. Bree war cool, als alle anderen Mädchen noch doof waren.

»Es geht mir nicht nur um Leukämie. Es gibt so viele Krankheiten, die unerforscht sind oder sich ständig weiterentwickeln, mutieren. Ich würde so gern einen winzigen Teil zum Ganzen beitragen, und wenn ich damit auch nur *ein* einziges Leben retten würde.«

»Okay. Folgender Vorschlag: Ich schreibe mich nicht ab, wenn du versprichst, es selbst auch nicht zu tun. Wenn mir alle Möglichkeiten offenstehen, Songwriter zu werden, dann kannst du allemal noch Medizin studieren.«

Das kostet mich ein stilles Lachen. »Sicher. Es wird halt wahrscheinlich dauern, bis ich fünfundachtzig bin. Dann habe ich ein ganzes Jahr, um tatsächlich zu praktizieren, bevor ich abkratze.«

Em hebt belustigt eine Augenbraue. »Aber für dich wird es ein Hammerjahr werden.«

Die unerwartete Antwort bringt mich zum Lachen. Das ist es, was es so leicht macht, mit ihr über diese Dinge zu reden. Sie erklärt mir nicht lang und breit, wie wenig hilfreich der Sarkasmus ist. Weist mich nicht zurecht, anders mit dem Thema umzugehen.

Schließlich räuspert Em sich und verschränkt die Arme vor der Brust. »Hey, ich habe nachgedacht. Ich habe mein Geld heute mal in der Bank zählen lassen. Es ist wirklich nicht sooo viel. Und ich werde es brauchen, wenn ich in Idaho ankomme. Sei es für ein Hostel, einen Anwalt oder für was auch immer. Also werde ich Floyd wohl opfern. Ich weiß nicht, ob ihr ihn überhaupt gebrauchen könnt, Ersatzteile rausholen oder so, aber ich würde ihn euch gerne schenken.«

Ich muss zugeben, dass ich damit gerechnet habe, dass sie sich früher oder später gegen die Reparatur entscheiden würde. So viel Geld in ein so altes Auto zu stecken, macht leider kaum Sinn. »Du schenkst uns gar nichts. Wir kaufen ihn dir ab. Ich muss noch mit Dad reden, weil ich die Entscheidung nicht alleine treffen kann. Es wird nicht viel sein, aber du bekommst etwas.«

»Gabe. Du lässt mich bei dir wohnen. Willst mich nach Idaho bringen …«

»Und wenn ich das passende Ersatzteil hätte, würde ich es für dich einbauen, ohne mit der Wimper zu zucken, Em.« Ich bin selbst ein wenig überrascht, wie ernst ich diese Worte meine. Ich arbeite zwar viel, auch in meiner Freizeit, wenn mir nichts Besseres einfällt, aber umsonst arbeite ich eigentlich nie. Vor allem aber überrascht mich, wie leicht mir diese Offenbarung über die Lippen gegangen ist. »Ich weiß, wie viel es dir bedeuten würde …«, versuche ich zu erklären, doch Em unterbricht mich, indem sie kopfschüttelnd am Ärmel meines T-Shirts zupft.

»Du musst mir nichts erklären. Okay? Gar nichts. Und auch nicht gratis für mich arbeiten. Die Zeit, die du schon investiert hast, werde ich auf jeden Fall bezahlen. Die restlichen Millionen, die ich dir für Schlafplatz, Lebensmittel und Abstellgebühr schulde, werde ich dann in Raten zahlen, wenn ich Songs für die Backstreet Boys schreibe.« Sie lacht, während sie die Augen verdreht. Instinktiv greife ich deshalb nach ihrer Hand, bevor sie sich abwenden kann.

»Em. Wörter zu schreiben kann man lernen. Musik zu schreiben, das liegt dir im Blut.« Wenn ich mich nicht täusche, hält sie den Atem an, während sie mich anstarrt und auf sich einwirken lässt, was ich gesagt habe. Dann setze ich mich auf den Klappstuhl bei ihrem Keyboard und lege mir Zettel und Stift wieder auf den Schoß. »So, singst du mir dein Lied jetzt noch einmal vor?« Und dieses Mal wandert mein Herz doch in meine Brust, als sie mir dieses Lächeln schenkt, das mir mindestens für einen Moment das Gefühl gibt, ich sei ein Held. *Ihr* Held.

Kapitel 20

Em

»Hank, ist es Absicht, dass du auf deinem Dachboden eine Kolonie von Mäusen hältst? Ich persönlich finde sie ja süß, aber ich bin mir nicht sicher, wie prickelnd das für deine Nachbarschaft ist«, erkläre ich dem Mann, in dessen Haus ich mich immer wieder selbst einlade und immer irgendetwas finde, was ich putzen kann, obwohl alles schon recht sauber zu sein scheint.

Mit zusammengezogenen Brauen starrt er mich an, legt die Fernbedienung zur Seite. »Warst du oben?«

»Äh, ja … ich hab mich ehrlich gesagt ein bisschen gegruselt wegen all dem Gekratze da oben.« Was ich ihm nicht erzähle, ist, dass ich bereit war, den Staubsauger als Samurai-Schwert zu benutzen. Hätten ja auch Kakerlaken sein können, und aus Erfahrung kann ich sagen, diese gemeinen Biester sterben nicht leicht. »Wann warst *du* das letzte Mal dort oben?«

Hank wendet den Blick ab und steht dann auf. »Ich kaufe ein paar Fallen.«

»Was?« Meine Hand fährt zu meinem Hals. »Nein! Die können doch nichts dafür, dass du dort oben Käse bunkerst. Das ist wie Gott, der diesen Baum in den Garten stellt und sagt: Sieht lecker aus, nicht wahr? Tja, blöd, dass ihr ausgerechnet von dem nicht essen dürft, weil ich testen möchte, ob ihr Idioten auf mich hören würdet oder nicht.«

Blinzelnd mustert Hank mich. Ich könnte schwören, ein kleines Lächeln hätte versucht, sich unter seinem dichten Bart zu formen. »Erstens hasse ich Käse. Zweitens sind das nicht die Mäuse aus ›Bernard und Bianca‹, sondern Krankheitsüberträger, die sich durch alles durchnagen. Und drittens hat Gott immer gewusst, dass diese *Idioten*, wie du sie nennst, die Frucht essen würden.«

Ich denke noch über seine Antwort nach, habe nicht wirklich damit gerechnet, überhaupt eine zu bekommen, als er schon an mir vorbei die Treppe zum Dachboden hinaufstapft.

»Versprich mir, dass du keine umbringst, solange ich hier bin. Und dass du lügst, wenn ich dich das nächste Mal frage, was du mit ihnen gemacht hast, okay?«

Hank steht wie angewurzelt da, erschrickt nicht einmal, als eins der besagten Mäuschen unter ihm vorbeihuscht, sondern starrt teilnahmslos auf den angehäuften Kram rund um das Zimmer. »Hank?«

»Ich muss die Sachen loswerden.« Seine Stimme klingt plötzlich ganz klein und wackelig. »Aber nicht alles. Ich habe damals alles in Kisten geworfen, wollte warten, bis es leichter wird.« Er schluckt und reibt sich die Stirn.

»Aber das wird es nie ...« Instinktiv lege ich ihm eine Hand auf den Arm, wünschte, ich könnte etwas Hilfreicheres sagen.

»Nein. Das wird es nicht.«

»Komm, setz dich hin!«, befehle ich und führe ihn zu einer alten Couch, auf der drei Zentimeter Staub liegen, die sonst aber noch gut aussieht. »Vielleicht ist es nicht ganz so hart, wenn ich die Sachen aus den Kisten hole und du mir sagst, was damit passieren soll.«

Hank stimmt mir nicht zu, lehnt aber auch nicht ab, also marschiere ich zur ersten Kiste und knie mich davor nieder. »Okay, also das sieht nach Schulbüchern und Heften aus, oder?« Er nickt und deutet mit der Hand, dass diese Dinge zu entsorgen sind. So verfahren wir mit den meisten Sachen wie Lampen, Bettzeug, Kleidung. Hank hält sich tapfer, spricht kaum, schluckt oft und reibt sich öfter als einmal die Augen. Ganz unten in einer der Kisten finde ich ein großes Notizbuch mit wunderschönem Einband. Ich öffne es, und der Mund bleibt mir offen stehen. Es sind Zeichnungen. Portraits hauptsächlich, teilweise auch Ausschnitte. Einmal Rücken und Haare eines Mädchens im Wind, einmal überkreuzte Beine mit einem Fußballschuh und einem Ballettschuh. Unter jedem Bild steht ein Satz. Bei einigen Bildern muss ich passen, kann die geschwungene Schrift nicht entziffern und beiße mir frustriert auf die Zunge, weil ich das Gefühl habe, dass mir etwas Bewegendes entgeht. Doch eine Zeichnung sticht mir besonders ins Auge, weil es eine der wenigen in Farbe ist: Ein Mädchen sieht hoch aus der Dunkelheit, als ein Sonnenstrahl durch die Lichtung scheint und sie an der Nase kitzelt. *Dein Licht wird kommen*, lese ich und schließe dankbar die Augen, weil der Satz vielleicht simpel gewesen sein mag, für mich aber die Welt bedeutet.

Gabe hatte es nämlich mit dem Unterrichten ernst gemeint. Gleich am nächsten Abend kam er mit Materialien zurück, ließ mich eine Menge Silben lesen, wobei ich mir absolut bescheuert vorkam. Ich wollte Wörter lesen, keine sinnlosen Laute! Aber Gabe hat recherchiert, und scheinbar sind diese sinnlosen Übungen eben doch nicht so sinnlos, sondern die Grundlage des Leseverständnisses. In der nächsten Einheit musste ich Wörter finden, die ich mit den Lauten verbinde, und dann musste ich diese Wörter im Kinderwörterbuch suchen. Gabe ist ziemlich geduldig mit mir. Zumindest momentan noch, denn mehr als einmal wollte ich ihm schon das Wörterbuch an den

Kopf donnern, weil ich mir vorkomme wie ein minderbemittel-tes Kind. Ich glaube aber, das liegt in der Natur der Sache, nicht an Gabriel oder der Art, wie er mir das Lesen beibringen will. Ist halt nicht einfach, sich vor jemandem, den man … na ja, gernhat – okay, zu dem man sich hingezogen fühlt –, so bloß-zustellen. Denn ja, ich fühle mich zu ihm hingezogen. Kommt jetzt wahrscheinlich nicht großartig überraschend, aber mir ist es eben noch nicht lange klar. Ist mir auch noch nie passiert. Ich kenne Gabe noch keinen Monat und fühle mich ihm doch näher als Jett, mit dem ich zwei Jahre »zusammen« war. Näher als meiner Familie, die mich weit besser kennen sollte. Aber mit jedem Gespräch, mit jedem Tattoo, jeder Geschichte, die er mir offenbart, jedem Geheimnis, das ich mit ihm teile, kommt es mir vor, als wäre ich einem Zuhause näher als an bisher jedem anderen Ort.

»Was hast du da?«, will Hank wissen und streckt sich, wäh-rend mir bewusst wird, dass ich grinse.

Ich schließe das Notizbuch und setze mich damit neben Hank. »Die hier sind großartig.«

Zaghaft nimmt Hank es mir ab, schlägt eine Seite auf und fährt mit einem zitternden Finger über die Zeichnung. »Lydia«, flüstert er. »Sie war unglaublich begabt. Hier hat sie Violet gezeichnet«, erklärt er mir das farbige Sonnenstrahlenbild.

»Willst du darüber reden?«

»Nein«, lautet seine knappe Antwort, und ich verstehe ihn vollkommen. Aber dann seufzt er, legt seine Hand auf Violets Gesicht. »Sie hatte diesen Kerl kennengelernt. Im Internet. Ich habe ihr gesagt, dass solche Typen sich meistens als etwas anderes ausgeben, als sie in Wirklichkeit sind. Ich meine, von diesen Fällen hört man ja dauernd.« Ich nicke, auch wenn ich mich da nicht wirklich auskenne. »Ich habe ihr verboten, ihn zu treffen, weil ich geahnt hatte, dass etwas faul war. Zuerst dach-ten alle, sie sei weggelaufen. Durchgebrannt mit ihren siebzehn

Jahren. Meine Frau gab mir die Schuld, weil ich sie in die Ecke gedrängt hätte. Aber wäre sie freiwillig mit diesem Typen abgehauen, hätte sie doch ihre kleine Schwester nicht mitgenommen. Zumindest wäre Lydia nie mitgegangen. Als man Violets …« Seine Stimme bricht und ich wappne mich für eine grausame Geschichte. »Als man die Leiche fand, war schnell klar, dass es ein Gewaltverbrechen sein musste, so wie man sie … zugerichtet hatte. Die Polizei fand den Typen aus dem Internet nie, jedoch sagte man uns, dass er in der Menschenhandelsszene bekannt wäre.«

Ich fasse mir an die Kehle, ein Schauer treibt alle meine feinen Härchen in die Höhe.

»Interessant, wie man immer davon ausgeht, dass so was vielleicht da draußen irgendwo passiert, aber doch nicht mir. Nicht uns. Nicht hier. Und trotzdem ist meine ältere Tochter tot und meine kleine Tochter gestohlen. Dass ihre Leiche nicht gefunden wurde, war anfangs meine einzige Hoffnungsquelle. Der Anker, an dem ich mich festgebunden habe. Jetzt wünsche ich, ich wüsste, dass sie tot ist, weil jedes andere Leben die Hölle sein muss.«

Ein paar Minuten verstreichen, in denen Hank lautlos weint und ich einfach dasitze und an seiner Seite bin. »Du willst es wahrscheinlich nicht hören, weil es dir nichts bringt. Aber es tut mir leid, Hank. Wirklich aufrichtig leid.« Er sagt nichts, schlägt das Buch zu und drückt es sich an die Brust. »Bist du gläubig?«, frage ich aus ehrlichem Interesse.

»Ich habe versucht, es nicht zu sein. Bin sicher alles andere als fromm und kann mich glücklich schätzen, dass Jesus für meinen jämmerlichen Arsch ans Kreuz gegangen ist, weil ich ein einziger Versager bin. Aber ja, ich glaube.«

»Was meintest du vorhin damit, dass Gott immer wusste, dass Adam und Eva sich gegen ihn entscheiden würden? Warum hat er dann nicht einfach …« Ich überlege. »Keinen Baum in den Garten gestellt?«

Hank lehnt sich zurück und schielt aus dem Augenwinkel zu mir rüber. Wägt er gerade ab, ob ich die vielen Worte wert bin? »Wusstest du, dass im Neuen Testament steht, dass sogar Engel ein gewisses Verlangen, eine Sehnsucht haben zu verstehen, warum Gott sich für uns Menschen erniedrigt hat? Was es bedeutet, Errettung, Gnade, Erlösung zu erfahren? Im Gegensatz zu uns kennen Engel keine zweite, dritte, tausendste Chance. Luzifer bekommt keine Vergebung von Gott. Engel sehen täglich Gottes Herrlichkeit, können dir aber nicht sagen, wie es sich anfühlt, ihm ins Gesicht zu schlagen und danach trotzdem seine Gnade zu erhalten.« Er studiert mein nachdenkliches Gesicht. »Zumindest wurde es mir mal so erklärt. Vater zu werden hat mir aber erst so richtig die Augen geöffnet. Was bedingungslose Liebe bedeutet, wie es ist, wenn sich dein eigenes Kind gegen dich auflehnt, Entscheidungen trifft, obwohl du etwas verboten hast, und wie schmerzhaft es ist, die Konsequenzen zu tragen, weil dein Kind eben trotzdem immer dein Kind sein wird.«

Ich schlinge die Arme um mich, die Worte treffen mich. »Glaubst du, dass alle Eltern so denken wie du? Dass sie das Kind lieben, obwohl es zum Beispiel wirklich von zu Hause weggelaufen ist?«

Das bringt ihn dazu, mich anzusehen, zu studieren. Es ist mir egal, dass ich mehr offenbare, als ich vorgehabt habe. Er hat mir auch ein riesengroßes Stück von sich gegeben, und selbst wenn ich die Antwort in meinem Herzen bereits kenne, möchte ich dringend hören, was Hank denkt. »Ich glaube, dass alle Eltern ihre Kinder lieben. Immer und trotz der Umstände. Ich glaube, dass Eltern eben auch nur Menschen sind und manchmal ihren Stolz oder Verletzungen vor diese Liebe kommen lassen. Ich würde alles dafür geben, die Zeit zurückdrehen zu können. Oder die Zukunft umzuschreiben.«

Nachmittags finde ich Gabe in der Werkstatt in einem Auto, an dessen Armaturenbrett er gerade herumbastelt. Wortlos marschiere ich zur Beifahrerseite und setze mich neben ihn. Es war ein heftiger Tag und mein Gehirn möchte gerne in den Standby-Modus gehen nach all der Grübelei, die ich ihm in den letzten Stunden zugemutet habe. Ich streife meine Flip-Flops ab und ziehe die Knie hoch, um mich darauf abzustützen. »Ich muss nach Hause.« Ich spüre Gabes Blick auf mir, beiße mir aber lieber weiter auf der Unterlippe herum, als ihn anzusehen. »Also, wenn dein Angebot noch steht.«

»Okay! Heute?«, lautet seine Antwort, und ich muss lächeln, weil er bereit wäre, für mich alles stehen und liegen zu lassen.

»Vielleicht warten wir noch Freitag ab, damit ich Piper nicht hängen lasse.« Und damit ich noch ein bisschen Zeit habe, mich an das Herzflattern zu gewöhnen, das mich schwindelig macht, wenn ich daran denke, dass ich Ceasar City und diejenigen hier, die mir ans Herz gewachsen sind, nie wiedersehen werde. Es ist so komisch, aber als ich Gabriel mein Lied »Paper Boat« vorgesungen habe, wurde mir bewusst, wie sehr der Song auf mich passt. Wie oft kam ich mir wie ein Boot ohne Antrieb in der Endlosigkeit des Wassers vor. Jetzt fühlt es sich an, als hätte ich zum ersten Mal in einem sicheren Hafen anlaufen dürfen, um mich zu erholen. Der Gedanke, wieder rauszuschwimmen, ist verdammt schwer. Schwerer, als er sein sollte.

»Soll ich für Montag einen Termin mit einem Anwalt vereinbaren?« Ist es lustig oder traurig, dass ich Gabe brauche, um an etwas Essenzielles wie das zu denken? Wie zur Hölle soll ich das alles alleine schaffen?

»Ich hab Angst«, gestehe ich. Sonst hätte ich schon an meinem Geburtstag alle Hebel in Bewegung gesetzt. Aber das heutige Gespräch mit Hank hat mich wirklich aufgerüttelt. Weder für mich noch für meine Geschwister kann ich die Zeit zurückdrehen. Aber ich kann dabei helfen, die Zukunft umzuschreiben.

Im Gegensatz zu Hank habe ich noch die Gelegenheit, sofern ich endlich aufhöre, mich zu verstecken.

»Ich weiß.« Jetzt drehe ich den Kopf doch zu Gabe, der heute mal keine Kappe trägt. Ich lasse den Blick über sein Gesicht wandern, über seine Haare, die ich nicht so oft sehe, die Narbe, die Sommersprossen, über die ich gerne streichen würde, zu den Augen, die auf mich fokussiert sind und mir ohne die Kappe strahlender und noch intensiver erscheinen. Ich schmunzle über die dummen Schmetterlinge, die in meinem Bauch um die Wette flattern, wenn er mich so ansieht, als wäre ich das Einzige, die Einzige, die eine Rolle spielt.

Ich atme tief durch und lehne mich dann hinüber, bis mein Kopf an seiner Schulter liegt. »Ist das hier okay?« Wäre gelogen zu behaupten, die Position sei besonders bequem, aber das ist mir egal. Es gefällt mir, wie mein Herz zwar schneller schlägt, wenn wir uns berühren, ich mich insgesamt aber viel wohler, sicherer fühle als je zuvor in meinem Leben. Zur Antwort rückt Gabe lediglich ein Stück näher, damit ich mein Gewicht wirklich bei ihm abstützen kann. »Du trägst heute gar keine Kappe. Gefällt mir.« Vielleicht sollte es mir unangenehm sein, ihm ein so plattes Kompliment zu machen, aber sein Schnauben verrät mir ohnehin gleich, dass er mir nicht glaubt.

»Kann ich leider nicht behaupten.«

Ich drehe den Kopf, dass ich ihn ansehen kann, und mein Atem stockt kurz, als mich sein Blick einmal unbewacht trifft. In diesem einen kostbaren Moment sehe ich alles darin – Leid, Schmerz, Einsamkeit. Dann blinzelt er und der imaginäre Schleier ist zurück. »Ich weiß nicht, wie es zu der Narbe gekommen ist, Gabe, aber sie gehört zu dir. Zu deiner Geschichte, ebenso wie jedes deiner Tattoos eine Geschichte erzählt.«

Er lässt sich Zeit, während er langsam Luft holt. »Ist aber keine Geschichte, die ich erzählen will, Em, weißt du? Die Tattoos habe ich mir selber ausgesucht.«

Ich nicke an seiner Schulter. »Ja, ich verstehe, was du meinst. Aber spiegeln die nicht auch wider, was du erlebt hast? Gefühlt hast? Positiv und negativ?« Ich stoße ihn spielerisch mit dem Ellbogen an. »Das Tunnel-Tattoo mal ausgenommen. Das stelle ich in die Kategorie Sonstiges.« Sein amüsiertes Schnurren vibriert an meinem Körper. »So oder so: Weiber finden Narben sexy.«

Das bringt ihn zum Lachen. »Ist das so?«

»Lass es dir nicht zu sehr zu Kopf steigen, denn dass du dir so gar nicht bewusst bist, wie attraktiv du bist, setzt dem Ganzen die Krone auf.«

Er lacht lauter, seine Hand wandert an seinen Bauch und ich bin gewillt, mich noch mehr in diese Sache hineinzureiten, wenn ich dieses Lachen dadurch länger hören kann. Aber jegliche Sprüche lösen sich in Luft auf, als er sein Kinn auf meinen Haaransatz legt und einatmet. Ich schließe die Augen. Vielleicht findet er ja doch nicht, dass ich stinke …

»Wenn du in den Knast kommst, weiß immer irgendjemand, warum du da bist. Spricht sich schnell herum. Und Vergewaltigung ist direkt nach Kindesmissbrauch die schlimmste Straftat, für die man sitzen kann. Raub ist wie ein Ehrenabzeichen. Mord bringt dir Respekt. Aber Vergewaltigung, besonders eine, die so im Fokus der Öffentlichkeit stand wie meine, egal wie kurz …« Ich fühle, wie er den Kopf schüttelt. »Es gab ein paar, die sich darum kümmern wollten, Abfall wie mich zu beseitigen. Der erste Typ, der es fast geschafft hätte, ist mit einer geschärften Bettfeder beim Essen über mich hergefallen, wollte mir wohl seinen Messerersatz ins Ohr rammen. Ging aber daneben.« Ich reiße die Augen auf, kralle mir die Fingernägel in die Oberschenkel. Hab mir ja schon gedacht, dass etwas Schlimmeres dahintersteckt, aber das zu hören, jagt mir Schauer über den Rücken. »Erfolgreicher war er beim zweiten Versuch, als wir schon am Boden lagen und er meinen Oberschenkel erwischt hat. Eineinhalb Zentimeter neben der Hauptarterie.«

Ich schieße in eine aufrechte Position. »Mein Gott …«

»Ja, wäre cool, wenn das das Beschissenste gewesen wäre.« Er sieht auf seine Beine, zuckt mit den Schultern und mein Herz bricht für ihn. Was musste er da drinnen noch alles durchmachen, wenn das nicht das Schlimmste war? »Danach wurde ich verlegt.« Humorlos hebt er einen Mundwinkel und kratzt sich – wahrscheinlich unbewusst – die Narbe. »Wurde nicht unbedingt besser.«

Wieso habe ich das Gefühl, das ist das Understatement des Jahres? Ich denke an sein geschocktes Gesicht, als er mich das erste Mal nachts hier erwischt hat. An die Panikattacken. Wie er vor Berührungen zurückschreckt. Ich hasse das Mädchen, das ihn in diese Lage gebracht hat, mit einem Mal so sehr, dass es mir den Atem raubt. Ich bin vielleicht nicht besonders gebildet, aber selbst ich weiß, dass die meisten Vergewaltigungen nie angezeigt werden und dass viele, die den Mut aufbringen, diese Schweine anzuzeigen, nach endlosen Prozessen und einer emotionalen Hölle trotzdem irgendwie als Verliererinnen dastehen. Es ist zum Kotzen, dass diese Frau es geschafft hat, mit ihrer Lüge durchzukommen, und das Leben eines anderen für immer verändert hat.

Als ich doch wieder daran denke, Luft zu holen, geschieht das lauter als erwartet, und Gabe dreht den Kopf wieder zu mir, eine Falte zieht seine Augenbrauen zusammen. Sein Daumen streift unter meinem Auge entlang, als mir bewusst wird, dass ich heule. »Alles gut, Em. Ich bin noch hier«, versichert er mir mit einem müden Lächeln, und ich nicke.

»Ja.« Und bevor ich länger darüber nachdenken kann, lehne ich mich noch einmal rüber und küsse ihn auf die Wange, direkt unter die Narbe. Seine Barthaare stechen ein wenig, aber die Haut ist warm und riecht gut. Nach Gabe eben. »Gut so.«

Kapitel 21

Gabe

Jake: Ruf mich verdammt noch mal zurück, sonst trete ich dir wirklich in den Arsch, Gabe. Dein Verhalten ist kindisch.

Ich verdrehe die Augen über die Textnachricht nach drei Anrufen, die ich in den letzten Tagen ignoriert habe, da mein Bruder sich nicht mehr die Mühe macht, die Nummer zu unterdrücken oder mit fremden Handys zu telefonieren. Hätte er nur halb so viel Interesse gezeigt, als ich gesessen habe, hätte ich jetzt vielleicht auch Lust, ihn tatsächlich zurückzurufen. Mein ganzes Leben lang habe ich mich auf Jake verlassen können. Er hat mich verteidigt, als ich klein und schmächtig war, ist bei Lehrern für mich eingetreten, die mich auf dem Kieker hatten. Er ließ mich und Ollie in seiner coolen Clique abhängen, nachdem Bree gestorben war, und gab mir dabei nie das Gefühl, die Pest für ihn zu sein, obwohl ich drei Jahre jünger bin. Er war immer da, um mich aus der Scheiße zu ziehen, die ich gebaut habe, und hat mir das kein einziges Mal vorgehalten. Der perfekte große Bruder eben. Aber als ich ihn am meisten gebraucht habe, als ich mehr Angst hatte als je zuvor in meinem verfluchten Leben, hat er seine Prioritäten klargemacht.

Die liegen nämlich beim FBI. Ein Agent im Anzug kann sich ja wohl kaum mit dem schwarzen Schaf in Verbindung bringen lassen. Nicht, dass die nicht sowieso alles über mich wissen. Trotzdem hat er sich ferngehalten. Er hat nicht einmal versucht, mich zu kontaktieren, nachdem ich fast draufgegangen wäre. Als wäre ihm das völlig egal gewesen.

Also scheiße ich drauf, ob er mein Verhalten jetzt kindisch findet oder nicht. Scheiß drauf, ob er und alle eine Meinung dazu haben, wie ich mich zu verhalten habe, dass ich aufhören soll, den Kopf in den Sand zu stecken, wie Dad immer so schön sagt, und etwas aus der zweiten Chance machen soll, die ich bekommen habe. Denn keiner will hören, wie oft ich das Gefühl habe, schon so tief im Sand zu stecken, dass ich die Orientierung verloren habe.

Kopfschüttelnd lösche ich den Nachrichtenverlauf auf meinem Handy und wähle den Kontakt, für den ich mich ursprünglich in den Jeep verzogen habe. Keine Chance, dass ich diesen Anruf tätige, während Dad danebensteht.

Die Sekretärin stellt mich sofort durch.

»Gabriel, ist alles in Ordnung?« Ich rolle die Schultern über den besorgten Ton und erinnere mich, dass wohl niemand seinen Bewährungshelfer anruft, um ihm von seinem Tag zu erzählen.

»Ja. Alles in Ordnung. Ich rufe an, um sicherzugehen, dass es kein Problem ist, den Bundesstaat eine Weile zu verlassen.« Bisher bin ich immer nur tagsüber mal in Minnesota oder Wisconsin gewesen, um etwas Geschäftliches für Dad zu erledigen. Elendig genug, dass ich dafür immer Mr Hendricks' Erlaubnis einholen musste.

»Eine Weile? Dein Prozess ist in drei Wochen.«

Ungeduldig tippe ich auf das Lenkrad. »Glauben Sie mir, Mr Hendricks. Das ist kein Termin, den ich vergessen werde.«

»Prinzipiell bist du nicht an Iowa gebunden. Von Hannah hast du dich fernzuhalten, aber Hausarrest in dem Sinne hast du nicht.«

Die Hölle friert zu, bevor ich mich Hannah freiwillig nähere, aber die Doppelmoral in dieser Geschichte geht mir ehrlich gesagt gegen den Strich. Nicht mehr lange, dann muss sie für alles geradestehen. Hilft mir nicht besonders, weil eine Google-Suche mit meinem Namen trotzdem all die negativen Schlagzeilen ans Licht bringen wird, sobald eine potenzielle neue Universität, ein Arbeitgeber, wer auch immer eine Hintergrundüberprüfung zu mir machen will. Aber zumindest wird dann nicht mehr jede meiner Bewegungen überwacht.

»Trotzdem brauche ich die genaue Anzahl der Tage, die du weg sein willst, denn wenn es um mehr als zwei Nächte geht, muss ich dir einen Pass ausstellen.« Soll das ein verfluchter Scherz sein? Was, wenn ich nicht angerufen hätte? Wer denkt an so einen Scheiß?

»Mr Hendricks, ich muss noch heute fahren.« Ich habe es ihr angeboten. Das ziehe ich jetzt sicher nicht zurück. Nicht wegen dieser Sache, die so schwachsinnig ist. »Und ich kann noch nicht sagen, wie lange ich in Idaho sein werde.«

»Na ja, länger als sechs Nächte am Stück geht nicht. Denn dann musst du dir einen neuen Pass besorgen. So kurz vor deinem Gerichtstermin würde ich es auch nicht empfehlen.«

»Sechs Nächte?« Mindestens zwei gehen alleine für die Fahrt drauf. Das ist lächerlich. »Ich bin unschuldig, Mr Hendricks. In drei Wochen weiß das das Gericht hoffentlich auch.«

»Die Regeln gelten leider trotzdem, Gabriel. Daran lässt sich nicht rütteln. Dein Pass ist in zwei Stunden fertig, dann kannst du ihn holen. Und, Gabriel, halte dich von Schwierigkeiten fern, ja? Deine Anwältin mag zwar überzeugt sein, dass du freigesprochen wirst und alle Anklagepunkte aus deiner Akte gelöscht werden, aber noch ist das nicht der Fall, verstehst du?«

Ja, ich verstehe sehr gut. Schon ein Stoppschild zu überfahren könnte mich in Teufels Küche bringen, aber ich bin es so leid, mich darüber zu ärgern. Jedes Mal in Panik zu verfallen, sobald ein Streifenwagen an mir vorbeifährt. Mich gezwungen zu fühlen, auf Dinge zu verzichten, die so einfach sein sollten, wie einer Freundin zu helfen. Ich bedanke mich bei Mr Hendricks für die Auskunft und gehe zurück in die Werkstatt.

»Ich brauche ein paar Tage frei«, erkläre ich Dad, weigere mich trotz seines Blicks, ein schlechtes Gewissen zu bekommen, weil ich ein paar meiner mehreren Dutzend Überstunden aus den dreieinhalb Monaten abfeiern will.

»Wofür?«

»Ich bringe Emerald nach Idaho. Sie hat dort einige Dinge zu klären und ich will sie begleiten.« Meine Möglichkeiten, sie zu unterstützen, mögen begrenzt sein, aber nach Hause zu kommen scheint eine der größten Herausforderungen ihres Lebens zu sein. Und der Gedanke, dass sie sich dem allein stellen muss, gefällt mir einfach nicht.

Dad seufzt und schließt kopfschüttelnd die Augen, was mich mehr aufregt, als im Moment gut für uns beide ist. Deswegen balle ich die Hände zu Fäusten und bringe meine Stimme mit jedem Funken Selbstbeherrschung dazu, ruhig zu bleiben. »Ist das ein Problem?«

»Das weiß ich nicht, Gabriel. Aber wenn du mich fragst, was ich davon halte …«

»Hatte ich nicht vor«, unterbreche ich ihn, jeder einzelne Nerv in mir vibriert. »Ich weiß bereits, was du denkst.« Aber ich brauche von ihm nur das Okay für die freien Tage. Was ich da vorhabe, muss er nicht billigen. Auch wenn mir das noch so wehtut.

»Gabriel, es ist eine Sache, was du hier zu Hause machst, wo wir ein Auge auf dich haben, dir helfen können, wenn etwas schiefgeht. Aber tausend Kilometer weit weg, alleine mit einem

Mädchen, das du nicht gut kennst, das ist, als würdest du darum betteln, die Schlinge wieder fester zuzuziehen.«

»*Wenn etwas schiefgeht*«, wiederhole ich schnaubend, obwohl das nicht das Einzige an dem Satz ist, was mich aufregt. »Weil das ja unweigerlich passieren wird, nicht wahr? Ich werde wieder Scheiße bauen und ihr werdet mich aufopfernd unterstützen, wie ihr es bisher auch getan habt, weil euch nichts anderes übrig bleibt.«

Dad zeigt mit dem Finger auf mich. »Hey, rede nicht so mit mir!«

»Ich habe Hannah *nicht* vergewaltigt, Dad«, erkläre ich und betone jedes Wort. »Du hast mir die Frage nie gestellt, weil du Angst vor der Antwort hattest, aber ich habe es *nicht* getan.«

»Ich habe die Frage nicht gestellt, weil ich weiß, dass du es nicht getan hast, Gabriel. Deswegen haben wir auch bis aufs Blut für deine Freilassung und deine Zukunft gekämpft.«

»Ach ja? Wirklich?«, kontere ich, der Funke Wut in meinem Ton inzwischen ein loderndes Feuer. »Und warum behandelt ihr mich dann wie einen Schwerstverbrecher?«

»Jetzt hör mir mal zu, Junge! Als ich damals den Anruf bekam, ich müsse dich gegen Kaution aus der Gefängniszelle holen, dachte ich, das wäre der schlimmste Tag meines Lebens. Ich musste zusehen, wie die nächsten Monate das Leben nicht nur aus dir, sondern auch aus deiner Mutter heraussaugten, war mir aber sicher, dass wir das wieder in den Griff bekämen, sobald die Anklage fallen gelassen würde. Doch du wurdest verurteilt. Noch mal musste ich zusehen, wie mein Kind hinter Gitter ging. Ich hätte alles getan, um deinen Platz einzunehmen. Ganz egal, ob du es getan hast oder nicht. Weil du mein Sohn bist. Aber als dein Vater muss ich dir auch sagen: Du musst Verantwortung für dein Handeln übernehmen, damit du daraus lernst.«

Wow! Wofür soll ich bitte Verantwortung übernehmen? Ich hab mit einer jungen Frau geschlafen, die anschließend behauptet hat, ich hätte sie dazu gezwungen! Okay, Dad. Ich glaube, dieser Verantwortung habe ich mich bereits stellen müssen. Aber das ist es gar nicht, was mich zum Zittern bringt. »Ganz egal, ob ich es getan habe oder nicht, ja? Danke, Dad. Für deinen unerschütterlichen Glauben an meine Unschuld.«

Die Verwirrung im Gesicht meines Vaters weicht einer gewissen Sprachlosigkeit, die das Messer in meiner Brust noch einmal um neunzig Grad dreht. Er wirkt irgendwie getroffen. Als würde er sich seine Zweifel gerade zum ersten Mal offen eingestehen. Ich verschränke die Finger hinter dem Kopf und schlucke den bitteren Geschmack, bevor ich auf dem Absatz kehrtmache und aus der Werkstatt flüchte.

»Gabriel!«, ruft Dad mir nach. Ein Teil von mir will wirklich gerne hören, was er jetzt zu sagen hat. Wie wir je wieder aus dieser Sache rauskommen. Der Rest von mir hält allerdings eine Hand hoch, um ihn zu stoppen.

»Nicht heute, Dad. Einfach ... nicht jetzt!«

Kapitel 22

Em

Ich spüle die Reste meines ausgekotzten Sandwiches im Damenklo runter, bevor ich mich den angeekelten und mitleidsvollen Blicken der wartenden Damen vor der WC-Kabine stelle. »Nervosität?«, fragt die eine, während sie einen Sicherheitsabstand zu mir wahrt, mir aber freundlicherweise einen Kaugummi reicht. Ich nicke und nehme ihn gerne, nachdem ich etwa einen Liter Wasser gegurgelt habe.

»Jetzt hast du es ja hinter dir«, sagt sie verständnisvoll, und ich wünschte, sie hätte recht und es wäre nur verspätetes Lampenfieber und nicht das Wissen, dass ich in weniger als vierundzwanzig Stunden meine Geschwister in den Arm nehmen werde. Ich wünschte, es wäre einfach Vorfreude, eine positive Ungeduld, dass ich endlich Nägel mit Köpfen machen und sie da rausholen könnte. Der ehrliche Grund ist jedoch, dass mir schmerzlich bewusst ist, wie dankbar ich bin, dass mein Auto eingegangen ist. Dass ich von dieser fiesen Katze gebissen worden bin. Dass ich eine Entschuldigung nach der anderen hatte, denn die Wahrheit ist: Ich bin nicht bereit für das, was mir bevorsteht. Nicht für Moms betroffenen Gesichtsausdruck. Nicht für Wyatts Drohungen. Nicht für Kris' Vorwürfe. Nicht für Theos Bedürfnisse und erst recht nicht für ein winziges Baby, dessen Geschlecht und Namen ich nicht einmal kenne. Und ich fühle mich wie der abscheulichste Mensch, weil mir langsam, aber sicher bewusst wird, was ich alles aufgeben muss, um mein Versprechen zu halten. Die Liste ist nicht endlos lang, aber trotzdem bedeutend. Auch Gabe steht drauf.

Ich wasche mir schnell das Gesicht, greife nach meiner Tasche und lasse mich hinter der Bar noch einmal von Piper fest umarmen, die Tränen in den Augen hat. »Vergiss nicht, du kannst jederzeit zurückkommen, klar? Jemand wie du ist hier immer willkommen«, sagt sie, und ich presse die Augen zusammen, weil ich weiß, dass sie es ernst meint.

»Danke, Piper. Für alles. Ich weiß ehrlich nicht, was ich ohne dich getan hätte.« Und ich will mich nicht verabschieden. Trotzdem drücke ich mich mit einem schweren Gefühl in der Brust durch die bimmelnde Tür, hole tief Luft, bevor ich durch den Regen zu Gabriels Jeep sprinte. Hat etwas Nostalgisches an sich, dieses Wetter. So habe ich Gabriel kennengelernt. Froh darüber, im Warmen, Trockenen zu sein, schüttle ich mich wie eine Katze und schenke Gabe meine beste Imitation eines ehrlichen Lächelns. »Hey! Habe ich dich drinnen verpasst?«

»Nein. Hatte noch einen Weg zu erledigen.«

»Alles klar bei dir?« Er nickt lediglich, aber das stechende Blau seiner Augen und sein Gesichtsausdruck verraten mir etwas anderes. Ich ersticke das unangenehme Gefühl im Keim, dass Gabe wieder blockt, und erinnere mich daran, dass ich keinen Anspruch auf seine Gefühle und Gedanken habe. Auch wenn ich mir im Moment nichts sehnlicher wünsche, als dass er mich ablenken würde, denn mir zittern die Hände und ich brauche dreimal so lange wie normal, meine Heimadresse in sein Navi zu tippen. Die nächsten beiden Stunden ziehen in – zumindest für mich – unwillkommener Stille vorbei, weil er mir sehr deutlich das Gefühl gibt, nicht reden zu wollen, und ich gelernt habe, ihn nicht zu drängen. Gähnen übermannt mich und ich halte mir die Hände vor den Mund, um es so subtil wie möglich zu verheimlichen.

»Du kannst ruhig schlafen«, versichert er mir. Mist, war wohl nicht besonders erfolgreich.

»Du bist nicht mein Taxifahrer, Gabe. Wenn du wach bleiben musst, will ich das auch.« Zur Antwort streckt er seinen Arm nach hinten und legt mir Kissen und Decke auf den Schoß.

»Schlaf!«, fordert er mich auf. Das kleine Lächeln darüber, dass er daran gedacht hat, meine Decke in Reichweite zu halten, als er heute meine Sachen ins Auto gepackt hat, weicht dem doofen Gefühl, dass wir unsere vielleicht letzten paar Stunden auf so kühle Weise verbringen. »Bei diesen Verhältnissen muss ich mich sowieso mehr auf die Straße konzentrieren. Nicht nötig, mir Gesellschaft zu leisten.«

Aber war das nicht auch ein bisschen die Idee dieser Fahrt? Oder ist er jetzt doch auf einmal froh, mich loszuwerden?

Meine Güte, Em ... hör auf, dich so wichtig zu nehmen. Ist ja nicht so, als wäre irgendetwas Besonderes zwischen uns ... Auch wenn es sich doch immer öfter danach anfühlt. Ich halte das Kissen ans Fenster und lege frustriert den Kopf darauf, bevor ich die Decke über meine Beine ausbreite und mich hineinkuschele.

Als ich das nächste Mal wach werde, halten wir. Etwas verwirrt hebe ich den Kopf und sehe eine Tankstelle. Neben mir sitzt Gabe vornübergebeugt, die Handballen gegen die Augen gedrückt. »Was ist los? Geht es dir nicht gut?«, frage ich alarmiert, lege ihm eine Hand auf den Rücken und streichle geistesabwesend darüber.

»Doch, doch. Geht gleich wieder. Alles gut.« Fahrig kratzt er sich den Kopf. »Ich hole mir einen Energydrink. Willst du auch irgendwas?«

Kopfschüttelnd presse ich die Lippen zusammen. Er ist todmüde. »Ich kann fahren, Gabe. Ehrlich. Du musst nicht die ganze Strecke auf dich nehmen.«

Er seufzt, sieht mich im grünen Licht der Tankstelle mit seinen rot unterlaufenen Augen an. »Ich weiß, dass du das kannst, Em. Aber du hast keine echten Papiere. Wenn die Polizei uns erwischt, bin ich dran, weil es mein Auto ist.« Schuldbewusst ziehe ich die Hand zurück. Er hat recht. Es grenzt an ein Wunder, dass ich es ohne Zwischenfälle nach Iowa geschafft hatte. Ein weiterer Punkt auf einer langen Liste an dummen Entscheidungen, die mich von einer Vormundschaft weiter abgebracht haben. Denn es wird ans Licht kommen, wenn nach meinem Aufenthaltsort der letzten Jahre gefragt wird.

»Bin gleich wieder da«, sagt Gabe und lässt mich allein hier sitzen. Ich kann die Uhr zumindest gut genug lesen, um zu wissen, dass wir erst fünf Stunden unterwegs sind. Ein Energydrink wird wohl kaum reichen, um Gabe über die nächsten sechzehn Stunden wach zu halten, wenn es ihm offensichtlich nicht besonders geht. »Hör mal! Lass uns irgendwo halten und ein paar Stunden schlafen«, schlage ich vor, als er zurückkommt, bemühe mich, Autorität in meinen Ton einfließen zu lassen.

»Nein, Em. Nicht nötig. Du musst zu deinen Geschwistern und ich habe nur begrenzt Zeit.«

Hä? »Was meinst du?«

Der Energydrink zischt, als Gabe ihn öffnet und erst mal einen großen Schluck daraus nimmt. »Ich muss mich in einer Woche bei meinem Bewährungshelfer in Iowa melden, sonst darf ich die Zeit bis zu meinem möglichen Freispruch noch mal im Knast verbringen.«

Kurz halte ich den Atem an. War ihm das schon klar, bevor er mir die Reise angeboten hat? Dass er seine Freiheit aufs Spiel setzt, sollte irgendetwas dazwischenkommen? Was, wenn er krank wird? Oder wenn auf der Heimfahrt *sein* Auto eingeht?

»Das wusste ich nicht, Gabe. Du musst das hier nicht …«

»Ich weiß, Emerald. Ich weiß, dass ich nicht muss.« Und damit erlaube ich mir zu lächeln, denn Gabe ist zurück. Angel, der sich immer so große Mühe gibt, gefühlskalt und unnahbar rüberzukommen, hat sich verabschiedet, und meinen Körper zieht es wie automatisch wieder näher an ihn. Gabe kneift ein Auge zu und ächzt kaum hörbar, bevor er aus dem Fenster sieht. Ich kann ihn so nicht weiterfahren lassen. Und vielleicht will ich das auch gerade nicht, weil es die bevorstehende Konfrontation wieder um ein paar Stunden verschiebt.

Ich schüttle den Kopf über meinen Egoismus, folge aber trotzdem meinem Instinkt. »In der Nacht, als ich dich kennengelernt habe, wäre ich fast gestorben, habe ich dir das je erzählt?« Ich ernte einen erschrockenen Seitenblick. Natürlich weiß ich, dass ich ihm das nicht erzählt habe.

»Dein Auto ist ziemlich eingedellt. Hab mir schon gedacht, dass du einen Unfall hattest.«

»Ich bin am Steuer eingenickt«, erkläre ich knapp. »Darum weiß ich, wie es ist, wenn der Körper ungebeten der Erschöpfung nachgibt, und ich will meine Schutzengel nicht gerne ein zweites Mal auf die Probe stellen. Lass uns in irgendeinem Motel übernachten. Die paar Stunden tun uns nicht weh.«

Er will nicht. Das ist offensichtlich, trotzdem lockert er die Nackenmuskeln und nickt widerwillig.

Natürlich hat Gabe bereits für mein Zimmer bezahlt, bevor ich meine leere Geldbörse überhaupt zücken konnte. Langsam wird mein Schuldenberg bei ihm geradezu lächerlich hoch. Er meint, er würde es später von dem Geld abziehen, dass sie mir für den Ford geben, wenn ich mich dann besser fühle. Wenn man bedenkt, dass nicht einmal sicher ist, ob ich für den Ford überhaupt noch einen Penny bekomme, geht es mir nicht nennenswert anders. »Welches Zimmer hast du?«, will ich wissen, als wir meins erreichen, weil es das letzte in diesem Stockwerk ist.

Gabe setzt meine Tasche vor der Tür ab. »Dreiundzwanzig.« Ich habe vierunddreißig, also müssen wir schon an seinem vorbeigegangen sein.

»Sind sechs Stunden okay für dich?« Ich nicke, will ihm unter die Arme greifen und ihn zu seinem Zimmer schleifen, als er sich nur mit einer Hand, dann seiner gesamten Seite an der Wand abstützen muss.

»Ja. Jetzt hau ab, bevor du auf dem Weg zurück einschläfst.« Er schmunzelt schwach und wendet sich ab.

Ich habe mir gerade die Zähne geputzt und mich fertig umgezogen, als ein leises Klopfen an der Tür meinen Puls in die Höhe treibt. Ich sehe an mir runter, nicht unbedingt scharf darauf, jemandem um diese Zeit zu öffnen. Ganz besonders nicht ohne BH in diesem überlangen T-Shirt, ohne Hose und ohne Make-up. Zögerlich hänge ich mir die hässliche Überdecke um und schleiche zur Tür. »Ich bin's nur, Em. Kannst du kurz aufmachen?« Erleichtert – na ja, nicht wirklich erleichtert, denn mein Erscheinungsbild hat sich ja nicht geändert – öffne ich Gabe, der so miserabel aussieht, dass ich ihm einen Schritt entgegenkomme. Er drückt seine Finger so fest in die Schläfen, dass die Knöchel hervortreten. »Hast du eventuell eine Schmerztablette für mich?«

»Oh, oh. Kopfweh? Ich habe ganz bestimmt noch eine Menge von den Teufelsdingern. Komm rein!« Er schließt die Tür hinter sich und ich winke ihn rüber zum Bett, weil es das Einzige ist, worauf man hier sitzen kann. »Schon lange?«, frage ich, während ich in meiner Tasche krame.

»Ein paar Stunden.« Also mit anderen Worten: die gesamte Fahrt. Deswegen war er so sparsam mit seinen Worten. Hätte er etwas gesagt, wäre es kein Problem gewesen, erst morgen zu fahren. Bingo. Deswegen hat er es ja für sich behalten.

Endlich ertaste ich ganz unten die Pillendose, fülle etwas Wasser in den Zahnputzbecher und reiche ihm beides.

»Danke«, sagt er, bricht eine Tablette auseinander und schluckt die Hälfte mit dem Wasser runter. Danach bewegt er sich jedoch kein Stück, sitzt weiterhin da mit geschlossenen Augen. Und weil ich nicht weiß, was ich für ihn tun kann, setze ich mich neben ihn und ziehe mir das Pyjamashirt über die Knie. »Bin gleich weg. Versprochen.« Gabe presst die Handballen gegen die Stirn, als könnte er damit die Schmerzen wegdrücken.

»Lass dir Zeit.« Ich lege mich auf den Rücken und starre an die Decke, die definitiv schon bessere Zeiten erlebt hat. »Tut mir leid, dass ich nicht gecheckt habe, dass es dir so schlecht geht.«

»Kein Ding. Meine schlechte Laune kommt sowieso nicht nur von den Kopfschmerzen.« Ich warte geduldig, ob er mehr sagen will. »Mein Dad und ich hatten vorhin eine Auseinandersetzung.«

»Wegen der Reise?« Bitte nicht.

Jetzt ist es Gabe, der sich auf den Rücken legt, einen Arm über den Augen. »Wegen ihm und mir. Und all der unausgesprochenen Scheiße zwischen uns. Weil dank Hannah nicht nur mein Leben abgefuckt ist, sondern auch meine Beziehung zu einer Menge Leute, die mir nahestehen. Oder nahestanden.«

Mein Herz schmerzt für ihn. Ich habe selbst entschieden, mich von meiner Familie zu distanzieren. Er ist nie gefragt worden. »Tut mir leid, Gabe. Ich wünschte, ich hätte irgendetwas Gehaltvolleres oder Hilfreicheres zu sagen als das.«

»Wie stehen die Chancen, dass ich einen Ausschnitt deines Auftritts von heute als Privatvorstellung bekomme?« Er lallt beinahe, ob von der Tablette oder der Müdigkeit kann ich nicht sagen. Aber das hindert mich nicht daran, ihn anzugrinsen. Nach kurzer Überlegung entscheide ich mich dann für »I like Me Better« von Lauv, weil der Text sich ganz passend anfühlt, und klopfe auf meinem Bauch den Beat mit. Es dauert ein paar Minuten, bis mir bewusst wird, dass Gabe eingeschlafen ist. Sein Gesicht liegt zu mir gedreht, die Sorgen- und Schmerzfalten endlich gelöst, was mich entspannt. Er atmet ruhig und strahlt so viel Wärme ab, dass ich mich am liebsten neben ihm einrollen würde. Aber auf diesem Bett ist kaum Platz für ihn alleine, geschweige denn für uns beide. Also schnappe ich mir einen uralten Kugelschreiber und ein Taschentuch und versuche, einen Satz darauf zu schreiben. *Schreibt man »Zimmer« mit einem M oder zwei? Vergiss es! Gabe muss nicht merken, dass seine Mühe umsonst war.* Frustriert zerknülle ich das Taschentuch, greife nach einem neuen und kritzle einfach einen Pfeil drauf, der in die richtige Richtung zeigt. Das lege ich auf den Nachttisch und hoffe, dass er die Message versteht, wenn er aufwacht. Dann fische ich den Zimmerschlüssel aus seiner Hand und verharre einen Moment vor ihm. Ungefragt streichen meine Finger die längeren Haare am Scheitel von seiner Stirn und der Hauch eines Kusses landet an besagter Stelle. »Der mädchenhafte Teil von mir wünscht sich, ich könnte da sein, wenn du bereit bist, gefunden zu werden, Gabe.«

Es ist bereits später Vormittag, als ich mit zwei Bechern Kaffee vor seinem – na ja, meinem – Zimmer stehe und klopfe. Frühstück gibt es in diesem Motel nicht, aber zumindest kalten Kaffee. Gut, vermutlich wäre er nicht kalt gewesen, hätte ich meinen Arsch früher aus dem Bett gekriegt, aber ich wollte nicht. Es hat nach einem Hauch von Karamell gerochen und mich zurück in den Schlaf gelullt. Nur Gabe schafft es, eins dieser Betten gut riechen zu lassen, und das, obwohl er nicht länger darin gelegen haben kann als zehn Minuten. Er öffnet nicht gleich, also beginne ich die Titelmusik von »Jeopardy« zu klopfen und wippe mit dem Kopf dazu. Unsere alte Nachbarin, Mrs Howard, liebte diese Quizsendung, ihr »Gehirntraining«, und stopfte uns gerne damit voll, obwohl ich die Fragen als Siebenjährige nicht beantworten konnte. Aber die Musik blieb hängen.

An den letzten Trommelschlägen, mit denen ich es vielleicht ein bisschen übertreibe, öffnet Gabe doch, und ich stolpere über unsere Taschen, die ich auf dem Boden abgestellt habe, ins Zimmer. Der Kaffee schwappt über und auf Gabes Jeans, der aber nicht einmal mit der Wimper zuckt. »Guten Morgen!«, wünscht er mir mit gehobener Augenbraue, während ich ihn reuevoll ansehe. Doch dann wandert mein Blick zu seinem nassen Schritt und ich pruste los wie eine Achtjährige.

»Gut, dass er kalt war«, kichere ich und halte mir die freie Hand vor den Mund, um mich wieder einzukriegen. Zum Glück sieht er nicht böse aus, sondern eher belustigt. »Bitte sag mir, dass es nicht deine einzige Hose ist.«

Er schüttelt den Kopf und sieht sich verwirrt um, als würde er das Zimmer zum ersten Mal sehen. »Du bist hier gestern eingeschlafen, also habe ich dein Zimmer genommen«, erkläre ich ihm, kicke unsere Taschen hinein und die Tür hinter mir zu.

»Verdammt. Wie spät ist es?« Er fährt sich durch die Haare, zweifelsohne sexy in dieser verschlafenen, buchstäblich gerade aus dem Bett gefallenen Manier, die komische Sachen mit meinem Bauch macht.

»Elf oder so. Ich wollte auch eigentlich nicht stören, aber der Betreiber hat gedroht, noch eine Nacht zu berechnen, wenn wir nicht bis Mittag weg sind.«

»Du hättest mich gerne früher wecken können«, meint er, und ich zucke mit den Schultern. Er ist gerade mal zu fünf Stunden Schlaf gekommen, nicht fünfzehn.

»Geht es dir besser?«

»Die Kopfschmerzen sind weg, ja«, gibt er zurück. *Aber seine Probleme haben sich deswegen nicht in Luft aufgelöst ...* »Gib mir drei Minuten, okay? Dann sind wir hier raus und holen uns richtigen Kaffee.«

Ich will irgendeinen Spruch machen, wie unfair es ist, dass er eigentlich nicht mal drei Minuten braucht, um gut auszusehen. Schmeiß mich mal aus dem Bett und verlange von mir, in drei Minuten fertig zu sein. Das ist gerade mal die Zeit, die ich bräuchte, um demjenigen den Kopf abzureißen. Aber alles, was aus meinem Mund kommt, ist ein endloses »Ääähhh«, weil er in einer flüssigen Bewegung sein Shirt auszieht und in seine Tasche schiebt, bevor er ein neues T-Shirt und Boxershorts ausgräbt. Es wird einfach nie langweilig, diesen Oberkörper zu sehen. Die Tattoos machen ihn in meinem Kopf inzwischen noch attraktiver, weil sie mich an die Momente erinnern, in denen wir alle Masken haben fallen lassen. Ich verdrehe die Augen, weil ich praktisch über das Spiel der Muskeln sabbere, als er mir den Rücken zudreht.

Wenn ich Sekunden zählen könnte, wäre ich sicher, dass er tatsächlich nach drei Minuten aus dem Minibad kommt, diesmal mit Shirt, aber ohne Hose. »Dachte, ich könnte den Fleck vielleicht trocken föhnen, aber jetzt sehe ich aus, als hätte ich Durchfall.« Das Lachen erstirbt in meiner Kehle, als ich zum ersten Mal die Narbe an seinem Oberschenkel sehe. Sie ist wütend rot. Die an seiner Wange mag länger sein, ist aber weit oberflächlicher. Diese hier macht unmissverständlich klar, dass sie zugefügt worden ist, um zu töten, und mir wird flau im Magen. Er folgt meinem Blick, weiß genau, was ich sehe, und greift schnell nach einer neuen Jeans. Ich will ihm jedoch nicht das Gefühl geben, dass er die Narbe vor mir verstecken muss. Also stehe ich vom Bett auf, berühre ihn kurz sanft, damit er vorgewarnt ist, bevor ich meine Arme um ihn schlinge und die Wange an seine Brust presse.

»Gabe, ich hasse deine Narben, aber aus anderen Gründen als du. Nicht, weil sie da sind, sondern für das, was sie für dich bedeuten. Weil du das Gefühl hast, dass sie und alles, wofür sie stehen, dir die Zukunft genommen haben.« Mit einem schweren Gefühl in der Brust löse ich mich von ihm, um ihm die Hände auf die Wangen zu legen, weil ich will, dass er mir jetzt genau zuhört. »Und ich würde dir gern eines Tages helfen, eine neue Zukunft für dich zu finden, die dich genauso glücklich machen kann wie der ursprüngliche Plan. Ich würde gern der Wind in *deinen* Segeln sein, verstehst du? Denn du hast es verdient. Nichts ist verloren.« Oder doch: Ich bin es. Bin verloren im Grün seiner Augen, die zwischen meinen Pupillen hin- und herwandern und mich auf eine Weise ansehen, wie ich noch nie angesehen worden bin. Als würde elektrischer Strom zwischen uns fließen. Auf eine Weise, die mich näher zu ihm hinzieht, auch wenn ich weiß, dass ihm normalerweise Abstand lieber wäre. Was ist das? Bewunderung? Wertschätzung? Kapitulation? Alles, was ich weiß, ist, dass ich nie wieder anders angesehen werden will. Mein Herz flattert und meine Atemzüge stocken hörbar, was mir bei jedem anderen vermutlich peinlich wäre. Aber nicht bei Gabe. Nicht mehr.

Die Sorgenfalte bildet sich wieder auf seiner Stirn, als er den Kopf neigt, und ich erstarre völlig zu Eis, ein Bündel aus Vorfreude, Spannung und auch Angst. Angst davor, dass dieser Kuss, den ich gerade zum Überleben brauche, zu eben dem wird – zu etwas, auf das ich danach nicht mehr verzichten kann. Doch im letzten Moment, auf den letzten Zentimetern bis zu meinen Lippen, verharrt er, atmet mich ein, während ich dasselbe tue und mir alle Mühe gebe, ihm die Zeit zu geben, die er offensichtlich braucht. Denn das hier ist kein Test, wer als Erstes nachgibt. Es ist kein Spiel mit unserem Verlangen, kein Weg, den Moment hinauszuzögern, auszukosten. Vor mir steht ein Mann, der verlernt hat zu vertrauen und mit schrecklichen

Panikattacken auf Berührungen reagiert. Es wäre die größte Ehre ...

Jemand donnert so fest gegen die Zimmertür, dass ich atemlos japse, bevor Gabe mich an den Schultern packt, uns herumwirbelt und sich mit mir gegen die Wand presst, als müsse er mich schützen. Mein Herz bricht für ihn, während ich in seine in Resignation geschlossenen Augen zu sehen versuche. »Es ist zwölf Uhr. Ich meine es ernst, Kinder«, brüllt der Motelbetreiber von draußen. Am liebsten will ich Dollarscheine aus dem Fenster schmeißen, damit er uns in Ruhe lässt, aber der Schaden ist bereits angerichtet. Gabe verlagert sein Gewicht und lässt die Stirn gegen die Wand hinter mir fallen.

»Eine Minute noch. Bitte!«, versuche ich, mit fester Stimme zu rufen, obwohl meine Ohren rauschen und mein Blut tausend Grad heiß ist. Der Kerl vor der Tür meckert noch irgendetwas, aber ich bin zu beschäftigt damit, den Knoten in meinem Hals zu schlucken, als Gabe zynisch schnaubt. Wütend holt er aus und knallt die flache Hand so heftig gegen die Wand, dass ich zusammenzucke. Wie in Verzweiflung schlägt er die Hände über dem Kopf zusammen und dreht sich von mir weg. Mir ist, als wäre eine Kugel an meinem Ohr vorbeigezischt. Ich verharre zitternd, rühre mich nicht vom Fleck, während Gabe unsere Taschen packt und die Tür so schwungvoll aufreißt, dass der Motelbetreiber einen Satz zurück macht. Aber ich zittere nicht aus Angst vor Gabe, sondern weil ich das Gefühl habe, dass Gabe schon wieder etwas verloren hat.

Kapitel 23

Gabe

Verdammt noch mal! Ich hätte Em fast geküsst. Ach, scheiß auf das »fast«. Ich hätte Em hundertprozentig geküsst, wäre dieser Idiot nicht dazwischengekommen. Ganz einfach, weil es sich angefühlt hat, als würde man mir ein Organ entfernen, wenn ich sie in dem Moment nicht geküsst hätte. Es fühlt sich jetzt noch so an, während ihr Geruch meinen Jeep einnimmt, ich ihren Atem aus dem Mund kommen höre, den ich gerade fast geschmeckt habe, ich ihre zarten Hände noch an meinem Gesicht spüre und ihre Worte in meinem Kopf wiederhole. Sie will der Wind in meinen Segeln sein. Damit hat sie mich kalt erwischt. Denn in dem Moment wurde mir klar, dass ich mir das auch wünsche. Durch Em habe ich mich in den letzten Wochen zum ersten Mal seit Langem glücklich gefühlt. Als würde sich nicht alles nur um meine Probleme drehen oder darum, dass ich selbst ein Problem für jemanden bin. Und jetzt bin ich im Begriff, dieses Mädchen zu verlieren. Soweit ich mich erinnere, war es anfangs mein größter Wunsch, sie nicht lange um mich zu haben. Mich von ihr zu verabschieden und weiterzumachen wie bisher. Das war der Plan. Und plötzlich bin ich nicht mehr sicher, ob ich das kann.

Ehrlich, könnte das Timing eigentlich beschissener sein? Ich bin auf Bewährung, verdammt noch mal. Ich habe eine Menge offener Themen in meinem Leben, die nicht nur gelöst, sondern auch aufgearbeitet werden müssen. Denkbar schlechter Zeitpunkt, Emerald mit in meine Scheiße zu ziehen. Der größte Witz an der Sache ist: Hätte mir vor ein paar Wochen jemand gesagt, dass ich etwas Vergleichbares wie das hier in naher Zukunft für eine Frau empfinden würde, hätte ich gelacht. Nach allem, was Hannah und ihre sogenannten Zeuginnen veranstaltet haben, war ich mir nicht einmal sicher, ob ich je wieder jemandem eine Chance geben wollte. Nicht einmal Sex ist mehr ein einfaches Thema für mich. Ganz im Gegenteil, es ist verflucht geladen. Denn Sex war der Auslöser für die abgefuckten Situationen im Knast. Dafür, dass ich jetzt hyperwachsam und misstrauisch bin, sobald sich mir eine Frau auch nur nähert. Generell irgendjemand. Also ja, mag sein, dass mir jetzt ein Organ fehlt, weil ich Emerald nicht geküsst habe, aber damit werde ich leben müssen, denn alles andere ist momentan keine Option.

Umso dankbarer bin ich, dass Em den Moment im Motelzimmer kein einziges Mal erwähnt hat, seit wir es verlassen haben. Sie gibt mir einen Ausweg aus einer Situation, die gar nicht hätte stattfinden sollen, indem sie mir von Hank erzählt und wie er sie an einen obdachlosen Freund in New York erinnert. Sie erzählt mir, wie schwierig das Verhältnis zu ihrer Schwester ist und wie sie zu ihrem kleinen Bruder aufsieht, weil er die Fähigkeit besitzt, bei fast allen Themen positiv zu bleiben. Und als ihr sonst nichts mehr einfällt, beschreibt sie mir die Geschichte vom »Zauberer von Oz«, weil ich weder Buch, Film noch Musical kenne. Sie tut so, als wäre es keine große Sache, dass unsere Lippen nur Millimeter von einem Wahnsinnskuss entfernt waren. Als wäre es nicht schräg, dass ich sie aus dem Nichts gegen die Wand geworfen habe, als müsste ich sie vor einem Raketenangriff schützen. Jemand hat an die

Tür geklopft, verdammt noch mal, und ich habe reagiert, als wäre ich in einem Kriegsgebiet. Jedes Haar an meinem Körper stand zu Berge und mein Puls schoss so schnell in die Höhe, dass es mich fast wundert, warum die Panikattacke danach ausgeblieben ist. Also ja, in einer beschissenen Weise bin ich dankbar, dass Ems Kopf offensichtlich ganz woanders ist als meiner. Zumindest, bis ich kapiere, dass sie das wohl vorrangig zu ihrer eigenen Ablenkung macht.

Je näher wir unserem Ziel kommen, desto stiller wird sie, bis sie schließlich völlig verstummt. Selbst im schwachen Licht der Morgenröte wirkt sie blass.

»Alles okay bei dir?«

Das schwache »Mhm«, das sie murmelt, verrät das Gegenteil. Gedankenverloren starrt sie auf ihre Hände, reibt sich kontinuierlich die Oberschenkel. Sie hat noch kein einziges Mal aufgesehen, seit wir vom Highway abgefahren sind. »Du kannst ruhig noch ein bisschen schlafen. Wir sind sowieso viel zu früh da.« Es ist gerade mal fünf Uhr morgens und laut Navi sind wir gleich vor ihrem Haus. Wenn man das so nennen kann. Das hier ist ein Trailerpark. Die meisten »Häuser« hier sind oder waren mal Wohnwagen. Manche sind allerdings aus Holz. Alle sind auf jeden Fall völlig heruntergekommen. Ich kann gar nicht zählen, an wie vielen Müllhalden wir inzwischen vorbeigefahren sind, die sich in den Gärten hinter Maschendraht- oder kaputten Holzzäunen auftürmen. Der Großteil der Fenster ist so schmutzig-trüb, dass die Vorhänge dahinter kaum noch zu erkennen sind. Es gibt ein paar Ausnahmen, die nett geschmückt und in halbwegs gutem Zustand sind, doch wir bleiben nicht vor einer dieser Ausnahmen stehen, als das Navi meint, wir hätten unser Ziel erreicht. Fuck! Hier wurde sogar eines der dreckigen Fenster eingeschlagen. Emerald ächzt, lässt den Kopf hängen und fasst sich an den Bauch. Ich habe noch gar nicht den Motor ausgeschaltet, da löst sie schon den Gurt, tastet fahrig nach dem

Türgriff und landet auf wackeligen Beinen auf dem Asphalt. Als ich sie erreiche, stützt sie sich vornübergebeugt auf den Knien ab und bemüht sich um eine kontrollierte Atmung. »Kann ich etwas tun?«, frage ich sie, versuche, ihr Raum zu geben, weil ich besser weiß, als mir lieb ist, wie es ihr gerade geht. Oder vielleicht habe ich auch keine Ahnung, weil die Situationen überhaupt nicht miteinander zu vergleichen sind.

Ihre Antwort kommt erst, nachdem sie sich halbwegs stabil an mein Auto lehnt und den Bauch reibt. »Ja, mich zurück nach Iowa bringen.«

»Jederzeit, Em«, antworte ich vielleicht eine Spur zu schnell. Vielleicht, weil ich weiß, dass sie es nicht ernst meint? Oder weil ich hoffe, dass sie es ernst meint … Hierlassen will ich sie jedenfalls sicher nicht.

Ihr Blick schnellt zu mir, ein Hoffnungsschimmer darin, bevor sie die Augenbrauen zusammenzieht und den Kopf schüttelt. »Ich bin einfach ein bisschen nervös. Wegen dem, was ich da drinnen finde oder vielleicht auch nicht finde.«

»Was? Oder wen?«

»Beides«, antwortet sie, schlingt sich die Arme um den Körper und schließt die Augen. »Gib mir nur eine Minute hier draußen, bitte! Dann sehen wir weiter.« Ihre Stimme klingt so zittrig, dass ich vor Wut die Zähne zusammenbeiße. Was hat sie in diesem Drecksloch alles erlebt, um so verflucht verängstigt zu sein? Gerade als ich denke, mein Adrenalinspiegel könnte nicht weiter raufklettern, kreischt ein Baby. Heiser, als würde es schon seit Stunden schreien. Em greift nach meiner Hand. Als jemand wütend brüllt, hechtet sie zur Tür.

»Halt die Klappe! Halt. Endlich. Mal. Die. Klappe. *Bitte!*«, tobt jemand, bis Em mit der Faust gegen die schäbige Tür knallt.

»Krissy! Ich bin hier.«

»Was?«, schreit Kris über das Gebrüll.

»Ich bin's. Emerald. Bitte mach auf!«

»Kann ich nicht. Wir haben keinen Schlüssel.« Ist das ihr Ernst? Was zur Hölle … Die Tür könnte ich vermutlich mit einem Tritt öffnen, aber wer weiß, ob sie je repariert würde. Ich mustere die zerbrochene Scheibe. Alle anderen Fenster sind nur klappbar, durch die können wir nicht einsteigen.

»Kannst du das restliche Glas von innen rausschlagen? Nimm irgendeinen harten Gegenstand und mach das Fenster frei«, rufe ich ihrer Schwester zu, höre sie fluchen, bevor sie genau das macht.

»Könnt ihr eigentlich irgendwann mal die Fresse halten?«, motzt eine Frau vom Trailer nebenan. Ist mir scheißegal, ob wir sie gerade stören oder nicht. Ich helfe der zitternden Emerald hoch, bevor ich mich selbst hochstemme. Und wenn ich gedacht habe, der Trailer sähe von draußen scheiße aus, dann nur, weil ich mir nicht vorstellen konnte, was ich hier drinnen zu Gesicht bekomme. Die Wände sind schimmlig, die Küche ist völlig verdreckt, das Geschirr steht bis oben im Spülbecken und ich bilde mir ein, ein oder zwei Kakerlaken zu sehen. Em nimmt ihrer zitternden Schwester das kreischende Baby ab, denn Kris sieht aus, als würde sie gleich zusammenzuklappen.

»Es tut mir leid«, sagt Emerald zu dem Baby, während sie versucht, es mit Lauten und Wiegebewegungen zu beruhigen. »Es tut mir so leid«, richtet sie sich dann an ihre Schwester, die in Abwehrhaltung ein paar Schritte zurücktritt.

»Er hört einfach nicht auf zu schreien. Nie. Die ganze Nacht nicht. Ich weiß nicht, was ich machen soll«, erklärt Kris und fasst sich verzweifelt an den Kopf. *Sie* sollte gar nichts machen müssen. Wie alt ist dieser Säugling überhaupt?

»Wo sind sie?«

»Sie haben gestern Abend gestritten. Dad ist wahrscheinlich saufen gefahren und Mom ist bei der Arbeit.«

Em hält dem Baby ihren Fingerknöchel hin, und es dockt sofort an und saugt, als gäbe es kein Morgen, bevor es frustriert weiterbrüllt. Mein Magen ist so verflucht verkrampft, ich könnte kotzen. »Er hat Hunger.«

»Ich weiß!«, schreit Kris wütend. »Aber ich habe nichts mehr für ihn. Mom wollte gestern schon was von der Arbeit mitbringen. Hat sie aber nicht. Ich hätte ihm normale Milch gegeben, aber die will er nicht.«

»O nein, Krissy. Babys dürfen keine Kuhmilch ...« Sie unterbricht ihren Satz, als sie die Tränen ihrer Schwester bemerkt. »Egal jetzt. Bist du okay?«

»Nein!«, schnappt sie vorwurfsvoll und verschränkt die Arme vor der Brust.

»Em?« Das kommt aus einem anderen Zimmer.

»Theo! Ich bin gleich da.« Hilfe suchend sieht sie mich an und ich strecke die Arme nach dem Baby aus, sodass sie zu ihrem Bruder gehen kann. Ich habe noch nie in meinem Leben ein Baby gehalten und dieses hier, dem es offensichtlich so mies geht, weckt nicht unbedingt Glücksgefühle in mir.

»Hey, Kumpel!« Ich versuche, Ems Bewegungen nach-zumachen, weil sie das Geschrei zumindest ein kleines Stück dämpfen. »Hungrig sein ist scheiße. Ich weiß. Aber wir holen dich hier raus.«

»Wir, hm?«, fragt Kris skeptisch, und ich spanne den Kiefer an. Sie hat recht. Wer bin ich, das zu behaupten? »Nur sie, oder ...?«

»Emerald wird ihr Bestes geben.«

Sie schnaubt verächtlich und lässt sich an der Wand hinab-gleiten. »Ja, bestimmt.« Ich will ihr erklären, dass sie nicht biestig sein muss, dass Em schon längst hier gewesen wäre, wenn nicht ... Aber spielt das wirklich eine Rolle? Jeder Tag hier muss für Kris die Hölle gewesen sein, ich kann verstehen, dass sie sich so aufführt.

»O mein Gott. Du bist riesengroß geworden, Theo«, bemerkt Em lachend, während sie einen Jungen, der etwa so groß ist wie sie selbst, huckepack aus dem Zimmer trägt. Ich würde ihn ihr gerne abnehmen, aber ich habe ein kleineres Päckchen zu tragen. »Und schwer.« Schnaufend setzt sie ihn auf dem verdreckten Polstersessel neben uns ab.

»Das sind. Muskeln«, antwortet der Junge strahlend, muss dabei zweimal extra Luft holen.

»Du hast Probleme beim Atmen. Seit wann? Was ist los?« Besorgt sieht Em von Theo zu Kris, aber ihr Bruder wedelt mit der Hand.

»Nichts. Em. Es ist nichts.«

»Er hat Schmerzen«, kommt schließlich von Kris, die ihrer Schwester die Worte geradezu entgegenspuckt. »Hab ich dir ja gesagt. Ihm tut alles weh. Deswegen kann er manchmal nicht atmen.«

Sie sieht mich mit einem Blick an, der mir sagt, dass sie die Last der ganzen Familie auf ihren Schultern trägt und bald darunter zusammenzubrechen droht. »Wir müssen dem Baby etwas zu trinken besorgen«, erkläre ich ruhig, um mal an einer Baustelle anzufangen.

»Richtig, ja.« Em rauft sich die Haare, sieht sich um. »Ich werde euch nicht hierlassen. Gabe, bitte, lass mich sie nicht zurücklassen.« Sie hat recht. Ich weiß, dass sie recht hat. Ist auch nicht so, als würde ich nicht das Gleiche denken, schon seit wir in diese Siedlung eingebogen sind, und trotzdem sträubt sich alles in mir dagegen.

»Das wäre Kindesentführung, Em.«

»Wir hinterlassen eine Nachricht. Dass ich die Kinder in ein paar Stunden zurückbringe. Mit meiner Telefonnummer. Und dann fotografieren wir die Notiz. Als Beweis.« Em klammert sich an jeden Strohhalm. Wenn ihr Gesicht vorhin verängstigt gewirkt hat, dann trägt es jetzt den Ausdruck blanken Horrors. Wie zur Hölle sollte ich sie jetzt im Stich lassen? Ich habe ihr meine Hilfe angeboten. Entweder ganz oder gar nicht! So viel zu: Ich bringe mich nicht in Schwierigkeiten.

Kapitel 24

Em

Wir sitzen bei McDonald's. McDonald's musste uns heißes Wasser spendieren, um das in einem 24/7-Laden gekaufte Milchpulver anzurühren und dem Baby endlich etwas zu trinken zu geben. Nachdem wir die frisch gekaufte Flasche sterilisieren ließen. Zum ersten Mal in den letzten eineinhalb Stunden ist mein winziger Bruder – er heißt Calum – ruhig. Nicht friedlich. Sein Gesicht ist angespannt, er hat die Augenbrauen zusammengezogen und ich stelle mir vor, er denkt so was wie: *Nett, dass ihr auch mal in die Gänge kommt, ihr Säcke. Ich habe nicht drum gebeten, in die Welt gesetzt zu werden.* Und ja, Kumpel. Du hast recht. Den Lottosechser hast du leider in Sachen Familie nicht geknackt.

Während ich Kris und Theo beim Mampfen zuhöre, sehe ich auf dieses unschuldige Wesen in meinen Armen und frage mich, wie man als Mutter vergessen kann, dass ein Baby Nahrung braucht. Wahrscheinlich aus dem gleichen Grund, wie sie all die Jahre vergessen hat, dass ihre älteren Kinder etwas zu essen brauchen. Und Zuneigung. Und Bildung. Und jemanden, der vor ihren Arschloch-Männern für uns eingestanden hätte.

Ich sehe zu Gabe, der sich mit meinem Bruder über Formel 1 und schnelle Autos unterhält. Interessiert nickt er, während Theo sein stolzes Wissen teilt und Kris die Augen verdreht. Würde ich Gabe nicht inzwischen etwas besser kennen, hätte ich keine Ahnung, dass in diesen blauen Augen Feuer tobt. Er ist angespannt, bereut inzwischen vermutlich, dass er mir diese Fahrt angeboten hat. Es ist mir auch unendlich unangenehm, ihn hier reinzuziehen. Dass er gesehen hat, unter welchen Umständen ich aufgewachsen bin … Auch wenn ich es nicht für möglich gehalten hätte, aber heute scheint es noch ein Stück schlimmer zu sein als vor drei Jahren. Am schrecklichsten ist, dass er gesehen hat, in welchem Zustand ich meine Geschwister zurückgelassen habe. Drei Jahre lang. Aber darüber darf ich im Augenblick nicht nachdenken. Das muss ich auf später verschieben, denn jetzt muss ich erst mal einen Weg finden, alles in Ordnung zu bringen.

»Wann kommt Mom normalerweise von der Arbeit zurück?«, frage ich Kris, die noch ein paar Pommes in sich reinstopft, bevor sie antwortet.

»Acht oder so. Heute wahrscheinlich später, weil Dad das Auto genommen hat.«

»Okay, dann bringen wir euch um acht wieder zurück, damit ich mit Mom reden kann.«

»Schön zu wissen, dass du uns nicht vergessen hast«, meint Kris zynisch, was mein Gefühl verstärkt, ein Elefant würde auf meiner Brust sitzen.

»Niemals, Kris, Theo!«, klinke ich ihn mit ins Gespräch ein. »Ich habe euch nicht vergessen. Nicht eine einzige Minute. Ich wäre pünktlich gekommen, aber mein Auto ist kaputt gegangen und ich wusste nicht, wie ich sonst zu euch kommen sollte.«

»Es gibt Busse. Manche von uns, die in die Schule fahren dürfen, nehmen jeden Tag einen.«

»Ja, und dann, Kris?«

»Scheißegal. Dann wärst du einfach da gewesen. Wie du versprochen hast.« Jetzt hebt sie doch den Blick und starrt mich böse an.

»Ich muss mir erst mal ein Standbein verschaffen, einen Job, ein Einkommen, damit ich für euch, für uns sorgen kann«, versuche ich zu erklären. Wie erbärmlich das klingt!

»Was zur Hölle hast du so lange in New York gemacht? Warum bist du nicht früher zurückgekommen?«, fordert mich meine Schwester heraus, und mein Puls rast. »Ich kann dir sagen, warum: Dir ist es besser gegangen als uns. Dir hat es gut gepasst, dich um niemand anderen kümmern zu müssen als um dich selbst. Du hast damals einfach eine Bullshit-Ausrede gebraucht, um abzuhauen und dein Ding zu machen. Wie praktisch für dich, dass du uns jetzt wieder zurückbringen musst, weil du kein verfluchtes Standbein hast.« Mit dem letzten Wort springt Kris auf und stürmt in die Damentoilette. Mit geschlossenen Augen, um die Tränen zurückzuhalten, lausche ich der Stille hier am Tisch. Sogar Calum hat gemerkt, dass die Stimmung mal wieder im Keller ist, und klopft mit seinen winzigen Händen auf meine Brust.

»Es war hart«, beginnt schließlich Theo leise. »Vor allem für Kris, weil ich ihr gar nicht helfen kann.« Ich schaffe es nicht, die Augen zu öffnen, nicke einfach, bevor ich ausgerechnet Gabes Hand auf dem Knie spüre.

»Hast du einen Rollstuhl?«, fragt er Theo. »Oder wie bewegst du dich im und um den Trailer?«

»Manchmal gar nicht.« Ich höre Scham in seiner Antwort, als wäre es ihm peinlich. Oder seine Schuld. »Drin ist kein Platz für den Rollstuhl und der Schotterboden draußen ist sowieso scheiße zum Fahren, also bleibe ich meistens lieber drinnen.«

Ich will fragen, wann er das letzte Mal draußen gewesen ist. Ich kann mir kaum vorstellen, dass Wyatt ihn rausträgt, und mit dem Baby und ihrem Job wird Mom es auch nicht getan haben. Außerdem habe ich genug gehört. Genug gesehen, um zu wissen, dass die Hölle eher zufriert, als dass die Kinder noch länger in diesem Drecksloch bleiben. »Kannst du Calum nehmen?«, frage ich Gabe, der sich bemüht, seinen leicht schaudernden Gesichtsausdruck im Zaum zu halten. Dabei entspannt sich das Baby sofort in seinen Armen, scheint auch schon gecheckt zu haben, dass Gabe hier im Moment der Anker ist, der mich daran hindert, auf offener See zu verschwinden. Dann lasse ich die Jungs zurück und folge Kris aufs WC. Sie steht am Waschbecken und stöhnt genervt, als sie mich reinkommen sieht, während sie sich die Nase putzt.

»Was?«, motzt sie, dreht sich in die andere Richtung und schmeißt ihr Papiertaschentuch Richtung Müll. Es landet allerdings daneben. Erst tritt sie es mit dem Fuß weiter weg, bevor sie sich bückt, um es aufzuheben.

»Es tut mir wirklich leid, dass ich nicht früher …« Die Flecken an ihrem Rücken, die sichtbar werden, als ihr Shirt hochrutscht, hindern mich am Weitersprechen. »Was zum Teufel ist das?«, will ich wissen, meine Stimme schrill, die Hand wandert an meinen Arm. »Kris!«

Sie zerrt an ihrem Shirt, stopft es, so gut es eben geht, in die Hose und zuckt mit den Schultern. Ich brauche die Narben aber sowieso kein zweites Mal zu sehen, um zu wissen, woher sie stammen. Oder von wem.

»Solltest du doch kennen, oder? Ihm war wohl langweilig, als du gegangen bist.« Ich halte mich am Waschtisch fest, während eine andere Dame vom Klo kommt und beim Händewaschen neugierig zwischen Kris und mir hin und her sieht, bevor sie uns allein lässt. »Calum hat auch schon eine am Bein«, meint sie sarkastisch, und mein gesamter Körper kribbelt. Vor Wut, vor Scham, vor dem Drang, dieses Arschloch umzunieten. Ich habe sechs solcher Zigarettennarben. Theo hat er nie angefasst. Zumindest nicht, solange ich da war. Ich dachte, es wäre, weil er doch noch einen Funken Anstand in sich trug. Oder weil er mich einfach hasste. Aber Kris, seine eigene Tochter, und sein Baby … Calum ist vier Monate alt, um Gottes willen! Als wären wir Kühe – Eigentum, das er markieren müsste.

Ich halte mir eine Hand vor die Augen. »Ich will ehrlich mit dir sein, Krissy. Ich habe eine Scheißangst. Nicht vor der Verantwortung, sondern davor, sie nicht tragen zu können. New York war ein Fehler, das habe ich schnell gemerkt, aber ich war zu stolz, zu ängstlich, zu bescheuert hoffnungsvoll, um zurückzukommen. Ich wollte glauben, dass es irgendwann besser wird, und ich wusste auch nicht, was mich erwartet, wenn ich wieder hier auftauche.« Ich brauche sie nicht daran zu erinnern, dass es nicht nur dahingesagt ist, dass ich um mein Leben gefürchtet habe. »Aber jetzt bin ich hier – viel zu spät und mit leeren Händen. Und das bricht mir das Herz, Kris. Glaub mir! Trotzdem wird mich nichts daran hindern, Himmel und Hölle in Bewegung zu setzen, dass ihr ein besseres Zuhause bekommt. Ich kann nur nicht garantieren, dass es bei mir sein wird. Weil ich nichts habe, um euch zu geben, was ihr braucht. Was ihr verdient. Nicht einmal, um für mich selbst zu sorgen.« Die Wahrheit tut verdammt weh, aber ich muss mit offenen Karten spielen, wenn ich sie nicht für immer verlieren will.

»Wir brauchen nichts, Em«, antwortet meine Schwester erledigt. »*Nichts* haben wir schon.«

»Ich weiß, Baby!« Ich ziehe das widerwillige zwölfjährige Mädchen, das viel zu jung ist für all diese Sorgen, in die Arme und drücke sie, so fest ich kann. »Ich weiß. Und ich wünschte, das Jugendamt und der Richter würden das auch so sehen. Aber sobald wir die einschalten, sind sie gezwungen, dafür zu sorgen, dass das Richtige mit euch passiert.« Und das heißt sicher nicht, dass sie bei mir wohnen dürfen.

»Was zur Hölle habt ihr mit meiner Tür gemacht?«, schimpft Mom, als sie später in den Trailer stürmt. Als sie mich sieht, kneift sie die Augen zusammen, sieht sich nervös um, wahrscheinlich nach Wyatt. Oder nach der Polizei? Dann mustert sie Gabe.

»Ich habe sie eingetreten, damit alle rauskonnten«, antwortet er mit kühler Stimme, woraufhin sie die Hände in die Hüften stemmt.

»Du hattest hier drinnen überhaupt nichts zu suchen.« Erst jetzt fixiert sie mich wieder. Ihr Blick ist eher leer als wütend. Es ist der Gesichtsausdruck einer Frau, die nichts mehr zu geben hat. Die sich über die Jahre ein Grab geschaufelt und es schon lange aufgegeben hat, sich daraus zu befreien. »Und du auch nicht, um genau zu sein. Wolltest du uns nicht allen beweisen, was für ein großer Star du wirst? Einziehen kannst du hier jedenfalls auf keinen Fall.«

»Will ich auch nicht, Mom.« Nur über meine Leiche, aber ich unterdrücke mein humorloses Lachen über den Gedanken.

»Was dann? Was willst du? Wenn Wyatt dich hier sieht, kann ich für nichts garantieren.«

»Was zum Teufel soll das heißen?«, wendet sich Gabe an mich, der sich neben mir nach vorne lehnt, die zu Fäusten geballten Hände auf den Knien abgestützt. Doch ich schüttle den Kopf.

»Mom, ich habe morgen einen Termin mit einem Anwalt, weil ich das Sorgerecht für die Kinder haben will.« Sie sieht zu Calum, und vielleicht bilde ich es mir nur ein, aber ich könnte schwören, für einen Moment wirkt sie erleichtert. »Es wäre sehr viel leichter für uns alle, wenn du einverstanden wärst. Aber wenn nicht, werde ich trotzdem alles dafür tun, sie zu bekommen.«

»Das soll wohl ein Witz sein, oder? Du haust ab, kommst drei Jahre später wie die Prinzessin auf der Erbse wieder und willst mir sagen, dass ich nicht gut genug bin für meine Kinder? Du hast ja den Arsch offen.«

»*Das* hier ist nicht gut genug für die Kinder.« Ich deute auf den Trailer. »*Wyatt* ist nicht gut genug für die Kinder. Und für dich auch nicht.« Aber ich habe schon lange aufgegeben zu hoffen, dass sie das eines Tages einsehen könnte. Der Typ Mensch ist meine Mutter leider nicht.

»Du hast keine Ahnung, wovon du redest.«

»Ach nein?« Kalte Wut packt mich und ich fasse rüber zu Calum, der in Kris' Armen schläft, ziehe seine zu kurze Hose hoch. »Das ist Kindesmisshandlung, Mom.« Wie oft hat sie mir erklärt, ich hätte mir meine Verbrennungen selbst zuzuschreiben, weil ich nicht hören wollte oder zu frech war. »Was hat *Calum* getan, um das zu verdienen?«, spucke ich ihr entgegen, stoße aber wie immer auf Granit. Sie sieht nicht einmal beschämt zur Seite. Keine Reue, kein Schuldbewusstsein.

»Die Tür wirst du bezahlen.« Das ist alles, was sie zu sagen hat. Und nicht einmal zu mir. Sondern zu Gabe.

»Das Fenster auch«, brummt er, sein Ton düster. »Aber nicht für Sie. Sondern für die Kinder, die nicht eine Minute allein in dieser abgefuckten Bude hätten sein dürfen.« Er macht eine Pause, als Mom einfach die Augen verdreht und weggeht. »Auch nicht *mit* Ihnen, wenn wir schon dabei sind«, setzt er nach, sodass sie ihn noch hören kann, was das ganze Drama noch ein Stück realer macht, als es bereits ist. Denn es mag für manche unverständlich klingen, aber Gabriel ist seit Mrs Howard vor einem Jahrzehnt der erste Mensch, der bestätigt, dass all das, was wir durchgemacht haben und immer noch durchmachen, *nicht* normal ist.

Kapitel 25

Gabe

Ich kann sehen, dass Emerald sich mit aller Kraft zusammen-reißt, während sie in das Hotelzimmer hastet, das ich für diese Nacht organisieren konnte. Sie wollte unbedingt in der Nähe ihrer Geschwister bleiben, für den Fall, dass sie Hilfe brauchen. Kris hat sie ihr Handy gegeben, ihr gesagt, sie solle es gut verstecken und mich sofort anrufen, falls irgendetwas ist. Außerdem habe ich eine neue Tür in den Trailer eingebaut und Holzbretter über das kaputte Fenster genagelt. Jetzt haben sie drinnen so gut wie kein Tageslicht mehr. Ich bin kein Glaser, und die Scheibe hat keine Normgröße, man kann sie nicht ein-fach so aus dem Baumarkt mitnehmen. War offensichtlich, wie sehr Emerald in all der Zeit auf heißen Kohlen gesessen hat, sich regelrecht geschüttelt hat vor Nervosität. Wegen ihres beschisse-nen Stiefvaters, nehme ich an. Der vernünftige Teil von mir ist froh, dass er weggeblieben ist. Keine Ahnung, was passiert wäre, hätte ich den Mistkerl gesehen, von dem ich inzwischen schon ein ganz gutes Bild habe.

Der Nachteil ist allerdings, dass dieses Hotel nicht eines der billigeren ist. Die Reise sprengt generell schon mein Budget, und weil ich weiß, dass Em sich alleine kein Zimmer leisten könnte, teilen wir uns heute Nacht eines. »Ich kümmere mich morgen um etwas anderes«, erkläre ich – unsicher, was sie von diesem Arrangement hält nach diesem Moment gestern im Motel, seit dem keiner von uns weiß, wo wir stehen. Ehrlich gesagt vermute ich aber, dass sie gerade ganz andere Sorgen hat. Mit einer wegwerfenden Handbewegung schüttelt sie dann auch den Kopf, ihr Gesicht bittet mich darum, keine Umstände zu machen, aber sie kann es nicht sagen. Physisch. Ihre Hand wandert zu ihrem Kopf, als nichts aus ihrem Mund kommt, bevor sie blinzelt und wegsieht. »Em ...«, beginne ich, wobei ich keine Ahnung habe, was ich sagen sollte. Noch nie habe ich eine vergleichbare Wut empfunden wie auf den Typen, der seinem kleinen Baby mutwillig Brandwunden zufügt. Der offensichtlich Emerald mit irgendetwas gedroht hat, wenn sie wieder nach Hause kommen sollte. Der es einem Jungen im Rollstuhl nicht ermöglicht, sich fortzubewegen, rauszugehen. Der saufen geht und zulässt, dass seine zwölfjährige Tochter die Verantwortung für die Familie übernehmen muss. Und das, obwohl ich gedacht habe, dass meine Gefühle nicht hasserfüllter sein könnten als jene für Hannah. Tja, ich habe mich getäuscht, dabei kenne ich diesen Menschen nicht einmal.

Emerald stößt einen einzelnen herzzerreißenden Seufzer aus, ihr gesamtes Gesicht ist schmerzverzogen, während sie die Arme um sich schlingt. Sich zusammenhält, als würde sie sonst in Einzelteile zerfallen. »Ich hätte nie gehen dürfen. Was für ein Mensch bin ich ...« Sie kann ihren Satz nicht beenden, schlägt sich eine Hand vor den Mund.

»Ein Mensch mit Selbsterhaltungstrieb, Emerald. Du bist zurückgekommen. Für sie. Genau, wie du gesagt hast. Wen interessiert es, ob zwei Tage früher oder zwei Wochen zu spät. Du bist hier. Und du hast nicht wissen können, dass diese Leute in der Zeit noch ein Kind zeugen würden. Das ist nicht deine Schuld.«

»Ich weiß. Aber es fühlt sich trotzdem an wie eine einzige Ausrede, Gabe. Ja, ich hatte Angst. Ja, ich habe mein Leben gehasst. Aber ich wusste, wozu Wyatt fähig war. Ist.« Sie reißt den kurzen Ärmel ihres T-Shirts hoch, reibt an ihrer Schulter, bis jegliches Make-up weggeschrubbt ist und drei Brandnarben sichtbar werden. Ich halte den Atem an. Das ist mir noch nie aufgefallen. Emerald hebt die Haare hoch, zeigt mir eine weitere an ihrem Nacken, die sogar Teile ihres Haaransatzes verbrannt haben muss. Zuletzt zieht sie die Hose an der Hüfte ein Stück runter, bis noch zwei rote Flecken sichtbar werden. Ein Sturm tobt in mir, vor allem, weil ich nur hier stehen und blöd schauen kann. Nichts dagegen tun kann.

»Es war keine Bestrafung. Mehr ein krankes Vergnügen für ihn. Er hat mir erklärt, er müsse ein Zeichen setzen, dass ich zu ihm gehöre, wenn ich schon ein Bastardkind bin.« Sie holt zittrig Luft, geht rückwärts, bis sie an der Wand lehnt. »Bevor ich abgehauen bin, habe ich ihn geschlagen. Einmal. Wir waren mit einem Jungen aus dem Trailerpark befreundet. Er war etwa ein Jahr älter als ich, also damals vielleicht fünfzehn, und wusste, dass wir nie genug zu essen hatten, und hat uns manchmal Reste von seinem Mittagessen vorbeigebracht. Und auch Klopapier und Binden für mich, weil ich das Haus nicht blutend verlassen konnte. Einmal sogar Schmerztabletten für Theo, als es ihm schlecht ging, und Kris hat er immer wieder Süßigkeiten geschenkt, weil er sie eben gernhatte. Wyatt hat mich dabei erwischt, wie ich ihn draußen umarmt habe, um mich zu bedanken, und die Situation falsch verstanden. Er nannte mich eine Hure und dass ich es nicht wagen sollte, ihm schwanger unter die Augen zu treten.« Em fasst sich an den Hals. »Wir haben gestritten. Ich habe ihm jedes Schimpfwort an den Kopf geworfen, das ich je aufgeschnappt hatte. Ja, ich war respektlos, aber er hatte es verdient. Er gab mir eine Ohrfeige, also schlug ich ihm die Lippe blutig, ohne nachzudenken.

Mit einem Messer in der Hand hat er mich aus dem Trailer geschmissen. Buchstäblich. Hat damit vor meinem Gesicht gewedelt und gesagt, ich solle ihm nie wieder unter die Augen treten, sonst würde er mich umbringen. Und ich habe bis heute keine Zweifel, dass er es ernst gemeint hat.«

Jeder einzelne Muskel in mir spannt sich an, weil ich zwanghaft versuche, stehen zu bleiben, statt noch einmal zu diesem Trailer zu fahren.

»Und mit so jemandem habe ich meine damals elf- und achtjährigen Geschwister zurückgelassen! Anstatt bescheuerte Versprechungen und Pläne zu machen, hätte ich etwas tun müssen. Ich hätte das Jugendamt einschalten sollen. Alles wäre besser gewesen als das.«

»Du warst vierzehn«, wiederhole ich, aber sie schnaubt. »Du warst selbst ein Kind. Da kann man wohl kaum von dir erwarten, dass du alle richtigen Entscheidungen triffst.«

»Jung zu sein, ist aber keine Entschuldigung dafür, verantwortungslos zu sein. Du hast sie gesehen, Gabe. Die beiden sind völlig abgemagert und Calum …« Ihr versagt die Stimme und sie stützt sich auf den Knien ab, ringt um Kontrolle. Ein Kampf, der mir besser bekannt ist, als mir lieb ist. Verärgert wischt sie sich eine Träne von der Wange, starrt sie an, als wäre sie etwas Verbotenes.

»Em, es ist okay.« Zu weinen, meine ich. Sich seine Schwächen, vielleicht Fehler einzugestehen. Aber Em schüttelt vehement den Kopf.

»Nein. Ist es nicht«, flüstert sie und denkt dabei an etwas anderes, als ich sagen wollte. Dann beugt sie sich vornüber, sodass ich für einen Moment denke, sie übergibt sich gleich, doch sie krallt nur die Finger so fest in die Oberarme, dass es mit Sicherheit Spuren hinterlässt.

Ich habe schon ein paar Grenzsituationen mit Em erlebt. Habe ihre Traurigkeit gefühlt, sie weinen sehen, habe ihren

Zusammenbruch in meiner Wohnung erlebt. Aber jedes Mal hat sie sich selbst danach wieder zusammengesetzt. Jetzt scheint sie ihr Limit erreicht zu haben. Ihre Augen werden nass, und ich spüre einen scharfen Stich in der Brust. Es gibt nur wenig, das mich so trifft wie ihre Tränen. Und ich habe schon einiges durchgemacht. Aber nun fühlt es sich an, als würde jemand mein Herz in die Hände nehmen und zerquetschen. Es ist das gleiche Gefühl wie bei einer Panikattacke und doch anders. Denn diesmal kann ich das Ruder fest in der Hand halten. Ich kann ihr Ruder übernehmen, solange sie mich braucht.

Ich überbrücke die Distanz zwischen uns und ziehe sie an mich. »Du bist nicht alleine«, verspreche ich ihr.

Als ich die Worte ausgesprochen habe, lässt sie los. Nicht buchstäblich. Genau genommen klammert sie sich noch fester an mein Shirt, aber ihre Knie sacken ein, also greife ich unter ihren Hintern und hebe sie hoch. Die Kleine wiegt nichts, weswegen es mich nicht besonders viel Mühe kostet, mit ihr zum Sofa zu gehen, die Taschen auf den Boden zu stellen, die ich vorhin draufgeschmissen habe, und mich hinzusetzen. »Wir kriegen das hin. Du bist nicht mehr alleine, Em.« Ihr ganzer Körper bebt von den Schluchzern, die aus ihr herausströmen, als käme all der Schmerz der letzten achtzehn Jahre in diesem Moment hoch. Sie zerrt regelrecht an meinem Shirt, als wolle sie hineinkriechen, und während mich das normalerweise genau in die andere Richtung treiben würde, dafür sorgen würde, dass ich aus meiner eigenen Haut fahren will, ziehe ich sie jetzt noch näher an mich. Meine Hand findet ihre weichen Haare und ich bilde darin eine Faust, halte sie fest, bis ich einen Krampf bekomme bei dem Versuch, wenigstens ein bisschen ihres Schmerzes, ihrer Wut zu absorbieren, weil es mich umbringt, sie so zu erleben.

Irgendwann werden ihre Schluchzer leiser, verebben, bis bloß noch ein unruhiger Atem bleibt und ihre erschöpften

Muskeln sich nach und nach entspannen. Erst jetzt erlaube ich mir, meine Finger aus ihren Haaren zu nehmen und sie zu streicheln. Ihre Hände fallen von meinem Shirt und sie vergräbt die Nase in meiner Halsbeuge. Ein leises Seufzen vibriert an meiner Haut, als ich meine Lippen an ihren Scheitel presse. »Wo bist du bloß hergekommen?«, flüstere ich. Vor knapp einem Monat noch hatte ich das Gefühl, dass so ziemlich alles in meinem Leben zum Scheitern verurteilt ist. Ich habe es nicht einmal ausgehalten, wenn mein Dad mir auf die Schulter klopfen wollte. Und doch bin ich jetzt hier mit einem Mädchen in den Armen, das es irgendwie durch meinen Panzer geschafft hat, ohne dass ich es bemerkt habe. Ich kann nicht genau sagen, wann es angefangen hat, aber wenn ich mit ihr zusammen bin, habe ich nicht das Gefühl, jemand anderes sein zu wollen. Wenn sie mich anfasst, will ich nicht aus meiner Haut kriechen.

Als ich die Augen nicht mehr offen halten kann, stehe ich vorsichtig mit ihr auf und trage Em zum Bett, als wäre sie das kostbarste und zerbrechlichste Gut, das ich je transportieren musste. Erst als sie liegt und ich sie zudecke, hole ich wieder Luft, gehe in die Hocke und reibe mir fahrig das Gesicht. Ich bin hundemüde, wir haben seit fast vierundzwanzig Stunden nicht geschlafen, trotzdem kann ich mich im Augenblick nicht von der Stelle rühren. »Wie oft, Emerald? Wie viele Male hast du dich schon in den Schlaf geweint?« Und wie viele Male werden noch folgen, ohne dass ich bei ihr sein kann, um sie aufzufangen?

Kapitel 26

Em

Langsam wird es wohl zur Gewohnheit, dass ich in einem fremden Bett aufwache und keine Ahnung habe, wie oder wann genau ich dort hingekommen bin. Alles, was ich weiß, ist, wer mich hineingelegt hat, und das beruhigt mein Herz, während der Rest von mir sich fühlt wie vom Laster überfahren. Meine Stimmbänder sind belegt, mein Kopf pocht und das Gesicht scheint seine Masse verdoppelt zu haben. Etwas orientierungslos, weil ich mich gestern gar nicht in diesem viel zu großen Zimmer umgesehen habe, drehe ich mich auf die Seite. Dabei fällt mein Blick auf das Beste an diesem Zimmer: Gabe. Und das liegt nicht nur an der köstlichen Aussicht auf seinen nackten Rücken, weil die Decke nur knapp über seinem Po endet. Er hängt bäuchlings auf der viel zu kleinen ausgezogenen Couch und atmet gleichmäßig. Selbst im Schlaf sieht er aus, als würde er seine Muskeln anspannen. Vielleicht liegt das daran, dass er sein Kissen festhält, als könnte es sonst unter ihm hindurchschlüpfen. Der Anblick macht es mir verdammt schwer, mir nicht zu wünschen, mit dem Kissen den Platz zu tauschen. *Verdammt noch mal, Em! Du hast wirklich andere Sorgen!* Wie zum Beispiel den Termin mit dem Anwalt heute Nachmittag.

Ich habe Angst vor dem, was er mir sagen wird. Angst davor, ausgelacht zu werden, weil er den Ernst der Lage nicht versteht. Angst davor, von ihm verurteilt zu werden, *weil* er den Ernst der Lage versteht.

Gabe dürfte meinen Blick auf sich spüren, denn er öffnet langsam die Augen, findet sofort meine und schenkt mir ein Lächeln, das witzige Dinge mit meinem Innersten anstellt. »Wie war das?«, fragt er mit rauer, schläfriger Stimme, die in mir das Bedürfnis auslöst, zu ihm hinüberzuhüpfen und mich an ihn zu kuscheln. »Anderen beim Schlafen zuzusehen ist verboten?«

Zustimmend brumme ich. Aber in diesem Fall breche ich gerne die Regeln. »Ich habe gar nicht absichtlich hingesehen. Du warst einfach da.«

Er lacht leise, bringt mich zum Schmelzen, als er sich auf die Seite dreht und den Ellbogen auf der Matratze abstützt. »Konntest du schlafen?«

Ich nicke, reibe mir ein Auge, als mein Blick zu den Mauerseglern an seinem Oberkörper wandert. »Danke noch mal für …« Ich wedle mit der Hand und verdrehe die Augen. »Na, du weißt schon. Alles eben. Schon wieder.«

Er lächelt und zuckt mit den Schultern, als wäre alles nichts. Dabei ist es alles. Bevor ich ihm das sage oder versuche zu wiederholen, womit wir im Motel aufgehört haben, kicke ich die Decke weg und schwinge die Beine aus dem Bett. »Wenn du mich suchst, ich verbrauche mal den gesamten Wasservorrat des Hotels«, sage ich, halte jedoch kurz inne, als ich merke, dass sich an seinem Gesichtsausdruck etwas verändert hat. Die Intensität lässt mich schlucken. Doch er reißt den Blick von mir los und sieht auf die Uhr. »Das Frühstück ist im Preis inbegriffen, also würde ich vorschlagen, wir besorgen uns richtigen Kaffee und ein paar Pancakes, wenn du fertig bist.«

»Ich denke, du hasst Pancakes«, gebe ich verwirrt zurück. Zumindest hat er das behauptet, nachdem ich das erste Mal aus seiner Wohnung gekommen bin und ihm welche bringen wollte.

Gabe überrascht mich damit, dass er auf meine Bemerkung hin trocken lacht. Er wirft sich auf den Rücken, reibt sich das Gesicht und stöhnt amüsiert. »Tja, es stellt sich wohl raus, dass ich sie doch besser leiden kann, als ich zugeben wollte.«

»Ich will ganz ehrlich mit Ihnen sein, Ms West.« Der Anwalt nimmt seine Brille ab und ich halte mich an der Stuhllehne fest. »Ich finde es wirklich lobenswert, dass Sie bereit sind, eine derart große Aufgabe zu übernehmen. Wenn alles so ist, wie sie es erzählen, besteht auch für mich kein Zweifel, dass der Richter ihrer Mutter und dem Stiefvater das Sorgerecht entziehen wird, denn wir sprechen hier von Misshandlung, Kindeswohlgefährdung, mangelnder Grundversorgung, ganz zu schweigen von der fehlenden Gelegenheit, der Schulpflicht nachzukommen.« Er schüttelt den Kopf. »Und ja, es ist schon richtig, dass das Gericht Geschwister lieber zusammenlässt, auch in der Obhut anderer Familienmitglieder. Aber erlauben Sie mir, erst noch ein paar Dinge zu Ihrer Person zu erfragen.«

Ich wappne mich für die Fragen, vor denen ich seit Wochen Panik habe. Gabe legt mir eine Hand auf den Oberschenkel, als wäre meine Anspannung sichtbar.

»Sie sagen, die Adresse, die Sie hier angeben, haben Sie erst seit letztem Monat?« Ich nicke. Ich wohne dort, ja, sie ist nicht meine, aber Gabe sagt, das wäre okay für ihn. »Aber gemeldet sind Sie dort nicht.«

»Nein.« … Also zählt sie nicht.

»Und die drei Jahre davor waren Sie in New York. Gibt es da eine Adresse?«

»Die will ich ehrlich gesagt nicht gerne angeben. Die Person, bei der ich zwei Jahre gelebt habe …« Ich spüre Gabes wachsamen Blick auf mir, während der Anwalt leicht die

Augenbrauen zusammenzieht. »Ich will wirklich nicht mehr mit ihm in Verbindung gebracht werden. Auch nicht, dass ihn irgendjemand kontaktiert oder ihn wissen lässt, wo genau ich bin.«

»Wenn diese Person in kriminelle Aktivitäten verwickelt ist, wäre es besser, das gleich offen zu sagen, bevor es über Ecken dem Richter zu Ohren kommt. So was sieht vor Gericht nie besonders gut aus.«

»Nein. So ist es nicht. Er ist sauber.« Nach welchem Maßstab, ist die Frage. »Er war nur nicht so einverstanden damit, dass ich gegangen bin.« Milde gesagt. Für kurze Zeit war ich mir nicht einmal sicher, ob er mir überhaupt erlauben würde, die Wohnung zu verlassen.

»Sie können es sich ja noch überlegen. Meinen Ratschlag kennen Sie. Es ist besser, offiziell festzuhalten, dass Sie längere Zeit an einem Ort gelebt haben, als den Eindruck zu vermitteln, Sie wären flatterhaft.«

»Dass ich dort gelebt habe, weiß aber auch keiner«, erkläre ich ihm, woraufhin er seufzt.

»Das heißt, Sie sind nach Aktenlage ohne festen Wohnsitz, seit Sie Ihr Zuhause verlassen haben?« Ich senke zur Antwort nur den Blick. »Haben vermutlich auch nicht die Chance gehabt, Ihre eigene Schulbildung nachzuholen?«

»Ich kann mir nicht vorstellen, dass das ein Grund sein dürfte, ihr das Sorgerecht zu verweigern. Die Kinder können in die öffentliche Schule gehen«, wirft Gabe ein, eventuell ein bisschen zu konfrontativ, aber mir wird warm ums Herz, weil jemand so für mich einsteht.

»Nein, Mr …« Der Anwalt hebt die Augenbrauen.

»Brooks.«

»Mr Brooks. Das ist es nicht. Allerdings wird es generell ein Ding der Unmöglichkeit sein, als Achtzehnjährige das Sorgerecht erteilt zu bekommen. Da hätten wir mit einem

Antrag auf Vormundschaft vermutlich mehr Glück. Ms West muss jedoch beweisen können, dass sie den Kindern eine wesentliche Verbesserung der Lebensumstände garantieren kann. Es ist nun mal eine Tatsache, dass die Behörden da weit strenger sind, sein müssen, als bei den leiblichen Eltern oder zumindest der Mutter. Da wird man ganz genau unter die Lupe genommen. Insbesondere, wenn man bedenkt, was die Kinder durchgemacht haben.«

»Das verstehe ich schon. Wobei wir vielleicht nicht vergessen sollten, dass Emerald ebenfalls *eines dieser Kinder* ist. Die letzten achtzehn Jahre hat es keinen Menschen gekümmert, was in dieser Familie vor sich geht. Jetzt, da die Schwester versucht, den Ball ins Rollen zu bringen, sollen ihr plötzlich Steine in den Weg gelegt werden, obwohl sie selbst von besagten Erwachsenen auf die Straße gesetzt worden ist?«

Der Anwalt seufzt, lächelt Gabe verständnisvoll an und wendet sich dann wieder an mich. »Verstehen Sie mich bitte nicht falsch. Ich urteile nicht. Meine Pflicht ist es nur, die Fakten zu nennen. Ich würde Sie gerne vor Gericht vertreten, wenn Sie das wünschen, auch in Anbetracht der Umstände, weil ich denke, dass Sie eine außergewöhnliche junge Frau sind. Man wird Ihren Einsatz und Ihre Mühe würdigen.« Ein winziger Hoffnungsschimmer keimt in mir auf. »Allerdings kann der Gerichtstermin frühestens in zwei bis fünf Monaten stattfinden, und das mit der Obhut auf Zeit fällt leider flach, weil Sie hierfür bereits in Idaho ansässig sein müssten. Ich würde Ihnen daher dringend dazu raten, das Jugendamt einzuschalten, weil Ihre Geschwister sich in unzumutbaren Verhältnissen befinden. Auch sieht es für Sie nicht gut aus, wenn Sie nicht melden, was Sie gesehen haben, aber vorbringen, dass Sie von der Kindeswohlgefährdung gewusst haben.«

»Was passiert dann mit ihnen?«

»Das hat das Jugendamt zu entscheiden, doch ich gehe davon aus, dass die Kinder erst mal zu Krisenpflegefamilien kommen werden.«

Ich presse die Lippen aufeinander. Das war nicht der Plan. »Getrennt?«

»Das kann ich nicht sagen. Bitte wägen Sie nur ab, was die beste Alternative ist.«

»Und was soll ich in der Zwischenzeit machen?«

»Das steht Ihnen frei, Ms West. Mein Vorschlag wäre: Wir reichen das Formular ein, Sie melden so schnell wie möglich dem Jugendamt die Sachlage und dann muss man sehen, wann die erste Anhörung vor dem Richter angesetzt werden kann.«

Ich verziehe das Gesicht. »Und bis es so weit ist, soll ich die drei wieder alleine lassen?«

»Ms West. Die Kinder sind dann in Pflegefamilien, möglicherweise in drei Familien an drei völlig verschiedenen Orten im Staat. Sie sollten die Zeit nutzen und sich nach einer Wohnung und einem Job hier umsehen.« Er sieht zwischen Gabe und mir hin und her. »Oder haben Sie vorgehabt, mit den Kindern nach Iowa zu gehen? Denn dann muss ich Sie warnen: Das Gericht sieht es nicht gerne, wenn Kinder aus ihrem Umfeld gerissen werden.«

Fast lache ich. Welches Umfeld? Der schimmelige Trailer? In der Schule sind sie ja auch nie gewesen.

»Die Wahrscheinlichkeit, dass der Richter Ihnen nach einer Vorgeschichte wie der Ihrer Familie erlaubt, sofort aus seinem Zuständigkeitsbereich zu fallen, ist sehr gering, denn es wird Termine geben, Auflagen, Besuche vom Sozialarbeiter.«

»Ähm«, ist alles, was ich hervorbringe, bevor Gabe meine Hand loslässt und sich an die andere Seite lehnt. Ich weiß, wir sind nicht zusammen. Meine Güte, wir haben uns noch nicht einmal geküsst, deswegen ist es völlig bescheuert zu denken, er wollte mich längerfristig um sich haben. Trotzdem kann ich nichts gegen das Stechen tun, das sich in meiner Brust ausbreiten will. »Nein. Ich gehe mit ihnen nicht nach Iowa«, erkläre ich ihm und konzentriere mich aufs Wesentliche: drei Kinder, denen ein richtiger Zirkus bevorsteht.

Nachdem ich Kris über Gabes Handy mit Emoticons gefragt habe, ob der Teufel zu Hause ist und sie mir daraufhin grünes Licht gegeben hat, fahren wir zurück in den Trailerpark. Wie ekelerregend die gesamte Gegend ist! Kris und ich haben schon damals nicht gern unseren Trailer verlassen, weil vor der Tür trotz allem noch mehr Schlimmes passierte als dahinter. Ich weiß noch ganz genau, wie allein an dem Tag, an dem wir »eingezogen« sind, fünf Mal die Polizei anrücken musste: eine Messerstecherei, ein Einbruch, zwei Fälle häuslicher Gewalt und ein aufgeflogenes Drogengeschäft, wie wir bald erfuhren. Denn hier weiß jeder alles, aber es kümmert kein Schwein. Und das war wie gesagt nur der erste Tag. Ich massiere meine Schläfen, hinter denen sich eine Migräne bildet. »Wie soll ich ihnen das bloß erklären?« Bisher habe ich es immer so klingen lassen, als hätte ich das Sorgerecht so gut wie in der Tasche.

»Du erklärst ihnen, dass es nur für eine Weile ist und du dein Bestes gibst«, antwortet Gabe, obwohl ich die Frage mehr an mich selbst gerichtet habe. Ich versuche, den Elefanten im Raum zu ignorieren, der sich schon beim Anwalt auf unsere Köpfe gesetzt hat – verdammt, der sich am Samstag im Motel auf unsere Köpfe gesetzt hat –, weil jetzt nicht der richtige Zeitpunkt ist, das Thema anzusprechen: Habe ich noch eine Bleibe, wenn ich vorerst nach Iowa zurückgehen muss? Oder ist alles, was Gabe hier für mich tut, tatsächlich reine Hilfe, um mich loszuwerden? Als er mich gestern in den Armen gehalten hat, hat es nicht so gewirkt. Als er mich heute Morgen beim Aufwachen angesehen hat, hat es nicht so gewirkt. Als er mich eben verteidigt hat, hat es nicht so gewirkt. Aber ganz ehrlich:

Was weiß ich schon von ehrlicher Zuneigung von oder zu einem Mann? Alles, was ich in meinem Leben gesehen habe, sind manipulative Arschlöcher, gewalttätige Schweine oder selbstsüchtige Vampire. Nicht die beste Grundvoraussetzung, um Gabriels Verhalten richtig interpretieren zu können, und das macht mir Angst. Denn ich fühle für ihn mehr als je zuvor für jemanden und fürchte, völlig zerbrochen aus der Sache herauszukommen.

»Kannst du mir von diesem Kerl aus New York erzählen?«, fragt Gabe vom Fahrersitz aus, während er krampfhaft durch die Frontscheibe sieht.

Mein Puls schlägt schneller. »Was willst du denn wissen?«

Gabes Kiefermuskeln treten hervor, während er mir einen Blick zuwirft. »Versuch bitte nicht, zu leugnen, dass mehr hinter der Geschichte steckt, als du dem Anwalt gesagt hast. Hast du Angst vor ihm?«

»… nein.«

Gabe bemerkt mein Zögern und murmelt flehend meinen Namen. Eine Bitte, auch das letzte Geheimnis zwischen uns zu enthüllen, als würde ihm mein Vertrauen in diesem Moment alles bedeuten. Als hätten wir eine Zukunft, in der es eine Rolle spielen würde, jedes Detail meines Lebens zu kennen. Und ich gebe ihm auch dieses, vielleicht gerade, weil ich mir sicher bin, dass wir *keine* haben. »Ich habe dir ja erzählt, dass ich nach meinem ersten Winter auf der Straße zu so ziemlich allem bereit gewesen wäre. Ich hatte eine Lungenentzündung und Erfrierungen, als ein Mann mich ansprach und mir anbot, mich bei sich wohnen zu lassen.«

Als hätte er schon eine gute Vorstellung davon, wohin diese Geschichte führt, kneift er die Augen zusammen. »Mann? Von welchem Alter reden wir hier?«

»Er sagte, er sei achtunddreißig.« Ich hatte immer das Gefühl, er sei älter, aber auch das hätte nichts geändert. Gabe murmelt einen Fluch. »Ich möchte festhalten, dass ich keine Idiotin bin und gewarnt war, dass da draußen Kerle rumlaufen, die auf Mädchen wie mich warten, auf Obdachlose oder Ausreißer, die nichts zu verlieren hätten, und ich wusste, worauf ich mich vielleicht einließ. Aber ich war abgemagert, buchstäblich todkrank und hatte tatsächlich nicht viel zu verlieren.« Ich halte kurz inne, überlege, ob ich das wirklich auch heute noch so empfinden kann. »Jett war kein Zuhälter oder Menschenhändler. Er ließ mich tatsächlich bei sich wohnen. Gab mir ein Zimmer, ein Bett, einen Arzt, Essen und Equipment, um auf der Straße zu singen. Aber ja, was soll ich sagen?! Dass er so nett zu mir war, das gab es eben nicht umsonst. Alles hat seinen Preis.« So lasse ich es im Raum stehen, weil es mir furchtbar peinlich ist, alles zuzugeben, wozu ich bereit war, um ein Dach über dem Kopf zu behalten und zum ersten Mal in meinem Leben alles zu bekommen, was ich zum Leben gebraucht habe. Aber Gabe überrascht mich damit, dass er an den Straßenrand fährt und mit beiden Händen durch seine Haare reibt, bevor er das Lenkrad verflucht fest umklammert. Er sieht aus wie ein Vulkan kurz vorm Ausbruch.

»Bitte sag mir, dass der achtunddreißigjährige Typ dich nicht dazu gezwungen hat, Sex mit ihm zu haben.«

»Er hat mich nicht vergewaltigt, wenn du das meinst.« Sondern nur unmissverständlich klargemacht, was er für seine Großzügigkeit erwartet. Ich hatte eine Wahl und habe mich falsch entschieden. »Er hat das genommen, was ich bereit war zu geben. Nicht mehr.« Ich starre aus dem Fenster, will weg von dieser Unterhaltung, weg von den Erinnerungen, weg von diesem verdammten Trailerpark, in dem alles begonnen hat. »Niemals mehr.« Zum Schluss wollte Jett mein Herz, doch das habe ich mitgenommen.

»Du warst vierzehn Jahre alt«, knurrt Gabe regelrecht. »Ich würde mal sagen, da hat er schon mehr genommen, als er durfte.« Das bringt mich doch dazu, seinem Blick zu begegnen.

»Eigentlich war ich zu dem Zeitpunkt schon fünfzehn.«

Er sieht mich böse an, mahlt mit den Zähnen. »Trotzdem illegal.«

»Wie ich schon sagte: Jung zu sein ist keine Entschuldigung für Verantwortungslosigkeit, und ich wusste, worauf ich mich einließ. Aber weißt du, was mir wichtiger war als Gesetze und meine Tugend? Mein Leben!« Ich werde nicht blinzeln, während mir die Nase kitzelt. Denn ich werde nicht heulen. Ich werde *nicht* heulen. Gabe sieht meinen Kampf, denn seine Gesichtszüge entspannen sich etwas, ehe er die Augen schließt, über die Mittelkonsole langt und mich an sich drückt. »Das steht außer Frage, Em. Ich sage nur, dass er ein Scheißkerl ist, weil du den Eindruck hattest, dich gegen eines dieser Dinge entscheiden zu müssen.«

Aufgestaute Luft entweicht meiner Lunge und mein Körper entspannt sich an seinem. Wie immer mit ihm. Er streicht mir übers Haar. »Nie wieder, Emerald.« Hätte nie gedacht, dass ich meinen Namen mal gerne hören würde. Vielleicht höre ich ihn aber auch nur deshalb gerne, weil Gabe es ist, der ihn ausspricht. Bei dieser neuerlichen Erkenntnis fallen mir die Augen zu.

»Wie willst du das verhindern?«, fordere ich ihn in gewisser Weise heraus, selbst wenn mir klar ist, dass ich kein Recht dazu habe. Aber die Worte sind gesagt, bevor ich sie noch länger überdenken kann.

Gabe lässt sich einen schmerzhaft langen Moment Zeit, um zu reagieren. Dann zieht er sich zurück, legt seufzend den Kopf in den Nacken und reibt sich die Stirn. »Weißt du, was mir vorhin aufgefallen ist, als du gesagt hast, du würdest nicht in Iowa bleiben?« Er lacht humorlos und legt eine Hand auf seine Augen. »Wahrscheinlich fällt es mir reichlich spät auf, aber mir ist bewusst geworden, dass ich mich seit Tag eins noch nie von dir verabschiedet habe.«

Ich ziehe die Augenbrauen zusammen. *Mir* ist es aufgefallen. Mir ist auch aufgefallen, dass er sich von jedem anderen immer verabschiedet, nur nicht von mir. Die ersten paar Male hat mich das irritiert, dann habe ich es eben hingenommen.

»Warum?«, frage ich ihn nun.

Gabe schüttelt den Kopf. »Weil ich mich nicht von dir verabschieden müssen *will*. Seit dem Tag, an dem ich dich kennengelernt habe, macht der Gedanke an die Worte etwas Komisches mit mir. Ich kann es nicht sagen, weil es sich anfühlt, als würde ich etwas verlieren, Em. Und ich habe keine Lust, dich zu verlieren.« Und mit diesem Satz fällt mein Herz endgültig aus meiner Brust und landet vor seinen Füßen. »Nicht heute, nicht morgen oder an irgendeinem anderen Tag in der Zukunft.«

Ich warte darauf, dass er den Blick hebt, aber als er das endlich tut, sieht er nicht gerade glücklich aus. Was auch immer als Nächstes aus seinem Mund kommt, wird der Grund für seinen Rückzug vorhin gewesen sein.

»Das Problem ist nur, dass ich keine Ahnung habe, wie ich meine Realität mit dem vereinen kann, was ich will.« Seine Augen fixieren meine und ich fühle jede einzelne Emotion, die er mit diesem einen Blick mit mir teilt.

Ich hole tief Luft, bevor ich meine Hände auf seine Wangen lege. »Gabe, ich habe keine Antwort auf die offenen Fragen, keinen Plan, wohin wir gehen, keine Idee, ob unsere Wege in dieselbe Richtung laufen.« Ich nehme allen Mut zusammen und erlaube der ständig präsenten Anziehung zwischen uns, meinen Körper zu seinem zu ziehen, bis mein Mund dicht vor seinem schwebt. »Mir ist klar, dass wir uns nicht versprechen können, was nächste Woche, morgen oder auch nur in den nächsten Stunden sein wird, aber jetzt, in diesem Augenblick, möchte ich nichts dringender als das hier.« Unter meinen Fingern werden seine Muskeln hart und er hält die Luft an. Sanft streiche ich mit meinen Lippen über seine. »Und sei es auch nur dieses eine Mal«, flüstere ich.

»Em«, atmet er meinen Namen wie eine Bitte. Aber worum bittet er? Dass ich uns gebe, was wir beide wollen? Oder dass ich mich zurückziehe, solange noch nichts passiert ist. Denn eines ist uns sicher beiden bewusst: Danach gibt es kein Zurück mehr. Nie im Leben war ich so nervös wie gerade und nie so dankbar wie über seine warme Hand, die an meinen Nacken wandert und mich näher an sich zieht. Seufzend lege ich meine Lippen auf seine, verweile auf seiner Unterlippe, auf die ich wiederholt kleine Küsse regnen lasse. Sein Daumen streichelt zärtlich meinen Hals, während meine Hände an seine Brust wandern, in der ich sein Herz rasen fühle. Schluckend bringe ich meine Nase an seine und hole zittrig Luft. »Ist das hier okay?«, murmle ich leise.

»Nein«, sagt er, doch bevor ich Zeit habe, verletzt die Hände fallen zu lassen, fasst er um meine Hüfte und bugsiert mich auf seinen Schoß. Ein tiefes Summen entfährt ihm, während Gänsehaut meinen Körper übersät und alles um uns herum ganz klein wird. Zumindest für ein paar Sekunden. Sekunden, in denen die Welt stillsteht und uns erlaubt zu vergessen, dass ich ein obdachloses Mädchen bin und er ein verurteilter Junge ist. In diesem Moment schreiben wir unsere eigene Geschichte. Als Em und Gabe.

Die Vorsicht ist verschwunden, seine Lippen fordern meine zu einem Spiel heraus. Es ist erstaunlich, wie weich seine Lippen sind. Wie weich und wunderschön sein Herz ist, in das ich mich irgendwann seit unserer spannungsgeladenen ersten Begegnung in Pipers Bar verliebt habe. Verliebt … Ich bin in Gabe verliebt. Ich, die nie sicher war, ob ich das Gefühl überhaupt erkennen würde, wenn man mir damit vor der Nase herumwedeln würde. Aber ich habe es erkannt. Ohne Zweifel.

Tränen fluten meine Augen und ich will näher zu ihm. Will mehr. Alles. Denn falls das tatsächlich der einzige Kuss ist, den wir bekommen, dann soll sich der Schmerz danach wenigstens auszahlen. Umständlich versuche ich, mein Bein über seine zu heben, sodass ich rücklings auf ihm sitze. Gabe reagiert sofort, indem er seine Arme um meine Taille schlingt und mich fester an sich drückt. Der bittersüße Beigeschmack des Kusses ändert nichts daran, dass es der schönste meines Lebens ist. Der erste richtige. Auf alle Fälle der erste, der zählt. Ich ziehe Gabe von der Lehne weg, will unter sein Shirt, *in* sein Shirt, doch es ist viel zu eng und mein Rücken landet auf der Hupe. Erschrocken zucke ich zusammen, die Seifenblase der letzten Sekunden zerplatzt, während Gabe seine Stirn schwer atmend an meine Schulter lehnt, seine warmen Hände brennen nach wie vor durch den Stoff meines Tops. Ich blicke aus dem Fenster in die irritierten oder amüsierten Gesichter, die ich auf uns aufmerksam gemacht habe, doch das Einzige, was mir leidtut, ist, dass der Kuss vorbei ist.

»Wow!«, hauche ich endlich, als ich zum ersten Mal wieder daran denke, Luft zu holen.

»Ja«, antwortet er, und ich spüre ein Schmunzeln, während seine Lippen zärtlich mein Schlüsselbein küssen.

»Wir sollten vermutlich fahren«, erkläre ich, obwohl ich es noch nicht schaffe, mich zu entfernen. Ich senke meine Nase in seine Haare und atme seinen inzwischen so vertrauten Geruch ein, den ich nie wieder ausatmen will. »Nur fürs Protokoll: Das war definitiv *nicht* der letzte Kuss.«

»Nein?«, fragt er, hebt den Blick und streicht mir mit einem traurigen Lächeln ein paar Haare aus dem Gesicht.

»Nein«, antworte ich kopfschüttelnd, meine Stimme jedoch bloß ein Flüstern, weil ich nicht sicher bin, wen ich gerade mehr überzeugen muss.

Kapitel 27

Em

Ich kann die Augen nicht von dem kleinen Wesen losreißen, das in meinen Armen schläft. Immer mal wieder zuckt er, schneidet im Traum Grimassen oder greift nach meinem Finger. Zu süß, um wegzusehen und irgendetwas davon zu verpassen. »Du bist in keine einfache Welt geboren worden, mein Kleiner. Aber ich werde dafür sorgen, dass deine Kindheit anders wird als unsere. Du sollst an jedem Tag deines Lebens wissen, dass du geliebt wirst.« Ich küsse seine niedliche Nase und lege meine Stirn vorsichtig an seine, während ich darüber nachdenke, dass er es wohl noch am leichtesten haben wird, eine Pflegefamilie zu finden. »Warte auf mich, kleiner Mann! Ich komme euch alle bald holen.« Er verkrampft sich, schreit kurz auf und krümmt sich, also schaukele ich ihn leicht und singe ihm das Lied vor, das ich Gabe vorgesungen habe, als es ihm schlecht ging, das ich Kris vorgesungen habe, wenn sie wieder nicht gefüttert worden war; das ich Theo vorgesungen habe, wenn er schweißgebadet im Bett lag, weil ihm seine Beine solche Probleme gemacht haben, das ich mir selbst vorsinge, wenn ich davon träumen will, dass die dichten Wolken eines Tages auch hinter mir liegen werden.

Mir wird warm ums Herz, als Gabe meinen lachenden Bruder aus dem Kino rollt mit meiner Schwester an seiner Seite, die die Popcorn-Packung festhält, als wäre sie ihr größter Schatz. Ins Kino zu gehen ist Gabes Idee gewesen. Den Kindern mal Spaß und Normalität zu gönnen, bevor ich ihnen die nächste beschissene Nachricht überbringe. »Hey ihr!«, begrüße ich sie lächelnd.

»Das war so cool, Em. Richtig laut und das beste Bild. Hammer!«, staunt mein dankbarer Bruder, und ich drücke ihm einen Kuss auf die Stirn für seine unendliche Freude am Leben, das für ihn wohl kaum härter sein könnte.

»Hat's dir auch gefallen, Krissy?«, frage ich meine Schwester und ziehe sie an meine Seite. Dabei fällt mir auf, dass ihre Popcornbox noch halb voll ist. »Nicht so dein Geschmack?«, frage ich, obwohl ich nicht einmal mitreden kann. Hatte noch nie welches.

Meine Schwester glotzt mich an, als würden mir grüne Fühler wachsen. »Soll das ein Witz sein? Das ist das beste Essen, das ich je bekommen habe«, sagt sie und schiebt sich bedächtig ein Stück Popcorn in den Mund. Mein Klugscheißerbruder erklärt ihr daraufhin, dass Popcorn kein Essen ist, und sie beginnen, eine Grundsatzdiskussion darüber zu führen. Schmunzelnd sehe ich zu Gabe, der mir zuzwinkert, bevor ich mit den Lippen ein »Danke« formen kann, und werde nur durch diese kleine Geste zu Pudding. Immer wieder im Laufe der nächsten Stunde berührt Gabe mich scheinbar zufällig an der Hüfte, am Arm. Genauso »zufällig« streife ich hier und da seine Hand, sein Bein – und der Wunsch, alles andere zu ignorieren, zu vergessen, während wir hier zu fünft im Park Eis für die Kinder bestellen, wirkt zum Greifen nahe.

Doch dann geht die Sonne langsam unter und bringt die Tatsache zurück, dass dieser Tag eben auch ein Ende finden wird. Schluckend gebe ich Calum sein letztes Fläschchen und hole tief Luft. »Hey, ihr beiden. Ich möchte euch jetzt noch etwas Wichtiges erzählen. Ich habe heute um die Vormundschaft für euch drei angesucht und muss jetzt bis zu dem Gerichtstermin in ein paar Monaten, bei dem sich alles entscheidet, zusehen, dass ich eine Wohnung, einen Job und einen Ausbildungsplatz bekomme. Leicht wird es leider nicht werden und ich wünschte, ich hätte die Gewissheit, dass es klappen wird.«

»Monate?«, fragt Kris entsetzt. »Was sollen wir denn bitte in der Zwischenzeit machen?«

Seufzend tippe ich auf Calums Windel. »Das Jugendamt wird eingeschaltet. Ihr dürft Mom und Wyatt nichts sagen. Versprecht ihr mir das?« Ich warte auf Theos vehementes und Kris' skeptisches Nicken. »Ich wollte euch vorwarnen, denn wenn die morgen kommen, kann es sein, dass sie euch gleich mitnehmen.«

Derselbe Schock, der vorhin durch meinen Körper gefahren ist, spiegelt sich in den Gesichtern der beiden deutlich wider. »Wohin?«

»Entweder zu Pflegefamilien oder vorerst ...«

»Ins Heim«, beendet Theo meinen Satz mit gesenktem Blick.

»Ich will nicht ins Heim. Ich will auch zu keiner beschissenen Pflegefamilie. Ich will zu dir. Das war der Deal!«

»Es ist auch nicht für immer, Kris. Glaub mir, mir wäre es auch anders lieber, aber mir bleibt nichts anderes übrig, als mich an die Regeln zu halten, sonst bekomme ich euch wahrscheinlich gar nicht.«

Theo nickt zwar, doch es ist das erste Mal, dass auch er an mir zu zweifeln scheint. Dass er enttäuscht von mir ist. Ich umarme Calum etwas fester, weil es so wehtut.

»Ja, schon gut. Nach drei Jahren, in denen wir auf dich gewartet haben, spielen die nächsten Monate ja auch keine Rolle mehr«, murmelt Kris und fetzt ihren leeren Eisbecher ins

Gebüsch. »Ich will nach Hause. Oder was auch immer das dann noch ist.«

»Kris!«, rufe ich ihr hinterher, weil sie schon davonstapft, aber in Wahrheit weiß ich überhaupt nicht, was ich ihr im Moment noch sagen sollte. Könnte. Nicht einmal Theo findet Worte, wie er es normalerweise täte, und ich fühle mich wie eine einzige Enttäuschung. Gabes Hand ergreift meine und gibt mir den Halt, den ich brauche, um meiner Schwester zum Auto zu folgen. Während der Heimfahrt kann ich kaum atmen, hätte nie erwartet, dass alles erst noch schlechter wird, bevor es vielleicht gut werden kann. Immer wieder spüre ich Gabes Blick auf mir und lächle ihn kurz an, damit er weiß, dass ich nicht wieder heulend zusammenklappen werde wie ein kleines Kind, sondern erwachsen genug bin, mit der Situation umzugehen, den Frust meiner Schwester auszuhalten. Denn wenn ich das nicht kann, bin ich definitiv nicht die Richtige für den bevorstehenden Job.

»Oh, sieh mal einer an!« Wyatt donnert durch die Tür, als ich das Baby aus dem Autositz hebe, den *ich* kaufen musste, weil sie Calum einfach auf dem Schoß halten, *wenn* sie mal den Trailer verlassen. Beim Klang seiner Stimme spannt sich in mir sofort alles an und ich halte die Arme schützend um Calum. »Jetzt habe ich doch noch das Vergnügen, der verlorenen Tochter zu ihrem Erfolg zu gratulieren. Na, wie ist das Popstar-Leben?« Provokant bleibt er auf der Treppe stehen, während Kris sich an ihm vorbeischiebt und in den Trailer stürmt. Gabe verharrt mit meinem Bruder auf seinem Rücken, wägt offensichtlich ab, wie er jetzt am besten reagieren soll.

Beschwichtigend berühre ich seinen Arm. »Schon gut. Bitte bring Theo rein und sag Kris, sie soll Calum holen. Ich gehe da nicht hinein«, murmle ich so leise wie möglich. Widerwillig tut er, worum ich ihn gebeten habe, während Wyatt selbstgefällig grinst, als er für die beiden dann doch Platz macht. »Denk überhaupt nicht dran, dem Baby oder egal wem von uns noch einmal zu nahe zu kommen«, warne ich ihn durch zusammengebissene Zähne, hasse es, die drei auch nur eine einzige Stunde hierlassen zu müssen.

»Sonst was, hm?«, zieht er mich auf, verschränkt die Arme vor der Brust. »Immer noch ein großes Maul, hm? Zu blöde, um dich daran zu erinnern, was ich letztes Mal zu dir gesagt habe?«

»Ich habe keine Angst vor dir. Nicht vor so was Erbärmlichem wie dir, dem es einen Kick gibt, seine eigenen Kinder zu verletzen.«

»Du bist nicht mein Kind. Du bist ein Bastard.« Um seine Worte zu verdeutlichen, klatscht er seine Hand auf meine Schulter und gräbt seine Finger in meine Haut, direkt an der Stelle, wo die drei Zigarettenverbrennungen liegen. Ich weigere mich, ihm meinen Schmerz zu zeigen, den Augenkontakt zu unterbrechen. Auch nicht, als Kris wieder erscheint und mir das Baby aus den Händen reißt. Auch dann nicht, als Wyatt mich so dreht, dass er mich zwischen sich und dem Trailer einkesselt. Stattdessen lache ich ihm ins Gesicht, woraufhin seine Augenbrauen kurz zucken. Gewaltsam schiebe ich seinen Arm von mir weg, als ich Gabes Schritte die Treppe herunterkommen höre. Ich weiß, dass er buchstäblich hinter mir steht. Dass er mich beschützen kann und wird, sollte es darauf ankommen. Das gibt mir den Mut, den ich brauche.

»Weißt du was? Es ist mir scheißegal, wie du über mich denkst, denn du bedeutest mir nichts. Und *fass* mich nicht an!«

Wyatt grunzt und spuckt mir vor die Füße, bevor er provokativ an meinem Handgelenk zerrt und mich zu sich zieht. »Ich wiederhole mich jetzt ein letztes Mal! Verschwinde von meinem Grundstück und lass dich hier nie wieder blicken!«

»Nimm deine Hand weg!«, höre ich Gabriel hinter mir sagen. Seine Stimme klingt bedrohlich. Selbst für mich.

»Redest du mit mir? Wer zur Hölle bist du überhaupt?«

»Ich bin der Typ, der dir gerade sagt, dass du verdammt noch mal einen Schritt zurückgehen und Abstand halten sollst.« Wyatt weitet für den Bruchteil einer Sekunde die Augen und lässt dabei meinen Arm los. Wie gerne würde ich gerade den Ausdruck in Gabriels Gesicht sehen, der es schafft, meinen ach so knallharten Stiefvater einzuschüchtern. Weil Wyatt sich nicht rührt, gehe ich rückwärts, bis mein Rücken an Gabes Brust stößt und er einen Arm um mich legt. Erst dann hole ich wieder Luft.

Ein ekelerregendes Lächeln erscheint in Wyatts verbrauchtem Gesicht. »War ja klar, dass du es zu nichts als einer Hure bringen würdest. Wie ich gesagt habe.« Gabe manövriert mich an meinem Stiefvater vorbei, stellt sich zwischen Wyatt und mich. »Komm nie wieder hierher!«, brüllt er mir natürlich nach, doch seine Worte prallen ab, denn ich weiß, es wird das letzte Mal gewesen sein.

Sinnlos zappe ich mich durch Hunderte von Fernsehkanälen in unserem Hotelzimmer, obwohl ich ganz und gar nicht bei der Sache bin. Gleich nachdem wir die Kinder abgeliefert haben, haben wir unsere Meldung beim Jugendamt gemacht. Innerhalb der nächsten vierundzwanzig Stunden wird ein Sozialarbeiter mit dem Fall betraut werden und vor Ort sein. Ich habe darum gebeten, kontaktiert zu werden, wenn es so weit ist, trotzdem habe ich etwas Bauchweh, dass sie es nicht tun werden. Und weder die »Gilmore Girls« noch irgendwelche Sportsendungen oder Krimis könnten mich gerade ablenken von der permanenten Frage, ob Kris mir nur deshalb nicht auf meine Nachrichten antwortet, weil sie sauer auf mich ist, oder ob schon etwas passiert ist. Ahnt Mom etwas? Oder Wyatt? Und was würden sie machen, wenn es wirklich so wäre?

Stöhnend schalte ich den Fernseher ab und schmeiße die Fernbedienung ans andere Ende des Bettes. Ich reibe mir gerade die Augen, als Gabe ins Zimmer kommt. »Hey!«, sagt er, studiert mich genau, während er seine Zigarettenschachtel auf den Tisch wirft.

»Hi«, gebe ich zurück.

»Unten gibt es eine Buchtauschbörse. Da habe ich eines für dich mitgenommen.« Er legt es auf sein Bettzeug und zieht sich die Jeans aus. Ich bin mir sicher, er meint es gut, aber Lesen ist das Letzte, was ich gerade machen will.

»Glaubst du mir, wenn ich dir sage, dass ich nicht wirklich in der Stimmung bin?«

»Ja, genau deswegen sollst du es ja machen. Ich werde nicht zusehen, wie du dich noch eine Nacht in den Schlaf weinst oder grübelst«, erklärt er, und ich winkle defensiv die Beine an.

»Ich weine nicht.« Auf dem Weg ins Bad bleibt Gabe kurz stehen, stemmt die Hände in die Hüften, betrachtet mich mit sanftem Blick. Erst dann – und das ist allein seine Schuld – rollt eine doofe Träne die Wange hinab, die ich schnell wegwische. »Ich weine nicht. Ich habe nur was im Auge. Eine Wimper oder einen Baum. Ist gleich draußen.« Gabe verzieht das Gesicht, sieht aus, als hätte er selbst gerade einen Kampf mit sich auszufechten. Dann setzt er seinen Weg fort und putzt sich im Bad die Zähne. Eine stinknormale Sache, aber sie fühlt sich vertraut an wie inzwischen so gut wie alles mit Gabe. Vielleicht ist es auch das, was mich dann doch zum Lächeln bringt, als er wieder herauskommt. Ich könnte mich definitiv daran gewöhnen, mir mit ihm ein Zimmer zu teilen. Gleichzeitig die Zähne zu putzen. Mich mit ihm schlafen zu legen.

»Willst du denn gar nicht wissen, welches Buch es ist?« Wenn er glaubt, mich damit reizen zu können, muss ich ihn leider enttäuschen.

»Nein, ehrlich gesagt«, antworte ich leise kichernd, während er das Buch aufschlägt und darin blättert.

»Aber niemand kann lieben, der kein Herz hat, und deshalb bin ich entschlossen, Oz um ein Herz zu bitten. Gibt er mir eines, will ich zurück zu dem Munchkin-Mädchen gehen und sie heiraten.« Okay, jetzt hat er mich.

»»Der Zauberer von Oz‹?«

Er grinst mich an, rutscht ein Stück zur Seite und hält mir das Buch hin. »Möchtest du zu mir kommen?«

Die Frage ist simpel, wahrscheinlich nicht so gemeint, wie ich sie auffasse, aber ja, ich möchte. Unglaublich gerne. Ich trete meine Decke beiseite, tapse die paar Schritte zu ihm hinüber und knie mich aufs Sofa. Dann lege ich ihm die Hände um den Nacken und lehne mich in eine Umarmung. »Danke, Gabe. Danke, dass du mich begleitet hast. Danke, dass du für mich da bist, als hättest du nicht auch ohne mich genug am Hals.«

Gabe schnaubt, erwidert die Umarmung und lässt sein Kinn auf meinem Kopf ruhen. »Vielleicht mache ich das ja nicht nur für dich. Vielleicht mache ich es, gerade weil ich genug am Hals habe, hauptsächlich für mich.«

»Dann würde ich mir wünschen, dass es hilft, Gabe. Allerdings bin ich nicht sicher, ob diese Art der Ablenkung besonders wünschenswert ist. Und wenn ich inzwischen eines über dich weiß, ist es, dass du der am wenigsten selbstsüchtige Mensch bist, dem ich je begegnet bin.«

Gabe hievt mich über seinen Schoß, bis meine Beine auf seinen ruhen. Mit einer Hand auf meiner Taille zieht er mich ein Stück näher und bietet mir noch einmal das Buch an. »Wie sieht's aus? Erfahre ich jetzt endlich mal was über diese Dorothy?«

Mein Grinsen wird immer breiter, bis ich schließlich nach dem Buch greife, denn in dieser Position zu lesen hat definitiv seine Reize. »Dorothy le… lebte mi… t i… mit ih…«

»Ihrem«, ergänzt Gabe, als ich nicht weiterkomme.

»Mit ihrem On… kel …« Ich brauche eine gefühlte Stunde für eine Seite, stottere mehr, als zu lesen, und doch bin ich am Ende zufrieden. Zufrieden, weil Gabe mir in einer Woche mehr beigebracht hat als meine Mutter in einem Jahr, weil ich zum ersten Mal nicht nur Buchstaben aneinanderreihe, sondern tatsächlich Wörter lese. Weil er mir nicht ein einziges Mal das Gefühl gibt, zu langsam oder zu dumm zu sein oder seine Zeit zu verschwenden. Ich liebe es, wie das angenehme Gefühl der Müdigkeit mich übermannt und dass Gabes Vorhaben geglückt ist. Und ich liebe es, wie er jetzt mir vorliest, weil er merkt, wie erschöpft ich bin. Weder grübelnd noch weinend fallen mir die Augen zu, während ich meine Position nur leicht verändere und an seiner Schulter einschlafe. Denn hier ist es tausend Mal besser als dort drüben in dem großen Bett.

Kapitel 28

Gabe

Mit rasendem Puls schaffe ich es endlich, mich aus dem verdammten Albtraum zu holen, der mich nicht oft, aber immer wieder geißelt. Der verfluchte Riese mit dem selbst gemachten Messer im Speisesaal, dessen Gesicht sich in den Skinhead mit der verschobenen Nase in der Dusche verwandelt. Fünf weitere Visagen meiner Mitinsassen, die tagtäglich versucht haben, mir die Haft zur Hölle zu machen, spielen in meinem Kopf den altbekannten Film ab, der mein Alltag war. Die ganze Zeit stehen unterdessen jene Justizbeamte, die gerne und absichtlich ein paar Sekunden zu lange in die andere Richtung gesehen haben, daneben und beobachten mit Genugtuung, wie der Vergewaltiger bekommen soll, was er in ihren heiligen Hallen verdient hat.

Mein Instinkt schreit mich an, sofort aus meiner jetzigen Lage zu flüchten, aber wie so oft bei einer Panikattacke kann ich mich nicht bewegen. Arme und Beine fühlen sich an, als wären sie aus Blei, und ich habe das Gefühl, dass eines dieser Arschlöcher wieder auf meinem Rücken sitzt und meinen Oberkörper in die Matratze drückt. Mühevoll reiße ich die Augen auf, suche nach etwas, an dem ich mich festhalten kann, was mich daran erinnert, wo ich bin und viel wichtiger, wo ich nicht bin, und lande auf Emerald. Auf ihren weichen Zügen, ihrem dichten Wimpernkranz, ihrer schönen Nase mit dem dezenten Piercing, ihren halb offenen Lippen, durch die ihr heißer Atem gleichmäßig meine Wange kitzelt. Auf ihrem hellbraunen Haar, das kreuz und quer aufgefächert liegt. Alles davon sauge ich in mich auf, benutze es, um meinen Atem wiederzufinden, nicht durchzudrehen. Sie schläft wie ein Stein, bekommt von meinem inneren Krieg nichts mit, aber das muss sie auch nicht. Im Moment ist es mehr als genug, dass ich sie sehe. Alles, was ich brauche. Hier mit ihr ist es einfach, meinen eigenen Scheiß eine Zeit lang auszublenden, mich nur auf sie zu konzentrieren. Auf das, was sie braucht. Auf diesen Kuss.

Alter, dieser Kuss. Als wäre es davor nicht schon ein Ding der Unmöglichkeit gewesen, mir einzureden, dass ich sie einfach so gehen lassen könnte. Ignorieren könnte, was ich für dieses Mädchen empfinde. Wie wichtig sie mir ist, mir ihr Wohlergehen ist. Ich will das Beste für sie und es ist kein Geheimnis, dass ich das in meiner Position zumindest derzeit nicht bin. Doch je mehr Zeit ich mit ihr verbringe, desto schwieriger wird es, nicht egoistisch zu sein. Denn wie ich schon gesagt habe: Der Gedanke, sie loslassen zu müssen, ist verflucht schmerzhaft.

Langsam kehrt das Gefühl in meinen Arm wieder zurück, der schwer auf ihrem Bauch liegt. Vorsichtig bewege ich die Finger, die mit ihren verschränkt fast schon mit ihnen verschmolzen sind. Ich rücke etwas von Em ab, bugsiere mich auf meine Seite. Ein protestierender Laut entfährt ihr, als das Gewicht auf ihrem Bauch verschwindet, und ich halte die Luft an, als sie sich zu mir dreht und schlaftrunken ihren Arm über meinen Rücken wirft. Sie überbrückt wieder die Distanz zwischen uns und schmiegt ihren Oberkörper an meinen, ihre

Lippen nur Millimeter von meinem Hals entfernt. Lächelnd schließe ich die Augen, unterdrücke ein Kopfschütteln darüber, wie es nur Emerald gelingt, mit einer – ihrer – Berührung jeden verspannten Muskel in mir zu lockern. Sie hält mich fest, als wäre ihr unterbewusst klar, dass sie momentan diejenige ist, die mich zusammenhält. Sanft küsse ich ihre Schläfe, weil nur ein Schwachkopf jetzt noch behaupten würde, dass ich ihr nicht schon längst absolut verfallen bin. Mit einem kleinen Seufzer bewegt sie sich ein wenig, bevor sie langsam den Kopf hebt und mich mit ihren großen braunen Augen unsicher ansieht. »Hi!«

»Hey«, erwidere ich, streiche ihr eine Strähne ihrer seidigen Haare aus dem Gesicht und hole tief Luft.

Sie schneidet eine Grimasse und versucht, mir etwas Abstand zu geben. »Sorry, das war nicht der Plan.«

»Bleib!«, bitte ich sie, meine Stimme klingt dabei wie ein Reibeisen, weil Abstand das Allerletzte ist, was ich gerade will.

»Sicher?«, fragt sie zweifelnd, ihre Hand auf meinem pochenden Herzen.

»Absolut.«

Lächelnd beißt sie sich auf die Unterlippe und rutscht wieder näher. »Konntest du überhaupt schlafen?«

Ich stütze mich auf meinen Ellbogen, lasse die Augen noch einmal über ihr schönes Gesicht wandern. »Vielleicht sogar besser denn je«, antworte ich wahrheitsgetreu und ernte dafür dieses Strahlen von ihr. Kopfschüttelnd stelle ich mir vor, wie es wohl wäre, jeden Morgen mit ihr so aufwachen zu können, mich täglich neu von ihrem Lächeln anschieben zu lassen, wenn mein Papierboot mal wieder stillsteht.

»Hättest du dir das je gedacht? Dass es ausgerechnet Kuscheleinheiten wären, die helfen könnten?« Dabei streicht sie gedankenverloren Kreise auf meine Brust, die Brauen ein wenig zusammengezogen, während ihr Blick ihren Berührungen folgt.

Ich lege meine Hand auf ihre. »Deine, Em. Du. Es stand auch nicht auf meinem Plan, aber du bist die Einzige, deren Nähe mich interessiert.«

Ems Lippen zittern und ihre Lider flattern, nachdem sie sich aus ihrer Starre löst. »Du machst es schon wieder«, flüstert sie.

»Was?«

»Mich auf diese Art und Weise ansehen, die es mir verflucht schwermacht, dich nicht zu küssen.« Meine Hand vergräbt sich wie von selbst in ihren Haaren und ich schließe kurz die Augen, als alle Stimmen, alle Gesichter mich warnend anschreien, es nicht noch schwieriger zu machen, Em nicht in meine Scheiße hineinzuziehen. Dann spüre ich ihren Daumen an der gefurchten Stelle zwischen meinen Augen und öffne sie wieder. Liebevoll streicht sie die Sorgenfalten dort glatt, streichelt meine Wange bis hin zu meiner Narbe und lässt ihre Hand dann in meinem Nacken ruhen. Ich umfasse ihr Handgelenk und presse meine Lippen darauf.

»Em, bist du sicher, dass du das willst?« Dass du mich willst? Aber diese Frage wage ich nicht zu stellen.

»Ja«, stöhnt sie übertrieben und verdreht lachend die Augen. »An diesem Punkt sogar mehr als meinen nächsten Atemzug.« Das ist alles, was ich an Bestätigung brauche, bevor ich mich über sie beuge und meine Lippen auf ihre presse. Ohne eine einzige Sekunde zu zögern, kommt sie mir entgegen, seufzt in meinen Mund, lädt mich ein, sie mit meiner Zunge zu erkunden. Und genau das mache ich, atme sie ein, sauge an ihrer Oberlippe, schmecke sie.

»Gabe«, murmelt Em, nachdem sie Luft geholt hat, und gießt damit Öl ins Feuer, das bereits in meinen Venen brennt. Ich ziehe sie so dicht an mich, bis kein Millimeter mehr zwischen uns ist, und drehe mich auf den Rücken, sodass sie auf mir liegt. In allen Bereichen meines Lebens kämpfe ich ständig darum, die Kontrolle zu bekommen oder zu behalten. Jetzt will ich, dass sie sie hat. Meine Hände streicheln über ihren zarten Rücken, an dem ihr Shirt hochgerutscht ist, spüre die Gänsehaut, die darauf entsteht, bevor sie ihre Hüften einmal gegen meine wiegt und ihre Finger sich in meinem Shirt vergraben. Emerald zu küssen bedeutet mir mehr als alles, was ich bisher gemacht habe, inklusive Sex mit jeder einzelnen Frau vor Em. Das hier ist echt, wir haben jeden hässlichen Teil von uns offenbart. Ich habe das Gefühl, sie besser zu kennen als mich selbst zurzeit, und im Gegenzug glaube ich, dass sie mich tatsächlich besser kennt als ich selbst. Und sie ist immer noch hier.

Mein Handy klingelt und ich stöhne frustriert auf. »Ah, uh«, protestiert Em verzweifelt zwischen Küssen, als ich ungeahnte Superkräfte nutze, um sie freizugeben, und schlingt ihr Bein um meine Lenden, während ich mich mit ihr zurück auf die Seite rolle. Schnurrend erwidere ich ihre heißen Küsse, härter denn je in meinem Leben und genervt, weil trotzdem noch genug Blut in meinem Gehirn ist, das mir sagt, dass der Anruf mit hoher Wahrscheinlichkeit wichtig ist. Meine Hand wandert ihre Taille hinab, meine Finger drücken dort noch einmal in ihre samtweiche Haut, bevor ich jedes bisschen Selbstbeherrschung hervorhole, mich an der Bettdecke neben ihr festkralle und ihren Namen murmle.

»Nein …«, krächzt sie. Ob sie alles fühlt, was ich auch gerade fühle?

»Es könnte Kris sein. Oder der Sozialarbeiter.«

Erschrocken hebt sie den Kopf, sieht mich schuldbewusst an, als das Klingeln aufhört. Ein letztes Mal küsse ich sie auf diese traumhaften Lippen, auf ihre Nase, ihre Stirn, weil ich nicht anders kann. Dann rolle ich sie sanft von mir runter und versuche, mich wieder einzukriegen, bevor ich aufstehe und mein Handy hole. Ich tippe auf die Nummer des verpassten Anrufs und beobachte Emerald dabei, wie sie sich aufsetzt und nervös darauf wartet, wer drangeht. Ihre Wangen sind rot, ihre

Lippen auch, sie trägt nicht den Hauch von Make-up, ihre Haare sind völlig durcheinander und sie ist die schönste Frau, die ich je gesehen habe.

»Gabriel?«, meldet sich eine weibliche Stimme am anderen Ende, und sofort gefriert mir das Blut in den Adern. Em sieht es an meiner Reaktion und springt mit geweiteten Augen aus dem Bett. Ich beiße die Zähne so fest aufeinander, dass mein Kiefer knackt, und lege auf.

»Was ist?«, fragt Em, einen Finger am Mund, aber ich schüttle den Kopf.

»Nichts«, versuche ich, sie zu beschwichtigen, fasse kurz an ihre Wange, bevor ich meine Hand wieder fallen lasse. Em studiert mich kurz, verwirrt, dann enttäuscht, weil sie durch meine schwachsinnige Lüge hindurchsieht, aber ich kann nicht darüber reden. Nicht jetzt. Nicht, während ich mich krampfhaft daran festzuhalten versuche, dass es Em ist, die vor mir steht. Versuche, mich an den Gefühlen für sie festzuhalten, statt mich in meiner Vergangenheit zu verirren.

»Okay«, flüstert Em, wartet noch einen Moment, bevor sie sich etwas hilflos im Kreis dreht. »Okay, dann gehe ich jetzt mal duschen«, erklärt sie mehr an sich selbst gerichtet und schluckt. Mit verschränkten Armen geht sie ins Bad und schließt sich ein, während mir die Augen zufallen.

»Verdammt noch mal«, brumme ich, unsicher, ob ich das Timing verfluchen soll oder lieber froh sein, dass es so gekommen ist. Die Versuchung zu vergessen, dass es ein Problem für Em und ihre wichtige Aufgabe sein könnte, mit einem »Schwerverbrecher« zusammen zu sein, ist gerade sehr groß.

Natürlich dauert es keine zwei Minuten, bis Hannah den Nerv hat, noch mal anzurufen. Es reizt mich, das Handy gegen die Wand zu werfen, damit ich ihre blöde Stimme nicht mehr hören muss, aber sie ist das Geld nicht wert. Ich weiß auch nicht genau, was mich dazu bringt, doch noch mal abzuheben. Vielleicht, weil mir verdammt bewusst ist, dass mein Schicksal auf kranke Weise immer noch in ihren Händen liegt. Vielleicht auch, weil es meine einzige Chance ist, ihr zu sagen, was ich von ihr denke. Bebend bringe ich das Handy mit etwas Abstand an mein Ohr, als könnte ich den Kontakt zu ihr damit von mir fernhalten.

»Bitte leg nicht wieder auf«, ruft sie sofort in die Leitung, und ich schnaube.

»Du kannst mich nicht anrufen. Aus so vielen verfluchten Gründen. Was zur Hölle fällt dir ein?«

»Was soll ich denn sonst machen? Du hast ja nicht reagiert, als ich es über meine Anwältin versucht habe.«

Ernsthaft? Sie will mir jetzt vorwurfsvoll kommen?

Ohne einen Hauch von Humor lache ich ins Telefon, fokussiere mich auf den Duschstrahl, der im Badezimmer angeht, damit ich ruhig bleibe. »Ruf nicht wieder an!«

»Hör mir zu, Gabriel! Bitte!«

Zähnefletschend strecke ich das Handy von mir weg, stoße einen Fluch aus und umklammere dann den Türrahmen. »Was!«

Ich höre sie tief durchatmen, als wäre das hier gerade schwer für sie. »Es gibt keine Worte, die angemessen wären, um mich bei dir zu entschuldigen. Aber trotzdem: Es tut mir aufrichtig leid, Gabriel. Wenn ich die Zeit zurückdrehen könnte, würde ich alles anders machen, aber das kann ich leider nicht.« Ich bringe keinen Ton hervor, nicht einmal einen klaren Gedanken, warte auf mehr. »Ich lag zwei Tage im Koma. Fanny, die mich gefunden hat, musste in Therapie gehen, weil sie einen solchen Schock erlitten hat. Sogar der Polizist, der mich verhört hat, sagte, ich sah aus, als hätte jemand versucht, mich zu foltern«, erinnert sie mich an das, was ich seit dem Vorlesen der Anklageschrift schon weiß. Meiner Anklageschrift. »Weil ich im Koma war, hatten sie schon ihre forensischen Untersuchungen gemacht und mich danach mit der Frage konfrontiert, ob ich wüsste, von wem die Spermaspuren stammen, weil ich zu besoffen und zu bescheuert war, als dass es mich interessiert hätte. Ich habe gesagt, dass sie von dir sind, und wusste in dem Moment absolut nicht, welche Auswirkungen diese Aussage haben würde.«

»Aber später hast du es gewusst. Du hattest mehr als eine – jede – Chance, alle aufzuklären, dass ich dein Zimmer alleine verlassen habe, weil du keine Lust mehr gehabt hast, mit mir zurück auf diese Party zu gehen. Aber du hast nicht einmal behauptet, dich nicht erinnern zu können. Nein, du hast wortwörtlich ausgesagt, dass ich dir all das angetan hätte. Vor dem Richter. Monate nach deiner ersten Befragung. Hast dich von deinen Freundinnen darin bestärken lassen, bestätigen lassen, dass ich der Letzte gewesen bin, der aus deinem Zimmer gekommen ist. Du hast …« Wut packt mich und meine Brust verkrampft sich so schmerzhaft, dass ich überlege, an die Badezimmertür zu klopfen, nur für den Fall, dass es diesmal wirklich ein Herzinfarkt ist.

»Weil die Wahrheit mir zu dem Zeitpunkt zu viel war, Gabriel. Ich weiß, das ist keine Entschuldigung, aber ich habe nicht einmal selbst entscheiden können, ob ich ins Krankenhaus wollte, ob ich überhaupt eine Sache daraus machen wollte, was er getan hat. Ich …«

Ich kneife die Augen zusammen, wiederhole gedanklich, was sie da gerade sagt. »Du weißt, wer es war.« Das ist keine Frage, und ich habe keine Ahnung, welche Antwort ich darauf hören will, obwohl ihr Schniefen am anderen Ende mir sowieso alles verrät. Daumen und Zeigefinger pressen auf meinen Nasenrücken, damit ich meinen Scheiß noch für ein paar Sekunden zusammenhalte. »Du weißt, wer dich in der Nacht fast umgebracht hat, und schützt ihn.«

»Ja«, bestätigt sie beschämt. »Ich weiß es.« Ich blase die angestaute Luft aus, um wenigstens etwas Druck aus meiner Brust abzulassen. »Aber bitte, hör mir zu!«

»Leck mich, Hannah!« Für mich ist das Gespräch beendet.

Kapitel 29

Em

Das Herz klopft mir in der Dusche noch immer so fest gegen die Brust, dass ich die Sekunden meiner Atemzüge zählen muss. Gabe zu küssen ist unglaublich. Fast so, als würde ich schweben, weg von allen Sorgen und Problemen und Herausforderungen, und in diesen Momenten gibt es keinen Ort, an dem ich lieber wäre. Denn mit ihm spüre ich alles, was ich bisher nie mit jemandem gefühlt habe. Ich hoffe auf alles und glaube daran, dass wir den Norden, der in seinem Tattoo fehlt, gemeinsam finden können.

Aber je schöner es ist, desto härter ist der Fall. Es gibt eben nicht nur uns beide. Nicht nur diese Momente. Weil ein Kuss, ein Gefühl, egal wie stark es sein mag, nicht ausreicht, um das zu bewältigen, was rund um uns passiert.

Selbst leicht benebelt steige ich aus der Dusche und wische den Dampf vom Spiegel. Meine Finger wandern an meine Lippen, während ich mich betrachte und an Gabriels Gesichtsausdruck nach dem Anruf eben erinnere. Wie er danach von null auf hundert wie ausgewechselt erschien. Seine Augen wieder kühl. Nicht einmal berühren konnte er mich mehr, obwohl wir Sekunden davor gefühlt miteinander verwoben gewesen sind. Aber warum hat er mir nicht gesagt, was los ist?

Wäre Kris am Telefon gewesen, hätte er mir das Handy ja wohl weitergegeben. Hätte die Jugendwohlfahrt angerufen, hätte er es mir auch gesagt. Wer war es also dann? Sein Dad? Sein Anwalt? Sein Bewährungshelfer? Hat er aufgelegt, damit ich das Gespräch nicht mitbekomme?

Etwas schwindelig reibe ich mir die Haare trocken und wickle das Handtuch um mich. Ich weiß, dass seine Geschichte ihn verfolgt, dass seine Vergangenheit ihn noch lange nicht losgelassen hat. Ich habe es gesehen und er hat es mir erzählt. Ich habe gefühlt, wie schwer es ihm fällt zu vertrauen. Daher mag es zwar sein, dass es *mir* schwerfällt, mit Zurückweisung umzugehen, aber Gabe braucht jemanden, der ihn nicht bei der erstbesten Gelegenheit abschreibt. Ich will für ihn da sein. Was auch immer es ist, das ihn beschäftigt. Er soll wissen, dass er ebenso wenig allein mit dieser Sache fertigwerden muss, wie er es mir auch schon bewiesen hat. Ich beschließe, ihm genau das zu zeigen. Zu beweisen, dass ich zu ihm stehe, ihn nicht loslasse, selbst wenn er es darauf anlegt.

Ich schaffe es gerade mal, mir meine Unterwäsche anzuziehen, als Gabe an der Tür klopft. »Em, die Sozialarbeiterin ist am Telefon«, sagt er durch die Tür, und mein Magen verkrampft sich. Mit gerümpfter Nase sehe ich auf meinen halb nackten Körper hinab und fühle meinen Puls an die Decke gehen. Weil ich halb nackt bin. Und weil die Sozialarbeiterin anruft, verflixt noch mal. Und weil ich nervös bin, Gabe wieder unter die Augen zu treten. In diesem Aufzug. Sagte ich das schon? Also schlinge ich das Riesenhandtuch noch fester um mich und öffne schluckend die Tür, weil ich mir nicht vorstellen kann, dass die Dame Zeit hat, darauf zu warten, bis ich salonfähig bin.

Gabes Gesicht wirkt so verspannt, als ich herauskomme, dass es beinahe schmerzhaft aussieht. Das Handtuch ist breit genug, um den Großteil meines Körpers zu verdecken, und trotzdem wird mir wieder heiß unter seinem Blick. Da ist Feuer in seinen Augen, die Sehnsucht, die ich vorhin gesehen habe, etwas Liebevolles, in das ich mich vergraben möchte. Aber da ist auch etwas anderes: der mir inzwischen bekannte Rückzug, ein Kampf, den er mich nicht mitkämpfen lassen will. Ich beiße mir schmerzhaft auf die Lippe, als er sich abwendet und ans andere Ende des Zimmers marschiert, nachdem ich ihm das Handy abgenommen habe.

Ich umklammere den Handtuchknoten so fest wie möglich und richte meinen Fokus auf den gestreiften Teppichboden. »West?«, melde ich mich dann, versuche, meine Gefühle wenigstens für die Dauer dieses Gesprächs beiseitezuschieben. Eins nach dem anderen!

»Ms West, ich wollte Sie informieren, dass Ihre Schwester weggelaufen ist.«

Blinzelnd stütze ich mich an der Wand ab. »Wie bitte?«, entfährt es mir, während ich mich frage, warum sich das bei ihr anhört, als wäre es keine große Sache. »Wann?«

»Ich hatte gerade die Bedingungen erklärt, die Ihre Mutter und Ihr Stiefvater erfüllen müssen …«

»Was?«, unterbreche ich entsetzt und fasse mir an den Kopf. »Was denn für Bedingungen?«

»Ms West, ich kann jetzt nicht ins Detail gehen. Die Polizei ist bereits kontaktiert und sollte jede Minute hier eintreffen.«

Ein zynisches Lachen entfährt mir, während ich mir über das Gesicht reibe. Wenn sie sich da mal nicht täuscht. »Ich kann sie suchen.« Und vielleicht auch finden. Ich *muss* … Mason. Vielleicht ist sie zu ihm gelaufen. Bitte, Gott, lass diese Familie noch dort wohnen, denn sonst könnte sie überall sein. »Ich komme. Geben Sie mir …« Hilfe suchend blicke ich Gabe an, weil ich ohne ihn so gut wie aufgeschmissen bin.

»Zehn Minuten«, vollendet er den Satz für mich und greift bereits nach dem Autoschlüssel.

»Sie können natürlich herkommen, Ms West, aber die Polizei muss ich trotzdem hinzuziehen, da Ihre Schwester minderjährig ist.«

Ich beende das Telefonat mit einem Nicken, auch wenn sie mich nicht dabei sehen kann. Wie ein kopfloses Huhn fühle ich mich, als ich Gabe das Handy zurückreiche, überlege, wie viele Klamotten ich noch überziehen muss, bevor wir fahren können, und wo ich Kris finden will.

»Was ist los?«, fragt Gabe, während ich rückwärts ins Bad stolpere und mich beim Anziehen beinahe umbringe, weil ich gegen alles falle, was in Reichweite liegt.

»Kris ist abgehauen. Ich weiß nicht viel, aber es hörte sich an, als hätten sie nicht die Absicht gehabt, die drei da rauszuholen, und jetzt ist sie weg.« Ich stolpere aus dem Bad und suche verzweifelt nach Halt in seinen Augen. »Was, wenn sie wirklich wegläuft? Weiter weg als rund um den Trailerpark? Was, wenn sie macht, was ich gemacht habe?«, stelle ich in den Raum und halte die Luft an.

Gabe ringt sichtlich damit, mir näher zu kommen, was allerdings nichts an der Intensität seines Blickes ändert. »Dann werden wir sie finden und zurückholen«, verspricht er und könnte kaum etwas Perfekteres sagen. Ich schließe kurz die Augen ob dieser Mischung aus diesem Ohnmachtsgefühl und gleichzeitiger Sehnsucht und stemme die Hände in die Hüften.

»Glaubst du, wir können eine dieser zehn Minuten für eine schnelle Umarmung verwenden?«, frage ich schüchtern. Nach kurzem Zögern fährt Gabe sich über das Gesicht und kommt mir entgegen. Als er die Arme um mich legt, küsse ich die Stelle über seinem Herzen. »Trotz all dem Chaos rundherum möchte ich, dass du weißt, dass du jederzeit mit mir reden kannst.«

Gabe drückt seine Nase in meine Haare und atmet tief ein. Doch dann sacken seine Schultern herunter und er lässt mich los.

»Wir sollten jetzt fahren.« Er hat natürlich recht. Das müssen wir. Trotzdem fühlt sich seine Antwort an wie ein Korb.

Die Fahrt kommt mir vor wie eine Ewigkeit, seine Hand an der Kupplung wie eine Einladung, meine daraufzulegen, und doch traue ich mich nicht, ihm noch einmal mein Herz zu reichen, wenn ich nicht weiß, ob er es überhaupt will. Ich denke zurück an das erste Mal, als ich mit ihm im Wagen saß, damals herrschte dasselbe geladene Schweigen wie heute, nur aus anderen Gründen und Gefühlen. Auch das kommt mir vor wie vor einer Ewigkeit.

Die Sozialarbeiterin, die nicht viel älter aussieht als ich, tigert vor der verschlossenen Tür unseres Trailers auf und ab, das Handy in der Hand und einen genervten Ausdruck im Gesicht. »Ms Emerald West, nehme ich an?« Nickend reiche ich ihr die Hand, sehe nervös zum Trailer, in dem Calum wie letztes Mal auch brüllt, und kratze mir ungeduldig den Hals. »Und Sie sind?«, richtet sie sich an Gabe, der den Kopf schüttelt, als wäre er unbedeutend.

»Ein Freund.« Ich ziehe die Augenbrauen zusammen.

»Aha«, erwidert die Sozialarbeiterin irritiert. Was soll das? Sie will ganz offensichtlich wissen, wie er heißt. »Polly Kiernan. Ich habe Sie angerufen. Ich bin sicher, die Polizei wird jeden Moment hier sein.«

»Damit würde ich an Ihrer Stelle nicht rechnen. Niemand hat es besonders eilig hierherzukommen«, meine ich im vollen Ernst, während ich die kaputten Stufen zur Tür hochlaufe und mit der Faust dagegen klopfe. »Theo? Alles okay da drinnen?«

Ich bekomme keine Antwort, stattdessen knallt etwas gegen die Tür.

»Verpisst du dich irgendwann mal?«, höre ich dann Wyatt rufen, doch ich ignoriere ihn und schlage weiter mit der Faust gegen die Tür.

»Theo!«

»Nicht so«, erwidert er, gerade noch hörbar über das Gebrüll, bevor Wyatt ihm ein paar Flüche an den Kopf wirft. Ich kann mir den vorwurfsvollen Blick zur Sozialarbeiterin nicht verkneifen, frage mich, ob sie da drinnen mit Scheuklappen gesessen hat, um nicht zu sehen, was vor sich geht.

»Spätzchen, wir holen euch da raus, aber wenn du weißt, wo Kris hinwill, dann musst du es mir bitte …« Die Tür wird aufgerissen und mein Stiefvater starrt mich an. Ich bin stolz auf mich, weil ich mich nicht von der Stelle rühre, während er näher kommt und versucht, mich mit seiner Zigarette einzuschüchtern, die er verflixt nah an mein Gesicht hält.

»Langsam frage ich mich, ob du Todessehnsucht hast«, murmelt er und klingt widerwärtig.

Ich kneife die Augen zusammen. »Möchtest du den Spruch vielleicht etwas lauter wiederholen? Wenn du ein bisschen mithilfst, erfüllt sich dein Wunsch und wir alle verschwinden aus deinem Leben.«

»Ich fasse es nicht, dass du das getan hast. Du hast deine Familie verraten, Emerald«, höre ich Mom, die hinter Wyatt auf dem Boden sitzt, den Kopf in den Händen. Calum liegt und kreischt neben ihr auf dem verdreckten Teppich.

»Was, wenn sie nicht zurückkommt, Mom?«, will ich entsetzt wissen, woraufhin sie müde mit der Schulter zuckt.

»Hat ja bei dir auch nicht geklappt, wie man sieht«, meint sie kalt. Mit offenem Mund versuche ich, mich an dem breit grinsenden Wyatt vorbeizudrängeln, um zu meinen Brüdern zu gelangen. Mir doch scheißegal, ob die Sozialarbeiterin denkt, dass meine Mom und dieser Typ noch eine Chance verdient haben. Haben sie nicht. Und wenn ich meine Geschwister tatsächlich entführen muss, um sie in Sicherheit zu wissen, dann mache ich das.

Wyatt hält mich mit seinem Unterarm zurück, schiebt mich wieder raus und zeigt mit dem Finger auf mich. »Wenn du in zwei Minuten immer noch auf meinem Grund stehst, puste ich dich weg! Verstanden? Dazu habe ich das Recht.«

Gabe stellt sich neben mich, drückt Wyatts Arm von mir, sein Körper vibriert, seine Haltung unmissverständlich bereit zur Verteidigung. »Ich habe es satt, mir anzuhören, wie du ihr drohst.« So sehr Wyatt auch denjenigen spielen will, der sich von niemandem einschüchtern lässt – bei Gabes Größe und Statur setzt er dann doch einen Schritt zurück und spuckt uns stattdessen vor die Füße.

»Fahrt zur Hölle! Ihr alle!«

»Dort bin ich aufgewachsen«, schreie ich zurück, als er die Tür mit seinem Schuh zuknallt und mich schon wieder von meinen Brüdern abschneidet. Ich donnere meine beiden Unterarme noch einmal gegen die Tür, obwohl ich weiß, dass nur die Polizei jetzt noch dafür sorgen könnte, dass die sich wieder öffnet. Meine Stirn lehne ich dagegen und bete, dass Wyatt seine Wut über mich jetzt nicht an Calum und Theo auslässt. Nachdem ich den unbändigen Frust über die Hilflosigkeit hinausgestöhnt habe, wirble ich herum.

»Verdammt noch mal! Wie?«, rufe ich verzweifelt, so sauer auf die Sozialarbeiterin. »Wie können Sie den Jungen und das Baby mit gutem Gewissen da drinnen lassen?«

»Ich bin an Regelungen und Gesetze gebunden, Ms West. Das mögen nicht immer meine sein, aber sie sind Teil des Jobs.«

Ich schnaube trocken, weil die Antwort nicht ansatzweise gut genug ist. Dabei fällt mein Blick auf den Streifenwagen, der kurz die Sirene betätigt, um seine lang erwartete Ankunft anzukündigen. Dankbar atmet die Sozialarbeiterin aus und lockert ihre gespannte Haltung etwas. Ich drehe mich zu Gabe und kralle die Finger in meine Kopfhaut. »Wenn Kris die Cops sieht, ist sie so oder so weg, denn nach Hause bringen lassen wird sie sich nicht.«

»Hast du eine Idee, wo sie sein könnte, falls sie noch hier in der Gegend ist?«, versucht er, mir in meiner Panik zu helfen. »Gibt es einen Ort, an dem ihr vielleicht wart? Eine Person, der sie vertraut?«

Ich atme tief durch. »Mason. Der Junge, von dem ich dir erzählt habe?« Der einzige Kontakt, den wir in diesem verfluchten Park gehabt haben. »Wenn sie über die Jahre Freunde geblieben sind, dann ist sie womöglich bei ihm.« Wenn nicht ... dann habe ich keine Ahnung, wo ich mit der Suche beginnen sollte.

»Es würde mehr bringen, wenn Sie mit der Polizei sprächen, Ms West«, wirft die Sozialarbeiterin ein, als ich ihr den Rücken zudrehe.

»Wenn ich sie finden kann, dann nur jetzt, Ms Kiernan. Aber ich bitte Sie, ignorieren Sie nicht, was Sie eben gesehen haben, und bringen Sie die Kinder da raus«, flehe ich förmlich, hoffe, dass all das hier nicht umsonst gewesen ist.

Quer durch den Park versuche ich, mich zu erinnern, welcher der Trailer Masons Familie gehört hat, doch alles sieht so ganz anders aus. Einzig der Apfelbaum, an dem wir uns bedienen durften, wenn wir hungrig waren, ist gleich geblieben. Nur liegt das meiste Obst verfault im Gras. »Sicher, dass es das hier ist?«, will Gabe wissen, und ich nicke zögerlich. Der Trailer sieht unbewohnt aus. Dunkel, schmutzig, lieblos. Ein Blick durch eines der trüben Fenster lässt mein Herz aussetzen. Keine Möbel. Alles leer. Wütend schlage ich mit der flachen Hand gegen das Aluminium und gehe kurz verzweifelt in die Hocke.

»Wir *werden* sie finden, Em«, höre ich Gabe sagen, bevor mich ein schmerzverzerrtes Ächzen im Inneren des Wohnwagens hochfahren lässt. Mein Blick schnellt zu Gabe, der mich mit misstrauischem Gesichtsausdruck festhält, ehe ich den Türknopf drehen kann. »Em …« Die Holztür fliegt auf und ein Japsen entfährt mir, als ich am Shirt gepackt und herumgewirbelt werde. Ich kneife die Augen zu, weil ich genau weiß, dass es nicht Gabes Brust ist, an die ich gedrückt werde. Ganz sicher nicht sein Arm, der mich im Würgegriff festhält. »Ganz ruhig, Mann! Bleib cool!«, murmelt Gabe. Erst dann öffne ich die Augen, wünschte jedoch im selben Moment, ich hätte es nicht getan, denn sein Blick lässt meine Knie weich werden. Jegliche Farbe ist aus seinem Gesicht verschwunden, ich sehe blanke Angst und Zerrissenheit.

»Halt die Fresse! Fuck!«, schreit der Typ neben meinem Ohr, und ich zucke zusammen. »Ihr habt die Bullen gerufen.« Ich umklammere mit beiden Händen seinen Arm, während er seine Ellenbeuge fester gegen meinen Hals presst. Stöhnend hebt er kurz die freie Hand an seinen Kopf. Und jetzt weiß ich, weshalb Gabriels Körper bebt. Der Kerl hält ein Messer in besagter Hand. Die Klinge glänzt und blendet mich kurz in der Reflexion des Sonnenlichts und er betrachtet Blut auf seiner Hand, das er sich gerade abgewischt haben muss. Mir wird schlecht. Wo sind wir hier hineingeraten?

»Die sind nicht deinetwegen hier«, versucht Gabriel es noch mal, wobei seine Stimme versagt. Er versucht zu verstecken, dass er nach Luft ringt. Eine Panikattacke. Natürlich. Dieser Kerl wedelt mit einem Messer herum. *Es tut mir so leid, Gabe.*

»Ich muss hier raus«, flüstert der Typ neben mir verzweifelt. Verzweiflung, die ihn in Kombination mit der Waffe vielleicht sogar noch gefährlicher macht. »Gib mir deine Autoschlüssel!«, verlangt er und schneidet mir mit der Spitze der Klinge schmerzhaft ins Brustbein. Tränen schießen mir in die Augen und ich widerstehe dem Drang, mich zu winden, bevor das Ding tiefer geht. Gabe setzt einen Schritt vor, die Hände ausgestreckt, eine Mischung aus Rage und gleichzeitig Machtlosigkeit im Blick, doch mein Angreifer zerrt mich zurück und streckt stattdessen

Gabe das Messer hin. Dann überlegt er es sich wieder anders und bringt es zurück an meinen Hals, die Kälte des Stahls direkt an meinem Puls. »Bleib verdammt noch mal, wo du bist, oder sie ist tot.« Seine Stimme zittert und das ist der Moment, an dem ich mir sicher bin, dass ich das sowieso bin und Gabe vielleicht auch, wenn nichts passiert. Meine Angst verwandelt sich in Adrenalin. Ich gebe den Versuch auf, seinen Arm runterzuziehen, und drücke ihn stattdessen hoch, bis ich die Zähne so tief darin versenken kann, wie es mein Kiefer erlaubt. Der Kerl schreit auf, lässt los, das Messer sinkt ein Stück, bevor es sich in das Fleisch unter meiner Schulter bohrt.

»Nein!«, höre ich über das Klingeln in meinen Ohren, sehe aber nur Sterne, weil der Schmerz so unerträglich ist. Dann werde ich losgelassen, falle auf die Knie. Über mir nehme ich Gerangel wahr, werde zur Seite gestoßen und halte die Stelle fest, die so wehtut, dass es mir den Atem raubt. Ich zwinge meine Augen auf, bin zu Tode verängstigt, dass der Typ jetzt das Messer für Gabe benutzt. Ein ekelerregendes Brechen von Knochen erklingt, gefolgt von einem neuerlichen Schrei, neben mir wird das Messer fallen gelassen. Mit letzter Kraft trete ich mit dem Fuß danach, schiebe es außer Reichweite ins Gras, rolle mich auf den Rücken und blinzle vehement, bis ich sehe, dass Gabe dem Kerl einen Schlag in den Hals verpasst, der ihn reglos zu Boden gehen lässt. Geräusche, Stimmen, die ich nicht zuordnen kann, ertönen im Hintergrund. Mir ist schlecht von dem grauenvollen Geruch meines Blutes, das meine Hand rot färbt, und doch überrollt mich eine Welle der Erleichterung, weil Gabe derjenige ist, der noch steht. Keuchend kommt er schwerfällig auf mich zu und ich möchte die Hand nach ihm ausstrecken, doch kurz bevor er bei mir ist, richtet er sich mit verzerrtem Gesicht auf und tritt einen Schritt zurück. Verständnislos ziehe ich die Augenbrauen zusammen, kämpfe gegen meine müden

Lider an, als er die Hände über seinen Kopf hebt und lediglich meinen Namen mit den Lippen formt.

»Umdrehen! Auf die Knie! Hände hinter den Rücken!«, ruft jemand, und Gabe kommt dem Befehl nach.

»Was? Nein!«, murmle ich, weil mein Hirn nicht begreifen will, was hier gerade passiert. Ich rolle den Kopf zur Seite, beobachte einen Polizisten, der eine Waffe auf Gabe gerichtet hält, während der andere sie zurück in die Halterung steckt und sich stattdessen an den Gürtel greift. *Nein, nein, nein, was macht ihr da?* »Nicht ihn. Der andere. Hört auf!«, stottere ich verzweifelt, obwohl mir langsam schwarz vor Augen wird.

»Sie haben das Recht zu schweigen. Alles, was Sie sagen, kann vor Gericht gegen Sie verwendet werden ...«, erklärt der Polizist, während er Gabriel die Handschellen anlegt.

»Es wird alles gut. Ein Rettungswagen ist bereits verständigt.« Der zweite Cop kniet sich an meine Seite, zieht sich Lederhandschuhe über.

»Ihr versteht nicht. Der andere hat uns angegriffen. Gabe hat ...« Mehr kann ich nicht sagen, weil mir die Luft wegbleibt. Lautlose Tränen rollen über mein Gesicht, während ich tatenlos daliegen und zusehen muss, wie Gabriel abgeführt wird. Wie seine größte Angst wahr wird. Wie ihm neuerlich seine Freiheit geraubt wird.

Und das ist alles meine Schuld.

QUELLENVERZEICHNIS

Baum, Lyman Frank, Der Zauberer von Oz, übersetzt von Jürgen Beck, Altenmünster, Jazzybee Verlag, 2014

Folge dem Autor/der Autorin auf Amazon

Wenn dir dieses Buch gefallen hat, folge Jessica Winter auf Amazon. Dann erhältst du eine Benachrichtigung, wenn der Autor/die Autorin sein/ihr nächstes Buch veröffentlicht. Um dem Autor/der Autorin zu folgen, gehe bitte folgendermaßen vor:

Desktop:

1) Suche auf Amazon.de oder in der Amazon App nach dem Namen des Autors/der Autorin.
2) Klicke auf den Namen des Autors/der Autorin, um auf die Autorenseite zu gelangen.
3) Klicke auf den »Folgen«-Button.

Smartphone und Tablet:

1) Suche auf Amazon.de oder in der Amazon App nach dem Namen des Autors/der Autorin.
2) Klicke auf einen Titel des Autors/der Autorin.
3) Klicke auf den Namen des Autors/der Autorin, um auf die Autorenseite zu gelangen.
4) Klicke auf den »Folgen«-Button.

Kindle eReader und Kindle App:

Wenn du dieses Buch auf einem Kindle eReader oder in der Kindle App liest, wird dir automatisch angeboten, dem Autor/der Autorin zu folgen, nachdem du die letzte Seite des Buches gelesen hast.

Zeitfracht Medien GmbH
Ferdinand-Jühlke-Straße 7
99095 Erfurt, Deutschland
produktsicherheit@kolibri360.de

Druck:
CPI Druckdienstleistungen GmbH
im Auftrag der
Zeitfracht Medien GmbH
Ein Unternehmen der Zeitfracht - Gruppe
Ferdinand-Jühlke-Str. 7
99095 Erfurt